MOON NOTES

EMMA
LINDBERG

SPACES Between US

Moon Notes

klimaneutral
ClimatePartner 18652-2212-1001

MIX
Papier aus verantwortungsvollen Quellen
FSC
www.fsc.org
FSC® C014138

Originalausgabe
1. Auflage

Druck und Bindung: FINIDR, s.r.o.,
Lípová 1965, 737 01 Český Těšín, Tschechische Republik
Printed 2023
ISBN: 978-3-96976-007-9

www.moon-notes.de

Prolog

»Jamain!« Ethans Stimme hallt so laut durch das Treppenhaus, dass ich gequält zusammenzucke. Die armen Schweinis. »Verdammt, du Wichser! Ich bring dich um!«

»Sorry«, murmle ich in Richtung des Kartons, den ich unter den Arm geklemmt habe. »Hört einfach weg, ja? Er meint das nicht so.«

Mit einer Hand am Geländer renne ich im Höchsttempo die Stufen hinunter. Noch zwei Stockwerke. Mann, hoffentlich wartet Tyren mit laufendem Motor, das hier wird eine ziemlich knappe Kiste.

Oben knallt eine Tür, und ich bin mir leider sicher, dass Ethan gerade die Verfolgung aufnimmt.

»Jamain!«, brüllt er erneut, und ich überspringe die letzten Stufen bis zum nächsten Absatz. Noch ein Stockwerk.

»Du kannst nicht einfach meine Haustiere klauen!«

Statt ihm mitzuteilen, dass ich das nicht nur kann, sondern auch werde, nutze ich meinen Schwung, um den Rest der Treppe in Angriff zu nehmen. Mittlerweile bin ich so schnell, dass es schwierig ist, die Spur zu halten, und im Eingangsbereich entgehe ich nur knapp einem Zusammenstoß mit den Briefkästen.

O Mann, hoffentlich sind die Schweinchen nach der Flucht nicht total traumatisiert.

»Stopp!«

Fuck, Ethan scheint mittlerweile aufgeholt zu haben. Kein Kunststück, immerhin hat er keine kostbare Fracht zu transportieren. Wahrscheinlich hat er gerade den Treppenabsatz erreicht. Oh, oh.

»Du wirst …«

Ich warte das Ende seines Satzes nicht ab, stattdessen rette ich mich samt Meerschweinchen nach draußen.

Tyrens Wagen steht noch am Straßenrand, doch der Motor ist aus. Verdammt. Das wird eng.

Ich hechte über den Bürgersteig, reiße die Tür auf, drücke die Box mit den Schweinen an mich und lasse mich auf den Beifahrersitz fallen.

»Fahr!«, schreie ich, noch bevor ich die Tür zugeknallt habe. »Fahr um dein Leben!«

1 | Tyren | Kriminelle Machenschaften

Ich muss in eine Art Drogendeal geraten sein. Ein Typ stürmt mit hochrotem Kopf hinter Jamain aus dem Haus, rüttelt an der Tür der Beifahrerseite und schlägt mit der flachen Hand gegen die Fensterscheibe, als er realisiert, dass ich die Zentralverriegelung aktiviert habe. Scheiße. Dieser Kerl ist wütend genug, um mir den Toyota zu demolieren. Ich drehe den Schlüssel in der Zündung so schnell um, wie ich ihn vermutlich noch nie umgedreht habe.

»Rette uns!«, ruft Jamain. Er spinnt. Er spinnt eindeutig.

»Schnall dich an!«

»Okay.« Er lässt seinen Gurt einrasten. »Schon gut. Bin angeschnallt. Können wir jetzt *bitte* fahren?«

Und ob wir das können. Ich starte den Motor und drücke den Fuß aufs Gaspedal. Verdammt, als Jamain mich gebeten hat, ihn hierherzufahren, damit er etwas für sein neues Zimmer abholen kann, habe ich nicht an kriminelle Machenschaften gedacht, sondern an eine nette Topfpflanze, die er beim Umzug vor einer Woche vergessen hat.

»Mann«, murmelt Jamain, als ich auf die Hauptstraße biege und der tobende Kerl nicht mehr im Rückspiegel zu sehen ist.

»Ich hab dir doch gesagt, dass du den Motor laufen lassen sollst. Fast hätte er uns erwischt.«

Um ein Haar krache ich in das Auto vor uns, weil das Adrenalin meinen Fuß ans Gaspedal klebt und sich meine Finger ums Lenkrad verkrampfen.

»Was ist das?« Er hat den Karton auf dem Schoß. Eigentlich ist es keine gute Idee, danach zu fragen. »Warte, ich will es nicht wissen. Sonst bin ich mitschuldig.«

Oder bin ich das sowieso, weil ich mit gestohlenen Drogen weggefahren bin? Scheiße, als ob es einen Unterschied machen würde, wenn Jamain bezahlt hätte. Ich fahre an einem sonnigen Nachmittag mit Drogen durch Pittsburgh. Dem Geruch nach handelt es sich um Gras. Nicht, dass ich schon mal mit Gras zu tun gehabt habe, aber ich stelle mir vor, dass es so riecht. Erdig und krautig. Jamain hat einen Karton voll Gras geklaut.

»Du bist sowieso mitschuldig«, sagt er. »Schließlich hast du den Fluchtwagen gefahren. Ob du's willst oder nicht: Du hängst mit drin. Wir beide im Gefängnis … das hätte was. Findest du nicht?«

Verdammt, ich wusste es. Ich wusste, dass das hier nicht legal ist. Die Reifen quietschen, weil ich abrupt vor einer roten Ampel abbremse.

Ich muss das Gras aus dem Auto bekommen, und das so schnell wie möglich.

»Jamain«, fange ich an und bemühe mich um Ruhe in der Stimme. »Folgendes wird passieren.« Noch während ich spreche, denke ich fieberhaft darüber nach, was nun passieren wird. Wie und wo wird man einen Karton voller Gras möglichst unauffällig los? *Konzentrier dich, Ty.*

»Wir werden aus der Stadt fahren, und sobald wir auf einer ruhigen Landstraße sind, wirst du die Drogen aus dem Fenster werfen.«

Jamain starrt mich mit einer Mischung aus Verwirrung und Fassungslosigkeit an. Als wäre ich derjenige von uns beiden, der verrückte Dinge tut.

»Das mache ich ganz sicher nicht«, erwidert er entschlossen und legt beide Arme um den Karton. »Schließlich habe ich gerade mein Leben dafür riskiert. Aber gegen einen kleinen Ausflug habe ich nichts, dann können wir uns immerhin besser kennenlernen.«

Besser kennenlernen. Toll. Als ob mir nicht gerade klar geworden wäre, was für einen Typen ich mir da in meine Wohnung geholt habe. Perry hat ihn mir als Nachfolger für das Zimmer empfohlen. Perry, der nie auch nur eine leere Getränkedose hat herumstehen lassen, der sich jeden Mittwoch um ein ausgewogenes Abendessen gekümmert und der nie zu laute Musik gehört hat. Perry, mein ehemaliger perfekter Mitbewohner, hat mir versichert, dass Jamain gut zu mir passt.

»Denkst du, wir werden verfolgt?« Er sieht sich um, als die Ampel auf Grün schaltet. »Von Ethan? Oder sogar von den Cops?«

Ich presse die Lippen aufeinander und rücke zum wiederholten Mal den Rückspiegel zurecht, als würde mir das dabei helfen, zu erkennen, ob uns wirklich jemand folgt. Mein nahezu makelloses Gedächtnis lässt mich in Stresssituationen jämmerlich im Stich. Ich kann nicht sagen, ob der rote Audi schon von Anfang an hinter uns war.

»Ich weiß nicht, ob wir verfolgt werden«, gebe ich gereizt zurück und setze den Blinker. Dreimal rechts abbiegen ist ein guter Trick, um das herauszufinden. Wenn man dreimal rechts abbiegt und dasselbe Auto einem immer noch folgt, hat man ein Problem. Eins, das noch größer ist als ein Drogenkarton.

Der rote Audi hinter uns biegt nicht ab. Ein Glück. Ich lockere den eisernen Griff ums Steuer und gebe etwas weniger Gas.

Jamain lehnt sich vor und drückt auf meinem Autoradio herum, bis er auf einen Sender mit furchtbarem Techno stößt. Einen fragwürdigen Musikgeschmack hat er also auch. Wortlos mache ich den Mist wieder aus.

»Ich denke darüber nach, das Zeug zu entsorgen«, sagt er und sieht kurz zwischen mir und dem Radio hin und her. »Aber vorher musst du mich auf einen Coffee to go einladen. Auf jeden Fall mit Sojamilch. Gerne auch mit Schokosirup oder flüssiger Schokolade.«

Ich streiche mir über die Stirn. Vielleicht realisiert er nicht, was passieren wird, wenn man uns anhält und einen Karton voller Gras findet. Das alles muss ein schlechter Witz sein.

Verdammt, ich bin ein netter Kerl. Ich habe meine Literaturrecherche, die nächste Woche vor der Sommerpause meiner Vorlesungen fertig sein muss, stehen und liegen lassen, um ihm spontan diesen Gefallen zu tun und ihn zu der gewünschten Adresse zu fahren. Ich führe ein ruhiges Leben, mein Studium läuft gut und mein Nebenjob ebenfalls. Ich lese viel und halte mich fit. Ich weigere mich, das alles zu verlieren, weil man mich und diesen Gauner mit Drogen erwischt.

»Von mir aus kannst du fünf Kaffee haben, wenn du mir dein Wort gibst, das Gras im Anschluss unverzüglich loszuwerden. Ich werde mich weder damit erwischen lassen noch wirst du es in die Wohnung bringen.«

Schlimm genug, dass der Toyota nun danach riecht. Hoffentlich ist das nicht einer dieser Gerüche, die sich so hartnäckig festsetzen wie Zigarettenrauch.

»Okay«, sagt er, mit einem Mal überraschend entspannt dafür, dass er vorhin noch gefragt hat, ob wir verfolgt werden. War das etwa nur ein Scherz? »Fünf Coffee to go mit Sojamilch, und dafür entsorge ich alle Drogen, die sich in diesem Karton befinden.«

Jamain hebt den Deckel an und wirft einen Blick hinein, als würde er in Erwägung ziehen, sich sofort hier im Auto einen Joint zu drehen. Dann macht er es sich gemütlich und platziert seine Turnschuhe auf dem sauberen Armaturenbrett. Ich will nicht wissen, was mit seinen Beinen passieren würde, wenn wir so einen Unfall bauen.

»Könntest du das lassen?« Ich mache eine Geste in Richtung seiner Schuhe, aber anstatt sich ordentlich hinzusetzen, macht er es sich nur noch bequemer. Toll. Dieser Typ liebt Risiken eine Spur zu sehr.

»Blick auf die Straße, Buchhändler.« Er schnalzt tadelnd mit der Zunge. Unverschämtheit. Sicherheitshalber verringere ich die Geschwindigkeit, sodass wir uns im Schneckentempo durch den Nachmittagsverkehr bewegen.

»Ich helfe im Subtext nur aus. Der Laden gehört mir nicht.« Auch wenn ich ihn gerne eines Tages übernehmen und mich wirklich als Buchhändler bezeichnen würde.

»Hast du schon mal ein Buch verkauft?«, fragt Jamain.

»Ja, aber das –«

»Dann bist du ein Buchhändler«, schneidet er mir das Wort ab und verändert seine Position wieder. Vielleicht geht ihm das Schneckentempo auf die Nerven ... oder er will sich an meinem Handschuhfach zu schaffen machen. Ich habe Mühe, den Blick auf die Straße gerichtet zu halten, als er es in aller Ruhe durchwühlt und dabei die Parkscheibe herausfällt.

»Zitronenverbene und Avocadobutter«, liest er von meiner Handcreme ab und lehnt sich zurück ins Sitzpolster. Aus dem Augenwinkel beobachte ich, wie er die Creme aufschraubt und sich etwas davon auf den Handrücken drückt. Der fruchtige Duft mischt sich mit dem Cannabisgeruch.

»Und wozu die ganzen Taschentücher?« Er lässt die Tube ins Seitenfach der Tür fallen. »Damit du die Sauerei beseitigen kannst, wenn du es dir im Auto selbst gemacht hast? Allzeit bereit, was?«

»Was?« Ich blinzle. Hinter uns hupt jemand, vermutlich weil ich den Blinker gesetzt habe und dann nicht abgebogen bin. Verdammt, normalerweise passiert mir so etwas nicht. Normalerweise weiß ich genau, wohin ich fahren will, und normalerweise ist auch niemand mit mir im Auto, der aus dem Nichts solche Sätze raushaut. »Spinnst du?«

Scheiße, wie kommt er denn auf so einen Gedanken? Und warum spricht er ihn einfach so aus? Was soll man denn auf so etwas erwidern? Natürlich befriedige ich mich nicht in meinem Auto.

Jamain lässt das Fenster herunter und zeigt dem Auto, das gehupt hat, den Mittelfinger. »Wie unhöflich. Kann doch jedem mal passieren, dass er von seinen Fantasien überwältigt wird und deshalb ein wenig unaufmerksam ist. Mach dir bloß keine Gedanken wegen diesem Arschloch. Seine fehlende Geduld ist nicht deine Schuld!« Mit schräg gelegtem Kopf fährt er die Scheibe wieder hoch. »Fehlende Geduld ist nicht deine Schuld«, wiederholt er und scheint recht angetan zu sein von seinem Reim.

»Woher kennst du Perry? Seid ihr gut befreundet?«, frage ich, um schleunigst ein anderes Thema anzuschneiden. »Er hat dich nie erwähnt, bevor er dich empfohlen hat.« Mittlerweile ist mir klar, dass es ein Fehler gewesen ist, Perry nicht gewissenhafter nach Jamain auszufragen. Wenn diese wichtige Prüfung nicht angestanden hätte, dann hätte ich auch mit Jamain ein ausgiebigeres Gespräch geführt und ihm nicht so schnell eine Zusage für das Zimmer erteilt.

»Wir haben uns im Freizeitpark kennengelernt«, erwidert er, »und da haben wir festgestellt, dass wir voll auf einer Wellenlänge schwimmen. Ein Drachenfisch erkennt einen anderen, wenn er ihn trifft.«

»Aha.« Es klingt nicht so, als wären Perry und er besonders eng befreundet, auch wenn er behauptet, dass sie auf einer Wellenlänge sind wie … Drachenfische. Eindeutig eine Übertreibung. Ich kann keine Gemeinsamkeiten zwischen den beiden erkennen, auch nicht, was das Aussehen angeht. Perry hat rotes Haar und trägt eine Brille, während Jamain dunkelbraunes Haar und einen zu intensiven Blick hat. Außerdem wirkt er im Gegensatz zu Perry, der nicht besonders sportbegeistert ist, ziemlich durchtrainiert.

Nach ein paar weiteren Minuten biege ich in den Drive-thru des Deja-Brews und fahre die Fensterscheibe auf meiner Seite herunter. Ein Drive-thru ist die sichere Wahl, denn ganz bestimmt werde ich diesen Kriminellen nicht mit den Drogen alleine in meinem Auto lassen, während ich Kaffee hole. Und die Drogen unbeaufsichtigt im Auto zu lassen, kommt natürlich auch nicht infrage.

»Ich liebe Wortspiele!«, sagt Jamain unvermittelt und lehnt sich halb über mich. Der Duft von Apfel drängt sich in die Cannabis-Handcreme-Mischung. Wenn ich sein Shampoo riechen kann, ist er mir eindeutig zu nahe. »Ein Déjà-vu ist ja eigentlich ein Ereignis, bei dem man das Gefühl hat, es schon mal erlebt zu haben. Kommt aus dem Französischen und heißt ›schon gesehen‹. Und Deja-Brew heißt dann, dass es ›schon gebraut‹ ist. Der Kaffee steht also bereit. Ist aber wohl eine Art Sinnbild für andere Getränke, denn hier gibt's sicher alles.«

»Willkommen bei Deja-Brew, was kann ich für Sie tun?«, ertönt die Stimme aus der Sprechanlage. Ich presse die Lippen zusammen. *Hallo, ich hätte gerne einen Kaffee, um den Kerl neben mir dazu zu bringen, sein Gras loszuwerden, damit ich nicht im Gefängnis lande und meine Familie noch enttäuschter von mir ist als ohnehin schon.*

Ich atme aus. »Einen Kaffee mit Sojamilch.«

»Welchen möchten Sie?«

»Vollkommen egal«, erwidere ich.

»Geben Sie uns etwas von dem krassen Stoff!«, ruft Jamain in Richtung der Sprechanlage. »Wir haben noch nicht genug davon!« Wenn ich nicht gesehen hätte, dass er sich während der Fahrt nicht an den Drogen im Karton bedient hat, würde ich annehmen, dass er high ist. Die Sprechanlage bleibt etliche Momente lang stumm. Vielleicht hat man ihn nicht gehört. Vielleicht ist das Ding gerade rechtzeitig und ohne ersichtlichen Grund kaputtgegangen. Ein erleichternder Gedanke. Leider wird er zerstört, als sich die Stimme doch wieder meldet.

»Entschuldigung? Was meinen Sie? Wir haben Cappuccino, Mocha, Lattes, warm oder kalt …«

Ich reibe mir über die Schläfe. Vielleicht weiß ich, dass Jamain nicht high oder betrunken ist, aber der Typ am Schalter des Deja-Brew weiß es nicht und vermutet jetzt mit Sicherheit das Gegenteil.

»Nichts«, sage ich, so höflich und ordentlich artikuliert, dass es hoffentlich Jamains Ausbruch ausbalanciert. »Nur den Kaffee mit Sojamilch. Ein Mocha ist in Ordnung.«

»Einen Mocha mit Sojamilch«, wiederholt die Stimme und klingt jetzt zum Glück weniger verwirrt. Ich lege eine Hand an Jamains Brust und versuche, ihn wieder zurück auf seinen Sitz zu schieben. Okay, er geht definitiv hin und wieder ins Fitnessstudio. Das kann ich sogar durch seinen Pullover spüren.

»Das gefällt mir.« Er nickt in Richtung meiner Hand und schenkt mir ein Lächeln, das überraschend charmant und kein bisschen unsympathisch aussieht und das er mit einem verschmitzten Zwinkern garniert.

Ich ziehe die Hand zurück. Es gefällt ihm? Hoffentlich war das ein Witz. Er ist nicht mein Typ; abgesehen von den stechend blauen Augen, dem durchtrainierten Körper und dem Lächeln, das einen fast – nur fast – dazu animiert, ebenfalls zu lächeln, obwohl nichts an unserer jetzigen Situation auch nur ansatzweise witzig ist.

Die Sprechanlage meldet sich erneut: »Möchten Sie sonst noch etwas?«

»Nein«, sage ich, bevor Jamain wieder auf die Idee kommt, etwas Fragwürdiges zu brüllen. Oder bevor er auf die Idee kommt, wirklich fünf Kaffee mit Sojamilch zu bestellen, die er nie im Leben austrinken kann.

Oder doch?

»Warten Sie. Machen Sie bitte fünf Mochas mit Sojamilch daraus.«

»Stopp!«, protestiert Jamain. »Es war nie die Rede davon, dass ich alles auf einmal trinken muss. Das kannst du vergessen, Buchhändler. Fünf Kaffee mit Sojamilch sind der Deal, und davon will ich jetzt einen. Nur einen!«

»Also einen Mocha mit Sojamilch?«, vergewissert sich die Stimme nun mit einem Hauch Ungeduld.

»Ja.« Ich reibe mir über die Schläfe. Schade. Ich hätte gerne dabei zugesehen, wie er mit fünf Kaffee kämpft, weil er sich übernommen hat. Und vermutlich hätte er dann genauso dringend pinkeln müssen, wie ich die Box entsorgen will. Das wäre nur fair gewesen.

Die Sprechanlage nennt den Preis, und wir fahren zum Ausgabefenster, wo ich erneut anhalte und den Motor ausstelle.

»Wir können ein bisschen Small Talk machen«, schlägt Jamain vor. »Es ist doch von Vorteil, wenn wir uns besser kennenlernen? Immerhin wohnen wir schon seit einer Woche zusammen. Höchste Zeit, ein paar intime Details auszutauschen, findest du nicht?«

Sein Lächeln wird immer mehr zu einem Grinsen, und das ist besorgniserregend. Genau wie die Tatsache, dass er *intime Details* austauschen will. Ungeduldig trommle ich gegen das Lenkrad. Vielleicht dauert es wegen der Sojamilch so lange. Oder man hat Jamains Brüllen entnommen, dass wir einen Karton voller Cannabis im Auto haben, und die Mitarbeiter haben die Polizei verständigt.

»Wie wäre es mit einem kleinen Spiel? Zwei Wahrheiten, eine Lüge. Die Regeln sind einfach. Ich nenne dir drei Fakten, du musst raten, welcher davon gelogen ist. Okay?«

»Okay.« Ich ergebe mich meinem Schicksal. Beim Ausgabeschalter tut sich immer noch nichts.

»Ich stehe auf Tarantino-Filme und kann die meisten davon mitsprechen. Ich war schon mal im Knast und habe da einige interessante Bekanntschaften gemacht. Mein Schwanz ist im erregten Zustand exakt 14,88 Zentimeter lang und liegt damit fast zwei Zentimeter über der Norm«, zählt Jamain auf und stupst mich leicht mit dem Ellbogen an. »Zwei Runden. Der Gewinner hat beim Verlierer einen Gefallen gut. Du bist dran!«

Tarantino-Filme, der Knast und … sein Schwanz. Obwohl das Fenster immer noch offen ist, fühlt es sich mit einem Mal warm und stickig im Auto an. Er hat mir gerade mitgeteilt, wie groß sein Schwanz im erigierten Zustand ist, und das ist garantiert kein Thema, worüber man mit seinem Mitbewohner sprechen sollte. Ich will mir weder vorstellen, was er in der Hose hat, noch, wie er mit einem Lineal zugange war. Er hat doch nicht wirklich bis auf den Millimeter abgemessen, oder?

»Ihr Mocha mit Sojamilch.« Die Stimme reißt mich aus meinen Gedanken.

»Danke.« Ich lehne mich aus dem Fenster, nehme einen tiefen Atemzug frischer Luft und greife nach dem Getränk, das man mir hinhält. Verdammt, ich wollte heute weder mit Drogen durch die Stadt kurven noch mir die Erektion meines neuen Mitbewohners vorstellen.

Jamain nimmt den Kaffeebecher entgegen, und ich fahre die Fensterscheibe wieder hoch.

»Das macht drei Dollar und 65 Cent«, ruft der Deja-Brew-Mitarbeiter scharf.

Ich habe noch nicht bezahlt. Hitze steigt mir in die Wangen, als ich das Fenster wieder herunterlasse und meinen Geldbeutel aus der Hosentasche hole.

»Behalten Sie den Rest«, sage ich und gebe ihm fünf Dollar. Trinkgeld dafür, dass er nicht die Polizei gerufen hat, schätze ich.

»Ich glaube, dass du nicht im Knast warst«, sage ich zu Jamain, nachdem wir uns wieder in den Verkehr eingeordnet haben. Es ist eher ein verzweifeltes Hoffen als ein richtiges Raten, und ich bin nicht sicher, ob ich die Antwort überhaupt wissen will.

»Das stimmt!« Vielleicht klingt er eine Spur zu begeistert, aber ich atme trotzdem auf. »Du hast direkt richtig gelegen, und das bedeutet, dass wir einen Draht zueinander haben, Buchhändler.«

Einen Draht zueinander? So würde ich das nicht unbedingt bezeichnen.

»Sei vorsichtig mit dem Kaffee«, sage ich nur. Er hat die Füße zwar nicht wieder auf das Armaturenbrett gelegt, aber das heißt nicht, dass er den Inhalt nicht trotzdem im Toyota verteilen könnte.

»Wenn ich dir einen Tipp geben darf …«, fängt er an, und ich höre das Grinsen in seiner Stimme. »Du hättest sofort aufs Gas treten und mit quietschenden Reifen und diabolischem Gelächter wegfahren sollen.«

»Was?«

»Gerade eben, als du versucht hast, den Kaffee zu stehlen. Ist doch klar, dass die dich aufhalten, wenn du das Fenster so langsam hochfährst. Regel Nummer eins bei Überfällen: Keine Zeit zum Nachdenken lassen!«

Ich blinzle. Dieser Typ macht es einem wirklich nicht leicht, sich auf den Verkehr zu konzentrieren. »Ich habe nicht versucht, den Kaffee zu stehlen.« Dass er überhaupt auf so einen Gedanken kommt, irritiert mich. »Du hast mich abgelenkt.«

Ich werfe einen knappen Blick zur Seite. Der Mocha befindet sich zum Glück noch dort, wo er sein soll – im Kaffeebecher, nicht auf dem Sitzpolster.

Jamain setzt wieder dieses charmante Lächeln auf, das mich schon am Tag unseres Kennenlernens getäuscht hat. »Du bist dran, Buchhändler. Drei Fakten.«

Vermutlich hat er nicht vor, diesen verdammten Drogenkarton zu entsorgen, wenn ich nicht mitspiele, aber drei Fakten sind schwierig. Dass ich Literatur studiere und nebenbei in einem Buchladen arbeite, weiß er schon. Und dass ich aus einer Arztfamilie komme, ist eher frustrierend als spannend. Ansonsten gibt es über mich nicht viel zu sagen. Ich festige den Griff ums Lenkrad. Wie schön, dass ein simples Spiel dafür sorgt, dass ich mir plötzlich langweilig vorkomme. Selbstverständlich geht es mir nicht darum, Jamain zu beeindrucken, aber … na ja, niemand will wie ein Langweiler wirken.

»Ich kenne die ersten Sätze von über hundert verschiedenen Büchern auswendig«, sage ich schließlich. »Ich habe schon mal einen Diebstahl begangen. Und ich habe eine Meeresfrüchteallergie.«

Das sind harmlose, nette Fakten, keine intimen Dinge. So lernt man jemanden kennen. Nicht, indem man seine Schwanzlänge kundtut.

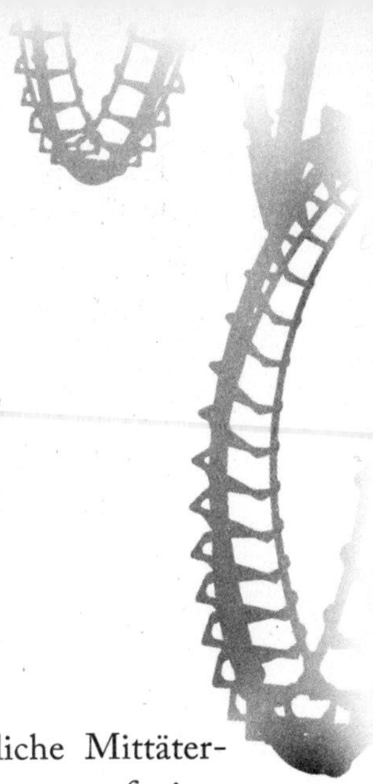

2 | Jamain | Drei Wahrheiten

Tyren ist verdammt attraktiv. Die vermeintliche Mittäterschaft bei einem Drogencoup hat einen Rotschimmer auf seine Wangen gezaubert, und dieser leicht überforderte Look steht ihm ausgesprochen gut. Natürlich hätte ich die Sache sofort auflösen können, aber wo bliebe dann der Spaß? Er wirkt eindeutig, als könnte er ein wenig Aufregung in seinem Leben gebrauchen.

Vorsichtig hebe ich den Becher zum Mund – nicht, weil mich der Buchhändler darum gebeten hat, sondern weil ich meine beiden neuen Mitbewohner nicht mit Kaffee bekleckern will. Ob in der Wohnung Haustiere erlaubt sind? Wobei, sobald Tyren einen Blick in die süßen Knopfaugen geworfen hat, kann er sowieso nicht mehr ablehnen. Er wird ihnen ebenso verfallen wie ich, da bin ich sicher, und am wichtigsten ist doch, dass die beiden Schweine ein schönes und liebevolles Zuhause bekommen.

Tyrens drei Behauptungen sind so spannend, dass ich innehalte, den Becher noch immer an den Lippen, und nachdenklich die Stirn runzle. Er ist klug und gebildet. Es würde mich nicht wundern, wenn er mehr erste Sätze auswendig könnte, als ich Bücher in meinem Leben gelesen habe. Dass er etwas geklaut haben soll, erscheint mir wiederum so unwahrscheinlich, dass es einfach der Wahrheit entsprechen muss.

»Meeresfrüchte«, sage ich, nachdem ich endlich einen Schluck Kaffee genommen und mir genießerisch über die Lippen geleckt habe. »Du hast keine Allergie. Erzähl mir von dem Diebstahl, ja?«

Tyrens Miene ist unergründlich, und ich frage mich, worüber er nachdenkt. Er scheint nicht sonderlich angetan von meinem Spiel … oder es liegt an der Information über 14,88. Vielleicht ist er neidisch? Über die Mittelkonsole spähe ich in Richtung seines Schritts, stelle aber im nächsten Moment mit einem Hauch Enttäuschung fest, dass dieser keine Anhaltspunkte bietet. Bei Gelegenheit werde ich die entsprechende Frage stellen.

»Es war *Herr der Fliegen* von William Golding«, durchbricht er unvermittelt die Stille, woraufhin ich den Kaffeebecher ein wenig sinken lasse.

»Ich war acht und hatte nicht genug Geld dabei. Ein Dollar hat mir gefehlt.«

Mir gefällt die ruhige Ernsthaftigkeit, mit der er spricht, und ebenso sein konzentrierter Blick.

»*Der blonde Junge ließ sich vorsichtig das letzte Stück die Felsen hinunter und suchte sich einen Weg zur Lagune.* So fängt es an«, fährt er fort. »Das Beste an einem Buch ist immer der erste Satz. Der Anfang. Wenn noch alles passieren kann und man nicht genau weiß, wohin der Weg führt.« Er umfasst das Steuer ein wenig fester. »Oder wo er endet.«

»Du wolltest mit acht *Herr der Fliegen* lesen?«, frage ich. »Du *hast* mit acht *Herr der Fliegen* gelesen«, korrigiere ich mich dann und runzle die Stirn. »Als ich das gelesen habe, war ich doppelt so alt wie du … und ich hab's auch nur gelesen, weil man mich in der Schule gezwungen hat.«

Tyren zieht eine Augenbraue hoch, dann wendet er sich wieder dem Verkehr zu. Entschlossen kämpfe ich den Wunsch, mich zu rechtfertigen, nieder und nehme einen weiteren Schluck meines Kaffees. Ich mag es nicht, wenn mich jemand so geringschätzig mustert … vor allem nicht, wenn ich diesen Jemand sympathisch finde. Zwar kenne ich den Buchhändler noch nicht lange, aber ich mag ihn. Außerdem macht es unglaublich viel Spaß, ihn aus der Reserve zu locken. Es gefällt mir, wenn sich die Überforderung in seinen blauen Augen widerspiegelt. Seit meinem Einzug vor einer Woche hat er noch kein einziges Mal die Stimme erhoben. Weder als ich meine schmutzige Freizeitparkuniform im Bad vergessen noch als ich mich versehentlich am falschen Kühlschrankfach bedient habe. Er ist ruhig geblieben, hat meine Wäsche kommentarlos mitgewaschen, neuen Joghurt gekauft und diesen im Anschluss ordentlich beschriftet.

In den vergangenen Minuten hat er mir noch mehr Facetten von sich gezeigt, und die sind ziemlich interessant. Ein Hoch auf als Drogen getarnte Meerschweinchen.

Während ich über die nächsten Fakten nachdenke, verlassen wir Pittsburgh, und Tyren biegt auf eine wenig befahrene Landstraße ab. Sieht ganz so aus, als wären wir noch eine Weile unterwegs.

»Ich habe Angst vor Spinnen«, beginne ich meine Aufzählung und räuspere mich im Anschluss, um das leichte Scharren aus der Box zu übertönen. »Ich hatte schon mal einen Dreier. Und ich finde dich attraktiv.«

Tyren erwidert vorerst nichts. Glück gehabt, offenbar hat er die Schweine-Geräusche nicht bemerkt. Stattdessen öffnet er die Fenster und lässt frische Luft in den Innenraum des Toyotas. Dann fixiert er mit leicht gerunzelter Stirn die Straße. Gestern Abend hatte er den gleichen Blick drauf, als er mit seiner Lesebrille auf der Couch saß, neben sich eine Tasse Tee und auf dem Schoß ein Buch. Seine konzentrierte Miene ist niedlich und irgendwie auch ziemlich sexy.

»Ich kann mir nicht vorstellen, dass du Angst vor Spinnen hast«, sagt er schließlich. »Wahrscheinlich hattest du sogar mal eine Vogelspinne als Haustier. Eine Vogelspinne namens Tarantino oder so. Tarantino die Tarantel.«

Er grinst, und obwohl ich an Vogelspinnen überhaupt nichts amüsant finde, zuckt um meine Mundwinkel ebenfalls ein kleines Lächeln.

»Das mit der Spinnenangst ist die Lüge«, entscheidet er, woraufhin ich den Kopf schüttle.

»Nein«, erwidere ich. »Das war keine Lüge. Ganz ehrlich? Ich hasse Spinnen. Sie haben einfach zu viele Beine mit Knicken an den falschen Stellen.« Ein Schauder überläuft mich, und ich ziehe unbehaglich die Schultern hoch. »Und man kann nicht einfach irgendwen oder irgendwas direkt nach Tarantino benennen. Das ist eine Beleidigung für den Meister. Figuren aus seinen Filmen sind besser.«

»Okay«, erwidert Tyren, ohne auf meine Worte näher einzugehen. »Dann bin ich wieder dran.«

Er führt das Spiel überraschend bereitwillig weiter. Vermutlich hat er Angst, ich könnte die beiden anderen Punkte noch näher ausführen.

»Ich habe mir mal den Ellbogen gebrochen, als ich etwas vor meinen Eltern auf dem Schrank versteckt habe«, beginnt er. »Es gibt ein Foto von mir, auf dem ich mit meinem ersten Baked Alaska zu sehen bin, das ziemlich schiefgegangen ist. Und ich habe drei Mittelnamen, Oscar Henry James.«

Ich entscheide aus dem Bauch heraus. »Die Namen sind die Lüge.«

»Stimmt«. Tyren seufzt geschlagen. »Ich habe nur einen Mittelnamen. Oscar.«

»Ein Glück.« Ich setze mich etwas bequemer hin. »Die beiden anderen Informationen sind irgendwie süß, und es wäre schade, wenn du sie erfunden hättest. Was hast du vor deinen Eltern versteckt? Eine Pornozeitschrift vielleicht?«

Tyren wirft mir einen entrüsteten Blick zu. »Nein«, sagt er. »Es war keine Pornozeitschrift. Es war *Der Fänger im Roggen*.«

Natürlich war es keine Pornozeitschrift. Natürlich war es irgendein seriöses Buch, dessen Titel mir sogar vage bekannt vorkommt. Der Buchhändler ist alles, aber nicht überraschend. Kein bisschen überraschend. Allein der Inhalt seines Handschuhfachs verrät einiges über seinen Charakter. Hätte ich einen eigenen Wagen – mein Handschuhfach wäre ein Quell unglaublicher Spannung. Vielleicht sollte ich bei Gelegenheit ein paar Überraschungen in Tyrens Auto deponieren.

»Meine Eltern waren der Meinung, dass ich mit zehn noch zu jung dafür war«, reißt er mich aus meinen Gedanken. »Als sie mich damit erwischt haben, wollten sie, dass ich es einem Secondhandladen spende. Aber ich wollte es zu Ende lesen.«

»Ganz schön ambitioniert«, sage ich anerkennend. »Und was ist ein Baked Alaska? Kann ich das Foto sehen, wenn wir zu Hause sind?«

»Du weißt nicht, was ein Baked Alaska ist? Ein Überraschungs-Soufflé? Das eigentlich unmögliche Dessert, weil man Eis im Ofen backt, ohne dass es schmilzt?« Er klingt verdammt begeistert dafür, dass es sich lediglich um einen Nachtisch handelt. Irgendwie ist das ziemlich liebenswert.

»Die eiskalte Schaumschicht isoliert das Eis gegen die Hitze. Es ist faszinierend, und es schmeckt gut. Das musst du probiert haben. Ich könnte nächste Woche eins machen. Aber das Foto bleibt unter Verschluss.«

»Klingt auf jeden Fall spannend.« Ich beuge mich ein wenig vor und streiche über die Box auf meinem Schoß.

»Wie weit fahren wir noch?«

Einen kleinen Ausflug in Ehren, aber sonderlich bequem ist

es in dem Karton sicher nicht, zumal die beiden Schweine spontan aus ihrer gewohnten Umgebung gerissen wurden. »Und wohin fahren wir überhaupt?«

Tyren dreht den Kopf minimal zur Seite, sein Blick streift zuerst mich, dann den Karton.

»Gleich da«, erwidert er knapp, woraufhin ich mich wieder ins Polster sinken lasse.

Er sieht sich um, als hätte er in Wirklichkeit keine Ahnung, wohin wir fahren. Vermutlich sucht er nach einer Abzweigung, einem einsamen Feldweg oder etwas Ähnlichem. Nach einem Ort, an dem nicht jedes andere Auto auf der Straße mitbekommt, wie sein verrückter Mitbewohner einen Karton mit Drogen aus dem Fenster schleudert.

»Hast du schlechte Laune, weil ich richtig getippt habe?«, frage ich nach einer kurzen Pause. »Weil das wiederum bedeutet, dass du verloren hast und ich einen Gefallen bei dir guthabe?«

Ich lehne mich ein Stück zu ihm, schnippe aufmunternd gegen seinen Oberschenkel, und er presst umgehend die Lippen aufeinander.

»Keine Angst«, sage ich mit einem verschwörerischen Lächeln. »Ich werde nichts Unmögliches verlangen. Bestimmt fällt mir etwas ein, woran wir beide Spaß haben.«

»Das klingt gut«, sagt er so vorsichtig, als würde er mir keinen Schritt über den Weg trauen.

»Dein Zweitname spukt mir immer noch im Kopf herum«, sage ich. »Oscar.«

Er setzt ordentlich den Blinker und biegt auf einen der Feldwege ab. Nach ein paar Metern halten wir an. Scheint so, als wären wir am Ziel; einem Ziel, umgeben von Büschen und Sträuchern.

In Kürze werde ich den Inhalt meines Kartons preisgeben, dann ist die gute Stimmung dahin. Schade eigentlich, bisher hat es großen Spaß gemacht. Ich nehme nicht an, dass Tyren ohne Druckmittel etwas mit mir unternommen hätte. Vielleicht kann ich mir mit einer kleinen Ablenkung noch etwas Zeit erkaufen.

»Was dagegen, wenn ich dich ab sofort Oscar nenne?«, frage ich unschuldig.

»Ja«, erwidert er so schnell, dass ich mir ein Grinsen nicht verkneifen kann.

»Na gut.« Ich hebe besänftigend eine Hand. »Ein individueller Spitzname ist sowieso schöner.« Nachdenklich lege ich den Kopf schräg. »Wie wär's stattdessen mit Bookboy?«

Er atmet langsam aus, dann stellt er den Motor ab. Oh, oh. Die Stunde der Wahrheit steht unmittelbar bevor.

»Wenn dir Bookboy nicht gefällt, könnte ich dich auch Herr der Fliegen nennen. Oder wir bleiben doch bei Os –«

»Bookboy ist toll«, unterbricht er mich, woraufhin ich zufrieden nicke. Während er die Scheibe nach unten fährt und im Anschluss den Pappkarton mit meinen neuen Mitbewohnern anvisiert, denke ich darüber nach, wie ich ihm am besten mitteile, dass der Inhalt der Kiste unter keinen Umständen aus dem Auto geworfen werden wird.

»Wirf sie am besten hinter den Busch, damit man sie nicht sofort sieht, wenn man vorbeikommt.«

Ich beuge mich ein Stückchen vor und widerstehe dem Wunsch, die Arme schützend um die Kiste zu legen. Nicht, dass er plötzlich selbst tätig wird und die beiden Schweine rauswirft – im wahrsten Sinne des Wortes.

»Jamain.«

Ich drehe mich ein Stück in seine Richtung.

»Könntest du dich ein wenig beeilen?«

Seine Stimme klingt angespannt, und sein Gesichtsausdruck ist so missbilligend, als würde er ein ruiniertes Baked Atlantis betrachten.

»Womit?«, erkundige ich mich harmlos, woraufhin er die Stirn in Falten legt.

»Du hast versprochen, den Karton loszuwerden.«

Für einige Sekunden mustere ich ihn schweigend.

»Nicht ganz«, sage ich dann. »Der Deal war, dass ich alle Drogen entsorge, die sich in dem Karton befinden.«

»Ja.« Er verengt leicht die Augen. »Und?«

»In dem Karton befinden sich keine Drogen.«

»Verarsch mich nicht. Mein ganzes Auto riecht nach Cannabis.«

Ich beiße mir auf die Unterlippe. »Du kennst dich echt gut mit Drogen aus, was?«

Er seufzt und fährt sich resigniert durchs Haar. »Jamain …«

»Dein Auto riecht nicht nach Drogen, dein Auto riecht nach Heu«, sage ich und gebe mir gar nicht erst Mühe, meine Belustigung zu verbergen. Meine Belustigung, die noch weiter zunimmt, als Tyren ungläubig die Brauen hochzieht.

Langsam beuge ich mich zu ihm und öffne die Klappen der Box, sodass er einen Blick hineinwerfen kann.

»Darf ich vorstellen? Unsere neuen Mitbewohner.« Ich greife in den Karton und hebe das braune Meerschwein vorsichtig heraus, das sich neugierig umsieht, während mich das flauschigweiße aus der Ecke heraus misstrauisch anblinzelt.

»Ich denke, ich werde sie Kill und Bill nennen. Eine kleine Hommage an Tarantino.«

Im Wagen herrscht vollständige Stille, lediglich durchbrochen von einem Knabbergeräusch, als Bill testweise in den Rand der Box beißt.

Ich reiße mich von dem braunen Schweinchen los und beobachte stattdessen Tyrens Mienenspiel. Seine Pupillen sind leicht geweitet, und in ihnen spiegelt sich eine Mischung aus Unglaube und Sorge. Er presst wieder die Lippen aufeinander, was wiederum dafür sorgt, dass mich Belustigung erfüllt. Tyren Oscar Bradford hat sich geirrt und ist sichtlich überfordert mit dieser Tatsache.

»Das kleine Stirnrunzeln steht dir«, entscheide ich mich für ein Kompliment, während ich Bill vorsichtig auf den Handflächen balanciere. Er schaut wieder interessiert in Tyrens Richtung und scheint auf eine Streicheleinheit zu hoffen. Vergeblich, denn dieser umfasst demonstrativ das Lenkrad und schaut finster zwischen mir und dem Meerschwein hin und her. Offensichtlich kann er sich nicht entscheiden, wer von uns beiden gerade das größere Ärgernis darstellt. Das kann ich nicht nachvollziehen. Im Karton befanden sich nicht nur keine Drogen, sondern sogar zwei Paar süßer Knopfaugen. Der Buchhändler muss ein Herz aus Stein haben, wenn er sich davon nicht erweichen lässt. Vielleicht hätte ich ihm Kill präsentieren sollen, der nach wie vor skeptisch in einer Ecke der Kiste sitzt; die beiden scheinen sich vom Charakter ähnlicher zu sein.

Tyren braucht einige Zeit, um sich aus seiner Erstarrung zu reißen.

»Auf keinen Fall.« Er schüttelt den Kopf. »Die beiden werden auf keinen Fall unsere Mitbewohner. In der Wohnung sind keine Haustiere erlaubt. Und ganz besonders keine gestohlenen. Wir werden die Meerschweinchen wieder zurückbringen.«

»Nein«, widerspreche ich entschieden, aber leise genug, um Bill nicht zu erschrecken. Vorsichtig streiche ich über sein Köpfchen und setze ihn zurück in den Karton.

»Keine Sorge«, sage ich an die beiden Tierchen gewandt. »Das meint er nicht so. Ihr müsst nicht zurück zum Schweinehasser, okay?«

Tyren lässt den Motor an, fährt die Fenster nach oben und wendet den Wagen, sodass wir uns kurz darauf wieder auf der Landstraße befinden.

»Wir können sie nicht zurückbringen«, beharre ich. »Das wäre verrückt. Ich habe mein Leben riskiert, um die beiden zu retten, und jetzt soll alles umsonst sein?«

Ich greife nach meinem Kaffeebecher, den ich im Zuge der Meerschweinchen-Präsentationsaktion zwischen uns abgestellt habe, und nehme einen Schluck – allerdings nur einen kleinen, denn in diesem Moment fällt mir eine Möglichkeit ein, wie ich Tyren zur Vernunft bringen kann. Nicht sonderlich nett, aber mir bleibt keine Wahl.

»Weißt du, Bookboy«, sage ich, während ich scheinbar nachdenklich den Deckel vom Becher nehme, »ich bin ein sehr sensibler Mensch. Wenn du zurück zu Ethan fährst, könnte es sein, dass ich vor Aufregung zu zittern beginne.« Ich bewege die Hand testweise einige Male hin und her, sodass der Kaffee dem Rand gefährlich nahe kommt.

»Wir sollten nicht riskieren, dass dein schöner Wagen irgendwie mit Kaffee versaut wird. Auch Sojamilch riecht sicherlich nach ein paar Tagen ziemlich unangenehm.«

»Du drohst mir mit Kaffee?« Für einen Sekundenbruchteil zuckt sein Blick zu mir. »Nein, du drohst mir mit dem Kaffee, den du von mir verlangt hast. Den ich dir *spendiert* habe«, fügt er hinzu, als würde er auf Gewissensbisse meinerseits warten.

Statt mich reumütig zu zeigen, lasse ich den Kaffee erneut fast über den Becherrand schwappen.

Tyren schnaubt gereizt, dann konzentriert er sich wieder auf den Verkehr.

»Warum hast du sie überhaupt geklaut?«, fragt er nach einer kurzen Pause.

»Ethan ist schlecht mit ihnen umgegangen.« Ich streiche mit der freien Hand über den Karton. »Ihr Stall war total verdreckt, sie hatten kein frisches Wasser und zu wenig Futter. Beim letzten Mal habe ich ihnen etwas mitgebracht, konnte sie aber nicht mitnehmen, weil ich keine feste Bleibe –« Ich unterbreche mich mit einem Räuspern. Kein gutes Thema, denn natürlich habe ich dieses Detail bei unserem Kennenlerngespräch verschwiegen.

»Wie auch immer.« Ich schenke ihm ein aufmunterndes Lächeln. »Jetzt werden die beiden bei uns ein liebevolles Zuhause bekommen. Nicht wahr?«

Tyren ächzt erschöpft, und in mir regt sich das schlechte Gewissen. Es war nicht in Ordnung von mir, derart mit ihm zu spielen und ihn jetzt auch noch mit zwei neuen Mitbewohnern zu überfallen, obwohl er sich noch nicht einmal an mich gewöhnt hat. Er bemüht sich wirklich, und ich …

Gerade als ich eine Entschuldigung formulieren will, ergreift er das Wort.

»Sie werden in deinem Zimmer bleiben«, zählt er auf, und ich kann nicht anders als zu lächeln. Doch kein Herz aus Stein.

»Ich werde kein einziges Mal eins der Schweinchen im Flur, in der Küche oder irgendwo sonst antreffen.« Er hält an einer roten Ampel und wirft mir einen eindringlichen Blick zu. »Ich werde sie weder sehen noch riechen. Und da du diesen Kerl für einen so furchtbaren Meerschweinchenbesitzer gehalten hast, dass du die Tiere stehlen musstest, erwarte ich, dass du dich so verdammt gut um die zwei kümmerst, wie sich noch nie jemand zuvor um Haustiere gekümmert hat.«

Mein Grinsen wird bei seinen Worten immer breiter, und als seine Ansprache ein Ende findet, drehe ich mich auf dem Sitz in seine Richtung.

»Ich wusste gar nicht, dass du so streng sein kannst, Bookboy«, sage ich anerkennend. »Diese dominante Seite ist ziemlich spannend. Zur Perfektion hat nur noch die Androhung einer Strafe gefehlt. *Solltest du meiner Aufforderung nicht nachkommen, wird das Konsequenzen haben.* So etwas in der Art.«

Während ich über mögliche Konsequenzen nachdenke und

dabei geistesabwesend über den Karton streichle, parkt Tyren den Wagen mit seiner üblichen Ruhe in die ziemlich kleine Lücke ein.

»Was war das mit keiner festen Bleibe?«

Er macht den Motor aus, und auch das Radio verstummt. Die plötzliche Stille im Wagen ist ziemlich unangenehm.

Ich stoße einen dramatisch-resignierten Seufzer aus. »Bevor ich bei dir eingezogen bin, hatte ich keine eigene Wohnung, okay?« Meine Worte sind halb herausfordernd, halb entschuldigend; als würde ich damit rechnen, denn vermutlich wird mich der Buchhändler umgehend verurteilen. »Das heißt nicht, dass ich auf der Straße saß, unter Brücken geschlafen oder mit Drogen gedealt habe. Ich bin einfach zwischen ein paar Freunden hin- und hergependelt und konnte denen keine Meerschweinchen vor die Nase setzen, wenn sie schon so nett waren, mich aufzunehmen. Keine große Sache.«

Ohne auf seine Antwort zu warten, schnalle ich mich ab, öffne die Tür und steige aus, wobei ich die Kiste mit Kill und Bill schützend an mich drücke. Vielleicht habe ich mein Leben nicht perfekt im Griff, aber den beiden Schweinchen wird es bei mir gut gehen.

Tyren schließt die Haustür auf, und kurz darauf betreten wir beide das Haus. Schweigend gehen wir die Treppen nach oben in den zweiten Stock.

Mein Blick fällt auf das Klingelschild. »Das müssen wir noch ändern.«

Er erwidert nichts und steckt den Schlüssel ins Schloss.

»Vor der Einweihungsparty am kommenden Wochenende.«

Statt die Wohnung zu betreten, hält er inne und wirft mir einen alarmierten Blick zu.

»Einweihungsparty?«, wiederholt er so irritiert, dass ich mein Grinsen nicht unterdrücken kann.

»Keine Sorge.« Ich gehe an ihm vorbei in den Flur und stelle die Meerschweinchenkiste neben der Kommode ab. »Nichts Großes. Nur ein paar Bekannte. Und der Eintrittspreis sind Getränke, dann müssen wir uns nur um das Essen kümmern. Gut, oder?«

Ich kann es kaum erwarten, zum ersten Mal Gäste zu haben, denn die Wohnung ist der Wahnsinn. Unsere *gemeinsame* Wohnung, auch wenn sie seinen Eltern und damit eher ihm gehört als mir. Weshalb er, ebenso wie ich, Miete zahlt, ist mir zwar schleierhaft, aber ich muss ja nicht alles verstehen. Es zählt nur, dass eines der beiden großzügig geschnittenen Zimmer meines ist – und das von Kill und Bill. Steve und den anderen werden die Augen aus dem Kopf fallen, wenn sie am Wochenende sehen, wie ich jetzt wohne. Ein unfassbares Upgrade.

Während Tyren die Tür hinter uns schließt, öffne ich den Karton – vorsichtig, damit ich die Tierchen nicht erschrecke. Meine Sorge ist umsonst, denn zumindest Bill schnuppert mir sofort interessiert entgegen. Anscheinend will er sich hier umschauen, das kann man ihm nicht übel nehmen.

»Wenn es sich nur um ein paar Bekannte handelt, reichen ein paar Flaschen Wein doch aus.« Tyren zieht seine Schuhe aus und hängt den Autoschlüssel an den Haken neben der Tür. Alles ordentlich. Alles an seinem Platz. Wie immer.

»Ich gehe davon aus, dass du ein entspanntes Abendessen meinst«, fügt er hoffnungsvoll hinzu. So hoffnungsvoll, dass ich beschließe, ihn vorerst in dem Glauben zu lassen. Ich denke nicht, dass Bookboy jemals eine ordentliche Party gefeiert hat. Höchste Zeit, dass er das nachholt!

»Wir können drei bis vier Leute einladen, dafür reicht das Besteck«, fährt er fort. »Ich kann uns etwas kochen. Vielleicht könnte ich sogar Baked Alaska als Nachtisch servieren.«

Obwohl mich Tyrens Vorschläge interessieren, fällt es mir schwer, meine Aufmerksamkeit von Bill loszureißen. Während

Kill nach wie vor in der Ecke des Kartons Schutz sucht, watschelt das braune Meerschwein munter los.

»Sieh mal!« Die Begeisterung ist meiner Stimme deutlich anzuhören. »Ist das nicht süß? Es läuft in Richtung meines Zimmers! Er weiß schon, wo er hingehört.« Für einige Sekunden betrachte ich hingerissen, wie Bill im Zickzackkurs den Flur erkundet.

»Und das Geräusch der Krallen auf dem Laminat ist ja mal total niedlich«, füge ich hinzu, während ich ihm folge – vorsichtig genug, um ihn nicht zu erschrecken, und gleichzeitig schnell genug, um ihn nicht aus den Augen zu verlieren.

Tyren stößt einen erstickten Laut aus.

»Wir haben vergessen, einen Käfig zu kaufen. Pack das Meerschweinchen wieder zurück in den Karton. Wir müssen in den Tierladen fahren und dringend einige Regeln aufstellen. Dann können wir meinetwegen deine Dinnerparty im Detail planen.«

Ich schenke dem Buchhändler ein unverbindliches Nicken, dann folge ich Bill bis zu meiner Zimmertür, die er mit beeindruckender Zielstrebigkeit gefunden hat.

»Mi casa es su casa«, sage ich mit einer einladenden Handbewegung, woraufhin er über die Schwelle watschelt, um sich sein neues Zuhause anzuschauen.

»Ich denke, es gefällt ihm«, lasse ich Bookboy wissen und kehre zur Kommode zurück, um den Karton mit Kill ebenfalls in mein Zimmer zu tragen. Damit er Zeit hat, sich in seinem eigenen Tempo mit der neuen Umgebung vertraut zu machen, stelle ich ihn neben dem Kleiderschrank ab, den ich aus Umzugskisten zusammengestapelt habe. Sicherlich fühlt er sich wohler, wenn der Buchhändler nicht ständig irgendwelchen Quatsch fordert. In einen Käfig? Verdammt, gerade habe ich sie aus einem befreit, da werde ich sie doch nicht wieder einsperren?

»Von mir aus stelle ein paar Regeln auf«, sage ich zu Tyren, der durch die offene Tür in mein Zimmer späht und alles andere als glücklich aussieht. Wahrscheinlich hat er sich immer noch nicht davon erholt, dass sich meine Einrichtung auf eine Matratze, den Kartonschrank, mehrere Reisetaschen und eine coole Lavalampe beläuft.

»Aber die Schweinis werden nicht weggesperrt. Mein Zimmer ist groß genug für uns drei. Denkst du, ich kann zwei deiner hübschen Untertassen haben für Futter und Wasser? Und diesen komischen Obstkorb aus Edelstahl für Heu? Als Toilette wäre die Schuhschale aus dem Flur perfekt. Ich meine, wir wohnen im zweiten Stock. Bis man die Wohnung betritt, sind die Schuhe eh sauber, das Ding ist also total unnötig.«

Tyren reibt sich über den Nacken und sieht sich im Zimmer um. Ich kann mir vorstellen, was er denkt. Perry hatte mit Sicherheit eine hübsche Einrichtung und hat auch nicht auf dem Fußboden geschlafen.

»Meerschweinchen gehören in einen Käfig«, sagt er schließlich. »Das hat nichts mit der Größe deines Zimmers zu tun, das ist einfach so.« Misstrauisch beäugt er Bill, der gerade das unterste Kartonfach anvisiert. »Außerdem sind sie bestimmt nicht stubenrein.«

Bevor ich etwas erwidern kann, verschränkt er die Arme vor der Brust.

»Ein paar Plastiknäpfe aus dem Tiergeschäft reichen aus. Die können wir besorgen, wenn wir den Käfig kaufen, in dem die Meerschweinchen wohnen werden. Und der Obstkorb ist nicht komisch, sondern stilvoll.« Er stößt entnervt die Luft aus. »Und nein, du kannst ihn nicht für Heu verwenden, weil wir Obst darin aufbewahren. Und eine Schuhschale ist keine Toilette. Das alles ist doch nicht dein Ernst, oder? Du willst mich provozieren, auch wenn ich nicht verstehe, warum.«

»Selbst wenn sie nicht stubenrein sind, kann man ihnen das

mit wenig Aufwand beibringen«, erwidere ich, während ich Bill dabei beobachte, wie er sein Näschen unter eines meiner Polohemden schiebt, die ich bei der Arbeit tragen muss.

»Meerschweinchen sind reinliche Tiere.« Das hoffe ich zumindest. Ehrlich gesagt bin ich alles andere als ein Meerschweinchenexperte. Ich bin lediglich ein Meerschweinchenretter. »Die machen nicht einfach irgendwo hin, sondern gehen immer zu einer bestimmten Stelle. Und deshalb sollten wir keine Zeit verlieren, um sie daran zu gewöhnen.«

Tyrens Gesichtsausdruck kann ich entnehmen, dass ich ins Schwarze getroffen habe. Auch wenn er weiterhin die Arme vor der Brust verschränkt hat, wirkt er alarmierter als zuvor. Immerhin könnte es jeden Moment zu spät sein, und eins der beiden Schweinchen könnte auf den Gedanken kommen, sich mangels Alternativen auf dem Boden zu erleichtern. Oder auf meinen Polohemden. Fuck.

Statt mich also dem Ärger des Buchhändlers zu stellen, laufe ich eilig an ihm vorbei in den Flur und schnappe mir die Schuhschale und eine Rolle Küchenpapier, das ich darauf ausbreite und im Anschluss mit etwas Heu bedecke. Nicht optimal, aber besser als nichts. In den vergangenen Stunden habe ich ihm einiges zugemutet – kein Wunder, dass er gestresst ist.

»Ich will dich nicht provozieren«, sage ich, während ich die provisorische Schweinetoilette in einer Zimmerecke positioniere und im Anschluss Bill darauf setze. »Wirklich nicht. Ich … bin einfach so.«

Tyren beobachtet alles von der Zimmertür aus, deshalb gehe ich zu ihm und versetze ihm einen Stups mit dem Ellbogen.

»Starr ihn nicht so an«, fordere ich ihn mit mildem Tadel in der Stimme auf. »Auch Meerschweinchen brauchen ihre Privatsphäre. Du wärst sicher auch nicht begeistert, wenn ich dir ins Bad folge, oder?«

Bei Tys finsterer Miene ist es unmöglich, nicht zu lächeln. Okay, ich habe eben gelogen. Ich will ihn provozieren. Aber nicht, um ihn zu verärgern, sondern weil mir das Funkeln in seinen blauen Augen so gut gefällt.

»Lass uns einen Kompromiss schließen«, schlage ich vor, nachdem ich sicher bin, dass er Bill nicht weiter mit skeptischen Blicken belästigt. »Ich kaufe eine neue Schuhschale und rüste diese hier entsprechend mit Streu aus. Ich besorge auch im Baumarkt Näpfe für Futter und Wasser und eine Aufbewahrung fürs Heu. Ich achte darauf, dass die Schweinis in meinem Zimmer bleiben. Aber dafür gibst du ihnen eine Chance, okay?«

Ich stupse ihn erneut an.

»Du hast mir doch auch eine Chance gegeben«, schiebe ich hinterher. »Und das hast du bisher nicht bereut.«

Tyren zieht eine Augenbraue hoch. »Dein reinliches Meerschweinchen lässt sich gerade seine Toilette schmecken«, kommentiert er trocken. Tatsächlich hat Bill angefangen, das Heu in der Schuhschale anzuknabbern. Mist. »Ich bezweifle, dass das mit der Stubenreinheit so funktioniert, wie du dir das vorstellst.« Er schüttelt frustriert den Kopf. »Hast du echt kein Problem damit, dass die beiden in deinem Zimmer sonst wohin pinkeln könnten?«

»Nein.« Ich zucke mit den Schultern. »Wenn etwas schiefgeht, putze ich es weg. Wir werden uns schon arrangieren.«

Tyren stößt einen tiefen Seufzer aus.

»Ich gebe dir zwei Wochen«, lenkt er ein. »Wenn ich auch nur einen Fleck finde, der nicht mehr rausgeht, oder die Tapete angeknabbert ist, kommen sie in einen Käfig.«

Er wendet sich ab, dreht sich aber im Flur noch mal zu mir um. »Ich habe die Hoffnung, dass sie ihre Chance nicht vermasseln. Bei dir bin ich mir nicht so sicher.«

Autsch.

3 | Tyren | Goldene Regel Nummer eins

In den folgenden Tagen verlasse ich mein Zimmer jedes Mal mit der Befürchtung, versehentlich auf ein vorbeiflitzendes Meerschweinchen zu treten. Bisher hat Jamain es mit den Regeln, die ich für die Wohnung aufgestellt habe, nicht allzu genau genommen. Überraschenderweise erwische ich die Tiere allerdings kein einziges Mal außerhalb seines Zimmers, die Tür ist stets geschlossen. Seit dem Tag, an dem er die zwei Dinger mit den schwarzen Knopfaugen geklaut oder vielmehr entführt hat, habe ich keins der beiden gesehen.

Eigentlich ist das gut so. Mein Vater ist der Ansicht, dass Haustiere unnötig sind und etwas für Menschen, denen gute Gesellschaft und vernünftige Hobbys fehlen. Auf uns Bradford-Kinder traf weder das eine noch das andere zu, deshalb wurden früher sämtliche Bitten um Hunde, Katzen, Kaninchen und Ähnliches sofort im Keim erstickt. Und genau aus demselben Grund kann ich mit Tieren auch nicht umgehen.

»Bill!« Jamains Stimme hallt verdächtig ungebremst durch den Flur. Die Tür scheint offen zu stehen, und ich ahne Böses. Wenn er sich ausgerechnet den Tag der Dinnerparty ausgesucht hat, um den Meerschweinchen etwas Freigang zu gönnen, nachdem es so gut gelaufen ist, bringe ich ihn um. Ich stecke mitten in den Vorbereitungen für das Baked Alaska, ich habe keine Zeit, ihm zu helfen, ein entwischtes Meerschweinchen einzufangen.

Hastig wische ich mir die mehligen Finger an der Schürze ab und gehe in den Flur. Die Tür zu Jamains Zimmer steht tatsächlich ein Stück weit offen. Er beobachtet das braune Meerschweinchen, das vor seiner Bett-Matratze langsam mehrere Schritte rückwärts macht. Okay, immerhin scheint es sich nicht um eine Flucht oder einen anderen Notfall zu handeln.

»Wenn du pinkeln musst, dann geh bitte auf die Toilette. Du weißt doch, wie viel Überredungskunst es mich gekostet hat, dass der Buchhändler die Schuhschale dafür rausrückt. Das musst du würdigen«, sagt er. Das Meerschweinchen macht nicht den Eindruck, als würde es ihn beachten.

Jamain wirft sich mit einem Hechtsprung auf den Boden, schnappt sich das Tier im Vorbeirutschen und befördert es auf die Schale, die mittlerweile mit Streu gefüllt ist. Ich muss mir ein Grinsen verkneifen. Sieht aus, als wäre es knapp gewesen. Wie oft es ihm wohl schon auf den Fußboden gepinkelt hat, wenn er nicht da war? Kopfschüttelnd gehe ich wieder zurück in die Küche. Ich habe noch nie jemanden gesehen, der sich so enthusiastisch und liebevoll um Tiere gekümmert hat wie Jamain. Weil er sich weigert, sie in einen Käfig zu sperren, nimmt er nach einem langen Tag im Freizeitpark in Kauf, die ein oder andere Sauerei wegmachen zu müssen. Wenn es nicht um das Wohl meiner Wohnung gehen würde, wäre das auch irgendwie sympathisch.

Grammgenau messe ich das Mehl für den Biskuitboden ab. Meine Planung ist perfekt durchdacht, der Boden für das Baked Alaska wird früh genug fertig sein, um vier Stunden im Kühlschrank ziehen zu können. Um die Vorspeise werde ich mich etwas später kümmern, und den Hauptgang werde ich fertigstellen, während man sich an der Vorspeise bedient. Es hat Spaß gemacht, das Menü zu planen, den Wein auszusuchen und zu überlegen, mit welchen Eissorten das Baked Alaska serviert werden soll. Ich kann die Begeisterung meiner Eltern für Dinnerpartys nachvollziehen, auch wenn ihre immer eine Spur zu verkrampft gewesen sind.

Hoffentlich findet Lizzie den heutigen Abend nicht zu verkrampft – und hoffentlich kann Jamain sich benehmen. Es war ein Risiko, sie einzuladen, ohne seine Freunde zu kennen, aber es war auch die perfekte Gelegenheit, endlich etwas mehr Zeit mit ihr außerhalb unserer Arbeit im Subtext zu verbringen. Wahrscheinlich sollte ich ihm dankbar dafür sein, dass er auf diese kleine Einweihungsfeier bestanden hat, ansonsten hätte ich nie den Mut gefunden, Lizzie zu mir in die Wohnung einzuladen.

»Du kochst.« Jamain tritt hinter mich und wirft einen Blick über meine Schulter. »Die Schürze steht dir gut. Kann nicht jeder tragen.«

Sie steht mir gut? Meint er das ernst? Ich wische unbeholfen das Mehl beiseite, das auf der Arbeitsplatte gelandet ist. »Ich backe.« Eine kurze Pause. »Den Biskuitboden für das Dessert.«

Obwohl ich in den vergangenen Tagen mehrmals versucht habe, ihn in die Planung miteinzubeziehen, hat er kaum etwas zu dieser Feier, die er sich unbedingt gewünscht hat, beigetragen. Er hat mir nicht einmal eine klare Antwort gegeben, wie viele Freunde von ihm nun kommen. Es könnten zwei sein, aber genauso gut vier. Hoffentlich sind es nicht vier. Er weiß, dass unser Besteck begrenzt ist. Es wäre unangenehm, nicht genug für alle zu haben.

»Als Vorspeise gibt es Melone mit Prosciutto. Ich werde sie auf dem rustikalen Holzbrett servieren. Du weißt schon, das große.« Aus irgendeinem Grund sieht er nicht sonderlich beeindruckt aus, obwohl es ein wirklich einzigartiges Stück ist. »Als

Hauptspeise mache ich Carbonara, dazu wird es Pinot Noir geben. Ich habe lange nachgedacht, ob ein Rot- oder ein Weißwein besser passt. Aber laut meiner Internetrecherche ist Pinot Noir eine gute Wahl.«

»Das klingt toll«, sagt er schließlich und klingt, als würde er das auch wirklich so meinen. »Die Melone kommt auf dem Holzbrett sicher gut zur Geltung, und mit Carbonara kann man nichts falsch machen. Auf dein Baked Atlantis bin ich sowieso schon gespannt, seit du mir davon erzählt hast.«

Okay, das klingt verdächtig nett. Ob er möglicherweise ein schlechtes Gewissen hat, weil er mich alleine kochen lässt?

»Baked Alaska«, korrigiere ich ihn zögerlich. »Das Dessert heißt Baked Alaska.«

Jamain lächelt – wieder so verdammt charmant. »Okay.« Er versetzt mir einen sanften Stoß mit dem Ellbogen. »Ich müsste für heute Abend noch ein paar Kleinigkeiten besorgen. Kannst du eine Pause machen und mich begleiten? Deine Drogenkarre wäre dafür wirklich praktisch.«

Verflucht, er wird mich nie vergessen lassen, dass ich den Geruch von Heu für Gras gehalten habe. Als Stadtkind ist Heu nicht gerade etwas, das man häufig riecht, wenn man keine Nagetiere besitzt. Gott, ich liege nicht gerne falsch. Und noch weniger gerne liege ich so abgrundtief falsch, dass es dermaßen peinlich ist.

»Haben wir etwas vergessen?« Mit einem Anflug von Panik gehe ich meine Vorbereitungen für den Abend durch. »Der Wein steht bereit, die Zutaten für Vor- und Hauptspeise sind im Kühlschrank, das Eis für das Baked Alaska ist im Gefrierschrank. Ich habe mich für Vanille und Haselnuss entschieden.« Eine noch schwierigere Entscheidung als die Weinsorte, denn mir ist ziemlich spät bewusst geworden, dass ich nicht weiß, welches Eis Lizzie am liebsten mag. Ich würde wirklich ungern ein beeindruckendes Baked Alaska servieren, nur um dann herauszufinden, dass sie dem Eis im Inneren nichts abgewinnen kann.

»Für später haben wir Tortillachips und Guacamole. Es ist genügend Klopapier da, ich habe Servietten gekauft, und das Besteck ist bereits poliert.« Ich gehe die Liste erneut im Kopf durch. Nur das Bad habe ich nicht überprüft, weil ich Jamain gestern Abend darum gebeten hatte, es vor der Party zu putzen. Es sollte allerdings noch reichlich Putzmittel da sein. »Hast du dich schon um das Bad gekümmert?«

Jamain setzt einen Gesichtsausdruck auf, der ein wenig zu unschuldig aussieht. »Hab schon angefangen.«

Okay. Er hat garantiert noch nicht angefangen.

»Ich brauche Kondome«, fährt er unvermittelt fort und lehnt sich dabei lässig an die Küchentheke. »Ein paar Tüten Chips. Vielleicht etwas Gleitmittel. Gummibärchen und anderen Süßkram. Ein neues Bondageseil wäre nicht schlecht. Und ein paar Wäscheklammern.«

»Kondome?« Das Mehlsieb macht ein lautes metallisches Geräusch, als ich es etwas abrupt zurück auf die Arbeitsfläche lege. Diese Aufzählung eben war doch ein Scherz, oder? Gleitmittel und ein Bondageseil? Wenn das ein Versuch ist, mich aus dem Gleichgewicht zu bringen, funktioniert er.

»Wieso ein neues Bondageseil? Du hast doch nicht etwa schon eins?« Verdammt, Jamain hat kaum etwas in seinem Zimmer – aber ein Bondageseil gehört zu den wenigen Dingen, die er besitzt? »Wofür solltest du so was brauchen?« Okay, natürlich weiß ich, was man mit einem solchen Seil anstellt, aber … das ist doch nicht … das hat doch nichts mit der Dinnerparty zu tun. Was hat er denn heute Abend vor?

Er mustert mich grinsend. »Wie wäre das: Du machst deinen Biskuitboden fertig, ich bringe das Bad zum Glänzen, dann ziehen wir los?«

Schwer zu sagen, ob es gut ist, dass er so geheimnisvoll bleibt und ich mir keine näheren Erläuterungen zu Gleitmittel und Co anhören muss, oder ob es verdammt beunruhigend ist, weil ich keine Ahnung habe, ob er das ernst meint. Vielleicht führt er mich auch nur an der Nase herum, um mir eine Reaktion zu entlocken – dass in seinem ›Drogenkarton‹ nur Meerschweinchen waren, hat er mir schließlich auch bis zur letzten Sekunde verheimlicht, weil ihn mein Entsetzen amüsiert hat. Unfassbar.

»Okay. Ich sage Bescheid, wenn ich hier fertig bin.« Mit diesen Worten will ich mich wieder dem Teig zuwenden, doch Jamain dreht sich im Türrahmen noch einmal um.

»Wen hast du eigentlich eingeladen? Dient das krasse Menü dazu, jemanden zu beeindrucken? Sollen wir für dich auch ein paar Kondome holen, oder bist du noch gut eingedeckt?« Er grinst, diesmal nicht charmant, sondern provozierend. »Ich würde ja mit dir teilen, aber keine Ahnung, ob du mit 14,88 mithalten kannst.« Sogar die Art, wie er sich jetzt gegen den Türrahmen lehnt, ist provokant.

»Vielleicht will ich uns allen einfach nur ein nettes Abendessen machen.« Ich spüre seinen Blick auf mir, als ich bewusst ruhig das Mehl verschließe. Er durchschaut mich. Trotzdem mache ich weiter mit dem Anrühren des Teigs, zumindest so lange, bis mir bewusst wird, dass er erst verschwinden wird, wenn er eine Antwort auf seine Frage bekommen hat. Und ich kann mich nicht konzentrieren. Nicht, wenn er so lässig im Türrahmen lehnt und mich mit diesem neugierigen Blick aus seinen blauen Augen durchbohrt.

»Lizzie.« Resigniert greife ich nach einem Päckchen Backpulver, aber anstatt es aufzureißen, zupfe ich daran herum und lege es wieder weg. »Meine Arbeitskollegin aus dem Subtext.«

Sein Blick durchbohrt mich weiterhin. Ich versuche, auszublenden, dass wir, nein, er gerade über Kondome geredet hat.

»Sie ist echt nett, okay?«, fahre ich fort, als er nichts erwidert. »Tu mir einen Gefallen und komm ihr nicht mit unangebrachten Themen wie Bondageseilen. Sie war noch nie hier, und ich hätte gerne, dass sie sich wohlfühlt.« *Und nicht, dass sie dich für komplett distanzlos hält, auch wenn sie damit möglicherweise nicht ganz falsch liegen würde.*

»Ist schon gut.« Jamain verändert seine Position und hebt besänftigend die Hände. »Ich gebe mir Mühe.«

Ich öffne den Mund und schließe ihn wieder. Damit, dass er einlenkt, anstatt einen Witz zu reißen, habe ich nicht gerechnet, aber es ist erfreulich.

»Ihrem Großvater gehört der Buchladen«, erzähle ich nach kurzem Schweigen. »Lizzie und ich haben uns von Anfang an gut verstanden, wir mögen dieselben Bücher, hören ähnliche Musik und lachen über die gleichen Witze.« Ich reiße das Backpulver auf und schlucke meinen Stolz hinunter. »Mach mir das nicht kaputt heute Abend, okay?«

Dass er Kondome kaufen will, macht mich nervös. Es ist zwar unwahrscheinlich, dass er spontan etwas mit Lizzie anfängt, aber die Möglichkeit besteht. Er sieht gut aus. Er ist humorvoll, wenn er nicht gerade etwas Verrücktes sagt und über jegliche Grenzen hinausschießt. Außerdem ist er spontan und alles andere als schüchtern. Fast mache ich den Fehler, dem Teig zu viel Backpulver hinzuzufügen.

»Ty.« Die lange Pause nach meinem Namen sorgt dafür, dass ich mich von der Schüssel vor mir abwende und ihn anschaue. Er hat mich diesmal nicht Bookboy oder Buchhändler genannt, deshalb hört er sich ernster an als sonst. »Ich komme dir nicht in die Quere, okay? Deine Beschreibung klingt, als würde sie gut zu dir passen. Und außerdem macht man sich nicht an das Objekt der Begierde seines Mitbewohners ran. Goldene Regel Nummer eins.«

Er hat also doch seine Prinzipien oder gibt zumindest vor, welche zu haben. Bevor ich ihm sagen kann, dass ich das verdammt gut finde, verlässt er die Küche, und kurz darauf höre ich eine Tür, bei der es sich hoffentlich um die Tür zum Badezimmer handelt. Ob ich später noch dazu kommen würde, dort zu putzen, weiß ich nicht, deshalb hoffe ich, dass er seinen Teil des Abkommens erfüllt. Als schließlich laute, fragwürdige Musik ertönt, bin ich mir fast sicher, dass er im Bad zugange ist – oder er veranstaltet eine Miniparty mit den Meerschweinchen. Zuzutrauen wäre es ihm.

Ich mache den Biskuitboden fertig, der trotz der kurzen Ablenkung perfekt wird, und stelle ihn in den Kühlschrank. Seit ich den Flambierbrenner habe, muss ich mir weniger Sorgen darüber machen, dass mein Baked Alaska schiefgeht so wie damals, als ich im Haus meiner Eltern noch den Ofen verwendet habe, um die Meringue-Schicht zu bräunen. Beruhigend, denn ich würde mich ungern vor Lizzie und Jamains Freunden blamieren.

»Bereit, Bookboy?« Jamain kommt in die Küche. Die laute Musik, die er sich angehört hat, ist zum Glück verstummt.

Ich löse die Schleife der Küchenschürze und hänge sie zurück an ihren Haken. »Dein Timing könnte nicht besser sein; bin gerade fertig geworden.«

»Dann lass uns fahren.« Er legt den Kopf schief. »Auf dem Hinweg könntest du mir einen Kaffee mit Sojamilch ausgeben. Du schuldest mir noch vier. Denk nicht, dass ich das vergessen habe.«

Ich gehe an ihm vorbei in den Flur, und er folgt mir. »Ich schulde dir keinen Kaffee mehr. Vielleicht hast du vergessen, dass ich dir alle fünf kaufen wollte und du das Angebot ausgeschlagen hast«, sage ich und hoffe, dass er mein amüsiertes Lächeln nicht sieht. »Weil du nicht bereit für eine Challenge warst.« Vor der Tür des Badezimmers verlangsamen sich meine

Schritte. Ich sollte dem Drang widerstehen, zu kontrollieren, wie gründlich er geputzt hat, aber ich glaube nicht, dass ich das kann. Wenn noch irgendwo ein offensichtlicher Fleck an der Kloschüssel ist, den Lizzie sehen könnte …

»Challenge?«, wiederholt er entrüstet. »Ich habe es nicht getan, weil ich vernünftig bin, Bookboy! In deinem Interesse! Ansonsten hätte ich dir dein Auto vollgekotzt. Erinnere dich mal, wie unruhig du wurdest, als ich den Becher nur ein wenig schräg gehalten habe.«

Das Lächeln vergeht mir wieder. Kein schlechter Punkt. Normalerweise denke ich alles genau durch. Vielleicht habe ich mich doch etwas mehr von seiner komischen Laune anstecken lassen, als ich zugeben will.

»In dem Fall bin ich dir natürlich dankbar, dass du so vernünftig warst.« Ich schiebe die Tür zum Bad auf. »Ich muss noch kurz auf die Toilette.« Ein vorgeschobener Grund, damit Jamain nicht mitbekommt, dass ich in Wahrheit einen kleinen Blick auf seinen Putzjob werfen will. Was das Putzen seines eigenen Zimmers angeht, scheint er zwar keine halben Sachen zu machen, aber ich will mich vergewissern, dass das auch fürs Bad gilt.

In der Dusche finde ich kein einziges Haar mehr, die Fliesen glänzen, und die Toilette ist ebenfalls sauber. Das Einzige, was es zu bemängeln gibt, ist der Penis, den Jamain offenbar an die vom Putzen noch feuchte Duschtür gemalt hat – noch dazu einer im erigierten Zustand. Verdammt, Jamain, wirklich? Seufzend wische ich ihn weg, dann betätige ich die Klospülung und gehe zurück in den Flur.

»Der Schwanz an der Duschtür war sicher ein Versehen«, sage ich und fange die Autoschlüssel auf, die Jamain mir zuwirft. Gott, ich muss aufhören zu grinsen, sonst denkt er womöglich noch, dass ich solchen Unsinn gut finde. Was ich natürlich nicht tue. Na gut, vielleicht ein kleines bisschen.

»Du hast echt einen Kontrollzwang«, sagt er. »Du hast nicht gepinkelt.«

Ich runzle die Stirn.

»Du würdest niemals aufs Klo gehen und dir anschließend nicht die Hände waschen«, fährt er fort. »Aber ich habe nur die Spülung gehört, nicht das Waschbecken.«

Überrascht ziehe ich die Augenbrauen hoch. Anscheinend war ich nicht so geschickt in meinem Vorgehen, wie ich gedacht habe. »Okay, Sherlock. Du hast mich erwischt. Und es war gut, dass ich nachgesehen habe, sonst wäre es vielleicht Lizzie gewesen, die einen Schwanz an unserer Duschtür findet.«

»Ist dir nicht aufgefallen, auf welcher Höhe er war?«, fragt Jamain auf dem Weg nach unten. »Das war kein Zufall, das war ein Kunstwerk. Schwanz malt Schwanz. Hast du ihn weggewischt? Dann wäre es wirklich besser gewesen, wenn du deine Hände gewaschen hättest …«

Ich bleibe so abrupt stehen, dass er von hinten in mich hineinläuft. Bevor ich die Treppe hinunterfalle, hält er mich zum Glück fest. Scheiße. Ich seufze entnervt und drehe mich zu ihm um.

Jamain lacht. »War nur ein Scherz. Mann, Bookboy. Du bist so empfindlich.«

Ich atme langsam aus, beschleunige meine Schritte und stoße die Tür nach draußen auf. Eines Tages führt einer seiner Scherze vielleicht noch dazu, dass ich ihm den Hals umdrehe.

4 | Jamain | Mitbewohnerehrensache

Wir steigen in seinen Wagen, doch statt loszufahren, macht er erneut Lizzie zum Thema. Natürlich höre ich aufmerksam zu. Mitbewohnerehrensache.

»Ich bin froh, dass du das so siehst«, sagt er, während er die Finger ums Lenkrad schließt, als müsste er sich daran festhalten. »Dass das *Objekt der Begierde des Mitbewohners* tabu ist.« Er löst seinen Griff wieder und fährt sich durchs Haar. »Obwohl Begierde ein sehr starker Ausdruck ist. Also wenn wir von sexueller Begierde sprechen. Nicht, dass ich daran kein Interesse hätte … Lizzie ist wahnsinnig hübsch. Aber ich finde, wir passen einfach gut zusammen. Es geht mir nicht um …« Er hält inne und atmet frustriert aus. »Danke jedenfalls. Für dein Verständnis.«

Hastig schaltet er das Radio ein, als wollte er mich so an einer Antwort hindern. Natürlich funktioniert das nicht.

»Schon kapiert«, sage ich besänftigend, obwohl ich es insgeheim ziemlich niedlich finde, wie er sich windet. Schade, dass er Frauen offenbar mehr abgewinnen kann als Männern. »Dir geht es nicht in erster Linie ums Vögeln, sondern darum, Zeit mit ihr zu verbringen, Spaß zu haben und ihre Nähe zu genießen. Richtig?«

Tyren nickt und sieht dabei so überrascht aus, dass ich empört die Luft durch die Nase ausstoße.

»Vielleicht bin ich nicht der Typ für Beziehungen«, sage ich, während er endlich den Wagen anlässt und aus der Lücke rangiert. »Aber das heißt nicht, dass ich nur an das Eine denke. Du brauchst also gar nicht so erstaunt die Augenbrauen hochzuziehen, nur weil ich verstehe, dass es um mehr als nur Sex gehen kann.«

»So war das nicht gemeint«, sagt er, aber wir wissen beide, dass es ganz genau so gemeint war.

»Was ist mit dir?«, hakt er nach. Offensichtlich eine Ablenkung. »Hast du jemanden eingeladen, an dem du interessiert bist?«

Ich stütze die Füße auf dem Armaturenbrett ab.

»Nein«, erwidere ich und betrachte meine Schnürsenkel, deren Enden ausgefranst von gewissen Schweinchenzähnen sind. »Ich habe niemand Besonderen eingeladen. Ich will einfach nur Party machen und kein Herz gewinnen.«

»Aha.« Seine Stimme klingt betont neutral. Mit Sicherheit denkt er gerade an Gleitmittel und Kondome. »Party machen.«

Für einige Sekunden herrscht Schweigen, dann ergreift er wieder das Wort.

»Wenn du vorhast, im Anschluss mit jemandem in dein Zimmer zu verschwinden …«, fängt er ein wenig verkrampft an. »Also, wir haben noch nicht darüber geredet, wie wir mit Besuch dieser Art umgehen. Perry hat immer eine Socke an der Türklinke befestigt. Ein leicht zu verstehendes, klassisches Symbol dafür, dass er beschäftigt war und nicht gestört werden wollte. Nicht, dass das oft vorgekommen ist, aber du weißt schon … es ist vorgekommen. Außerdem …« Er setzt den Blinker und biegt an der nächsten Ampel ab. Ein wenig Zeit vergeht, bis er seinen Satz beendet, und er wirkt dabei so unangenehm berührt, als würde er am liebsten aus dem Wagen springen. »Er hat immer Musik angemacht, damit keine anderen Geräusche zu hören waren. Ich würde es schätzen, wenn wir beides beibehalten. Ich möchte nicht versehentlich anklopfen, wenn du beschäftigt bist.«

Seine Erklärung sorgt dafür, dass ich eine Braue hochziehe und ihn belustigt mustere.

»Ich habe nichts dagegen, wenn du in mein Zimmer kommst«, erwidere ich locker. »Von mir aus musst du vorher nicht mal anklopfen.«

Ich drehe mich ein wenig in seine Richtung. Er schaut so konzentriert auf die Straße, als würde er damit rechnen, dass sich jederzeit jemand vors Auto werfen könnte. Oder als würde er es erhoffen, um so dem Gespräch zu entgehen.

»Aber eigentlich ist das eine tolle Idee«, fahre ich scherzhaft fort. »Wie wäre es, wenn ich mein altes Bondageseil an der Türklinke befestige als Zeichen dafür, dass du reinkommen und mitmachen kannst?«

Ich halte für einen Moment inne. Es sollte mir nicht so viel Spaß machen, den Buchhändler aus dem Gleichgewicht zu bringen, aber ich liebe seinen überforderten Gesichtsausdruck und die leichte Röte, die in seine Wangen steigt. Trotzdem lässt er den Verkehr für keine Sekunde aus den Augen. Er hat beide Hände brav am Steuer, die Stirn leicht gerunzelt, und ich frage mich, was neben ihm geschehen müsste, um seine Aufmerksamkeit von der Straße abzulenken.

Tyren erwidert nichts auf meinen Vorschlag. Mit einem leisen Lachen lasse ich mich in den Sitz zurücksinken und betrachte einige Sekunden lang das Handschuhfach. Ob der Inhalt immer noch so langweilig ist wie vor ein paar Tagen? Ich sollte dringend etwas mehr Spannung in Bookboys Auto bringen.

Wenige Minuten später erreichen wir den Parkplatz des Walmart. Tyren stellt den Motor aus und wirft mir einen nachdenklichen Seitenblick zu.

»Du hast gesagt, du willst kein Herz gewinnen«, beginnt er, und nun bin ich es, der am liebsten aus dem Wagen springen würde. Verdammt, ich hatte nicht damit gerechnet, dass er das Thema nochmals aufgreifen würde. »Warum bist du nicht der Typ für Beziehungen? Gefällt dir der Gedanke nicht, den Rest deines Lebens mit demselben Menschen zu verbringen?« Mit einem leisen Klicken löst er den Gurt, steigt aus dem Auto und verschafft mir so eine kleine Gnadenfrist.

»Der Gedanke gefällt mir schon«, erwidere ich, nachdem ich ebenfalls ausgestiegen bin und die Tür geschlossen habe. Während ich darüber nachdenke, wie ich meine Überlegungen verständlich machen kann, ohne zu viel preiszugeben, gehe ich an ihm vorbei und ziehe einen Einkaufswagen aus der Halterung. Ein wenig übertrieben für die angeblichen Kleinigkeiten, die ich besorgen will.

»Nur zur Sicherheit«, kommentiere ich Tyrens skeptischen Blick. Er mag es, auf Nummer sicher zu gehen, also wird er kaum widersprechen.

Mein Plan geht auf, sodass wir kurz darauf den Supermarkt betreten, wo ich aus taktischen Gründen zuerst die Kondome ansteuere. Vielleicht wird der Buchhändler so sehr mit der Wiederherstellung seines inneren Gleichgewichts beschäftigt sein, dass ihm die Unmengen an Chips und Süßkram entgehen, die ihren Weg in den Wagen finden werden.

»Ich mag keine Beziehungen, weil ich es nicht mag, wenn etwas kaputtgeht«, sage ich unvermittelt und umfasse die Stange des Einkaufswagens etwas fester. Bei meiner Mom hat keine einzige Beziehung gehalten. Jedes Mal hat sie an die große Liebe geglaubt, und jedes Mal war sie am Boden zerstört. Wenn ich etwas von ihr gelernt habe, dann, dass man alleine besser dran ist.

Tyren erwidert nichts und nickt lediglich. Einerseits bin ich dankbar dafür, andererseits ist mir klar, dass sein Verstand gerade auf Hochtouren läuft. Bookboy merkt sich alles. Jedes einzelne Wort. Davon bin ich zu hundert Prozent überzeugt.

»Wie viele feste Partnerinnen hattest du bisher?«, erkundige ich mich. Ein offensichtlicher Versuch, das Gespräch von mir abzulenken, aber das ist mir egal. »Und warst du schon mal richtig verliebt? Vielleicht ist das auch ein Gefühl, das gar nicht jeder empfinden kann. Für mich ist das nichts, glaube ich.«

»Stimmt«, bestätigt Ty. »Das kann nicht jeder empfinden. Psychopathen sind zum Beispiel dazu nicht in der Lage.« Er wirft mir einen entschuldigenden Blick zu, als würde ihm erst jetzt klar werden, was er da angedeutet hat. »Aber du bist kein Psychopath. Höchstens etwas speziell.«

Es ist nicht sonderlich nett, mich so zu bezeichnen. Trotzdem kann ich ihn teilweise verstehen. Ich bin in sein Leben gekracht wie ein Wirbelsturm. Ein Wirbelsturm, der viel zu viel Spaß daran hat, alles durcheinanderzubringen. Nicht aus bösem Willen oder weil ich ihn um jeden Preis provozieren will, sondern weil es mir einfach zu gut gefällt, ihm ehrliche Reaktionen zu entlocken.

Wir biegen in den Gang ab, in dem sich die Drogerieartikel befinden. Plötzlich wirkt Tyren deutlich angespannter als zuvor, tritt von einem Fuß auf den anderen und vermeidet dabei den Blick auf das Kondomregal. Grund genug, um mir etwas länger Zeit zu lassen, statt meine übliche Augen-zu-und-wählen-Taktik anzuwenden, die in der Vergangenheit für einige lustige Exemplare gesorgt hat.

»Zwei«, sagt er mit Verspätung und steckt die Hände in die Hosentaschen. »Ich hatte bisher zwei Beziehungen. Eine während der Highschool, eine am Anfang meines Studiums. Keine hat besonders lange gehalten.«

Dieses Mal bin ich es, der bloß nickt. Das ist kein Thema, das man vor einem Kondomregal besprechen sollte.

»Orange, Erdbeere, Banane, Vanille«, zähle ich stattdessen auf. »Welcher Typ bist du, Bookboy? Frisch-fruchtig oder eher süß?«

Er atmet scharf ein und folgt meinem Blick. Offenbar wird ihm erst jetzt klar, wie groß die Auswahl wirklich ist.

Bevor er zu einer Antwort ansetzen kann, greife ich begeistert nach einer orangefarbenen Packung. »Speck! Die Geschmacksrichtung muss neu sein. Was denkst du?«

Tyren verzieht das Gesicht und schüttelt den Kopf.

»Hast recht«, sage ich. »Das Risiko ist zu groß. Speck lädt dazu ein, zu beißen. Dann doch lieber irgendetwas Fruchtiges?«

»Keine Ahnung. Orange vielleicht«, sagt er vage. »Ist das nicht egal?«

»Natürlich ist es nicht egal. Die Kondomsorte verrät eine Menge.« Ich schnalze tadelnd mit der Zunge. »Schau mal, die hier leuchten im Dunkeln. Das ist so cool. Dann weiß man jederzeit, wo –«

»Such dir einfach welche aus«, unterbricht er mich. »Sie erfüllen alle ihren Zweck.« Er wirft einen demonstrativen Blick auf sein Handy. *Keine Chance, Bookboy. So leicht lasse ich dich nicht vom Haken.*

»Kokos?« Gnadenlos halte ich ihm die entsprechende Packung vor die Nase, sodass ihm gar nichts anderes übrig bleibt, als die Kondome in Augenschein zu nehmen. Vielleicht riecht er aus der geringen Distanz sogar etwas. »Magst du Kokos? Auf einer Skala von eins bis zehn … wie heiß wäre ich mit einem Kokoskondom?«

Aus den Augenwinkeln sehe ich eine alte Dame samt Einkaufswagen, die uns skeptisch mustert.

»Alles klar!«, sage ich euphorisch, obwohl Tyren meine Frage noch nicht beantwortet hat. »Dann die mit Kokosgeschmack und die, die im Dunkeln leuchten. Kondome kann man nicht genug haben, und Safer Sex ist verdammt wichtig!«

Die alte Dame gibt ein empörtes Ächzen von sich, woraufhin ihr Tyren ein entschuldigendes Lächeln zuwirft.

»Tut mir leid«, sagt er höflich, während ich eine schmale Flasche aus dem Regal angle.

»Und Gleitcreme auf Wasserbasis.« Zufrieden werfe ich sie in unseren Wagen. »Jetzt sind wir bestens gerüstet.«

Ich schenke der Dame ein freundliches Lächeln, dann schiebe ich den Wagen zum Regal mit den Knabbereien.

»Wie schön, dass du eine Entscheidung getroffen hast. Endlich«, presst Tyren hervor. Er scheint ausreichend aus dem Gleichgewicht gebracht zu sein, um in naher Zukunft keine unangenehmen Fragen zu stellen, deshalb befördere ich eine bunte Mischung aus Chips mit verschiedenen Geschmacksrichtungen, Flips und Crackern in den Wagen. Tyren beobachtet mich stumm und blinzelt irritiert, sagt aber nichts. Das nehme ich zum Anlass, um auch noch das Süßigkeitenregal zu plündern und Chips & Co um mehrere Tüten Gummibärchen, Twinkies, M&Ms und Skittles zu ergänzen. Gut, dass wir uns für einen Wagen entschieden haben.

Um ihn an unbequemen Nachfragen zu hindern, starte ich einen kleinen Ablenkungsversuch und schiebe dabei mein schlechtes Gewissen beiseite. Er ist so nett, kauft mit mir ein. Ich hingegen …

»Wie lange wart ihr zusammen?«, erkundige ich mich. »Du und deine jeweilige Partnerin?«

»Meine erste Beziehung fing gegen Mitte des vorletzten Highschooljahres an und war mit Ende der Highschool vorbei«, erzählt er überraschend bereitwillig. »Sie wurde bei einer anderen Uni angenommen und wollte keine Fernbeziehung führen.« Er zuckt leicht mit den Schultern. »Meine zweite Beziehung ging nur ein halbes Jahr.«

Er greift nach einer Packung Applehead Bonbons und legt

sie in den Wagen. »Er hat auch Literatur studiert, aber es hat nicht funktioniert.«

Er. Tyren war mit einem Mann zusammen, und das bedeutet wiederum, dass ich doch Chancen haben könnte. Abgesehen davon ist es interessant, wie er über seine bisherigen Beziehungen spricht. So vernünftig, fast abgeklärt. Als hätte er sich nur für die jeweilige Beziehung entschieden, weil sie – oder er – ihm als gute Wahl erschienen war. Eine rationale Entscheidung und so typisch für ihn, dass es mich mit Belustigung erfüllt. Andererseits hat er Beziehungen, über die er sprechen kann. Ich bin der Letzte, der sich darüber amüsieren sollte.

»Jetzt nur noch die Wäscheleine und die Klammern«, sage ich in meinem unschuldigsten Tonfall. »Du bist doch so gut in Haushaltsführung. Hilf mir bei der Auswahl, Buchhändler.«

»Die Wäscheleine?«, wiederholt er, als wäre ihm nicht klar, zu welchem Zweck ich diese benutzen will. Wäscheleine klingt viel harmloser als Bondageseil.

»Die Haushaltssachen müssten dahinten sein.«

Er geht los, und ich schiebe den Wagen hinter ihm her. Am entsprechenden Regal angekommen greift er nach der erstbesten Packung Wäscheklammern und hält sie mir hin.

»Die sind toll.« Er mustert mich forschend. »Warum benutzt du nicht einfach den Wäscheständer?«

»Ich denke darüber nach«, erwidere ich auf sein Angebot, wobei ich mich um einen harmlosen Tonfall bemühe. Wenn es nach mir geht, werden die Klammern nicht mit irgendwelcher Wäsche in Berührung kommen.

Mit einiger Verspätung wende ich mich seiner Auswahl zu und schüttle den Kopf. »Plastik gefällt mir nicht. Nichts gegen bunt, aber die wirken einfach billig.«

Ich nehme ihm die Packung aus der Hand und stelle sie zurück ins Regal.

»Bei hölzernen Klammern kann man die Spannung verstellen«, murmle ich nachdenklich. »Aber die aus Metall sind hübscher.« Ich greife nach der Box und lasse sie in den Wagen fallen.

»Ein Sieg für die Ästhetik«, verkünde ich, dann wende ich mich den Wäscheleinen zu. Hier ist die Entscheidung deutlich leichter, denn es gibt nur ein Modell, das dick genug und außerdem aus Baumwolle ist. Ohne eine weitere Erklärung befördere ich es in den Wagen; zumindest für den Moment habe ich den Buchhändler genug befremdet. Vielleicht ergibt sich in Kürze ein weiteres reizvolles Gespräch über die Vielseitigkeit von Wäscheleinen; natürlich erst, wenn er sich ein wenig erholt hat.

Einträchtig machen wir uns auf den Weg zur Kasse. Der Wagen ist mittlerweile so voll, dass Tyrens Appleheads irgendwo unter Chipstüten und Süßigkeiten verschwunden sind.

»Bist du sicher, dass das nicht zu viel ist? Du hast doch nur ein paar Leute eingeladen, oder?« Tyren reibt sich über den Nacken. »Du weißt ja, dass wir weder den Platz am Tisch noch genug Besteck für eine große Dinnerparty haben.« Entschlossen schiebe ich das erneut aufkeimende schlechte Gewissen zur Seite. Das weiß ich. Natürlich weiß ich das.

»Außerdem habe ich auch schon für Chips und Guacamole gesorgt.«

Das ist wohl nicht der richtige Moment, um ihm mitzuteilen, dass ich keine Ahnung habe, wie viele Leute ich eingeladen habe. Fünfzehn? Zwanzig? Wer zählt auch mit? Man nennt die Adresse, eine ungefähre Uhrzeit als Richtwert und weist auf die Getränke als Eintrittspreis hin. Trotzdem sollte ich vielleicht eine entsprechende Andeutung machen und ihn ein wenig vorbereiten … wenn ich nur wüsste, wie.

Spontan versetze ich dem Wagen einen beherzten Schubs, sodass er den Gang entlangrollt, und sprinte hinterher. Kurz vor der Kasse erwische ich ihn – glücklicherweise bevor er mit der dort aufgebauten Dosenpyramide kollidiert.

»Leben am Limit«, sage ich mit einem Grinsen zu Ty, der mir mit besorgtem Gesichtsausdruck gefolgt ist. Ich reihe mich in die Schlange vor der Kasse ein.

»Chips und Süßkram kann man nicht genug haben«, erwidere ich vage, »und die Sachen gehen ja nicht kaputt, wenn etwas davon übrig bleibt.« Wovon ich nicht ausgehe.

Die Schlange ist nicht sonderlich lang, sodass wir schnell an der Reihe sind.

»Warst du wirklich verliebt?«, frage ich, während ich damit beginne, die Sachen aufs Band zu legen. »Also so richtig? Mit allem, was dazugehört? Schmetterlinge im Bauch, verzehrende Sehnsucht, glühende Leidenschaft?«

Die Kassiererin nickt mir grüßend zu, und ich schenke ihr ein freundliches Lächeln.

»Klar, ich will keine Beziehung«, fahre ich an Tyren gewandt fort. »Aber sollte ich mich umentscheiden, dann werde ich Feuer und Flamme sein. Ich will brennen. Das Leben ist zu kurz für halbherzige Gefühle … nicht, dass ich dir diese unterstellen würde«, füge ich schnell hinzu, weil mir klar wird, dass ich genau das getan habe. Ich sollte nicht urteilen. Jeder, wie er mag.

Statt beim Leeren des Wagens zu helfen, verschränkt Tyren die Arme vor der Brust. »Was ist das für eine Frage? Natürlich war ich verliebt.« Es ist offensichtlich, dass ich einen wunden Punkt erwischt habe. Ich Idiot.

Wir bezahlen, stopfen alles in Papiertüten und gehen damit hinaus auf den Parkplatz. Während ich die Sachen in den Kofferraum quetsche, steht der Buchhändler neben mir und verfolgt mein Tun mit undurchdringlicher Miene.

»Ich weiß nicht, wie du dir das mit dem Verliebtsein vorstellst, aber es ist nicht wie in Büchern oder Filmen. Und glaub mir, ich kenne mich aus, ich habe viele Bücher gelesen«, sagt er schließlich. »Alles, was du beschrieben hast, wird total übertrieben dargestellt. Die verzehrende Sehnsucht, die glühende Leidenschaft ... im echten Leben brennt man nicht. Man lernt Menschen kennen, die man interessant findet und mag, und vielleicht verspürt man sogar ein leichtes Ziehen im Bauchbereich. Aber man steht weder in Flammen noch ertrinkt man in irgendetwas. Wenn du also darauf warten solltest, wirst du enttäuscht sein.«

Er greift an mir vorbei und schließt den Kofferraum so fest, dass der Knall etwas unangenehm Endgültiges hat. Ohne mir die Chance auf eine Erwiderung zu geben, geht er um den Wagen herum und setzt sich hinters Steuer. Er wartet kaum, bis ich mich angeschnallt habe, bevor er losfährt. Mist.

Er ist nett, hilfsbereit und kein bisschen arrogant, obwohl er so belesen und gebildet ist. Außerdem ist er ein toller Mitbewohner, der letztendlich sogar die Schweinchen duldet und mit mir eine Party feiert. Er hat es nicht verdient, dass ich etwas infrage stelle, was mich nichts angeht. Es war ganz bestimmt nicht meine Absicht, ihn zu verletzen.

5 | Tyren | Vom ersten bis zum letzten Satz

Ich bin nicht sicher, warum seine Unterstellung mich so ärgert, es ist schließlich nicht so, als würde sie zutreffen. Meine vergangenen Beziehungen – sowohl die mit Adrienne als auch die mit Noah – haben mir viel bedeutet. Vielleicht bin ich gut mit den Trennungen klargekommen, aber selbstverständlich war ich verliebt. Alles andere wäre Schwachsinn. Ich würde nicht mit jemandem ausgehen, für den ich nichts empfinde.

»Sorry«, sagt Jamain und beendet so das unangenehme Schweigen im Toyota. »Die Frage war unpassend. Ich habe nicht nachgedacht.«

Ich konzentriere mich weiterhin auf den Verkehr. »Ja.«

»Vielleicht fühlen Menschen unterschiedlich stark«, mutmaßt er vorsichtig. »Bestimmt wirkt sich das Temperament darauf aus. Warum sollten sich so viele Bücher und Filme täuschen?«

Anstatt etwas zu erwidern, presse ich die Lippen zusammen. Obwohl er das nicht behauptet hat, werde ich das Gefühl nicht los, mich ›falsch verliebt‹ zu haben. Aber geht das überhaupt? Kann man sich falsch verlieben?

»Wünscht es sich nicht jeder, das mal zu erleben?«, fährt er nachdenklich fort. »Empfindungen, die so stark sind, dass man sich fühlt wie in einem Rausch?«

Die Ampel springt auf Rot, und ich halte an, beobachte die Fußgänger, die vor uns die Straße überqueren. »Ja, ich schätze schon. Vielleicht erleben Menschen die Liebe wirklich unterschiedlich. Schmerzen werden schließlich auch unterschiedlich stark wahrgenommen.« Daran ist nichts schlimm. Vielleicht ist es sogar besser, gewisse Dinge nicht zu intensiv zu erleben.

Aus dem Augenwinkel sehe ich, wie Jamain nickt. »Ich will daran glauben«, sagt er nach einer kurzen Pause. »Beziehung hin oder her; ich würde mich gerne mal richtig verlieben. Mit allem, was dazugehört. Ich wette, ich würde brennen, ertrinken, auf Wolke sieben schweben und was dir sonst noch für hübsche Vergleiche einfallen.«

»Metaphern«, korrigiere ich automatisch, woraufhin er schnaubt. »Einen Vergleich erkennt man immer an dem Wort *wie*.«

»Okay.« Er hebt resigniert die Hände. Immerhin scheint ihn meine manchmal etwas besserwisserische Art eher zu amüsieren als zu stören. »Jedenfalls gebe ich die Hoffnung nicht auf, nur weil mir jemand sagt, dass sie nicht realistisch ist. Mit der ein oder anderen Enttäuschung kann ich leben.«

Ich erwidere nichts. Er will keine Beziehungen eingehen, weil er keine Trennungen durchleben will, aber er will sich verlieben, bis er brennt und ertrinkt. Das hört sich ohne richtige Beziehung allerdings ebenso schmerzhaft an.

»Solange du nicht unseren wöchentlichen Putzplan vergisst oder ständig eine Socke an deine Tür hängst, kann ich damit leben, wenn du dich verliebst«, sage ich versöhnlich. Es war nett von ihm, sich zu entschuldigen, als er gemerkt hat, dass er einen Nerv getroffen hat.

Ich mache Musik an und biege wenige Minuten später ohne Vorwarnung in den Drive-thru des Deja-Brews, wo ich uns zwei

Kaffee bestelle. Einen normalen Mocha für mich, einen mit Sojamilch für Jamain, der mir einen erstaunten Seitenblick zuwirft.

»Das war eben echt überraschend«, sagt er und nimmt seinen Becher entgegen. »Wie hat es sich angefühlt, etwas zu tun, was du vorher nicht geplant hattest?«

Der leicht herbe Kaffeeduft steigt mir in die Nase, als ich meinen Mocha im Getränkehalter abstelle. Der Kaffee war eine gute Idee.

»Hiermit schulde ich dir nur noch drei«, sage ich feierlich, bevor ich die Hände wieder aufs Lenkrad lege und aus dem Drive-thru fahre. Eigentlich ist es gar nicht so übel, ihm hin und wieder einen Kaffee zu spendieren. Besonders, wenn ich nicht davon überzeugt bin, dass wir einen Karton voller Drogen bei uns im Auto haben.

Jamain lehnt sich in meine Richtung. »Du kannst also doch spontan sein.«

»Natürlich kann ich spontan sein«, erwidere ich mit einem Schulterzucken und dem Hauch eines Grinsens. »Vielleicht hast du einfach ein völlig falsches Bild von mir.« Selbstverständlich hat er kein falsches Bild von mir. Gut möglich, dass das seit Jamains Einzug die erste spontane Aktion von mir war, die er mitbekommen hat – wenn man davon absieht, dass ich einmal eine andere Marke Klopapier gekauft habe als die, die ich sonst kaufe. Aber wahrscheinlich zählt das nicht, weil das andere Klopapier ausverkauft war und ich ohnehin keine andere Wahl hatte.

Was ich ihm nicht auf die Nase binde, ist, dass es Spaß gemacht hat, ihn zu überraschen. Es ist schließlich nicht so, als würde ich das jetzt zur Gewohnheit machen.

Nach einer Weile mache ich die Musik aus dem Radio etwas leiser. Dass jemand wie er, der so offen und selbstbewusst ist, Angst vor dem Ende einer Beziehung hat, geht mir nicht aus dem Kopf. Dafür muss es einen Grund geben. Bisher habe ich ihn nur sorglos und unbeschwert erlebt.

»Was hast du vorhin damit gemeint, dass du es nicht magst, wenn etwas kaputtgeht?«, frage ich vorsichtig. »Hast du eine schlimme Trennung hinter dir?«

Jamain nimmt einen Schluck Kaffee, und es wirkt, als wollte er sich damit eine Gnadenfrist erspielen. Er ist untypisch still, und ich fange an, meine Frage zu bereuen. Er muss sie nicht beantworten, denn im Grunde geht es mich nichts an, ob er eine schlimme Beziehung oder Trennung gehabt hat, und ich kann verstehen, wenn er nicht darüber reden will. Doch gerade als ich ansetze, etwas Belangloses darüber von mir zu geben, wie herum man die Klopapierrolle hängen sollte und wie auf keinen Fall – er hat sie schon mindestens zweimal falsch herum neben die Toilette gehängt –, ergreift er doch das Wort.

»Nein, ich habe keine schlimme Trennung hinter mir. Ehrlich gesagt habe ich alle Beziehungen, wenn man sie denn so nennen will, beendet, bevor sie irgendwie tiefer wurden. Meine Mom …« Er macht eine kurze Pause. »Meine Mom hat kein Glück mit Männern. Ich habe in meiner Kindheit so viele Väter gehabt, dass ich den Überblick verloren habe. Am Anfang dachte ich bei jedem neuen Kerl, dass er mein neuer Daddy wird. Manche waren nett, manche weniger. Alle hatten gemeinsam, dass sie nie lange geblieben sind. Und immer war Mom am Boden zerstört und hat sich Vorwürfe gemacht.« Er nippt erneut an seinem Kaffee. »Jedenfalls kann ich gerne darauf verzichten, mich von jemandem abhängig zu machen, mich vielleicht sogar richtig zu verlieben, nur um dann wieder verlassen zu werden. Deshalb lasse ich es gar nicht so weit kommen.«

Oh.

Ich biege auf den Parkplatz vor unserer Wohnung und mache den Motor aus. Was Jamain gesagt hat, hallt nach.

»Tut mir leid, das muss hart gewesen sein.« Vorsichtig nehme ich meinen Kaffeebecher aus der Halterung. Er ist noch warm. Ich kann mir nicht vorstellen, wie es sich anfühlt, wenn Väter kommen und gehen. Meine Eltern sind immer noch zusammen und haben sich stets gegenseitig den Rücken gestärkt. Vielleicht sah ihre Beziehung von außen nie besonders liebevoll aus, aber sie war stabil. Und gerade für ein Kind ist ein stabiles Umfeld verdammt wichtig.

»Außerdem klingt es traurig.« Ich steige aus und schließe die Tür hinter mir. Jamain wartet auf der anderen Seite des Wagens auf mich, sein Blick ist so ernst, wie ich ihn noch nie erlebt habe. Das charmante Grinsen steht ihm besser. Es passt zu seinen verschmitzten Augen. Es passt zu ihm. Gott, sogar das provokante Grinsen gefällt mir besser als die ernste Miene, die meine neugierige Frage hervorgerufen hat. »Du hast schlechte Erfahrungen gemacht und siehst nur noch das Ende einer Beziehung. Aber Anfang und Mittelteil sind genauso wichtig. Wie in einem Buch.«

In der Sonne sind seine Augen besonders hell. Ich nehme ein paar große Schlucke von meinem Kaffee. Es gibt keinen passenden Zeitpunkt für die Erkenntnis, dass der eigene Mitbewohner nicht nur attraktiv, sondern *verdammt* attraktiv ist, aber es gibt viele unpassende Zeitpunkte – wie diesen, wenn wir gerade über unangenehme Themen reden. Gott, normalerweise ist mein Gehirn vernünftiger.

Während ich noch untätig herumstehe, öffnet Jamain den Kofferraum und rafft so viele Tüten zusammen, dass für mich nur noch wenig übrig bleibt.

»Ich mag das, was du gesagt hast«, sagt er nach einer Weile. »Dass Anfang und Mittelteil auch wichtig sind. Wie in einem Buch.«

Ich lächle leicht und greife nach den restlichen Tüten, während ich meinem Gehirn klarmache, dass es keine Rolle spielt, wie mein Mitbewohner aussieht. Es ist schließlich nicht so, als wäre ich an ihm interessiert. Schweigend laufen wir nach drinnen und gehen die Treppe hoch. Oben angekommen lehnt Jamain sich gegen die Wand, und ich fische den Wohnungsschlüssel aus meiner Hosentasche.

»Du bist bestimmt der Typ, der ein Buch von vorne bis hinten durchliest, oder?«, fragt er, als ich aufschließe. »Und bestimmt wundert es dich nicht, wenn ich dir erzähle, dass ich bei jedem der wenigen Bücher, die ich in meinem Leben gelesen habe, zuerst die letzte Seite in Augenschein genommen habe.«

Aus irgendeinem Grund bringt mich dieses Geständnis zum Lächeln.

»Ja.« Ich schiebe die Tür auf und trete in den Flur, wo ich die Einkäufe abstelle und mir die Schuhe ausziehe. »Vom ersten bis zum letzten Satz.« Es überrascht mich tatsächlich nicht, dass er hinten anfängt. Wir sind gegensätzlich in allem, was wir tun, sogar in der Art, wie wir ein Buch lesen. Aber irgendwie kann ich den Wunsch, wissen zu wollen, was auf einen zukommt, ganz gut verstehen, auch wenn ich diesen Drang nur im echten Leben habe.

»Es ist bestimmt nicht schlecht, zu wissen, ob man einem Happy End entgegenliest«, sage ich und trage die Tüten gemeinsam mit Jamain in die Küche. Wir verstauen die irrsinnige Menge Chips und Süßigkeiten in den Küchenschränken, die daraufhin beinahe platzen. Gut, dass das nur ein vorübergehender Zustand ist. Es gefällt mir nicht, wenn sie so vollgestopft sind, und noch weniger gefällt mir der Gedanke, dass Jamain vielleicht genug Leute eingeladen hat, um alles davon an einem Abend aufzuessen. Gott, ich hoffe wirklich, dass er sich einfach einen Vorrat für die nächste Woche anlegen wollte.

Als wir fertig sind, verschwindet Jamain mit den Kondomen

und dem Rest seiner fragwürdigen Sachen in sein Zimmer, um nach den Meerschweinchen zu sehen, die ihm in der Zwischenzeit wahrscheinlich die Kabel angeknabbert und auf die Matratze gepinkelt haben. Ich trinke meinen Kaffee aus, befördere den Becher in den Mülleimer und sehe auf die Uhr. Trotz der etwas länger als geplanten Einkaufstour liege ich weiterhin gut im Zeitplan. Bevor ich mich der Vor- und Hauptspeise widme, kann ich noch in aller Ruhe das Esszimmer und das Wohnzimmer aufräumen.

Ich schnappe mir die Putzsachen und verbringe die nächsten zwei Stunden damit, sicherzustellen, dass unsere Gäste kein einziges Staubkorn mehr finden werden. Außerdem rücke ich die Bücher im Bücherregal zurecht, poliere die Töpfe der Topfpflanzen, putze die Fensterscheiben und reinige die Böden. Jamain scheint die Meerschweinchen auch nicht aus seinem Zimmer gelassen zu haben, wenn er alleine zu Hause war. Jedenfalls finde ich kein einziges Stück Meerschweinchenkot oder andere verdächtige Spuren, die auf eine Anwesenheit der Tiere außerhalb seines Zimmers schließen lassen. Das ist einerseits zwar erleichternd, andererseits liefert es mir aber auch keine Ausrede, um eine Pause zu machen und mit einer Beschwerde an seine Zimmertür zu klopfen. Schade. Irgendwie macht es Spaß, mit ihm zu diskutieren, weil es nie langweilig wird. Er ist nie um eine kreative Antwort verlegen.

Als irgendwann alles glänzt, gehe ich zurück in die Küche und beginne, sowohl die Vorspeise als auch die Carbonara vorzubereiten. Ich hänge mir die Kochschürze um und schneide die Zuckermelone in gleich große Spalten. Vielleicht sollte ich Dinnerpartys auf die Liste meiner Hobbys setzen, denn ich bin schon den ganzen Tag in meinem Element. Ohne die Party würde ich jetzt vermutlich in meinem Zimmer sitzen und ein gutes Buch lesen oder mich auf das nächste Semester vorbereiten. Die meisten meiner Abende sind verdammt ruhig. Ich weiß nicht einmal, wann ich das letzte Mal mit Freunden weg war – es ist schon eine Weile her. Jamain würde vermutlich den Kopf schief legen und mich mit hochgezogener Augenbraue mustern, wenn ich ihm erzählen würde, dass ich nicht wahnsinnig oft soziale Kontakte brauche. Vielleicht würde er mich aber auch überraschen und es verstehen. Bei ihm kann man sich nie sicher sein, welche Reaktion man bekommt.

6 | Jamain | Kondomballons

Es hat erstaunlich viel Spaß gemacht, mit Tyren einkaufen zu gehen – nicht nur, weil man ihn so wunderbar in Verlegenheit bringen kann, sondern auch, weil er ein interessanter Gesprächspartner ist. Ich unterdrücke ein Seufzen. Umgekehrt sieht er das garantiert nicht so. Ein Typ wie ich käme für ihn sowieso nicht infrage. Er ist so klug und gebildet, studiert und hat zusätzlich einen Nebenjob im Buchladen. Er kann kochen und backen, hat mit zehn irgendwelche Bücher gelesen, die ich mit 24 nicht kenne, erstellt Putzpläne und Einkaufslisten. Er hat sein Leben im Griff, während ich mit zwei Meerschweinchen und einer Handvoll Möbel direkt von der Straße bei ihm eingezogen bin. Es ist aussichtslos. Was sollte er an mir finden? Vielleicht sollte ich mir mal wieder irgendein Buch vornehmen, um auch etwas Kluges von mir geben zu können. Und vielleicht sollte ich dann nicht mit der letzten Seite beginnen, sondern ›vom ersten bis zum letzten Satz‹ lesen.

Während sich Tyren damit beschäftigt, die ohnehin vor Sauberkeit glänzende Wohnung zu putzen, verstaue ich meine privaten Einkäufe in meinem Schrank. Je näher die Party rückt, desto klarer wird mir, dass mein Alleingang ziemlich fies ist.

Eigentlich sollte es nur eine harmlose Stichelei sein, aber ich fürchte, dass die folgenden Stunden für Tyren alles andere als harmlos werden.

Als mein Blick auf die Kokoskondome fällt, die ihn vorhin so aus dem Konzept gebracht haben, kommt mir eine Idee. Schnell öffne ich die Packung und nehme drei Exemplare heraus, die ich aufblase und dann sorgfältig verknote. Nach Kokos duftende Luftballons, die ich im Anschluss mit schwarzem Edding beschrifte – pro Kondom ein Wort.

TUT MIR LEID

»Spar dir die vorwurfsvollen Blicke«, sage ich über eine Schulter zu Kill, der mein Tun mit deutlicher Skepsis verfolgt. »Jetzt ist es sowieso zu spät, um noch einen Rückzieher zu machen. Ich werde mich auch irgendwann noch ordentlich entschuldigen, okay?«

Das weiße Schweinchen scheint weiterhin verstimmt zu sein, deshalb besteche ich es mit einer Erdbeere und nutze den unbeobachteten Moment, um den Raum zu verlassen, ohne dabei von seiner anklagenden Miene verfolgt zu werden.

Tyren ist mittlerweile wieder in der Küche zugange, sodass ich unbemerkt über den Flur und in sein Zimmer schleichen kann. Dort angekommen nutze ich die Gelegenheit, mich kurz umzusehen. Alles ist perfekt aufgeräumt, und als mein Blick auf die zahlreichen Bücherregale fällt, verdrehe ich die Augen. Er scheint sie nicht nur alphabetisch nach Autor, sondern auch nach Größe sortiert zu haben – wie auch immer er das hinbekommen hat. Ich muss zugeben, dass es hübsch aussieht. Versonnen streiche ich mit den Fingerspitzen über die Buchrücken. Eigentlich könnte ich mir eins ausleihen, immerhin habe ich vorhin den Entschluss gefasst, etwas zu lesen.

Okay. Schicksalsentscheidung.

Ich lege einen der Kondomballons auf Tyrens Bett, die beiden anderen befestige ich an seiner Schreibtischlampe, dann beziehe ich Position vor seinem Bücherregal. Ich schließe die Augen, strecke den Arm aus und gehe wenige Schritte nach vorne, bis mein Zeigefinger gegen einen Buchrücken stößt.

Fuck.

Shakespeares gesammelte Sonette.

Es scheint nicht, als wäre das Glück mit mir, aber Schicksalsentscheidung ist Schicksalsentscheidung. Mit einem ergebenen Seufzen ziehe ich das Buch aus dem Regal, klemme es mir unter den Arm und trete den Rückweg an.

Nachdem ich wieder in der Sicherheit meines Zimmers angekommen bin, beschließe ich, einen ersten Blick hineinzuwerfen. Ach du Scheiße. Das sind Gedichte. Eine Unmenge Gedichte. Keine spannende Handlung. Keine sexy Szenen. Ein Haufen vermutlich unzusammenhängender Gedanken in seltsamer Sprache.

Ich lege mich bäuchlings auf mein Bett, stütze das Kinn in der Handfläche ab und schlage eine zufällige Seite auf. Das war's mit ›vom ersten bis zum letzten Satz‹; diesen Vorsatz hat Shakespeare auf dem Gewissen!

Nach einigen Minuten stelle ich fest, dass diese Sonette nicht so furchtbar sind wie erwartet. Wenig Worte, die viel Inhalt transportieren … und außerdem kann man sie rappen.

»Ist es dein Wille, daß in öden Nächten / Dein Bild mein müdes Auge wach erhält?«, murmle ich testweise. *»Begehrest du den Schlummer mir zu brechen / Mit einem Schatten, der wie du sich stellt?«*

Klingt verdammt gut. Sieht so aus, als hätte es Shakespeare wirklich draufgehabt.

Ich blättere weiter in dem Buch und bin durch die überraschend unterhaltsamen Gedichte so abgelenkt, dass ich erst durch Tyrens Rufen auf die Klingel aufmerksam werde.

Schnell verstaue ich das Buch unter meinem Kopfkissen, dann springe ich vom Bett und lege mit einem Blick auf Kill und Bill den Finger an die Lippen.

»Kein Wort zum Buchhändler«, flüstere ich. »Erinnert euch, wem eure Loyalität gehört!«

Ich trete auf den Flur hinaus genau in dem Moment, in dem es erneut klingelt.

»Alles klar«, rufe ich Richtung Küche, dann reiße ich enthusiastisch die Wohnungstür auf. Entgegen meinen Erwartungen ist es keiner von meinen Bekannten, sondern eine hübsche blonde Frau, die mir ein etwas unsicheres Lächeln schenkt. Sie trägt Jeans, eine rote Bluse, und ihr Haar ist zu einem Pferdeschwanz zusammengebunden, an dem eine rote Schleife befestigt ist.

»Hey«, begrüße ich sie und mache eine einladende Handbewegung. »Komm rein. Ich bin Jamain und ... *fuck*!«

Bill hat keine Minute gebraucht, um festzustellen, dass die Zimmertür nicht ganz geschlossen war, denn er watschelt in beachtlichem Tempo durch den Flur mit Kurs auf die Haustür. Im letzten Moment stelle ich ihm meinen Fuß vor die Nase, woraufhin er beleidigt abbremst.

Ich gehe in die Knie und hebe den Übeltäter vorsichtig empor.

»Dein Ernst?«, frage ich, während ich in seine schwarzen Knopfaugen blicke. »Der Buchhändler erlaubt uns, eine Party zu schmeißen, und du hast nichts Besseres zu tun, als zu türmen? Ich werde mir gut überlegen, ob ich meine Erdbeeren weiterhin mit dir teile, mein Freund!«

Erst jetzt fällt mir wieder ein, dass wir beide nicht alleine sind, und ich wende mich mit einem zerknirschten Lächeln wieder unserem Gast zu.

»Entschuldige«, sage ich, während ich ihr Bill entgegenhalte. »Ich bin Jamain, und das ist Bill.«

Ihr Lächeln wird breiter; sie streckt eine Hand aus und

streichelt über Bills Köpfchen. Alles klar. Das gibt fette Sympathiepunkte.

»Hi, Bill«, sagt sie zu dem Schweinchen, bevor sie sich mir zuwendet. »Hi, Jamain. Schön, euch kennenzulernen. Ich bin Lizzie, Tyrens Kollegin aus dem Subtext.«

»Komm rein«, fordere ich sie auf, nachdem ich mich an einige Regeln der Höflichkeit erinnert habe. Ich bin der Gastgeber, verdammt noch mal. Ich war noch nie Gastgeber!

»Bookboy ist noch in der Küche und zaubert irgendwelche unaussprechlichen Köstlichkeiten.«

»Bookboy?« Das Lächeln, das jetzt um Lizzies Lippen zuckt, ist eindeutig amüsiert.

»Er mag den Spitznamen«, behaupte ich mit einem unschuldigen Schulterzucken, bevor ich, Bill noch immer auf dem Arm, die Küche ansteuere und mit dem Ellbogen die Tür öffne.

»Es ist Lizzie«, verkünde ich das Offensichtliche.

»Hey.« Tyren wirft uns ein Lächeln zu, das nach wenigen Sekunden an Strahlkraft verliert. Sein Blick zuckt zum kochenden Nudelwasser; er wirkt ein wenig überfordert.

»Tut mir leid, dass ich zu früh bin«, sagt Lizzie und streicht sich eine verirrte Haarsträhne hinters Ohr. »Meine Oma wohnt in der Gegend, und ich war zum Kaffee eingeladen. Ein Zwischenstopp zu Hause hat sich nicht gelohnt, da dachte ich, dass du vielleicht noch Hilfe brauchen könntest …«

Oh, oh. Zwar kenne ich Tyren noch nicht sonderlich lange, aber gut genug, um zu wissen, dass das keine gute Idee ist. Der Gedanke, jemand anderes könnte sich in seiner Küche zu schaffen machen und seine sorgfältig geplanten Arbeitsschritte über den Haufen werfen, bringt ihn unter Garantie aus dem Konzept.

»Ja klar, kein Ding«, sagt er trotzdem und dreht unschlüssig das Nudelsieb, als hätte er plötzlich vergessen, wozu er es benutzen wollte.

»Der Buchhändler hat alles im Griff«, mische ich mich ein. »Aber wenn du magst, kannst du Bill etwas besser kennenlernen; wenn du Glück hast, lässt sich vielleicht sogar Kill sehen. Sorry, dass ich ihn dabeihabe«, füge ich schuldbewusst an Ty gewandt hinzu. »Er ist eben aus meinem Zimmer entwischt. Ich bringe ihn zurück.«

Tyren mustert das Schweinchen, dann schenkt er uns – oder vermutlich eher Lizzie – ein Lächeln.

»Geh ruhig. Ich bin hier fast fertig.« Noch bevor er seinen Satz beendet hat, dreht er sich schon zum Herd um, woraufhin Lizzie und ich die Küche verlassen.

»Ich wusste gar nicht, dass sich Tyren für Haustiere erwärmen kann«, sagt sie, während wir durch den Flur gehen. Ich öffne die Tür zu meinem Zimmer und bitte sie mit einer einladenden Geste hinein. Statt sich umzusehen, krault sie Bills Nacken, woraufhin ich ihn ihr kurzerhand überlasse.

»Ty mag Tiere«, improvisiere ich. »Er hat sogar mit mir gemeinsam überlegt, was ich anschaffen muss, damit sich die beiden wohlfühlen. Und abgesehen davon: Wer kann Bills Augenaufschlag widerstehen?«

Lizzie lacht. »Niemand«, sagt sie, während sie sich hinkniet und Bill vorsichtig auf den Boden setzt. »Definitiv niemand.«

»Wusstest du, dass Meerschweinchen nicht blinzeln müssen, um ihre Augen feucht zu halten? Sie schlafen sogar mit offenen Augen. Allerdings blinzeln im Haus gehaltene Schweine viel häufiger als die in freier Wildbahn – vermutlich, weil sie sich nicht bedroht fühlen.« Ich stupse Bill liebevoll mit dem Zeigefinger an. »Stimmt's, Kumpel?«

»Wo hast du die beiden untergebracht?« Lizzie richtet sich wieder auf und mustert prüfend die beiden mit Handtüchern bestückten Kartons, dann zieht sie eine Augenbraue hoch.

»Du hast keinen Stall? Funktioniert das?«

»Wir arbeiten daran«, erwidere ich. »Aber sie sind beide so gut wie stubenrein. Allerdings ist Bill viel zu interessiert am Flur und würde am liebsten jede Gelegenheit für einen kleinen Ausflug nutzen. Ich habe Bookboy aber versprochen, dass ich die beiden in meinem Zimmer lasse.«

Da sich Kill noch nicht hat sehen lassen, werfe ich einen Blick hinter den Pappkistenschrank.

»Setz dich ruhig«, sage ich über eine Schulter zu Lizzie. »Mein Schreibtischstuhl ist bequemer, als er aussieht – und man kann super damit quer durchs Zimmer rollen. Ein Vorteil der wenigen Möbel.«

Während sie meiner Aufforderung nachkommt, schiebe ich eine der Kisten vorsichtig zur Seite und entdecke schließlich Kill in der hintersten Ecke.

»Okay«, sage ich, während ich mich wieder zurückziehe. »Ich habe zu viel versprochen. Kill ist echt scheu, und ich will ihn nicht drängen. Wahrscheinlich spürt er, dass eine Party geplant ist, und geht deshalb schon in Deckung. Aber dafür scheint Bill deine Schnürsenkel zu mögen«, füge ich mit einem Blick auf das braune Meerschweinchen hinzu, das sich gerade hingebungsvoll Lizzies Schuhen widmet. Sie schiebt ihn belustigt zur Seite, hebt ihn dann aber auf ihren Schoß, um ihn an einem weiteren Angriff zu hindern.

»Und was machst du so?«, fragt sie, während sie Bill mit weiteren Streicheleinheiten erfreut. »Studierst du auch?«

»Nein«, erwidere ich betont locker. »Ich arbeite im Fantasia Funpark.«

Lizzies Reaktion ist komplett anders als erwartet. Statt überrascht die Brauen hochzuziehen, lächelt sie. »Wie cool. Da war ich schon viel zu lange nicht mehr.«

»Komm doch mal vorbei«, sage ich spontan. »Ich kann dir freien Eintritt verschaffen, und Ty begleitet dich bestimmt gerne.

Er hat auch schon gefragt, wann er mich mal dort besuchen kann.«

»Echt?«, hakt Lizzie nach. »Tyren mag Freizeitparks? Damit hätte ich nicht gerechnet.«

»Doch, natürlich.« Hoffe ich zumindest. »Es spricht also alles dafür, dass ihr euch einen schönen Tag im Park macht.«

»Klingt gut.« Sie zupft nachdenklich an ihrer Bluse. »Wie funktioniert es sonst bei euch? Tyren hat noch nicht viel erzählt, aber ich hätte dich mir …« Sie verstummt und beißt sich verlegen auf die Unterlippe.

»… anders vorgestellt«, beende ich ihren Satz und lasse mich auf meine Matratze fallen. »Schon klar.«

»Das war nicht negativ gemeint.« Lizzie hebt besänftigend eine Hand. »Du bist nur ganz anders als Perry. Er war oft im Subtext, um etwas zu stöbern.«

Ich zucke lässig mit den Schultern. »Du hast nicht damit gerechnet, wie heiß ich bin. Gib's ruhig zu.«

Sie schnaubt amüsiert. »Genau, Jamain. Du bist der Traum meiner schlaflosen Nächte.« Bevor ich etwas entgegnen kann, wird sie wieder ernst.

»Das alles ist so untypisch für Tyren«, sagt sie nach einer kurzen Pause mit einer vagen Handbewegung. »Neuer Mitbewohner ohne Buch im Zimmer. Meerschweinchen. Eine Party.«

»Vielleicht gibt es an ihm mehr zu entdecken, als du annimmst«, erwidere ich, ohne sie darauf hinzuweisen, dass sich unter meinem Kopfkissen sehr wohl ein Buch befindet. »Er hat eine Menge spannender Facetten. Kennt ihr euch überhaupt außerhalb der Arbeit? Wäre vielleicht einen Versuch wert.«

»Jamain.«

Der Hauch von Strenge in Lizzies Tonfall sorgt dafür, dass ich automatisch eine harmlose Miene aufsetze.

»Ja?«

»Du versuchst nicht zufällig, uns irgendwie zu verkuppeln?«

»Euch?«, wiederhole ich unschuldig. »Würde ich niemals tun. Du hast doch selbst zugegeben, dass ich der Traum deiner schlaflosen Nächte bin.«

»Jamain«, sagt sie erneut, woraufhin ich ihr ein ertapptes Grinsen schenke. Der Buchhändler wird mich so was von umbringen, wenn er davon erfährt.

»Er hat von dir erzählt, und irgendwie dachte ich, es könnte passen«, sage ich vage. »Er mag dich.«

»Ich mag ihn auch.« Lizzie seufzt. »Sehr sogar. Als guten Freund.«

Fuck.

»Mehr wollte ich gar nicht andeuten«, setze ich zu meiner – und Bookboys – Verteidigung an, werde jedoch von der Türklingel unterbrochen. Glücklicherweise höre ich fast sofort Schritte. Ty scheint in der Küche fertig zu sein, sodass wir unser Gespräch noch ein wenig fortführen können.

»Er ist toll, und du scheinst auch toll zu sein. Aber eine Freundschaft ist ebenso okay wie ... mehr. Sorry. Ich wollte dich nicht nerven oder in die Enge treiben.«

»Hast du nicht.« Lizzie setzt Bill wieder auf den Boden, dann klopft sie ihre Hose ab. Die Klingel ertönt erneut, und sie hält für einige Sekunden inne. »Es gefällt mir, dass wir so offen reden können. Komm doch mal im Subtext vorbei, wenn du Lust hast. Ein Besuch im Freizeitpark gegen einen Besuch im Buchladen?«

»Klingt gut«, stimme ich zu und lasse mich im selben Moment vom Bett rutschen, als es zum dritten Mal klingelt.

»Tyren hat von einer *kleinen* Dinnerparty gesprochen«, sagt Lizzie, die ebenfalls aufgestanden ist.

»Das muss ein Missverständnis gewesen sein.«

Lizzie runzelt die Stirn.

»Na gut. Möglicherweise habe ich vergessen zu erwähnen, wie

viele Leute ich eingeladen habe. Oder ich habe mich nicht getraut …«

»Und wie viele sind das?«

»Knapp zwanzig. Schätze ich.«

Lizzie stößt einen Laut aus, der irgendwo zwischen einem Stöhnen und einem Lachen liegt.

»Du lässt Tyren stundenlang in der Küche stehen und ein Drei-Gänge-Menü für vier Personen zubereiten, obwohl du weißt, dass die fünffache Menge kommt?«

»Ähm …« Ich greife mir verlegen in den Nacken.

»Und das, obwohl du ihn mittlerweile gut genug kennst, um zu wissen, wie wichtig ihm Vorausplanung ist?«

»Du hast recht«, gebe ich unumwunden zu, immerhin ist mir der Gedanke nicht neu. »Das war nicht sonderlich nett. Irgendwie dachte ich, es würde ihm gefallen, wenn der erste Schreck überwunden ist. Aber jetzt habe ich so meine Zweifel.«

Lizzie nickt. »Berechtige Zweifel, fürchte ich.«

»Trägt es zu meiner Verteidigung bei, wenn ich zugebe, dass ich seinen überforderten Gesichtsausdruck süß finde?«

»Süß«, wiederholt Lizzie.

»Er legt fast unmerklich die Stirn in Falten, zieht ein wenig die Augenbrauen hoch und presst die Lippen zusammen.«

»Du scheinst ihn ja genau zu beobachten.«

»Ja«, sage ich, während ich das Zimmer durchquere. »Er gefällt mir. Besonders wenn er mit Lesebrille und konzentriertem Gesichtsausdruck auf der Couch sitzt …« Ich lege die Hand auf die Klinke und öffne schwungvoll die Tür. »Einfach sexy.«

»Wer?«, fragt Ty, der gerade Arlo in die Wohnung gelassen hat.

»Hey, Alter«, begrüßt mich dieser gleichzeitig und drückt Tyren eine Flasche Wodka in die Hand. »Was geht?«

Er sieht sich in alle Richtungen um. Sein Blick bleibt an der kleinen Porzellanfigur auf der Kommode hängen. Eine tanzende

Frau in weißem Kleid, von der ich keine Ahnung habe, weshalb Tyren sie aufgestellt hat.

Arlo stößt einen anerkennenden Pfiff aus. »Du hast nicht übertrieben. Die Bude ist der Wahnsinn.«

Ich nicke ein wenig abgelenkt und mustere Tyren, der wiederum unschlüssig zwischen der Wodkaflasche und den fünf Leuten, die gerade auf dem Weg ins Wohnzimmer sind, hin und her sieht.

»Das … so viele Gäste waren nicht geplant«, sagt er leise. Arlo scheint ihn gehört zu haben, denn er klopft ihm aufmunternd auf die Schulter.

»Keine Angst, niemand wird dir die Bude zerlegen, hast mein Wort.« Er lacht. »Außer ich bin später zu besoffen, um mich daran zu erinnern.« Er deutet auf den kleinen Kaffeetisch vor der Couch, der mittlerweile Heimat einer beträchtlichen Getränkeauswahl ist. Mehrere Flaschen Cola, einige Spirituosen, und auch um Bier wurde sich gekümmert. Drei Sixpacks stehen auf dem Boden neben dem Tisch.

Tyren dreht sich ein Stück in meine Richtung.

»Ich habe nur für vier oder maximal fünf Leute gekocht.« Seine Stimme klingt so hilflos, dass mich sofort wieder das schlechte Gewissen überfällt. Das war eine echt miese Aktion von mir.

»Wie wäre es, wenn wir einfach noch Pizza dazubestellen?« Lizzie sieht mit einem beschwichtigenden Lächeln zwischen ihm und mir hin und her. »Pizza klingt doch gut, oder? Und Besteck brauchen wir auch keins dafür.«

Bevor er etwas erwidern kann, klingelt es erneut.

Arlo hebt die Hände. »Ich weiß, dass du nicht mich gefragt hast, aber ich finde Pizza toll.«

»Ja«, presst Tyren hervor. Er wirkt noch immer überfordert … und ziemlich gereizt. »Sicher. Warum nicht?« Ein wenig zu fest stellt er die Wodkaflasche auf der Kommode neben der tanzenden Porzellanfigur ab und atmet tief durch. In seinem Gesicht spiegeln sich so viele Emotionen wider, dass ich gar nicht anders kann, als ihn für einige Sekunden zu beobachten. Empörung, Irritation, Unsicherheit, Überforderung, ein Hauch von Wut. Er fühlt sich nicht wohl, und das ist meine Schuld. Ich wollte Ty liebevoll aus der Reserve locken, stattdessen habe ich ihn mit Schwung gestoßen. Das muss ich irgendwie wiedergutmachen.

Arlo hat mittlerweile die Tür geöffnet, und ich winke Oliver grüßend zu, der einen Kasten Limonade in die Wohnung schleppt. Auf meine Leute ist Verlass: Schon jetzt verfügen wir über einen Haufen Getränke, mit und ohne Alkohol.

Gerade als die Tür wieder ins Schloss fällt, klingelt es erneut. Ich werfe Tyren einen schuldbewussten Blick zu, den er stumm erwidert, dann öffne ich.

»Jamain!«

Kayla zieht mich in eine enge Umarmung, wobei ich haarscharf dem Turm an Plastikbechern entgehe, den sie in einer Hand hält.

»Du wohnst wirklich hier. Als ich gesehen habe, in welcher Gegend das ist, dachte ich, du willst uns verarschen.«

»Aber sicher warst du nicht«, gebe ich zurück. »Sonst hättest du nicht die Becher dabei, um die ich dich gebeten habe.«

Sie versetzt mir spielerisch einen Stoß in die Seite, dann schließt sie die Tür hinter sich und schaut sich beeindruckt im Flur um. Nachdem es zwei weitere Male geklingelt hat, befinden sich in unserer Wohnung knappt zwanzig Personen. Viel zu viele Menschen, wenn ich nach Tyrens überfordertem Gesichtsausdruck gehe. Das muss ich unbedingt wiedergutmachen.

»Hey, Leute!«, rufe ich laut, woraufhin erstaunlich schnell Stille eintritt. Lediglich aus dem Wohnzimmer ist Brunos dröhnendes Gelächter zu hören, gefolgt von einer gezischten Zurechtweisung. Es scheint, als hätte Zoe ihren Freund nach wie vor im Griff.

»Ich freue mich, dass ihr alle da seid«, fahre ich mit erhobener Stimme fort. Meine erste Rede als Wohnungsparty-Veranstalter! »Und natürlich freue ich mich, dass ihr Getränke mitgebracht habt. Knabbersachen und Süßzeug stehen bereit, und wenn ihr größeren Hunger habt, können wir Pizza bestellen – aber bitte nur bei Santos Pizzeria.« Ich zwinkere den Anwesenden zu. »Ihr wisst, warum.«

Allgemeines Gelächter, das ich abwarte, bevor ich weiterspreche.

»Ihr wisst, dass ich hier nicht alleine wohne.« Ich schnappe Tys Handgelenk, ziehe ihn kurzerhand zu mir und lege ihm den Arm um die Hüften.

»Das ist Tyren, mein Mitbewohner«, stelle ich ihn vor. »Er ist ein begnadeter Koch, deshalb haben wir uns eine Überraschung für euch ausgedacht. In der Küche wartet ein Drei-Gänge-Menü, das sich vier Personen innerhalb der nächsten halben Stunde erspielen können.«

Ich drücke ihn leicht an mich, nicht nur, um ihn zu besänftigen, sondern weil sich seine Nähe ziemlich gut anfühlt. Obwohl er mit einem schwachen Lächeln in die Runde sieht, kann ich spüren, wie angespannt er ist.

»Eine Bitte noch, bevor wir losfeiern.«

Sofort wird das allgemeine Gemurmel wieder leiser.

»Bleibt raus aus Tyrens Raum und aus der Küche.« Ich zeige auf die entsprechenden Türen. »Wenn ihr Ruhe haben wollt, geht in mein Zimmer. Aber vergesst bitte nicht die beiden Meerschweinchen, die auch darin wohnen. Besonders Kill ist lärmempfindlich, und wenn ich jemanden dabei erwische, dass er ihm Angst macht, fliegt er raus. Alles klar?«

»Alles klar«, brüllt Bruno aus dem Wohnzimmer, und auch die anderen nicken bestätigend.

»Dann erkläre ich die Party für eröffnet!« Ich löse mich von

Tyren, nehme Kayla die Becher aus der Hand und verteile sie an meine Freunde. »Habt viel Spaß! Und nicht vergessen – in wenigen Minuten startet das Spiel im Wohnzimmer!«

7 | Tyren | Baked Atlantis

So viele Menschen waren noch nie auf einmal in meiner Wohnung. Noch nicht einmal halb so viele Menschen waren auf einmal in meiner Wohnung. Gott, ich habe nicht einmal so viele Freunde.

»Ich nehme an, dass wir nicht mitspielen«, sage ich und ziehe Jamain noch einmal ein Stück beiseite. Meiner Stimme ist deutlich anzuhören, dass ich das reinste Chaos erwarte. Es sind nicht nur zu viele Leute da, sondern auch viel zu viel Alkohol. Sie werden sich betrinken und mir überall hinkotzen. Die Wohnung wird morgen früh komplett verwüstet sein, und Lizzie wird kein einziges Wort mehr mit mir wechseln.

»Wir haben eine viel wichtigere Rolle«, antwortet er gut gelaunt. »Wir sind die Spielleiter.«

»Aha.« Ich stecke die Hände in die Hosentaschen. Er hat mich nicht nur eiskalt erwischt, was die Anzahl der Leute, die er eingeladen hat, angeht, er scheint sich auch kein bisschen für das Menü zu interessieren, das ich für uns vorbereitet habe. »Dann entgeht dir wohl meine berühmte Carbonara und das Baked Alaska.« Irgendwie hatte ich mich darauf gefreut, dass er mein Baked Alaska probiert. Das Gleiche gilt natürlich für

Lizzie. Eigentlich will ich sie beeindrucken, nicht Jamain. Er bringt mich zwar regelmäßig um den Verstand, aber …

»Was hältst du davon, das Baked Atlantis für uns aufzuheben?«, fragt Jamain mit gesenkter Stimme. »Ich weiß, dass ich es nach der Aktion mit der Party nicht verdient habe, aber … ich fände es trotzdem schade, wenn ich es nicht probieren kann. Überleg es dir, ja?«

Mein Baked Alaska hat er tatsächlich nicht verdient für diesen Alleingang. Am liebsten würde ich mich in meinem Zimmer einschließen und die Partygesellschaft rausschmeißen. Andererseits ist die Stimmung gut, und Jamains Freunde freuen sich sichtlich über die Einladung. Es kann wohl nicht schaden, über meinen Schatten zu springen und dem Ganzen eine Chance zu geben.

Jamain nimmt Notizblock und Stiftehalter von der Kommode und geht zurück ins Wohnzimmer, wo Lizzie neben der Tür steht und sich unbehaglich umsieht. Scheiße, sie fühlt sich unwohl. Es war eine Schnapsidee, sie einzuladen, und ich habe keine Ahnung, was ich zu ihr sagen soll, um die Anspannung zu mindern.

Jamain scheint es ebenso aufgefallen zu sein, denn er schenkt ihr ein Lächeln. »Sei nicht nervös. Die sind alle total nett. Bleib einfach in meiner Nähe, ich stelle dich nachher gerne vor.«

»Ich bin nicht nervös«, erwidert sie und streicht sich eine Strähne hinters Ohr. »Oder zumindest nicht total nervös. Ich hatte nur nicht mit so vielen Menschen gerechnet.«

»Ich hätte auch nicht erwartet, dass alle kommen«, sagt er mit einem Anflug von Stolz. »Es ist meine erste Party, weißt du?«

Ich ziehe überrascht eine Augenbraue hoch, und auch Lizzie mustert ihn mit schräg gelegtem Kopf. »Deine erste Party?«, wiederholt sie amüsiert. »Hast du nie einen rauschenden Kindergeburtstag gefeiert?«

Als er den Kopf schüttelt, wird ihr Lächeln um einige Nuancen schwächer. »Oh«, sagt sie. »Das tut mir leid.«

Ich presse die Lippen aufeinander und stecke die Hände noch eine Spur tiefer in die Hosentaschen. Das ist irgendwie traurig.

»Muss es nicht«, erwidert Jamain locker. »Dafür genieße ich diese Party umso mehr.« Er dreht sich zu unseren Gästen um, die sich angeregt miteinander unterhalten und Wodkaflaschen herumreichen. Irgendein Typ hat eine Gitarre mitgebracht und spielt eine Melodie.

»Wenn ihr mal kurz still seid, kann ich euch die Regeln mitteilen«, fängt Jamain an, woraufhin nach und nach Ruhe einkehrt. »Das gilt auch für dein Geklampfe, Steve.« Der Kerl mit der Gitarre verdreht die Augen und nimmt die Hände von den Saiten.

»Jeder von euch bekommt einen Zettel, auf dem er eine Aufgabe notiert und den er im Anschluss bei Tyren abgibt«, erklärt Jamain. »Wir setzen uns in einen Kreis, dann wird eine Flasche gedreht; die Person, auf die der Hals zeigt, muss eine Aufgabe erledigen, die Tyren zufällig auslost. Zuvor muss jeder tippen, ob es besagter Person gelingen wird, die Aufgabe zu erfüllen, oder nicht. Seid ihr davon überzeugt, nehmt ihr euren Becher in die rechte Hand. Seid ihr sicher, dass sie es nicht schafft, haltet ihr ihn in der linken. Für jeden richtigen Tipp und jede erfolgreich absolvierte Aufgabe erhaltet ihr …«

Er zögert. Offensichtlich hat auch seine Improvisationsfähigkeit Grenzen, aber verdammt, ich bin beeindruckt.

»Eine Wäscheklammer«, ergänze ich, und er wirft mir einen dankbaren Blick zu.

»Die ersten vier Teilnehmer mit drei Wäscheklammern gewinnen das Menü in der Küche«, beendet er seine Erklärung. »Sind es zu viele Gewinner, machen wir ein Stechen. Gibt es noch Fragen? Ansonsten beschriftet ihr eure Zettel, und ich hole die Wäscheklammern aus meinem Zimmer.«

»Keine Fragen«, ruft Oliver, woraufhin Jamain den Notizblock an ihn weitergibt und in Richtung seines Zimmers verschwindet. Knapp zwanzig Leute bilden in meinem Wohnzimmer einen Kreis und müssen dabei ziemlich eng zusammenrutschen. Lizzie sitzt zwischen Arlo und diesem Gitarristen Steve. Ein Surfer-Typ und ein Musiker. Ich hätte nichts dagegen, mit einem der beiden den Platz zu tauschen – obwohl ich dann wohl mitspielen müsste.

»Haben wir eine leere Flasche?«, fragt jemand.

Im selben Moment, in dem Jamain mit den Wäscheklammern zurückkommt, schwenkt Kayla ihr Bier. »Wartet, ich trinke aus!« Sie nimmt mehrere große Schlucke und platziert die Flasche in der Mitte des Kreises. Der Notizblock macht inzwischen die Runde, jeder schreibt etwas auf, reißt den Zettel ab und wirft ihn gefaltet auf einen schnell größer werdenden Haufen. Ich nehme eine dekorative Holzschale vom Bücherregal, um die Zettel darin zu sammeln. Hoffentlich sind die Aufgaben nicht zu … extrem. Wer weiß, was sich Jamains Freunde einfallen lassen. Wenn sie auch nur halb so kreativ sind wie er, sollte ich mir wahrscheinlich Sorgen machen.

Zögerlich nehme ich einen Zettel aus der Holzschale und lehne mich neben Jamain an die Wand. »Es heißt übrigens Baked Alaska, nicht Baked Atlantis«, sage ich leise, weil ich vorhin nicht mehr die Chance hatte, ihn zu korrigieren, und weil ich das nur zu gern tue. Wahrscheinlich wird er jetzt stur daran festhalten und es auch weiterhin Baked Atlantis nennen. Ich kann nicht anders, als zu lächeln. Vielleicht kann ich das Dessert wirklich unauffällig für später aufheben.

»Baked Atlantis klingt aber geheimnisvoller. Und das passt doch, weil man nicht mit der Füllung rechnet«, verteidigt Jamain seine Wortneuschöpfung, bevor wir uns dem beginnenden Spiel zuwenden.

»Ich fange an«, beschließt Kayla und begibt sich in die Mitte des Kreises. »Immerhin habe ich die Flasche gespendet. Was ist die erste Aufgabe, Tyren?«

Sieht nicht so aus, als könnte ich der Sache irgendwie entfliehen. Ich bereite mich auf das Schlimmste vor und entfalte den Zettel, auf dem ein paar schwer zu entziffernde Worte geschrieben sind. Immerhin kann es nicht mich treffen.

»Iss eine rohe Zwiebel«, lese ich vor.

Ein paar Leute atmen hörbar ein. Ein paar davon verziehen sogar das Gesicht.

»Ist das zu schaffen?«

»Dafür braucht es einen echten Zwiebelexperten.«

»Ich würde das locker hinbekommen«, sagt Bruno und streckt bequem die Beine aus.

»Und dir dafür ein Kussverbot einhandeln«, ergänzt Zoe mit einer Grimasse. »Der Geschmack ist nicht mein Ding.«

»Ich muss dich ja nicht auf den Mund küssen.« Bruno wackelt bedeutungsvoll mit den Augenbrauen, woraufhin ihm Zoe einen Stoß mit dem Ellbogen verpasst.

Allgemeines Lachen, dann werden die ersten Becher hochgehalten – ungefähr gleich viele links wie rechts.

Lizzie räuspert sich. »Hat jemand vielleicht einen Becher für mich übrig?«

Bevor ich nach einem der Becher greifen kann, die noch neben dem Kaffeetisch liegen, gibt der Typ neben ihr, Steve mit der Gitarre, seinen weiter und holt sich dann einen neuen. Ein echter Gentleman. Lizzie schenkt ihm ein dankbares Lächeln.

»Wenn es mich trifft, mache ich dich dafür verantwortlich, Kayla.«

»Das würde dir auch nichts nutzen, Lucas«, gibt Kayla zurück und versetzt der Flasche einen kräftigen Schubs. Einige Momente lang ist es überraschend still im Raum. Der Flaschenhals wird langsamer und zeigt schließlich auf Steve. Sogar das

Schicksal scheint diesen Typ in den Mittelpunkt rücken zu wollen, und ich bin mir nicht sicher, was ich davon halte.

»Steve!«

Jemand stößt ein belustigtes Pfeifen aus. Noch jemand lacht schadenfroh.

»Steve, du kriegst das hin!«

Steve steht wortlos auf und sieht dabei erstaunlich selbstbewusst aus, obwohl er eine ganze rohe Zwiebel essen – oder es zumindest versuchen – muss.

Wie viel er wohl schafft, bevor ihm Tränen in die Augen treten? Um keine allzu große Sauerei im Wohnzimmer zu machen, schäle ich die Zwiebel in der Küche, bevor ich sie ihm bringe. Steve hat bereits entschlossen die Ärmel seines Sweatshirts hochgekrempelt, als ich zurückkomme. Sämtliche Augenpaare ruhen auf ihm. Kann der Typ wirklich eine ganze Zwiebel einfach so verdrücken? Er macht jedenfalls den Eindruck, als könnte er es.

»Das schafft er doch nie«, kommentiert im nächsten Moment einer der Zweifler und sieht mich skeptisch an. »Gibt es ein Zeitlimit?«

Ich wende mich an Jamain und wische gleichzeitig über mein Handy, um eine Google-Suche einzugeben, weil ich neugierig bin, wie schnell man eine rohe Zwiebel überhaupt essen kann. »Deine Party, dein Spiel. Gibt es ein Zeitlimit?«, wiederhole ich die Frage mit einem Seitenblick auf Jamain. »Der Weltrekord liegt bei 29,56 Sekunden.« Das ist verdammt sportlich.

»Fünf Minuten«, entscheidet Jamain spontan. Sieht aus, als hätte Steve eine realistische Chance. Dieser nickt, woraufhin ich die Stoppuhr auf meinem Handy aufrufe.

»Drei«, beginne ich zu zählen.

»Zwei.«

Steve stellt sich in Position und hebt die Zwiebel an die Lippen.

»Eins.«

Ruhe kehrt ein.

»Los!«, brüllen alle gemeinsam.

Steve verliert keine Zeit und beißt mit einem herzhaften Krachen in die Zwiebel.

»Ich bin nicht sicher, ob er nach der Zwiebel noch ein Drei-Gänge-Menü zu schätzen weiß«, sagt Kayla halb amüsiert, halb angewidert.

»Vielleicht ätzt ihm das Teil die Geschmacksnerven weg«, stimmt Arlo zu.

Mein Blick wandert weiter zu Lizzie, die Steves Spektakel eindeutig mitleidig verfolgt, die Finger der rechten Hand fest um den Becher geschlossen.

»Hoffentlich sind die anderen Aufgaben anders«, sagt Jamain leise zu mir, »ansonsten dünnt sich die Menge glücklicher Gewinner ziemlich aus.«

Ich nicke, obwohl ich zugeben muss, dass das hier durchaus Unterhaltungswert hat. Steve schlägt sich tapfer, obwohl seine Augen rot sind und tränen. Beeindruckend. Ich könnte nicht einfach so eine rohe Zwiebel verdrücken.

»Geschafft!«, brüllt Bruno, woraufhin Jamain die Stoppuhr prüft.

»Vier Minuten und dreizehn Sekunden«, verkündet er. »Die erste Aufgabe wurde erfolgreich bestritten.«

Mit dramatischer Geste verteilt er die Wäscheklammern an alle, die richtig getippt haben, und überreicht auch Steve ein Exemplar.

»Eindeutig verdient, mein Freund«, sagt er, »auch wenn ich heute Abend nicht in deiner Nähe sitzen will.«

Er hält die Hand vor den Mund, haucht sich an und verzieht das Gesicht. »Habt ihr eine Zahnbürste übrig?«

»Sicher«, erwidert Jamain, und ich nicke. »Sobald Ty die

nächste Aufgabe vorgelesen hat, hole ich dir eine. Das will ich nicht verpassen.«

Den nächsten Zettel hole ich etwas feierlicher aus der Holzschale als den ersten. Okay, das Spiel ist nicht schrecklich, und Jamains Freunde sind es auch nicht. Überraschenderweise ist es ziemlich witzig, zuzusehen, wie jemand tapfer eine ganze Zwiebel aufisst und sich im Anschluss die Tränen mit dem Shirt abwischt. Ich falte den Zettel auf. Die Schrift ist leichter zu lesen als beim letzten Mal. *Zeig uns dein Orgasmusgesicht*, steht auf dem Stück Papier in meiner Hand. Gut, dass ich nicht mitspiele, aber vorlesen muss ich es leider trotzdem.

Jamain neigt sich zu mir, um einen Blick zu erhaschen. Seinem Gesichtsausdruck entnehme ich, dass ihm die Aufgabe gefällt – natürlich, sie muss genau nach seinem Geschmack sein. Weil ich nach wie vor zögere, gibt er mir einen freundlichen Schubs, auf den ich mit einem leisen Schnauben, das nur für ihn bestimmt ist, reagiere.

»Zeig uns dein Orgasmusgesicht«, lese ich vor.

Ein erheitertes Kichern geht durch die Runde.

»Das ist leichter, als eine rohe Zwiebel zu essen«, ruft jemand enthusiastisch und hebt den Becher mit der rechten Hand. »Peinlicher, aber leichter.«

»Hoffentlich bin ich's nicht. Ich wüsste nicht mal, wie mein Orgasmusgesicht aussieht«, murmelt ein anderer.

»Das ist total machbar, man muss sich nur vorstellen, dass man gerade am Höhepunkt ist!« Kayla lacht und hebt ihren Becher. »Steve, du kannst dir später die Zähne putzen, beweg deinen Arsch hierher und dreh die Flasche.«

Ich falte den Zettel wieder zusammen und stecke ihn zu dem ersten Zettel in die Hosentasche. Mittlerweile hat jeder in der Runde seinen Becher gehoben, und Steve lässt die Schicksalsflasche kreisen. Gespannt verfolge ich, wie sie langsamer wird und schließlich bei einem Mädchen stehen bleibt, das sich als Jessi vorgestellt hat. Einige Sekunden lang starrt sie die Flasche beschwörend an, als würde sie hoffen, dass sie doch noch eine Person weiter springt, dann seufzt sie resigniert.

»Ihr braucht gar nicht so erwartungsvoll zu gucken«, sagt sie, reckt das Kinn und zupft sich eine Haarsträhne aus dem Gesicht. »Ich werde bestimmt kein bescheuertes Orgasmusgesicht machen. Erstens geht euch das gar nichts an, und zweitens ist es unattraktiv. Niemand sieht im höchsten Moment der Lust gut aus.«

»Denk an die Wäscheklammer«, wirft Oliver ein, der den Becher in der rechten Hand hält und das offensichtlich bereut. »Komm schon, Jessi.«

»Auf gar keinen Fall.« Sie zuckt mit den Schultern und lacht. »Nicht für alle Wäscheklammern der Welt. Sorry.«

»Kein Stress«, mischt Jamain sich in die allgemeine Diskussion ein. »Wir sind alle verschieden, und deshalb unterscheidet sich auch für jeden die Schwierigkeit der Aufgaben. Niemand muss sich rechtfertigen, und niemand muss etwas tun, was er oder sie nicht will.«

Oliver seufzt leise und nickt, wobei er betrübt den Becher in seiner rechten Hand betrachtet.

»Es sind erst zwei Runden vorbei«, sagt Jamain tröstend, während er die Wäscheklammern an die wenigen Leute verteilt, die richtig getippt haben. Bisher haben lediglich Steve, Lizzie und vier weitere Freunde zwei Wäscheklammern – sieht so aus, als stünden meine Chancen, Lizzie mit dem Essen ein wenig zu beeindrucken, nicht allzu schlecht.

»Weißt du, ich bin überrascht, dass ich dein Orgasmusgesicht noch nicht kenne«, sage ich trocken an Jamain gewandt. Es dauert keine Sekunde, bis seine Lippen sich zu einem schiefen Grinsen hochziehen. Nein, es ist kein schiefes Grinsen, sondern ein anzügliches. Warum zum Teufel – *Shit.*

»So war das nicht gemeint«, füge ich schnell hinzu. »Das war keine … also das war nicht … Ich meinte nur, weil du viel zu offen bist, was solche Dinge angeht, und weil ich mittlerweile sogar unfreiwillig weiß, welche Kondome du benutzt und so.« Mit einem Mal wird mir warm. Ich hätte den Mund halten sollen.

»Du weißt, dass es als Mitbewohner meine heilige Pflicht ist, auf deinen Kommentar einzugehen«, sagt Jamain leise. »Du hast immerhin gewisse Erwartungen an mich, die ich erfüllen muss. Also hier die Top drei meiner Antworten.«

Bitte nicht.

Er beugt sich so dicht zu mir, dass seine Lippen fast mein Ohr berühren. Ich kann seinen Atem an meiner Haut spüren.

»Von mir aus können wir das zeitnah ändern«, flüstert er. »Ich kann dir beim nächsten Orgasmus ein Foto machen. Oder … ich führe es dir jetzt vor. Also nur das Gesicht.«

Jamain weicht zurück, und ich brauche etliche Momente, um nachzuprüfen, ob das wirklich drei unterschiedliche Antworten waren. Eigentlich waren es nur zwei. Oder? Mein Gehirn arbeitet gerade nicht besonders gut, was vielleicht daran liegt, dass mir ziemlich heiß ist. Zum Glück räuspert sich Steve in diesem Augenblick lautstark. »Du wolltest mir beim Kampf gegen den Zwiebelgeschmack helfen«, erinnert er Jamain, woraufhin dieser sich losreißt und gefolgt von Steve in Richtung Bad verschwindet, um ihm eine Zahnbürste zu geben.

Als beide wiederkommen, fische ich den nächsten Zettel aus der Holzschale.

»Gib dem Spielleiter dein Handy, sodass er die letzte Nachricht vorlesen kann, die du bekommen hast.« Wieder bin ich froh, nicht selbst mitzuspielen.

»Das dürfte interessant werden«, sagt Arlo und dreht seinen Becher unschlüssig zwischen den Fingern, als wäre er nicht sicher, wie er selbst reagieren würde, sollte die Flasche auf ihn zeigen.

Nach einigem Hin und Her haben sich alle entschieden, und Jessi versetzt die Flasche in Bewegung. Aufmerksam verfolgt die gesamte Gruppe, wie sie langsamer wird und schließlich zum Stillstand kommt – der Hals deutet auf Oliver.

»Fuck«, sagt dieser und stellt den Becher, den er in der rechten Hand gehalten hat, auf dem Boden ab. Er zieht sein Handy aus der hinteren Tasche seiner Jeans, entsperrt es … und zögert.

Ihm ist der innere Zwiespalt deutlich anzusehen. Einerseits will er unbedingt gewinnen, andererseits scheint er seine letzte Nachricht nicht mit uns teilen zu wollen.

»Scheiß drauf«, murmelt er schließlich und reicht Jamain sein Handy. Ich werfe unauffällig einen Blick auf die oberste Nachricht.

Du kannst dir die Ausreden sparen. Du lügst, wenn du den Mund aufmachst. Fick dich, Oliver. Du bist echt das Letzte.

Verdammt. Das ist … nicht gut.

»Olli-Schatz«, liest Jamain laut vor, und ich runzle überrascht die Stirn. »Wann kommst du deine Wäsche abholen? Wenn du willst, bügle ich dir auch deine Shorts. Gruß und Kuss, deine Mom. Hdgdl.« Mit einem Grinsen schließt er die Nachricht und gibt das Handy zurück. »Die Herzchen danach konnte ich leider nicht angemessen vorlesen.«

»Arschloch«, erwidert Oliver, während er das Handy im Höchsttempo in seiner Tasche verschwinden lässt, doch die Dankbarkeit in seinen Augen entgeht mir nicht. Ich kann mir ein Lächeln nicht verkneifen, als ich erneut in die Holzschale greife. Irgendwie war das typisch Jamain.

»Sing Shakespeares Sonett 61«, lese ich die nächste Aufgabe vor und starre eine Spur länger als sonst auf den Zettel. Das ist nicht Lizzies fein säuberliche Schrift, obwohl ich schwören könnte, dass sie so etwas schreiben würde. Einerseits, weil sie Sonette genau wie ich mag, andererseits vielleicht sogar, um mir eine Freude zu machen. Aber ich kenne ihre Schrift aus dem Buchladen, und egal, wie sehr ich versuche, ihre geraden Buchstaben in diesem Gekritzel zu sehen, sie sind nicht da.

»Was genau ist ein Sonett?«, fragt Bruno.

»Eine Gedichtform«, antworte ich und falte den Zettel wieder zusammen. »Ich habe den Band in meinem Zimmer.«

»Kinderspiel«, sagt Zoe selbstbewusst, woraufhin Bruno die Augen verdreht.

»Nicht jeder hat Gesangsunterricht gehabt.«

Sie lacht und nimmt ihren Becher in die rechte Hand. »Umso besser.«

Während man sich dafür entscheidet, ob die Aufgabe machbar ist oder nicht, nehme ich zwei Flaschen Bier aus einem Sixpack neben dem Kaffeetisch. Als ich Jamain eine davon hinhalte und die andere selbst öffne, sieht er mich an, als hätte ich eben verkündet, erneut mit ihm Kondome kaufen gehen zu wollen. Also bitte. Nur weil ich gerne Tee trinke, heißt das nicht, dass ich kein Bier mag. Ich setze die Flasche entschlossen an meine Lippen und nehme einen Schluck.

»Was?«, frage ich dann. »Das hier ist schließlich eine Party, oder etwa nicht?« Und ich habe beschlossen, das Beste daraus zu machen. Sie zu genießen, auch wenn sie nicht das ist, was ich mir vorgestellt habe und die Carbonara aufgewärmt werden muss, das Baked Alaska nicht für alle reicht und alles ein wenig chaotisch ist.

Arlo gibt ein dramatisches Seufzen von sich. Die Flasche scheint ihn als Sänger auserwählt zu haben, und seinem Gesichtsausdruck entnehme ich, dass er keinen Gesangsunterricht genossen hat.

»Kann ich das Sonett mal sehen und dann entscheiden, ob ich das hinbekomme?«, fragt er.

»Ich glaube nicht, dass was dagegenspricht«, sage ich nach einem weiteren Schluck Bier. »Ich hole das Buch.« Als ich durch den Flur gehe, fällt mir auf, dass Jamain mir folgt. Wahrscheinlich will er den Moment nutzen und bei sich kurz nach den Meerschweinchen sehen.

Ich öffne die Tür zu meinem Zimmer und halte inne. Auf meinem Bett liegt ein Ballon. Und an meiner Lampe …

»Warum –«, setze ich an und drehe mich um. Jamain ist nicht weiter den Flur entlanggegangen, sondern lehnt lässig in meinem Türrahmen. Was hat er bloß mit Türrahmen?

»Sag mir, dass das keine Kondomballons sind.« Sämtliche Hoffnung ist meiner Stimme entglitten. Es ist offensichtlich, dass das Kondomballons sind. Seufzend stelle ich die Bierflasche auf meinem Schreibtisch ab. Kokoskondomballons, um genau zu sein. Beschriftete Kokoskondomballons. Ich starre die drei Worte einen Moment lang schweigend an. Das ist das erste Mal, dass jemand sich mithilfe von Kondomen bei mir entschuldigt.

8 | Jamain | Schicksalsentscheidungen

Verdammt. Hätte ich auch nur ein wenig nachgedacht, hätte ich nicht ausgerechnet ein Shakespeare-Sonett genommen. Mir hätte klar sein müssen, dass Ty anbietet, seinen Gedichtband zu holen, und jetzt natürlich feststellen wird, dass sich dieser nicht mehr in seinem Regal befindet. Da zeigt sich mal wieder, dass es mir guttun würde, etwas vorausschauender zu denken … oder überhaupt zu denken, statt impulsiv zu handeln.

»Natürlich sind das keine Kondomballons«, entgegne ich brav, während ich hinter ihm ins Zimmer trete. Eine offensichtliche Lüge, aber einer kleinen Neckerei konnte ich noch nie widerstehen; immerhin wollte er genau das von mir hören.

Tyren sieht sich so skeptisch um, als würde er weitere Überraschungen fürchten, dann bleibt sein Blick an mir hängen. Leider nicht lange, denn schon kurz darauf realisiert er den fehlenden Gedichtband. Ob es etwas genutzt hätte, wenn ich die Bücher dichter aneinandergeschoben hätte? Vermutlich nicht.

»Was hast du mit Shakespeare gemacht?«

»Shakespeare wurde als Geisel genommen«, erwidere ich mit Grabesstimme, woraufhin er fast unmerklich eine Augenbraue hochzieht. Gleichzeitig blitzt ein Funken Sorge in seinem Blick auf, als würde er in Erwägung ziehen, dass ich Kill und Bill mit Buchseiten füttere.

»Okay.« Mit einem Seufzen hebe ich die Hände. »Ehrlich gesagt liegt das Buch unter meinem Kopfkissen. Du hast davon gesprochen, ein Buch von Anfang bis Ende durchzulesen, und ich bin, was das angeht, nicht gut aufgestellt. Also habe ich eine Schicksalsentscheidung getroffen.«

»Eine Schicksalsentscheidung«, wiederholt Ty mit einem Hauch Irritation.

Mit einem knappen Nicken stelle ich mich vor sein riesiges Bücherregal, strecke den Arm aus und schließe die Augen, dann gehe ich nach vorne, bis meine Fingerspitzen einen Buchrücken berühren – ebenso wie ich es vorhin getan habe, als ich alleine in seinem Zimmer war.

»*Früchte des Zorns*«, lese ich vom Einband ab.

»Eine gute Wahl«, erwidert Ty. »*Über das rote Land und einen Teil des grauen Landes von Oklahoma fiel sanft der letzte Regen, aber er drang nicht in die rissige Erde ein.*«

Ich mustere ihn belustigt, dann schlage ich das Buch auf und werfe einen prüfenden Blick auf das erste Kapitel. Tatsächlich. Da steht exakt das, was er gesagt hat.

»Wie viele erste Sätze kennst du auswendig, Bookboy?«, frage ich in einer Mischung aus Faszination und Unglaube, während ich *Früchte des Zorns* wieder zurückstelle und dabei penibel auf die richtige Position achte. Drei Kondomballons, ein geklauter Shakespeare und zwanzig Gäste in seiner Wohnung sind genug; ich habe ihn heute schon ausreichend provoziert.

»Viele.« Er zuckt mit den Schultern und beobachtet mich so aufmerksam, als könnte ich jederzeit Chaos in seine hübsche Regalordnung bringen.

»Ich schlage oft die erste Seite eines Buchs auf und lese den Anfang, wenn im Subtext nicht viel los ist«, fährt er fort. »Wenn ich es schon kenne, ist das eine schöne Art, sich zu erinnern, wie alles begonnen hat, und wenn ich es noch nicht kenne, kann ich mir ausmalen, wohin es führen könnte.« Eine kurze Pause. »Die Geschichten entwickeln sich nicht immer so, wie man es sich vorstellt.«

Ich nehme einen Schluck von meinem Bier und gebe mir Mühe, nicht allzu beeindruckt auszusehen. Wieso ist das so verflucht sexy? Gemeinsam mit dem Buchhändler im Bett liegen, mit dem Zeigefinger Kreise auf seiner nackten Brust ziehen und dabei zuhören, wie er erste Sätze zitiert … die Vorstellung gefällt mir viel zu gut. Vorsichtig stelle ich meine Flasche neben ihm auf dem Schreibtisch ab, dann gehe ich wieder zum Regal und streiche mit den Fingerspitzen über die Einbände. So viele Bücher. So viele erste Sätze. Einige Dinge, die über Bookboys Lippen kommen, könnten selbst aus einem Buch stammen … oder ich bin nur leicht zu beeindrucken. Vermutlich bin ich das.

Tyren reibt sich über den Nacken, macht aber keine Anstalten, zurück zur Party zu gehen. Eigentlich hatte ich erwartet, dass er sich beeilen würde – unsere Gäste sind mitten in einem Spiel und warten auf uns.

»Die Sonette gibt es alle auch online zu finden«, sagt er so unvermittelt, als hätte er meine Gedanken gelesen. »Shakespeare kann fürs Erste unter deinem Kopfkissen bleiben.« Er lehnt sich gegen den Schreibtisch und klopft mit den Fingern nachdenklich gegen den Hals seiner Bierflasche.

»Die Aufgabe war von dir, oder?«, fragt er dann. »Ich hatte zuerst auf Lizzie getippt, aber …«

»Ja«, erwidere ich und widerstehe dem Impuls, mir verlegen auf die Unterlippe zu beißen. Normalerweise bin ich derjenige, der ihn durchschaut. Nicht umgekehrt. »Ich dachte, nachdem ich dir deine Dinnerparty so versaut habe, wäre es gut, mal etwas … Nettes zu tun.« Ich schenke ihm ein verschmitztes

Grinsen. »Du solltest dankbar sein, mir sind nämlich ein Haufen anderer Ideen in den Sinn gekommen, und keine davon war so … harmlos.«

Tyren mustert mich skeptisch und scheint abzuwägen, ob er eine entsprechende Nachfrage stellen soll, entscheidet sich aber dagegen. Stattdessen nickt er nachdenklich.

»Jedenfalls war das keine schlechte Idee. Machst du das öfter?«

Ich mustere ihn irritiert. »Bücher entwenden? Kondome aufblasen? Anzügliche Drohungen aussprechen?«

»Schicksalsentscheidungen treffen«, erwidert er mit einem Lächeln.

»Schicksalsentscheidungen sind praktisch. In doppelter Hinsicht.« Ich halte inne und ziehe ein Buch aus dem Regal. »*Mord im Orient-Express*.«

Auffordernd drehe ich mich zu Tyren um, der ein leises Ächzen ausstößt.

»*Es war ein kalter Wintermorgen in Syrien*«, sagt er halb belustigt, halb resigniert, bevor er erneut einen Schluck trinkt.

»Das ist echt beeindruckend.« Nachdem ich seine Worte überprüft habe, stelle ich das Buch zurück an seine Position. »Damit könntest du auftreten.«

»Auftreten?«, wiederholt er und zieht dabei leicht eine Augenbraue hoch. »Wen könnte das interessieren?«

»Mach doch eine Show im Subtext. Andere Buchliebhaber wissen das bestimmt zu schätzen. Hast du damit schon mal vor Lizzie angegeben?«

»Nicht bewusst«, erwidert er knapp, woraufhin eine recht unangenehme Stille einkehrt. Toll. Dabei habe ich die Sache mit der Friendzone nicht einmal erwähnt.

»Du wolltest mir noch was über Schicksalsentscheidungen erzählen«, durchbricht der Buchhändler schließlich das Schweigen, woraufhin ich mich neben ihn gegen den Schreibtisch lehne. »Und weshalb sie in doppelter Hinsicht nützlich sind.«

»Manchmal ist es besser, nicht zu viel nachzudenken«, erwidere ich, »weil man dadurch auch etwas verpassen kann. Wenn der Zufall entscheidet, lasse ich mich auf etwas Neues ein. Auf Shakespeare zum Beispiel.« Ich schnipse gegen den Kondomballon an der Schreibtischlampe neben mir; er löst sich aus der Befestigung und schwebt langsam zu Boden.

»Manchmal hilft es auch dabei, herauszufinden, was sich richtig anfühlt. Wenn ich zwischen zwei Möglichkeiten wählen soll und mir die, die mir die Schicksalsentscheidung zeigt, nicht gefällt … dann habe ich dadurch verstanden, was ich wirklich will. Keine Ahnung, ob das Sinn ergibt.«

»Doch.« Tyren nickt. »Das ergibt Sinn. Sogar ziemlich viel.« Er nippt an seinem Bier. »Manchmal denke ich zu viel nach, glaube ich. Und wahrscheinlich habe ich dadurch auch schon das ein oder andere verpasst.«

Es scheint ihm unangenehm zu sein, obwohl nichts Falsches daran ist, viel oder sogar zu viel nachzudenken. Auch wenn ich Bookboy oft damit aufziehe, ist es eine Eigenschaft, die ich bewundere. Er ist vorsichtig, nimmt Rücksicht auf die Gefühle anderer, während ich der Elefant im Porzellanladen bin, der ausspricht, was ihm in den Sinn kommt. Eigentlich würden wir beide ein gutes Team abgeben.

Tyren schiebt die Schuhspitze unter den Kondomballon und befördert ihn mit einem sanften Tritt in die Luft. Kurz darauf landet er wieder nach einem eleganten Sinkflug auf dem Fußboden.

»Ich sollte dir wohl dankbar sein, dass du die Dinger nicht mit Helium befüllt hast.« Er schaut zur Decke, und ich folge seinem Blick.

»Eine Menge fliegender Kondome sind bestimmt eine hübsche Deko«, sage ich. »Vor allem, wenn sie im Dunkeln leuchten.

Allerdings sind sie dann unbrauchbar. Es hat mir schon um die drei Exemplare hier leidgetan, weil sie nie die Gelegenheit erhalten werden, 14,88 kennenzulernen.«

Ich beuge mich vor, hebe den Ballon auf und befestige ihn wieder an der Schreibtischlampe.

»Hast du die Nachricht darauf gesehen?«, erkundige ich mich zögerlich.

Tyren nickt. »Schon okay. Du kannst dir gerne Bücher ausleihen, solange du sie wieder …«

»Das war auf die Party bezogen«, unterbreche ich ihn. »Besonders auf die vielen Menschen, die ich ohne Vorwarnung in die Wohnung geholt habe.«

»Das ist auch okay, schätze ich.« Er schenkt mir ein schwaches Lächeln. »Solange du mich beim nächsten Mal in deine Pläne einweihst.«

Für einige Sekunden verhaken sich unsere Blicke miteinander. Irgendetwas zwischen uns hat sich verändert.

»Wenn es Luftballons gewesen wären, hätte ich sie nicht aufgeblasen«, durchbreche ich das seltsame Schweigen. »Die kann ich nicht ausstehen. Ich mag es nicht, dass sie so leicht kaputtgehen, und es ist eklig, wenn sie sich aufladen.«

Ty erwidert nichts, deshalb löse ich mich vom Schreibtisch und nehme Kurs auf die Tür.

»Wir sollten ins Wohnzimmer zurück. Sicher wartet Arlo schon mit seiner Shakespeare-Performance.«

Als ich mich zu Tyren umdrehe, stelle ich fest, dass er mich ansieht und keine Anstalten macht, mir zu folgen.

»Hey, Jamain«, sagt er so ernst, dass leichte Unruhe in mir aufsteigt.

»Du hast Angst vor Spinnen, du hattest einen Dreier und … du findest mich attraktiv.« Er kratzt am Etikett seiner Bierflasche. »Was war die Lüge?«

Verdammt.

Eine kleine Schwindelei aus dem Handgelenk ist vollkommen okay, aber ihn offen anzulügen, kommt nicht infrage.

Langsam drehe ich mich um und nehme mir die Zeit, ihn zu betrachten. Er wirkt ein wenig nervös, aber gleichzeitig habe ich ihn noch nie so gelöst gesehen. Vielleicht ist die Party doch nicht so furchtbar für ihn wie gedacht.

»Es gab keine Lüge«, erwidere ich knapp, bevor ich mich abwende und das Zimmer verlasse.

Im Flur treffe ich auf Steve, der mir die Zahnbürste entgegenstreckt, als würde er damit rechnen, dass ich sie zurück in den Badschrank räume.

»Kannst du behalten«, sage ich amüsiert, woraufhin er sie in die Hintertasche seiner Jeans steckt.

»Jamain«, fängt er an, und ich halte erneut inne. »Die süße Blonde … Lizzie. Die hat dein Mitbewohner eingeladen, oder?«

Ich nicke, wobei ich fragend eine Augenbraue hochziehe.

»Hat er was mit ihr?«

Shit. Wie unangenehm.

»Nicht direkt«, erwidere ich vage. Ich kann schlecht Steve auf die Nase binden, dass sich Tyren offensichtlich in der tiefsten Friendzone befindet, das aber noch nicht realisiert hat. »Aber das könnte sich noch ändern.«

Steve seufzt enttäuscht. »Dann halte ich mich zurück.«

»Das wäre gut.«

Gefolgt von Steve kehre ich ins Wohnzimmer zurück, wo Arlo gerade mit gerunzelter Stirn auf sein Handy blickt.

»*Weit von dir lieg' ich wachend um dich da: / Du wachst woanders, andern viel zu nah.* Was für Schund.«

»Shakespeare ist klasse«, widerspreche ich, während ich mich wieder gegen das Regal lehne. »Man muss ihm nur eine Chance geben und auch mal nachdenken.«

Arlo zieht eine Augenbraue hoch. »Nachdenken«, wiederholt er. »Dir gefällt Shakespeare, weil man *nachdenken* muss.« Der amüsierte Tonfall in seiner Stimme passt mir überhaupt nicht, insbesondere weil Tyren gerade das Zimmer betreten hat. »Komm schon, Jamain. Der Name ist das Einzige, was du an ihm magst, und das nur, weil er an Alkohol erinnert.«

»An Alkohol?«, hakt Lizzie irritiert nach.

»Shakes*bier*.« Arlo lacht und deutet auf eine der Bierflaschen, während ich darum kämpfe, dass mein übliches lockeres Grinsen nicht verrutscht. Ich liebe Wortspiele, aber das gerade hätte nicht unbedingt sein müssen.

»Shakespeares Sonett Nummer 61.« Als sich Ty plötzlich in geschäftsmäßigem Ton zu Wort meldet, bin ich mindestens so überrascht wie die anderen. »Ich nehme an, da du dir ein Urteil darüber bildest, hast du es bereits gefunden und bist startklar. Fühlst du dich der Sache gewachsen?«

»Ja, ich probier's.« Arlo zuckt mit den Schultern.

»Fehlerlos. Sonst muss ich dich leider disqualifizieren.«

»Disqualifizieren?« Arlo klingt irritiert, und auch Lizzie wirft Tyren einen überraschten Blick zu. Sogar Steve, der gerade nach seiner Gitarre gegriffen hat, hält inne.

»Verliere ich dann jegliche Chance auf das Essen?«, hakt Arlo mit beleidigtem Unterton nach. »Warum werde ich disqualifiziert, wenn ich's nicht hinbekomme?« Er starrt verbissen auf das Display seines Handys und versucht offensichtlich, sich entsprechend vorzubereiten.

Ich werfe Tyren einen forschenden Blick zu. Eine Regeländerung ohne Absprache, die noch dazu so streng ist? Das sieht ihm nicht ähnlich.

»Weil ich ein Buchhändler bin.« Er verschränkt die Arme. »Und Buchhändler nehmen alles, was mit Shakespeare zu tun hat, sehr ernst.«

»Keine schlechte Idee«, mischt sich Kayla ein. »Verleiht dem Spiel noch mehr Spannung.«

Tyren nickt mit undurchdringlicher Miene, und Arlo runzelt die Stirn.

»Ich mach's«, entscheidet er sich im nächsten Moment. »Fucking Shakespeare.«

Ich stupse Tyren leicht mit dem Ellbogen an. »Gefällt mir, wenn du so unberechenbar bist«, flüstere ich ihm zu, dann gehört meine Aufmerksamkeit wieder Arlo, der sich gerade hinstellt und das Handy mit ausgestrecktem Arm vor sich hält, als wäre es eine Notenmappe.

Steve spielt ein paar Akkorde, dann beginnt Arlo, eine Melodie zu singen, die kein bisschen zur Begleitung passt. Es ist … Ich blinzle mehrfach, dann presse ich fest die Lippen aufeinander, um nicht zu lachen. Es ist grauenhaft schief, Shakespeare würde sich aufgrund der Darbietung im Grab umdrehen.

Arlo kämpft sich tapfer durch die Verse, doch genau bei der Passage, die er vorher zitiert hat, vergisst er ein Wort. Mir fällt es auf, weil der Sprachrhythmus unterbrochen wurde, Steve fällt es auf, weil er offensichtlich musikalisch ist, und Tyren fällt es auf, weil er Tyren ist.

Er öffnet den Mund, und ich strecke spontan die Hand nach ihm aus und berühre ihn am Unterarm.

Sag nichts, Bookboy. Das ist es nicht wert.

Statt Arlo auf seinen Fehler hinzuweisen, erwidert er einige Sekunden lang meinen Blick. Er hat wirklich schöne Augen, ein helles, klares Meerblau.

»Geschafft!«

Arlos Siegesschrei beendet unseren Blickkontakt. Er steckt sein Handy zurück in die Tasche und stößt mit allen an, die ihren Becher in der rechten Hand halten. Ich greife nach den Wäscheklammern und verteile diese an die Gewinner. Als ich Steve sein Exemplar überreiche, hält er seine anderen zwei in die Luft und stößt ein Johlen aus. Wow. Offensichtlich hat er bei allen Runden richtig getippt.

»Sieht aus, als hätten wir den ersten Dinnergewinner«, sage ich grinsend über die Schulter zu Ty, bevor ich Steve würdevoll eine Klammer an den Kragen seines Shirts stecke, als wäre es ein Orden.

Tyren nickt, dann greift er wieder in die Schüssel und rührt mit ernster Miene darin herum. Es macht Spaß, ihn bei der Aufgabenziehung zu beobachten. So viel Spaß, dass ich zusammenzucke, als mich Lizzie leicht mit dem Ellbogen anstößt.

»Das war für dich«, flüstert sie, woraufhin ich fragend die Augenbrauen hebe.

»Die Regeländerung«, fügt sie nach einer kurzen Pause hinzu und wirkt dabei, als läge es auf der Hand. »Dass er Arlo vom Spiel ausschließen wollte bei einem Fehler.«

»Okay?«

Lizzie seufzt, dann lehnt sie sich so dicht zu mir, dass ihre Lippen fast mein Ohr berühren.

»Tyren weicht nie von seinem Plan ab«, sagt sie. »Aber für dich hat er es getan. Denk mal darüber nach.«

Bevor ich etwas erwidern kann, räuspert sich Ty und liest die nächste Aufgabe vor, in die sich Jessi wenig später mit Feuereifer stürzt – vermutlich will sie die Sache mit dem Orgasmusgesicht wieder wettmachen. Wieder werden Becher gehoben und Klammern verteilt, und nach drei weiteren Runden stehen endlich alle Gewinner fest, die, ebenso wie Steve, mit einer Klammer am Kragen geehrt werden.

»Los geht's, ihr vier Glücklichen«, sage ich mit einer Geste Richtung Küche. »Lasst euch von Bookboy verköstigen. Der Rest ist herzlich eingeladen, mit mir Chips und Süßigkeiten zu plündern und sich bei Bedarf Pizza zu bestellen.«

9 | Tyren | Zitronenkuchen aus dem Supermarkt

»Soll ich dir beim Servieren Gesellschaft leisten?« Lizzie wirft einen Blick über ihre Schulter. Jamain hat einen Berg aus Chips und Süßigkeiten auf der Couch aufgebaut und reißt eine Packung nach der anderen auf. Seine Freunde versammeln sich um den Kaffeetisch, wo sie ihre Becher mit den unterschiedlichsten Getränken füllen. Steve befördert seine Gitarre aus der Gefahrenzone. Die gute Stimmung ist ansteckender als erwartet.

»Ja, gerne.« Wir gehen in die Küche, wo ich die Tupperwarebox mit der prosciuttoumwickelten Zuckermelone aus dem Kühlschrank nehme. Bevor ich sie öffne, prüfe ich die Temperatur der Carbonara, die auf der Warmhalteplatte des Herds steht. Schade, dass weder Lizzie noch Jamain etwas davon essen werden. Seine vier Freunde – inklusive Steve, der als Letzter die Küche betritt – wirken allerdings so enthusiastisch, dass sie meine Enttäuschung mühelos wettmachen. Einer von ihnen lobt sogar das rustikale Holzbrett, auf dem ich die Melone serviere.

»Ich denke, ich schulde dir hiermit ein Dinner«, sage ich zu Lizzie, als wir beide in der Küche stehen und darauf warten, dass die Vorspeise vertilgt wird.

»Das ist so verdammt lecker«, ruft Zoe, obwohl es sich nur um Melone und Prosciutto handelt.

Lizzie grinst, und auch ich kann mir ein Lächeln nicht verkneifen.

»Du meinst, weil das hier ursprünglich als Dinnerparty geplant war?«

Ich reibe mir verlegen über den Nacken. »Ja. Ich habe angekündigt, dass ich etwas koche, und jetzt gibt es nur Chips und Pizza.«

»Und haufenweise Süßkram.« Lizzie zuckt belustigt mit den Schultern. »Mach dir keine Gedanken, Ty. Ich habe Spaß. Außerdem ist Pizza immer toll.« Sie beißt sich auf die Lippe. »Dein neuer Mitbewohner ist übrigens auch echt toll.«

Ich rühre mit der Pastazange in der Carbonara, obwohl das im Moment überflüssig ist. »Ja, Jamain ist …« Das Wort ›nett‹ liegt mir auf der Zunge, aber ich denke nicht, dass das ausreicht, um ihn zu beschreiben. Anstatt den Satz zu beenden, atme ich ein leises Seufzen aus, das Lizzie natürlich nicht entgeht.

»Er ist single, oder?«

Shit. Warum fragt sie mich das? Ist sie etwa an ihm interessiert? Weil er Meerschweinchen aus einer schlechten Umgebung gerettet hat? Weil er spontan und einfallsreich ist, und weil es nie langweilig mit ihm wird? Weil er verdammt gut aussieht und humorvoll ist?

Als Antwort nicke ich lediglich, weil gerade einer von den vier Gewinnern das rustikale Brett mit den Melonenresten zurückbringt. Ich nehme es entgegen und hole Teller aus dem Schrank, auf denen ich die Carbonara sorgfältig anrichte. Das ist ein Albtraum. Lizzie, die Jamain sexy findet. Jamain, der Lizzie sexy findet. Er hat zwar versprochen, dass sie für ihn tabu ist, aber wenn sie ebenfalls an ihm interessiert ist … ich bin nicht der Typ, der sich dann querstellen würde.

»Du magst ihn also«, kommentiere ich knapp und hebe zwei der Teller hoch, während Lizzie nach den anderen beiden greift.

»Ich dachte eher, dass du ihn vielleicht magst.«

Wir servieren die Carbonara, und ich lasse mir nichts von der Verwirrung anmerken, die ihre Worte in mir ausgelöst haben. Erst als wir uns nach einigem Lob, was mein Menü angeht, wieder außer Hörweite befinden, werfe ich Lizzie einen fragenden Blick zu.

»Wie kommst du darauf?«

Sie lächelt. »Weil dir diese strenge Regeländerung vorhin überhaupt nicht ähnlichgesehen hat.«

Ich schüttle den Kopf und entspanne mich wieder etwas. Wenn sie an ihm interessiert wäre, hätte sie das zugegeben. Lizzie ist ehrlich und direkt, auf eine höfliche Art. »Was dieser Arlo zu ihm gesagt hat, fand ich einfach nicht in Ordnung. Jamain ist tiefgründig genug, um Shakespeare nicht nur auf Bier zu reduzieren.«

»Okay.« Ihr Lächeln wird noch eine Spur breiter. »Was hast du als Dessert vorbereitet?«

»Zitronenkuchen«, sage ich nach kurzem Zögern und hole ihn aus einem der Küchenschränke. Gut, dass ich das Ding vor ein paar Tagen gekauft und noch nicht geöffnet habe.

»Gekaufter Zitronenkuchen.« Lizzies Augen weiten sich. »Du hast eine Vorspeise gemacht, den perfekten Wein ausgesucht, und als Dessert gibt es Kuchen aus dem Supermarkt? Das sieht dir überhaupt nicht ähnlich.« Sie lacht, und es klingt glockenhell. »Aber der ist wirklich lecker, den kaufe ich auch oft.«

»Wirst du mein Geheimnis für dich behalten?«, frage ich gespielt besorgt und nehme den Kuchen aus seiner Verpackung.

Lizzie zieht eine Augenbraue hoch. »Wenn du mir ein Stück abgibst, erfährt niemand, dass Tyren Bradford das Dessert nicht selbst gebacken hat.«

»Deal.« Ich schneide den Kuchen auf und denke an den

Biskuitboden, der im Kühlschrank steht und aus dem ich später ein Baked Alaska für Jamain und mich machen will. Wenn seine Freunde weg sind und die Party vorbei ist. Nicht, weil ich auf ihn stehe, sondern weil er mich darum gebeten hat – und auch, weil ich ihm bei unserer Meerschweinchendiebstahlfahrt gesagt habe, dass ich mal eins für ihn machen werde.

»Ich bin wirklich nicht an ihm interessiert«, stelle ich noch einmal klar, weil ich mir nicht sicher bin, ob Lizzie vollkommen überzeugt ist. Ich habe vorhin nicht mit einem klaren Nein geantwortet.

Sie schnappt sich den Zitronenkuchen, den ich ihr hinschiebe, und nickt. »Okay, okay. Hätte ja sein können.«

»Hammer«, ruft einer der Gewinner – wenn ich mich richtig erinnere, heißt er Theo – mir vom Tisch zu, sammelt dann die leeren Teller zusammen und trägt sie zu uns. »Das war wirklich klasse. Ich hab gerade noch Platz für ein Dessert. Du darfst mich jederzeit wieder einladen, Tyren.« Er zwinkert und klopft mir auf die Schulter. »Ich würde auf jeden Fall kommen.«

»Das freut mich.« Ich nehme die Teller entgegen und stelle sie in den Geschirrspüler. Es spricht wirklich nichts dagegen, Jamains Freunde noch mal einzuladen – sie sind nett. Als ich den Kuchen serviere, fällt ihnen entweder nicht auf, dass er genauso aussieht wie der Kuchen aus dem Supermarkt, oder sie sind höflich genug, nichts zu sagen.

»Tyren, Lizzie.« Oliver kommt in die Küche gelaufen. »Wir bestellen jetzt Pizza, wollt ihr auch etwas?«

»Salami«, sagen Lizzie und ich wie aus einem Munde. Anscheinend sind wir sogar kompatibel, was unsere Pizzabestellung angeht. Wir folgen Oliver zurück ins Wohnzimmer, wo Karaoke mit YouTube-Videos auf dem Fernseher gesungen wird.

»Zweimal Salami«, gibt er lautstark weiter und schnappt sich ein Bier.

»Jamain!« Kayla nutzt das Ende des Videos, um auf Steves Gitarre eine Akkordfolge zu spielen, die sie um rhythmisches Klopfen ergänzt. »Gib mir mehr Shakespeare.«

Jamain zückt sein Handy und beginnt kurz darauf zu rappen.

»Und diese Sünd' in mir ist nicht zu heilen, so wurzelt sie in meiner tiefsten Brust.«

Das ist Sonett 62 – eins meiner Lieblingssonette. Jede einzelne Zeile kommt erstaunlich geschmeidig über seine Lippen, und ich ertappe mich dabei, wie ich ihn anstarre. Er ist so verdammt leidenschaftlich in allem, was er tut. Das ist wirklich bewundernswert.

»Das wäre doch was für dich«, sagt Lizzie, und ich drehe mich zu ihr. »Du könntest auch ein Sonett rappen.«

Ich schüttle den Kopf. »Jamain macht eine viel bessere Figur dabei. Ich passe lieber auf, dass bei den Pizzabestellungen alles rund läuft.«

Sie mustert mich belustigt. »Indem du hier herumstehst und Jamain anstarrst?«

Abrupt reiße ich meinen Blick los und hebe einen zerquetschten Plastikbecher vom Fußboden auf. Okay, das eben war nicht meine beste Ausrede – aber ich höre wirklich lieber Jamain zu, anstatt die Gäste mit meiner Performance zu quälen. Ich singe nicht, und ich rappe auch nicht.

Nachdem Jamain zwei Sonette zum Besten gegeben hat, gehen die Karaokerunden weiter. Jessi performt ziemlich laut und etwas schief einen Song von Taylor Swift, und Jamain entschuldigt sich in sein Zimmer, um nach den Meerschweinchen zu sehen. Als er wieder zurückkommt, watschelt das braune Meerschweinchen neben ihm her.

»Hey, Leute.« Jamain bleibt im Türrahmen stehen und spricht erst weiter, als er die volle Aufmerksamkeit hat. Das Karaokesingen wird eingestellt.

»Bill möchte euch gerne kennenlernen. Seid so nett und haltet kurz still, damit er euch beschnuppern kann. Und nicht rumbrüllen. Okay?«

Sofort wird es noch leiser; alle beobachten das braune Meerschwein, das in gemächlichem Tempo von einem zum nächsten watschelt und sich haufenweise Streicheleinheiten abholt.

»Der ist so süß«, stellt Bruno fest, der offenbar sofort seinen Knopfaugen zum Opfer gefallen ist. »Du musst ihn unbedingt noch Zoe vorstellen.«

»Das muss noch ein wenig warten«, sagt Lizzie mit einem Lächeln. »Die vier sind noch beim Dessert.«

»Sie kann ihn später in meinem Zimmer besuchen«, sagt Jamain, während er Bill vorsichtig emporhebt. »Ich denke, das ist erst mal genug Aufregung für ihn.«

Arlo mustert das Meerschwein mit zusammengekniffenen Augen. »Hey. Der sieht aus wie Ethans Nummer zwei.«

Ich verschränke die Arme vor der Brust. Das Gespräch schlägt eine gefährliche Richtung ein.

»Was für ein Zufall«, entgegnet Jamain mit einem Schulterzucken.

»Nummer zwei?«, wiederholt Bruno irritiert. »Was ist denn das für ein Name?«

»Er hatte keinen Bock, sich etwas zu überlegen. Deshalb hat er sie nummeriert«, erklärt Arlo, woraufhin Jamain mir einen bedeutungsvollen Blick zuwirft. Okay, ich habe es kapiert.

»Alle braunen Meerschweinchen sehen sich zum Verwechseln ähnlich«, sage ich lässig, damit sich der Verdacht, es könnte sich um Ethans Nagetiere handeln, nicht erhärtet. Jamain zieht kaum merklich eine Augenbraue hoch. Verdammt, anstatt diese Weisheit anzuzweifeln, sollte er mir lieber dankbar sein, dass ich alles tue, um seinen Diebstahl zu verschleiern. Das Letzte, was wir brauchen, ist ein Besuch von Ethan, der mitbekommen hat, wo seine Nummer eins und Nummer zwei jetzt leben. »Und er sollte wirklich zurück in sein Zimmer.«

So unauffällig wie möglich lasse ich den Blick über den Fußboden schweifen, um eventuellen Meerschweinchenkot ausfindig zu machen. Als ich beruhigt wieder aufsehe, zuckt ein unterdrücktes Grinsen um Jamains Mundwinkel. Er hat also mitbekommen, wonach ich mich gerade umgesehen habe. Gott, dafür, dass er noch nicht so lange mein Mitbewohner ist, kennt er mich schon viel zu gut.

Er verschwindet mit Bill in den Flur, und ich lasse mich neben Lizzie auf dem Teppich nieder. Da der Platz auf der Couch begrenzt ist und wir nicht viele Stühle haben, sind einige kleine Grüppchen auf den Boden ausgewichen. Dazwischen liegen Sofakissen, Chipstüten und die dünne Baumwolldecke, die sich sonst auf der Couch befindet. Ein paar leere Becher und Bierflaschen rollen auch herum. Das Wohnzimmer hat noch nie so unordentlich ausgesehen, aber es fühlt sich nicht so schrecklich an wie erwartet. Auf eine bizarre Art ist es sogar gemütlich. Mir fällt erst jetzt auf, dass die Auswahl der nichtalkoholischen Getränke ziemlich vielfältig ist, und ich angle mir eine Dose Dr Pepper vom Kaffeetisch.

Nach einer guten halben Stunde und einem Haufen weiterer Karaokesongs, die allesamt schief, aber umso motivierter zum Besten gegeben werden, kommt unsere Pizzabestellung an. Jamain nimmt die gestapelten Kartons an der Wohnungstür entgegen und fängt im Wohnzimmer an, sie zu verteilen. Ich gehe davon aus, dass die, die nichts bestellt haben, schon vor der Party gegessen haben – was allerdings nicht auf Jamain zutrifft. Keine Ahnung, wann er zuletzt gegessen hat, aber ich weiß, dass es wie bei mir eine ganze Weile her sein muss. Trotzdem scheint er sich keine Pizza geordert zu haben, denn er sitzt ohne Pizzakarton da und steckt die Hand hin und wieder in eine der Chipstüten.

»Hey.« Ich strecke mich und halte ihm auffordernd meine offene Schachtel hin, reiße mich aber zusammen und halte keinen Vortrag darüber, dass Chips und Süßigkeiten nicht als eigenständige Mahlzeit durchgehen. Das hier ist schließlich eine Party. Und sie ist gar nicht einmal so schlecht. Niemand torkelt sturzbetrunken herum oder brüllt durch die Gegend. Niemand hat in einer Ecke Sex und denkt, man würde es nicht merken. Und soweit ich das mitbekommen habe, hat auch niemand mein Zimmer betreten. Jamains Freunde sind echt okay.

»Das hast du doch vorhin nicht ernst gemeint, oder?«, fragt er und nimmt sich ein Stück Pizza aus dem Karton. »Diese Aussage über braune Meerschweinchen?«

Ich zucke mit den Schultern und beiße von meiner Pizza ab, um ein wenig Zeit zu gewinnen. Ehrlich gesagt glaube ich nicht, dass ich ein braunes Meerschweinchen von einem anderen braunen Meerschweinchen unterscheiden könnte.

»Es gibt Unterschiede«, sagt Jamain streng. »Eine Menge. Bill ist ein Glatthaarmeerschwein, Kill ist ein Rosettenmeerschwein. Selbst wenn er auch braun wäre, würde er Bill nicht ähnlich sehen, weil sein Fell viel länger ist und weil er andere Wirbel hat. Die Farbe der Schnauze variiert auch und ebenso der Abstand der Augen. Nicht jedes braune Schwein hat so süße Knopfaugen wie Bill.«

Ich seufze. »Ich kann ein Langhaarmeerschweinchen von einem Kurzhaarmeerschweinchen unterscheiden.« Hat er das weiße Tier gerade ein Rosettenmeerschwein genannt? Irritiert schiebe ich mir noch ein Stück Pizza in den Mund. Themen, bei denen ich mich auskenne, sind mir lieber.

»Glatthaarmeerschwein«, verbessert Jamain mit einem breiten Grinsen.

»Baked Alaska«, gebe ich zurück und versuche, nicht zu lachen, während ich noch Pizza im Mund habe.

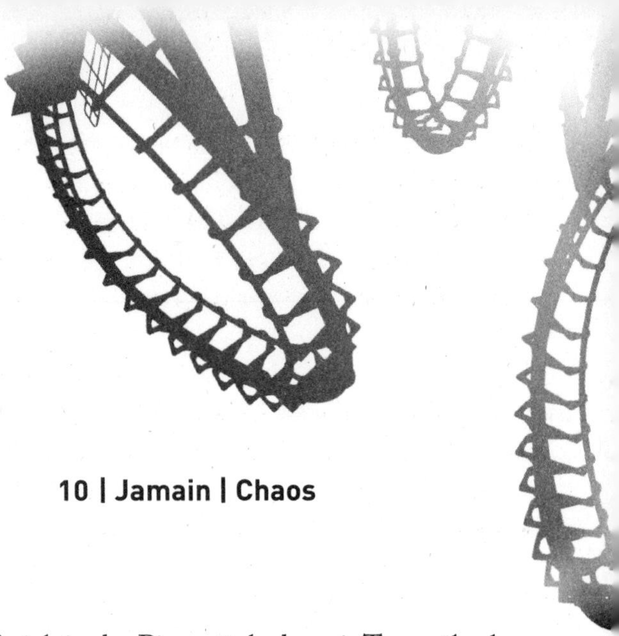

10 | Jamain | Chaos

Genussvoll beiße ich in das Pizzastück, das mir Tyren überlassen hat. Es ist noch heiß, und der Käse zieht lange Fäden. Deutlich besser als die Chips, die ich eigentlich als Abendessen auserkoren hatte. Wahrscheinlich hätte er mir auch eine ganze spendiert, aber nach dem Chaos, das ich auf ihn losgelassen habe, würde das meinem schlechten Gewissen die Krone aufsetzen.

»Es war nett von Lizzie, dass sie dir in der Küche geholfen hat«, sage ich leise. »Hattet ihr ein wenig Zeit, um euch zu unterhalten? Ich glaube, sie fühlt sich hier ganz wohl.«

Tyren antwortet nicht direkt. Stattdessen betrachtet er den Karton auf seinem Schoß und streicht nachdenklich mit den Fingerspitzen darüber. Er wirkt fast, als wäre ihm das Thema unangenehm, und ich frage mich, ob die beiden die störungsfreien Minuten genutzt haben, um sich auszusprechen.

»Ja, das tut sie«, stimmt er schließlich zu, und ich folge seinem unauffälligen Blick in ihre Richtung. Sie unterhält sich mit Kayla, die beiden scheinen sich gut zu verstehen. »Wir haben uns unterhalten, wie wir uns im Subtext auch unterhalten. Wie Arbeitskollegen und Freunde. Ich wollte sie noch mal zum Dinner einladen, aber sie ist nicht darauf eingegangen.« Er zuckt mit den Schultern und trinkt einen Schluck Dr Pepper. »Wir haben sogar dieselbe Pizza bestellt. Salami. Wir haben so viel gemeinsam … ich weiß nicht, was das Problem ist.« Für einen Moment hält er inne, dann atmet er resigniert aus. »Ich bin schlecht im Flirten.«

»Ich glaube nicht, dass du schlecht im Flirten bist«, widerspreche ich spontan. Wobei ich schon eine Schwäche für ihn hatte, obwohl er nicht mal ansatzweise geflirtet hat. Würde er das tun, so würde ich ihm unter Garantie zu Füßen liegen. Es tut mir leid, dass er denkt, es läge an ihm, dass Lizzie nicht anbeißt … allerdings bin ich mir nicht sicher, ob er sich das wirklich wünscht. Seine Überlegungen sind so verdammt rational. Nur weil der Verstand der Meinung ist, es könnte gut passen, muss das Herz nicht unbedingt zustimmen.

»Aber wenn du das Gefühl hast, dich verbessern zu müssen, kann ich dir ein wenig Nachhilfe geben«, schiebe ich hinterher, nachdem ich den letzten Bissen Pizza hinuntergeschluckt habe.

Tyren mustert mich skeptisch; eindeutig eine Herausforderung. *Alles klar, Bookboy. Ich hoffe, du bist bereit für meinen geballten Charme.*

»Lass uns doch über etwas anderes reden«, sage ich, während ich etwas näher an ihn heranrutsche und ihm in die Augen sehe. Blickkontakt ist wichtig. »Zum Beispiel darüber, dass ich Shakespeares Sonette wirklich gerne mag … und dich übrigens auch«, schiebe ich etwas leiser hinterher, während ich leicht seinen Arm berühre. »Es gefällt mir, dass du so ruhig und überlegt bist und dass jedes Wort, das über deine Lippen kommt, eine Bedeutung hat. Du sagst nichts leichtfertig, und du bist ein guter Zuhörer. Wenn ich dir etwas erzähle, dann gehört mir deine volle Aufmerksamkeit, und dein konzentrierter Gesichtsausdruck ist auf eine niedliche Weise sexy.«

Da mich Ty zwar ein wenig irritiert anschaut, aber keine Anstalten macht, mich zu unterbrechen, krame ich aus meiner Tasche eine Münze hervor und halte sie ihm hin.

»Schicksalsentscheidung, Bookboy«, sage ich. »Du wirfst die Münze. Bei Kopf kriegst du einen Kuss auf die Wange. Bei Zahl einen auf den Mund.« Ich nicke ihm auffordernd zu. »Na los. Mach schon.«

Er greift langsam nach der Münze und scheint mit sich selbst zu ringen. »Na gut«, sagt er nach mehreren Augenblicken, in denen er sie schweigend zwischen den Fingern gedreht hat. Zögerlich schnippt er sie in die Luft, fängt sie wieder auf und legt sie verdeckt auf seinen Handrücken.

»Du musst schon zeigen, was das Schicksal entschieden hat«, sage ich mit einem Grinsen, woraufhin Ty die Hand hebt.

»Kopf.« Er klingt ein wenig heiser, und ich könnte schwören, dass seine Pupillen leicht geweitet sind.

»Hm.« Ich runzle die Stirn, während mein Blick von seinen Augen zu seinen Lippen wandert und dort verharrt.

»Das ist ein Beispiel, bei dem sich die Schicksalsentscheidung nicht richtig anfühlt«, sage ich nach einer kurzen Pause und beuge mich ein Stückchen zu ihm. Mein Puls hat sich leicht erhöht; offenbar bin ich ein so guter Schauspieler, dass ich sogar mich selbst überzeuge. Vielleicht ist es auch gar nicht nötig, mich selbst zu überzeugen. »Nichts gegen deine Wange, aber deine Lippen sind viel verlockender.«

Tyren schaut auf meinen Mund, als würde er sich fragen, wie sich mein Kuss anfühlen würde, und auch ich verfange mich für einige Sekunden in dieser Fantasie.

Mit Mühe reiße ich mich zusammen und weiche zurück. Das war verdammt knapp. Fast hätte ich es getan. Fast hätte ich ihn geküsst. Einfach so.

Tyren sitzt noch immer da wie versteinert und hält den Pizzakarton so fest umklammert, dass seine Knöchel weiß hervortreten.

»Wie fandest du das?«, frage ich mit einem Hauch Selbstzufriedenheit, die hoffentlich über meine eigene Aufregung hinwegtäuscht. »Das war ein guter Flirt, oder? Damit habe ich mir ein weiteres Stück Pizza verdient.«

»Ja«, erwidert Tyren mit heiserer Stimme. »Nicht schlecht.«

Er schiebt mir den Pizzakarton hin, und während ich mich bediene, nimmt er einige große Schlucke aus seiner Dose, die er im Anschluss zusammendrückt. Die Stimmung zwischen uns ist sonderbar; irgendwie scheint uns meine Demonstration beide ein wenig aus dem Konzept gebracht zu haben.

Auch als Bruno vorschlägt, ein paar Runden Wahrheit oder Pflicht zu spielen, geistert die Erinnerung an die plötzliche Nähe und daran, wie gut sie sich angefühlt hat, in meinem Kopf umher. Gedankenverloren sitze ich neben Bookboy im Kreis, während Runde für Runde vorübergeht. Kayla muss vom peinlichsten Moment ihres Lebens berichten, Theo muss einen Song von Selena Gomez gurgeln, und Oliver muss drei Runden nur mit seinen Boxershorts bekleidet verbringen.

Die Gespräche und das Gelächter sind so laut, dass wir fast die Türklingel überhören. Tyren und ich tauschen einen Blick, dann stehen wir zeitgleich auf, um den um Stunden verspäteten Nachzügler hereinzulassen. Keine Ahnung, wer das ist. Alle eingeladenen Gäste sind entweder seit Langem da oder haben abgesagt. Wobei mir ein wenig der Überblick fehlt …

Da Ty bereits die Haustür ansteuert, sammle ich einige der überall verstreuten Pizzaschachteln ein und bringe sie in die Küche. Als ich in den Flur zurückkomme, weicht mein Lieblingsmitbewohner gerade mit leicht überforderter Miene einen Schritt zurück, während ein mir unbekannter Mann die Wohnung betritt. Er trägt ein perfekt sitzendes Button-down-Hemd in Hellgrau zu dunkelblauen Stoffhosen, an seinem Handgelenk funkelt eine hochwertige Uhr, und sein Haar ist so tadellos gestylt, als wäre er eben aus dem Bad gekommen.

»Hallo, Tyren«, sagt er förmlich, wobei er ihn prüfend mustert. »Ich wollte nach dir sehen.«

Er wollte nach ihm sehen an einem Freitagabend? Interessant. Sein gesamter Auftritt wirkt eher, als wollte er ihn kontrollieren, und das legt wiederum die Vermutung nahe, dass es sich um jemanden aus seiner Familie handelt.

Ty löst sich aus seiner Erstarrung und schließt die Haustür.

»Hey«, sagt er steif und folgt hilflos dem ungebetenen Besucher, der durch den Flur geht und auf Höhe des Wohnzimmers stehen bleibt. Obwohl ich mich in der Nähe befinde, würdigt er mich keines Blickes und lässt stattdessen mit finsterer Miene die Szenerie auf sich wirken. Aufgerissene Chipstüten, Pizzakartons, Becher, Dosen und ein Kaffeetisch voller Getränke – Indizien für eine gelungene Party. Das scheint der Typ aber nicht zu schätzen zu wissen, denn er runzelt fast unmerklich die Stirn.

»Bill ist wirklich zum Anbeißen!« Zoe kommt mit einem breiten Lächeln aus meinem Zimmer. »Er hat auf dem Kopfkissen geschlafen! Es ist so süß, wie wohl sie sich ohne Käfig fühlen.«

Sie schiebt sich an dem Finsterling vorbei, ohne ihm Beachtung zu schenken.

Dieser räuspert sich und wendet sich Tyren zu. »Es scheint dir besser zu gehen als gestern. Als Arzt sieht man es nicht oft, dass ein Patient sich innerhalb eines Tages von einer Influenza erholt. Wie erfreulich.«

Sein harter Stimmklang sorgt dafür, dass es umgehend etwas stiller wird. Die anderen haben Wahrheit oder Pflicht pausiert und beäugen unseren neusten Besucher mit Skepsis. Inmitten der gemütlichen Partystimmung wirkt er wie ein Fremdkörper, und das bemerken die anderen ebenso wie ich.

»Hey«, durchbricht Oliver die unangenehme Stille. Ausgerechnet er. Sogar mir ist klar, dass die Begrüßung durch einen voll bekleideten Gast einen besseren Eindruck gemacht hätte. Der Typ sieht nicht aus, als wüsste er Olivers Snoopy-Motivboxershorts zu würdigen, und das ist nicht sonderlich sympathisch. Sein Kommentar über Tyrens angebliche Influenza war auch nicht nett, auch wenn ich nicht verstehe, wieso dieser eine Krankheit vorgetäuscht hat. Damit er den Finsterling nicht einladen muss? Ich könnte es ihm nicht verdenken.

Der Typ hebt die Augenbrauen so hoch, dass sie fast seinen Haaransatz berühren, und lässt den Blick über die versammelten Gäste schweifen.

»Wer von diesen ... Leuten ist dein Mitbewohner?«, fragt er dann und klingt so missbilligend, dass ich ihm spontan weitere Sympathiepunkte abziehe.

»Hier«, melde ich mich von der Seite, woraufhin er sich tatsächlich in meine Richtung dreht. Ich nicke unseren Gästen im Wohnzimmer beruhigend zu.

»Spielt ein paar Runden ohne uns weiter«, fordere ich sie auf, bevor ich mich wieder dem Finsterling zuwende.

Ty wirkt so steif und angespannt, dass ich am liebsten den Arm um ihn legen würde. Vielleicht kann ich die Spannung zumindest ein wenig mindern.

»Hallo, Unbekannter«, sage ich und ziehe die Wohnzimmertür hinter mir zu, sodass das aufkommende Gelächter nur gedämpft zu hören ist. »Schön, dich kennenzulernen. Es freut mich, dass du vorbeigekommen bist, und noch mehr würde es mich freuen, wenn du dich vorstellen würdest.«

Der Finsterling scheint nicht die Absicht zu haben, mit mir zu reden.

»Tyren«, sagt er stattdessen. »Würdest du das übernehmen, oder bist du zu betrunken, um dich an Höflichkeiten zu erinnern?«

Wie lächerlich ist das? Ty hat genau eine Flasche Bier getrunken, dann ist er auf Dr Pepper umgestiegen.

»Warren, das ist Jamain, mein neuer Mitbewohner«, kommt er der Aufforderung nach, bevor ich etwas zu seiner Verteidigung loswerden kann. »Jamain, das ist Warren, mein Bruder.«

»Älterer Bruder«, fügt der Finsterling hinzu. »Der gerade nach einem 24-Stunden-Dienst im Krankenhaus hergekommen ist, weil er sich Sorgen gemacht hat.«

Der ältere Bruder also. Schade, dass er nicht ansatzweise so sympathisch ist wie Tyren. Während mein Bookboy niemals auf den Gedanken käme, mit seinem Beruf anzugeben, trieft der Kerl vor Arroganz und Selbstgefälligkeit. Er hat sich Sorgen gemacht? Lieber Himmel, er führt sich auf, als wäre er sein Vater und nicht sein Bruder. Ty macht auf mich nicht den Eindruck, als müsste man besonders auf ihn aufpassen … man sollte eher besonders nett zu ihm sein. Anders als der Finsterling vor mir.

Während er mir die Hand hinstreckt, um mich offenbar so zu begrüßen, wie es die Höflichkeit verlangt, presst Tyren die Lippen aufeinander. Fuck, ich kann es nicht ausstehen, wie er von seinem Bruder behandelt wird.

»Ich gehe davon aus, dass diese wilde Feier einen … guten Grund hat.« Warren pausiert kurz. Vermutlich denkt er darüber nach, ob es für eine solch *wilde Feier* überhaupt einen guten Grund geben kann. »Und dass du ein ebenso gewissenhafter Mitbewohner bist wie Perry.«

Ich betrachte seine Hand mit schräg gelegtem Kopf. Er ist nicht sonderlich höflich; weshalb sollte ich es sein?

Tatsächlich braucht er überraschend lange, um zu realisieren, dass ich seinen Handschlag nicht erwidern werde. Mit einem abschätzigen Schnauben zieht er die Hand zurück, macht aber keine Anstalten, endlich zu verschwinden. Offensichtlich braucht er tatsächlich meine Antwort für seinen Seelenfrieden. Pech für ihn.

»Ich bin unglaublich gewissenhaft«, sage ich mit sämtlicher Überzeugung, »insbesondere bei der Planung von wilden Feiern. Gerade sind wir erst dabei, ein wenig vorzuglühen, aber das richtig harte Zeug steht schon bereit. Und das beschränkt sich nicht nur auf Alkohol, sondern auch auf richtig krassen Scheiß. Sagen dir Flyrbel und Cluxamin etwas?« Frei erfunden, aber das muss Mr 24-Stunden-Dienst-im-Krankenhaus ja nicht wissen. Ein kleiner Dämpfer tut ihm sicher gut. Ich ignoriere seine mittlerweile steinerne Miene und spreche weiter.

»Auch mein Timing ist total gewissenhaft. Wenn alle richtig high sind, kommen die Stripper, und dann geht es garantiert heiß her.« Ich werfe Tyren ein verschwörerisches Lächeln zu. »Ich habe die Polizisten bestellt, wie wir es besprochen haben. Hoffentlich werden sie deinem Uniform-Fetisch gerecht.«

Für einige Sekunden herrscht Stille im Flur, die durch das Gelächter im angrenzenden Wohnzimmer nur umso unangenehmer wirkt. Tyren macht keine Anstalten, auf meine Späße einzugehen, er erwidert nicht einmal mein Lächeln. Stattdessen senkt er den Kopf.

»Das stimmt nicht«, murmelt er und fährt sich unbehaglich über den Nacken. »Er macht nur Witze.«

Fuck. Ich wollte die Stimmung etwas auflockern, stattdessen habe ich alles nur noch schlimmer gemacht. Es ist offensichtlich, dass sich Tyren für mich schämt, und das tut weh. Das tut sogar verdammt weh, obwohl es alles andere als überraschend ist. Bereits nach dem ersten Blick auf den Buchhändler wusste ich, dass er anders ist als ich. Er hat sein Leben im Griff, hat feste Ziele und den Weg dorthin geplant. Er weiß, was er will, während ich nicht einmal weiß, was ich nicht will.

»Tyren.«

Nach meiner Antwort scheine ich keine weitere Aufmerksamkeit mehr zu verdienen.

»Da es dir gut zu gehen scheint, kommst du morgen Abend doch ins Dinner Side, oder? Dad wird sich freuen, dich endlich einmal wieder zu Gesicht zu bekommen.« Er geht ein paar Schritte in Richtung Tür, dreht sich jedoch noch einmal um. »Und wenn ich dir einen kleinen Rat geben darf: Du solltest es heute nicht mehr … übertreiben.« Seine Stimme trieft vor Missbilligung, und Tyren nickt so betroffen, dass sich etwas in mir zusammenzieht.

Nachdem der Schnösel die Wohnung verlassen hat, werfe ich einen unauffälligen Blick auf die Uhr. Beeindruckend. Er hat es geschafft, in weniger als fünf Minuten die Stimmung zu zerstören. Gerade als ich etwas Aufmunterndes zu Bookboy sagen will, dreht sich dieser in meine Richtung und schlägt zu. Verbal natürlich, und es trifft umso härter.

»Ich weiß nicht, warum ich mich auf das alles hier eingelassen habe«, sagt er. »Wir sind zu alt, um irgendwelche kindischen Partys mit Flaschendrehen zu schmeißen. So etwas macht man in der Highschool oder wenn man nichts Besseres zu tun hat. Vielleicht hast du Zeit für so einen Quatsch, aber bei mir ist das anders.«

Ich entgegne nichts und nicke lediglich, während ich mich bemühe, mir nichts anmerken zu lassen. Das ist nichts Neues. Ich mache mit Vorliebe Quatsch. Ich bin gerne kindisch. Es stört mich nur, dass es aus Tyrens Mund klingt wie Kritik. Fuck. Diese Party war vollkommen harmlos, und ich bin mir sicher, dass auch er seinen Spaß hatte – selbst wenn er es jetzt leugnet.

Ohne ein Wort der Versöhnung wendet er sich ab und marschiert zurück ins Wohnzimmer, wo immer noch fröhlich Wahrheit oder Pflicht gespielt wird.

Tyren räuspert sich, und sofort senken die anderen ihre Lautstärke. »Es wird spät, und ich muss morgen früh aufstehen, deshalb würde ich euch gerne bitten, jetzt zu gehen.«

Oliver trägt immer noch nichts anderes als seine Boxershorts. Lizzie sieht mit einer Mischung aus Verständnis und Sorge zwischen uns hin und her. Jemand gibt ein unterdrücktes Stöhnen von sich.

»Kein Ding!« Steve steht auf, beginnt damit, alle Becher, die sich in seiner Nähe befinden, einzusammeln und gibt damit auch den anderen das Signal zum Aufbruch. »Die nächste Party steigt bei mir, und du bist herzlich willkommen, Tyren.« Sein Blick wandert zu Lizzie, und er setzt ein verschmitztes Grinsen auf. »Und du natürlich auch, Liz.«

Am Rande registriere ich, dass Lizzie bei der Variation ihres Spitznamens leicht errötet, dann aber Steves Lächeln erwidert. Eindeutig keine Friendzone.

Sämtliche Belustigung erstirbt, als mein Blick wieder auf Ty fällt, der seit dem Gespräch mit seinem Bruder wie ausgetauscht wirkt. Er hat die Arme vor der Brust verschränkt, als müsste er sich vor etwas schützen. Vielleicht vor mir? Der Gedanke gefällt mir überhaupt nicht.

Während Oliver seine Kleider zusammensucht und überstreift, packt Steve seine Gitarre ein. Obwohl sich niemand über das spontane Ende der Party beschwert, hat die Stimmung einen empfindlichen Dämpfer erhalten.

Und wenn ich dir einen kleinen Rat geben darf: Du solltest es heute nicht mehr … übertreiben.

Was für ein Arschloch. Schade, dass er so schnell abgehauen ist; ich hätte ihm gerne noch mitgeteilt, was ich von ihm halte – und davon, dass er Tyren die offenbar erste richtige Party seines Lebens versaut hat.

»Danke für die Einladung.«

»War echt cool.«

»Hat Spaß gemacht.«

»Das Essen war der Wahnsinn, Tyren!«

Nach und nach verlassen meine Freunde die Wohnung und hinterlassen eine ziemlich angespannte Stille.

»Dann wünsche ich dir eine gute Nacht«, sage ich zu Ty, während ich mein Zimmer ansteuere. »Hoffentlich kannst du bald schlafen, da du morgen ja so früh rausmusst.«

Bevor er etwas erwidern kann, mache ich die Tür vor seiner Nase zu. Scheiß auf Bookboy. Scheiß auf Shakespeare. Scheiß auf *diesen Quatsch* und *kindische Partys*.

11 | Tyren | Alkohol, Drogen und Sex

Verdammt, sogar nachdem ich sie mehr oder weniger rausgeschmissen habe, sammeln Jamains Freunde noch die leeren Becher aus allen Ecken zusammen und lassen sie ineinandergesteckt neben dem Couchtisch liegen, bevor sie gehen. Ich kämpfe gegen das schlechte Gewissen an, das von mir Besitz ergreifen will. Gerade hat es hier keinen Platz. Warum sollte ich mich schlecht dafür fühlen, eine Party frühzeitig zu beenden, die in dieser Form sowieso nicht hätte stattfinden sollen?

»Gute Nacht«, sage ich zu der Zimmertür, die Jamain etwas kräftiger als sonst hinter sich zugezogen hat. Einige Momente lang bleibe ich stehen und starre das helle Holz an, aber die Tür bleibt geschlossen. Wahrscheinlich ist das besser so. Ich gehe zurück ins Wohnzimmer und trete gegen einen leeren Pizzakarton, der ein paar Meter weit fliegt und dann liegen bleibt. Das wäre auch so eine Schnapsidee von Jamain: ein Spiel, in dem es darum geht, wer einen Pizzakarton am weitesten über den Flur kicken kann. Ich bücke mich, um die herumliegenden Kartons einzusammeln, und trage sie anschließend in die Küche. Als Nächstes landen die Becher im Müll. Es sieht immer noch wüst aus, denn natürlich war das hier keine gediegene Dinnerparty.

Überall stehen halbleere Alkoholflaschen herum, mit denen ich nichts anzufangen weiß. Trinken werde ich das Zeug sowieso nicht. Ich könnte es wegschütten, entscheide mich dann aber dazu, sämtliche Flaschen gesammelt neben Jamains Zimmertür zu stellen. Der Alkohol gehört ihm, er ist derjenige, der ihn haben wollte, er kann sich selbst darum kümmern.

Ich mache die Spülmaschine an und öffne den Kühlschrank. Beim Anblick des Biskuitbodens zieht sich etwas in mir zusammen. Ich hatte geplant, das Baked Alaska später für Jamain und mich zu machen, aber daraus wird nichts mehr. Mit einem Zögern befördere ich den Biskuitboden in den Mülleimer. Er bricht auseinander, und auf einen Schlag bin ich nicht mehr wütend, sondern traurig. Trauriger als damals, als ich mein erstes Baked Alaska versaut habe.

Ich lasse mich auf einem der Stühle am Tisch nieder und schaue aus dem Fenster, obwohl draußen in der Dunkelheit nichts zu erkennen ist. In der Wohnung ist es vollkommen still. Es ist die Art von Stille, die auf einen Streit folgt und die die eigenen Gedanken ganz laut macht. Ich warte darauf, dass Jamain aus seinem Zimmer kommt, die Flaschen sieht, die ich neben seine Tür gestellt habe, und sich beschwert. Oder dass er sich darüber beschwert, dass ich seine Freunde aufgefordert habe, zu gehen. Oder dass er Hunger hat und sich etwas zu essen holt, dass er duschen geht, dass er Wasser für die Meerschweinchen holt, dass er herkommt und einen Witz macht.

Nichts davon passiert. Es bleibt still. Irgendwann stehe ich auf, gehe in mein Zimmer und lege mich schlafen.

Als ich mich am nächsten Morgen für die Arbeit im Subtext fertig mache, sind die Flaschen vor Jamains Zimmertür verschwunden. Ich werfe einen Blick auf die Uhr. Wahrscheinlich hat er seine Schicht im Funpark bereits angetreten – im Endeffekt war er derjenige, der früh aufstehen musste. Wieder macht sich mein schlechtes Gewissen bemerkbar.

Auf dem Weg zum Buchladen denke ich darüber nach, wie ich Lizzie erkläre, warum ich die Party letzte Nacht so abrupt beendet habe. Auch wenn sie sich nichts hat anmerken lassen, muss sie irritiert gewesen sein. Wir hatten alle Spaß, bevor mein Bruder so unangekündigt aufgetaucht ist und deutlich gemacht hat, was für eine Enttäuschung ich bin. Kurzerhand mache ich einen Abstecher zum Starbucks, wo ich zwei Latte Macchiatos hole. Eine kleine Entschuldigung für Lizzie. Darüber, wie ich mich bei Jamain entschuldige, muss ich mir zum Glück erst später Gedanken machen. Seine Schichten im Funpark gehen lange, und abends bin ich mit meiner Familie im Dinner Side.

Lizzie nimmt den Kaffee dankend entgegen. Um diese Uhrzeit ist im Subtext noch nicht viel los. In der Tee-Ecke sitzt eine Frau mit Kinderwagen, und ein älterer Herr stöbert in der Krimiabteilung. Wir stehen an der Kasse, trinken unsere Macchiatos und sprechen eine Weile lang darüber, welche Bücher wir nächsten Monat in der Blind-Date-mit-Buch-Aktion anbieten wollen. Mir ist klar, dass meiner Familie der Gedanke, etwas so Triviales zu tun, wie einen Buchladen zu führen, nicht besonders gut gefällt, aber ich liebe es hier. An jedem Tag, zu jeder Uhrzeit. Ich liebe es, wenn viel los ist, und ich liebe die ruhigen Momente dazwischen. Ich liebe es, Bücher zu bestellen, Bücher zu ordnen, Bücher zu empfehlen, von Büchern umgeben zu sein. Und ganz besonders liebe ich die gemütliche Atmosphäre des Subtexts.

»Das war mein Bruder gestern Abend«, fange ich an, nachdem wir uns auf die Auswahl fürs Blind Date geeinigt haben. Lizzie nickt und lässt mich fortfahren. »Ich bin danach nicht mehr in der Stimmung gewesen, weiterzufeiern. Das war ziemlich egoistisch von mir.«

»Verstehst du dich nicht so gut mit ihm?«, fragt sie.

Ich zögere. Die Sache ist, dass ich mich nicht schlecht mit meiner Familie verstehe – immerhin tue ich alles, um den Frieden zu wahren. »Meistens schon, aber gestern Abend …« Ich deute ein hilfloses Schulterzucken an. Lizzie ist nett, verständnisvoll und eine gute Zuhörerin, aber aus irgendeinem Grund halte ich mich zurück, was die Schwierigkeiten in der Familie Bradford angeht – und Lizzie hakt nicht nach.

Kurz bevor meine Schicht im Subtext zu Ende ist, bekomme ich eine Textnachricht von Abigail.

Abigail: Freu mich, dass du heute Abend doch dabei bist! 18 Uhr. Nicht vergessen.

Gut möglich, dass sich ein Teil von ihr wirklich freut, aber hauptsächlich dient die Nachricht dazu, sicherzugehen, dass ich auch wirklich aufkreuze. Dazu kenne ich meine Schwester zu gut. Ein Text von Jamain wäre mir lieber gewesen.

Ich verabschiede mich von Lizzie und fahre zurück in die Wohnung, wo mir noch genug Zeit bleibt, in Ruhe eine Dusche zu nehmen und mich umzuziehen. Als ich an Jamains Zimmertür vorbeigehe, halte ich kurz inne. Er ist schon seit frühmorgens bei der Arbeit, vielleicht wäre es ganz nett, kurz nach den Meerschweinchen zu sehen. Vorsichtig öffne ich die Tür und werfe einen Blick in sein Zimmer. In einer Ecke stehen die Alkoholflaschen. Das braune Meerschweinchen kommt sofort auf mich zugewatschelt, das andere sitzt wie versteinert auf Jamains Matratze und starrt mich an.

»Ich wollte nur nachsehen, ob bei euch alles gut ist.« Verdammt, warum rede ich mit den Dingern? Genug Wasser haben sie noch, und auch der Fressnapf ist noch lange nicht leer. Jamain kümmert sich gut um die beiden. Bevor ich die Tür wieder zuziehen kann, läuft das braune Meerschwein an meinem

Fuß vorbei in den Flur, und mir bleibt keine andere Wahl, als es hochzuheben. Aus der Nähe betrachtet ist es ganz knuddelig.

»Hey, kleiner Freund.« Ich streiche ihm über sein Köpfchen. Fühlt sich auch ganz knuddelig an. Scheiße, ich sollte mich heute wirklich nicht verspäten. Behutsam setze ich den kleinen Kerl wieder in Jamains Zimmer ab und schließe die Tür.

Das Dinner Side liegt im Herzen Pittsburghs und ist schon seit Jahren unser bevorzugtes Restaurant für Familienessen. Okay, genau genommen ist es das bevorzugte Restaurant meiner Eltern – hauptsächlich wegen des luxuriösen Ambientes, obwohl ich zugeben muss, dass auch das Essen recht gut schmeckt. Es ist nur oft schwer, sich während der Familiengespräche darauf zu konzentrieren.

Als ich eintreffe, sitzen Mom, Dad, Warren und Abigail schon an unserem gewohnten Tisch und unterhalten sich. Das letzte Abendessen liegt bereits ein paar Monate zurück, weil es schwierig geworden ist, einen Abend zu finden, an dem alle vier frei haben – trotzdem fühlt es sich an, als wäre dazwischen nicht annähernd genug Zeit vergangen.

»Es scheint, als wäre den Patienten nicht klar, wie eng unser Zeitplan ist.« Abigail rückt ihre Gabel zurecht, sodass sie einen perfekten rechten Winkel zur Tischkante bildet. »Fast unmöglich, allen gerecht zu werden. Und egal, wie sehr man sich beeilt, dankbar zeigt sich kaum einer.«

»Nur eine der vielen Herausforderungen des Arztberufs«, erwidert Mom mit einem schmalen Lächeln, das lediglich an ihren Mundwinkeln zupft. Sie hat die Haare hochgesteckt und trägt ein Cocktailkleid in geschmackvollem Dunkelblau, exakt derselbe Ton wie Dads Krawatte. Wie immer ist ihr Erscheinungsbild perfekt aufeinander abgestimmt. Ich lasse mir absichtlich etwas Zeit beim Aufhängen meiner Jacke, damit ich nicht in ihr Gespräch einsteigen muss. Bei wichtigem Krankenhauskram kann ich ohnehin nicht wirklich mitreden.

»Nach ein paar Jahren stört dich das nicht mehr.« Warren wartet, bis der Kellner, der gerade diskret die Wassergläser aufgefüllt hat, verschwunden ist, dann wendet er sich wieder Abigail zu. »Du musst dir einfach ein dickes Fell zulegen, damit der Stress von dir abprallt. Wir haben einen der anspruchsvollsten und schönsten Berufe zugleich.«

Er hält inne und mustert mich, als ich mich auf den freien Stuhl zwischen Mom und Abigail setze.

»Da bist du ja«, sagt er. »Überraschend pünktlich dafür, dass du gestern bis spät in die Nacht gefeiert hast.« Er stößt die Luft durch die Nase aus. »Das kann ich mir in meinem Beruf nicht erlauben.«

»Tyren.« Dad nickt mir nun auch zur Begrüßung zu, während Mom mir ein Lächeln schenkt, das ebenso aufgesetzt wirkt wie das vorige.

»Wie schön, dass es dir besser geht«, sagt Dad, nachdem der Kellner die Speisekarten verteilt hat. »Wir waren in Sorge um deine Gesundheit. Setz dich und erzähle ein wenig von deiner … Arbeit. Wie läuft dein Studium? Offensichtlich ist es nicht sonderlich fordernd, wenn nebenbei Zeit für derartige Zerstreuungen bleibt?«

Bevor ich etwas entgegnen kann, spricht Dad weiter.

»Warren hat uns von deinem gestrigen Exzess berichtet. Und von deinem Mitbewohner, der jegliche Grenzen des guten Geschmacks missachtet und offenbar sehr unhöflich zu deinem Bruder war. Alkohol, Drogen und Sex. Ist das wirklich das Leben, das du führen willst, Tyren? Reicht dir das aus? Ich dachte, wir hätten dir bessere Werte mit auf den Weg gegeben.«

Um etwas Zeit zu schinden, bevor ich meinen Eltern Rede und Antwort stehen muss, öffne ich die Speisekarte – als würde ich nicht ohnehin jedes Mal dasselbe bestellen, Hühnchen Parmigiana. Angespannt starre ich auf die Schrift, schwarze Buchstaben auf weißem Hintergrund, der von ein paar goldenen Blumen durchzogen ist. Nicht nur bestelle ich jedes Mal dasselbe, ich kann auch das gesamte Menü auswendig. Es ist nicht das erste Mal, dass ich in den feinen Schriftzügen nach Ruhe suche – auch, wenn es sich nur um eine Speisekarte und nicht um ein Buch handelt. Auch meine Familie bestellt jedes Mal exakt dasselbe. Angus-Filet-Mignon für Dad. Linguine mit Hühnerleber für Mom. Branzinofilet für Warren und für Abigail Fettuccine al pomodoro, allerdings ohne Knoblauch.

»Es war eine Erleichterung, so schnell einen neuen Mitbewohner gefunden zu haben«, fange ich schließlich an, weil die Blicke, die auf mir ruhen, ungeduldiger werden. »Ich dachte, es könnte nicht schaden, das einen Abend lang zu feiern.«

Warren sieht aus, als wollte er etwas sagen, aber er hält sich zurück und schaut zu Dad. Berechenbar. Jeder, der an diesem Tisch sitzt, ist berechenbar – und ich selbst bin keine Ausnahme.

»Natürlich ohne Drogen und Sex«, fahre ich fort. Dad mustert mich weiterhin mit tief ins Gesicht gezogenen Augenbrauen. Ich weiß nicht, warum ich mir überhaupt noch die Mühe mache. Er glaubt Warren, nicht mir. Das ist immer so. »Mein Mitbewohner hat einen schrägen Sinn für Humor. Er hat das nicht ernst gemeint.«

Dad stellt sein Glas hörbar auf dem Tisch ab. »Ich weiß nicht, was an Drogen lustig sein soll, Tyren. Wenn du auch im Krankenhaus arbeiten würdest, wüsstest du, wie viele Patienten wegen einer Überdosis in die Notaufnahme gebracht werden.« Mom nickt zustimmend, und in mir macht sich Enttäuschung breit, obwohl auch das nichts Neues ist. Mom und Dad sind immer derselben Meinung, aber trotzdem habe ich manchmal noch die irre Hoffnung, dass sich etwas ändert. Dass sie sich auf meine Seite stellt. Dass sich irgendjemand auf meine Seite stellt. Dass man meinen Entscheidungen vertraut. Ich gebe mir solche Mühe, und sie sehen weder meine guten Noten noch meine Leidenschaft. Sie sehen nur, was ich nicht bin.

»Tut mir leid.« Noch ein Blick auf die Speisekarte. »Wahrscheinlich war das mit der Party wirklich keine gute Idee, und anlügen dürfen hätte ich euch auch nicht.«

»Sieht dir überhaupt nicht ähnlich, eine Krankheit vorzutäuschen, Bruderherz«, sagt Abigail. »Was war der Grund?«

Ich blicke auf. Nicht nur meine Schwester sieht mich fragend an, auch Mom, Dad und Warren scheinen meine Antwort auf diese Frage hören zu wollen. Verdammt. Ich kann unmöglich sagen, dass ich … mir das hier ersparen wollte.

»Ich habe eine Prüfung am Montag und wollte noch lernen.« Schon als ich das sage, ist mir klar, wie es klingt, aber etwas anderes fällt mir nicht ein. Vielleicht hätte Jamain eine bessere Ausrede zur Hand gehabt. Oder er hätte einen Witz gemacht, ein Glas Wasser quer über den Tisch verschüttet und wäre gut gelaunt auf die Toilette geflüchtet. Es kann aber auch sein, dass er ihnen einfach die Wahrheit ins Gesicht gesagt hätte. Im Gegensatz zu meiner Familie ist er so erfrischend unberechenbar. Verdammt, ich wäre jetzt lieber zu Hause, um mich bei ihm zu entschuldigen.

Meinen Worten folgt Stille, die trotz der unaufdringlichen klassischen Musik und der gedämpften Gespräche an den Nachbartischen abgrundtief wirkt. Abigail greift nach ihrem Wasserglas und nimmt einen kleinen Schluck, während meine Eltern einen bedeutungsvollen Blick tauschen.

»Eine Prüfung also«, sagt Warren, während er mich ernst mustert. »Wäre es nicht klug und vor allem verantwortungsvoller gewesen, statt eines Familienessens diese Party abzusagen?«

»Du solltest deine Prioritäten überdenken«, stimmt Dad zu

und hält für einige Sekunden inne, weil der Kellner die Platten mit den Antipasti serviert. Vitello tonnato. Burratina auf ofenfrischer Peperonata. Sizilianische Gemüseröllchen. Wie immer.

»Wir haben dich immer unterstützt«, fährt er dann fort, sobald wir wieder unter uns sind. »Euch alle.«

Warren und Abigail nicken zustimmend, und ich muss mich zusammenreißen, um nicht unruhig auf meinem Platz herumzurutschen.

»Aber ich bin nicht bereit, dabei zuzusehen, wie du dein Leben wegwirfst.« Dad hat die Stirn leicht in Falten gelegt, und obwohl seine Stimme ungerührt klingt, ist seine Missbilligung offensichtlich. »Du hast die Highschool als Jahrgangsbester abgeschlossen. Und wofür? Für ein Literaturstudium und einen Nebenjob im Buchladen? Wir Bradfords sind ehrgeizig. Wir geben uns nur mit dem Besten zufrieden, und wir geben nur unser Bestes.«

Ich setze dazu an, etwas zu sagen, doch Dad bringt mich mit einem strengen Kopfschütteln zum Schweigen.

»Du kannst nicht erwarten, dass wir tatenlos danebenstehen, während du dein Talent verschwendest. Wenn du meinst, dich im Laufe deines Selbstfindungsprozesses kreativ austoben zu müssen, statt deinen Dienst an der Menschheit zu leisten, müssen wir das akzeptieren. Aber das ändert nichts daran, dass wir uns Sorgen um dich machen, Tyren. Große Sorgen. Die Wahl deines Mitbewohners ist nur ein weiteres Zeichen dafür, wie sehr bei dir alles außer Kontrolle gerät.«

Warum ist es nicht gut genug? Warum ist das, wofür ich brenne, nicht gut genug?

»Eine gute Freundin ist aktuell auf Wohnungssuche«, wirft Abigail unvermittelt ein. »Sie schreibt an ihrer Dissertation. Vielleicht wäre das eine gute Möglichkeit, diesen Junkie mit dem Alkoholproblem loszuwerden?«

Verdammt, sie kennt ihn doch nicht einmal. Wie kann sie sofort so über ihn urteilen? Ich starre auf die Platten mit den Antipasti. Dad wird zuerst zugreifen und somit das Essen eröffnen, wie immer. Danach gibt es keine feste Reihenfolge. Schicksalsentscheidung: Wenn Warren sich vor Abigail bedient, bleibe ich. Wenn es andersherum ist, gehe ich einfach. Ich werde stumm aufstehen und das Restaurant verlassen.

Mit zusammengepressten Lippen verfolge ich, wie Dad sich in aller Ruhe an den Platten bedient, die Stirn noch immer in Falten gelegt. Mom nippt an ihrem Aperitif. Warren und Abigail setzen sich fast zeitgleich in Bewegung, um sich etwas von unterschiedlichen Platten zu nehmen, aber meine Schwester ist diejenige, die zuerst etwas auf ihren Teller befördert.

Einfach aufstehen und gehen. Das Schicksal will es so, und irgendwie will ich es auch. Aber ich bleibe sitzen, als hätte man mich auf dem Stuhl festgenagelt – weil ich es nicht schaffe, einfach zu gehen. Genauso wenig wie ich es schaffe, mir nicht mehr zu wünschen, dass sie stolz auf mich sind.

»Jamain ist erst vor Kurzem eingezogen«, sage ich zu Abigail. »Es wäre unhöflich, ihn jetzt rauszuschmeißen, und eine Menge Stress, schon wieder den Mitbewohner zu wechseln. Außerdem ist er weder Junkie noch Alkoholiker.«

»Ich glaube, dass du dir damit langfristig *eine Menge Stress* ersparst«, erwidert sie.

»Er bleibt.« Angespannt bediene ich mich nun ebenfalls an den Antipasti. »Aber ich wünsche deiner Freundin viel Glück bei der Wohnungssuche.«

»Denk noch einmal in Ruhe darüber nach, Tyren«, sagt Dad in einem Tonfall, der mir unmissverständlich klarmacht, dass ich seiner Meinung nach gerade eine falsche Entscheidung treffe. Mom nickt zustimmend, während ich nur den Kopf schüttle, jedoch nichts mehr dazu sage. Wir wenden uns dem Essen zu, und zu meiner Erleichterung scheint man fürs Erste von mir abzulassen. Die folgenden Gespräche drehen sich um das Krankenhaus, um die Patienten, um die unterbesetzte Notaufnahme, und um ein paar wichtige OPs, die Dad nächste Woche durchführen wird. Es ist keine Unterhaltung, an der ich mich wirklich beteiligen kann, und selbst auf die ein oder andere interessierte Nachfrage, die ich stellen könnte, verzichte ich.

Um kurz vor 21 Uhr verabschieden wir uns voneinander, und wie immer fällt dieser Moment herzlicher aus als alles andere. Dad klopft mir auf die Schulter, Mom zieht mich in eine kurze, aber nicht unangenehme Umarmung, Abigail wirft mir ein warmes Lächeln zu, und Warren … nun, Warren ist eben Warren. Er nickt knapp in meine Richtung. Es ist, als würde ihnen jedes Mal erst beim Abschied einfallen, dass sie mich doch ganz gerne dabeihaben.

Ich setze mich ins Auto und mache *Ernst sein ist alles* von Oscar Wilde an. Weit komme ich mit dem Hörspiel zwar nicht, weil die Fahrt bis zu meiner Wohnung nur fünfzehn Minuten dauert, aber es hebt meine Stimmung wieder etwas. Jamain dürfte schon von seiner Arbeit im Funpark zurück sein – als ich die Wohnung betrete, sehe ich seine Schuhe neben der Tür, und aus dem Wohnzimmer ist der Fernseher zu hören. Klingt, als würde er sich irgendeine Serie anschauen.

»Jamain. Ich bin wieder da«, rufe ich. »Wie war deine Schicht im Funpark?« Es kommt keine Antwort. Vielleicht hat er mich wegen des Fernsehers nicht gehört. Oder aber er ignoriert mich. Shit, ich muss wirklich etwas gegen die schlechte Stimmung zwischen uns tun. Tapfer gehe ich den Flur entlang und bleibe im Türrahmen stehen. Jamain sitzt in seiner Freizeitparkuniform auf der Couch. Den Kopf hat er in den Nacken gelegt, und seine Augen sind geschlossen. Sieht aus, als hätte er einen anstrengenden Tag gehabt, so tief und fest wie er schläft.

Ein verdächtiges Scharren, das nicht vom Fernseher zu kommen scheint, lenkt mich ab. In einer Ecke des Wohnzimmers sitzt das braune Meerschweinchen und versucht … ich weiß nicht, was es versucht. Vielleicht versucht es, ein Loch ins Laminat zu graben.

»Hey, Bill.« Etwas skeptisch werfe ich einen Blick in Richtung meines Bücherregals. Die Bücher scheinen unversehrt zu sein. Okay. Besonders lange kann er auch noch nicht im Wohnzimmer unterwegs gewesen sein; ich denke nicht, dass Jamain so viel früher nach Hause gekommen ist als ich. Halb so wild. Ich werde jetzt sicher keine Diskussion deswegen anfangen – vielleicht auch, weil Bill mich gerade mit lächerlich groß wirkenden Knopfaugen mustert und dabei irgendwie süß aussieht. Ich seufze. Jamain muss ich trotzdem wecken. Wenn er weiter in dieser Position schläft, bekommt er garantiert Nackenschmerzen.

12 | Jamain | Hundert Fantasien

Jemand sagt laut meinen Namen, und ich schrecke hoch. Shit. Ich bin im Wohnzimmer bei laufendem Fernseher eingeschlafen. Mit einem Meerschweinchen auf dem Schoß, das offenbar die Gelegenheit für eine Spritztour genutzt hat.

»Ty.« Ich fahre mir müde übers Gesicht, bevor ich ihn unter halb geschlossenen Lidern mustere. Eigentlich wollte ich nur ein paar Minuten auf der Couch sitzen und die Schweine knuddeln.

»Tut mir leid, dass Bill hier unterwegs ist. Die beiden waren den ganzen Tag allein, deshalb wollte ich ihnen zumindest anbieten, etwas Zeit mit mir zu verbringen. Kill hat mir nur einen vorwurfsvollen Blick zugeworfen und ist hinter der Matratze verschwunden, aber Bill …«

Ich stehe auf und gehe zu dem braunen Meerschwein, das ich in der Ecke neben dem Fernseher entdeckt habe. Vorsichtig hebe ich es empor und setze es auf meinen Unterarm.

»Kommt nicht mehr vor … oder zumindest nicht so bald. Ich versuche, mich wirklich an deine Regeln zu halten.«

Und das entspricht der Wahrheit. Leider ist es verdammt schwierig, alles umzusetzen, was für den Buchhändler selbstverständlich ist. Bei dieser Gelegenheit fällt mir ein, dass ich vergessen habe, heute Morgen die Glaskabine der Dusche mit dem Wischer abzuziehen, und außerdem bin ich nicht ganz sicher, ob ich vorhin den Klodeckel geschlossen habe. Vermutlich nicht. Ich bin ein richtig mieser Mitbewohner. Kein Wunder, dass er genervt ist.

Er steht noch immer im Türrahmen und mustert mich schweigend. Überlegt er, wie er mir am besten mitteilt, dass ich mir eine neue Bleibe suchen soll? Verdammt, ich hätte mich einfach unauffällig verhalten und mich nicht in Arbeitsklamotten auf die Couch setzen sollen. Besonders nicht samt Bill. Ich wollte mich gar nicht lange hier aufhalten, aber …

»Es war echt anstrengend heute«, sage ich, und es klingt für meinen Geschmack viel zu sehr nach einer Rechtfertigung. »Am Wochenende ist immer besonders viel los, und zusätzlich waren Testkunden unterwegs … Kunden, die von der Parkleitung geschickt werden, um Mitarbeiterfreundlichkeit und weitere Dinge zu prüfen«, füge ich auf Tyrens fragenden Blick hinzu. »Wir an den Fahrgeschäften sind noch ganz gut dran, weil wir sowieso meistens in Bewegung sind. Aber die Kollegen von den Spielbuden stehen den ganzen Tag über hinter der Theke – und sobald Kunden in der Nähe sind, dürfen sie sich nicht einmal anlehnen.«

Er schweigt weiterhin, woraufhin ich ihn etwas aufmerksamer ansehe als zuvor.

»Du siehst auch nicht aus, als kämst du von einem entspannten Abendessen«, sage ich vorsichtig. »Hattest du Ärger wegen der Sache gestern Abend? Vielleicht war es keine sonderlich gute Idee, ausgerechnet eine Krankheit vorzuschieben«, füge ich hinzu, während ich Bills Nacken kraule. »Gerade wenn dein Bruder Arzt ist.«

Und ein Finsterling, der einen bis dahin schönen Abend zu einer *kindischen Party* gemacht hat.

»Meine ganze Familie.«

Ich halte inne, die Finger in Bills Fell vergraben, und ziehe eine Augenbraue hoch.

»Meine ganze Familie hat Medizin studiert«, erklärt Ty. »Warren. Meine Schwester Abigail. Mom. Dad.«

Für einige Sekunden herrscht Schweigen, während ich darüber nachdenke, wie es für ihn wohl ist, eine Art Außenseiter zu sein. Bisher dachte ich, dass nur ich dieses Gefühl kenne.

»Du bist der Einzige, der einen anderen Weg eingeschlagen hat.«

Tyren nickt.

»Und du hast nie darüber nachgedacht, auch in den medizinischen Bereich zu gehen?«

Er lacht bitter auf. »Doch«, sagt er dann. »Natürlich habe ich darüber nachgedacht. Als Teil der Bradford-Familie bleibt einem gar nichts anderes übrig, als darüber nachzudenken. Aber …«

»Du hast dich dagegen entschieden«, spreche ich das Offensichtliche aus, woraufhin er erneut nickt.

»Das ist verdammt beeindruckend«, stelle ich fest.

Er atmet langsam aus. »Eher verdammt enttäuschend.«

Wieder herrscht Stille zwischen uns, dann hole ich tief Luft.

»Es tut mir leid, dass ich dich gestern vor deinem Bruder blamiert habe. Ich wollte dich nicht in Schwierigkeiten bringen. Die große Party tut mir auch leid. Und der viele Alkohol. Dass ich dein Baked Atlantis nicht probieren konnte. Dass ich deine Shakespeare-Sonette geklaut habe. Und dass ich kein Mitbewohner bin, der wirklich zu dir passt.«

Die Entschuldigung ist ein wenig umfassender ausgefallen als geplant, und in Tyrens Augen blitzt ein Hauch Überraschung auf. Er wirkt nicht verärgert, allerdings lässt er sich Zeit mit seiner Antwort.

»Es wäre nett gewesen, vorher zu wissen, dass so viele Leute kommen, aber deine Lösung mit dem Dinner-Gewinn war elegant«, sagt er schließlich in versöhnlichem Tonfall. »Und was die Sonette angeht: Es stört mich nicht, dass du sie dir ausgeliehen hast. Dein Rap war ziemlich cool.« Er dreht sich um, als wäre ihm etwas eingefallen, und verlässt im nächsten Moment das Zimmer. Ich schaue ihm stirnrunzelnd hinterher. Ein spontaner Tyren Bradford bringt mich aus dem Konzept – auf eine ziemlich reizvolle Weise.

»Bin gleich wieder da«, ruft er mir vom Flur aus zu, und ich lehne mich mit einem leichten Lächeln zurück.

Wenige Minuten später kehrt er mit zwei Eisbechern und zwei großen Löffeln zurück und lässt sich neben mir auf die Couch fallen. In angemessenem Abstand – leider.

»Welches willst du?«

Er hält mir auffordernd das Eis hin, und ich betrachte abwägend die beiden Sorten.

»Haselnuss«, entscheide ich, woraufhin mir Tyren den entsprechenden Becher samt Löffel reicht. Eindeutig eine Geste der Versöhnung. Jemandem, den man vor die Tür setzen will, bietet man kein Eis an. Das hoffe ich zumindest.

»Um ehrlich zu sein, hat mein Bruder sich gestern wie ein Arschloch verhalten«, sagt Tyren unvermittelt, und ich halte erstaunt inne. »Ich bin nicht so blauäugig, dass mir das entgangen wäre.«

Da muss ich ihm recht geben. Statt mit uns zu feiern, hat er sich unmöglich aufgeführt, war besserwisserisch und überheblich. Armer Ty, sollte das typisch für seine Familie sein. Keine Ahnung, warum er sich nach dieser Szene noch das gemeinsame Abendessen angetan hat; ich an seiner Stelle hätte den ach so wichtigen Ärzten mitgeteilt, wo sie mich mal lecken können.

»Manchmal bin ich mir gar nicht mehr so sicher, wie viel in meinem Leben ich wegen meiner Familie tue und wie viel, weil ich es selbst so will«, fährt er fort. »Ziemlich blöd, oder?«

»Das ist überhaupt nicht blöd«, erwidere ich, während ich nachdenklich den Löffel zwischen den Fingern drehe. »Es ist verständlich, dass man sich zuerst mal nach dem richtet, was von einem erwartet wird. Das ist nichts Schlechtes, immerhin hat man so ein Ziel. Aber irgendwann muss man erkennen, was man will, und das ist dir gelungen. Du setzt deine Ziele jetzt selbst.«

Ich halte inne und streiche über Bills Köpfchen, während ich den Eisbecher auf meinem Oberschenkel balanciere. Von mir hat nie jemand etwas erwartet, und man sieht ja, wozu es geführt hat. Ein Job im Freizeitpark. Kaum Geld für die Miete. Verdammt, sogar der Einkauf für die Party hat ein derart riesiges Loch in meinen Geldbeutel gerissen, dass ich sogar auf die Pizza verzichtet habe. Tyrens Eltern sollten sich glücklich schätzen, einen erfolgreichen und zuverlässigen Sohn zu haben. Kein Wunder, dass sein Bruder etwas gegen mich hat … und der Rest der Familie vermutlich auch. Ich scheine ein Talent dafür zu haben, mich unbeliebt zu machen.

»Ich weiß nicht, ob das wirklich so ist.« Tyrens Stimme reißt mich aus den Gedanken. Er scheint in ebenso grüblerischer Stimmung zu sein wie ich. »Auch wenn ich das studiere, was ich will, denke ich immer noch ständig darüber nach, was meine Familie von mir möchte. Es ist, als müsste ich etwas wiedergutmachen, weil ich mich gegen ein Medizinstudium entschieden habe.«

»Du musst überhaupt nichts wiedergutmachen, Bookboy«, widerspreche ich entschieden. »Du bist genau so richtig, wie du bist, und deine Familie soll froh sein, dich zu haben.«

Meinen Worten folgt Schweigen, und ich werfe Ty einen vorsichtigen Seitenblick zu, um sicherzugehen, dass er mir meine rabiate Entgegnung nicht übel genommen hat.

Er nickt langsam, dann macht er sich daran, die Folie von seinem Eisbecher abzuziehen, den er seit geraumer Zeit ungeöffnet in der Hand hält – ebenso wie ich meinen. Ich tue es ihm gleich, wobei ich mir weiterhin größte Mühe gebe, Bill nicht zu stören, der sich auf meinem Schoß zusammengerollt hat.

»Wenn ich noch mal ehrlich bin«, fängt Ty an, nachdem er einige Löffel Eis gegessen hat, »dann muss ich auch zugeben, dass ich gerne noch weitergefeiert hätte. Ich hatte Spaß. Deine Freunde sind toll.« Er deutet ein Schulterzucken an. »Und du bist auch toll. Tut mir leid, was ich über die Party gesagt habe – und dass ich sie frühzeitig beendet habe.«

»Das war verständlich«, erwidere ich, während ich den Löffel ins Eis stecke. »Da kam ziemlich viel zusammen. Und mein Versuch, die Situation zu entschärfen, hat alles nur noch schlimmer gemacht.« Flyrbel und Cluxamin. Nicht gerade meine Sternstunde. »Aber genug davon. Reden wir lieber über die interessante Information, die du viel zu beiläufig fallen gelassen hast.« Ich versetze ihm einen sanften Stups mit dem Ellbogen. »Du findest mich toll.« Ich schenke ihm ein Grinsen, ohne mir die Mühe zu machen, meine Zufriedenheit zu verbergen. »Das ist gut, denn ich finde dich auch toll.«

Tyren umfasst seinen Löffel deutlich fester als zuvor und rammt ihn im Anschluss so bestimmt in seinen Eisbecher, als könnte er mich damit zum Schweigen bringen.

»Dann wäre das ja geklärt«, sagt er ein wenig steif, woraufhin mein Grinsen nur noch breiter wird. Seine Verlegenheit ist so verdammt süß.

»Aber was du vorhin gesagt hast, das stimmt nicht«, fährt er fort. »Dass du als Mitbewohner nicht zu mir passt, meine ich. Du hast dir Haselnuss ausgesucht, und ich wollte Vanille. Das ist ein Zeichen.«

Ich tauche den Löffel ins Eis und lecke ihn anschließend genießerisch ab. Mir gefällt die veränderte Stimmung zwischen uns. Generell hat sich der Tag verbessert, seit Ty nach Hause gekommen ist.

»Dafür, dass wir zueinander passen, hältst du ziemlich großen Abstand«, gehe ich auf seinen lockeren Tonfall ein. Ich will nicht mehr darüber nachdenken, in wie vielen Bereichen mein Leben nicht so läuft, wie ich es mir wünsche.

»Liegt das an Bill? Oder hast du die Sorge, dass du mir nicht widerstehen kannst, wenn du etwas näher rückst?«

Tyren leckt sich nervös über die Unterlippe. »Meerschweinchen übertragen Krankheiten. Das ist eine Tatsache und –«

»Stopp«, bremse ich ihn, während ich Bill beruhigend streichle und mich dann ein Stückchen zu ihm hinunterbeuge.

»Er meint das echt nicht so«, flüstere ich dem Meerschwein zu. »Keiner hat irgendwelche Zweifel an deiner Reinlichkeit, okay?«

Vorsichtig setze ich ihn auf den Boden, woraufhin er, ohne sich auch nur einmal zu uns umzudrehen, unter dem Couchtisch verschwindet. Toll. Der Buchhändler hat eindeutig seine Schweineehre verletzt.

»Ich glaube nicht, dass Bill irgendwelche Krankheiten überträgt«, sage ich anklagend zu Ty, während ich mich wieder zurücklehne und ihn dann finster von der Seite mustere.

»Und Kill auch nicht. Besonders nicht, wenn sie nur auf meinem Schoß sitzen. Ich habe ja weder verlangt, dass du mit ihnen kuschelst, noch dass du sie abknutschst.«

Mein Blick wird ein wenig schärfer.

»Oder hast du das vielleicht als Ausrede genommen?«

Er lacht und weicht meinem Blick aus. »Wie kommst du darauf, dass ich dir nicht widerstehen könnte? Weil ich gesagt habe, dass ich dich toll finde?« Mit einem abschätzigen Schnauben schüttelt er den Kopf. »Ich wollte damit nur andeuten, dass du kein schlechter Mensch bist.« Er schaut auf meine Hände. Dann auf meine Brust. Dann auf meinen Mund. Offensichtlich versucht er gerade, nicht nur mich zu überzeugen.

»Vielleicht wolltest du das«, erwidere ich betont lässig. »Vielleicht wolltest du aber auch ablenken, weil du seit meiner kleinen Flirteinlage gestern Abend nur noch daran denken kannst, wie es wäre, mich zu küssen?«

Tyren sitzt plötzlich steif wie ein Brett neben mir, deshalb lege ich kurzerhand meinen Arm auf seinen und streichle über sein Handgelenk.

»Und?«, erkundige ich mich interessiert. »Wie ist das? Lässt dich das kalt? Kann ich mal deinen Puls fühlen?«

»Du ... willst meinen Puls fühlen?«, wiederholt Ty und klingt dabei ein wenig beunruhigt. Geschieht ihm recht.

»Wo liegt dein Ruhepuls?«

Ich drehe mich zur Seite, schiebe Tyrens Hemdkragen aus dem Weg und lege zwei Finger an seinen Hals.

»Bei 71 Schlägen pro Minute in etwa«, erwidert er. Natürlich kennt er seinen Ruhepuls. Warum wundert mich das nicht?

»Jamain ...«, fängt er an, doch ich bringe ihn mit einem scharfen Zischen zum Schweigen. Ich schaue auf meine Armbanduhr, dann konzentriere ich mich ganz auf seinen Herzschlag, den ich unter meinen Fingerspitzen spüren kann. Und auf seine warme Haut. Und auf seinen Atem, der meine Wange streicht.

Fuck.

Verzählt.

Damit Tyren nichts bemerkt, behalte ich meine ernste Miene bei und ziehe erst ein wenig später die Hand zurück.

»92, Bookboy«, improvisiere ich. 92 ist realistisch. Oder? »Erklär mir das.«

Die Stille, die meiner Aufforderung folgt, nutze ich, um das Chaos in meinem Innern zumindest ein bisschen zu bändigen. Shit, ich habe gerade hundert Fantasien im Kopf. Tyren, den ich nach hinten auf die Couch drücke und auf dessen Schoß ich mich setze. Tyren, den ich küsse und der meinen Kuss erwidert.

Tyren, der neben mir im Bett liegt und mit dem ich mich die halbe Nacht lang unterhalte, weil er so spannend ist und weil mir der Klang seiner Stimme so gut gefällt. Tyren, der …

… sich etwas gerader hinsetzt und damit den Moment des Innehaltens beendet.

»Das kann ich dir nicht erklären«, sagt er. Seine Stimme klingt nicht so fest wie zuvor. »Ich habe nicht Medizin studiert, schon vergessen?«

Bevor ich etwas erwidern kann, drückt er den Deckel auf seinen Eisbecher und steht auf. »Ich bin froh, dass du mir das mit der Party nicht mehr übel nimmst.«

Er verlässt das Wohnzimmer, vermutlich um in der Küche den Eisbecher in den Gefrierschrank zu stellen und den Löffel in den Geschirrspüler zu räumen. Frustriert löffle ich weiter mein Eis, bis ich höre, wie er erneut das Wohnzimmer betritt.

»Ich werde noch ein wenig lesen und dann schlafen gehen. Gute Nacht.« Er hebt von der Tür aus die Hand zu einem angedeuteten Winken. Normalerweise würde er mich jetzt noch daran erinnern, nachher überall das Licht auszumachen oder die Spülmaschine einzuschalten oder nachzusehen, ob irgendwo Meerschweinchenhinterlassenschaften liegen, aber heute fügt er dem Gutenachtgruß nichts Weiteres hinzu. Stattdessen verschwindet er in sein Zimmer, ohne auf eine Antwort zu warten. Fuck.

Ich schalte den Fernseher aus und sehe mich im Anschluss nach Bill um, der noch immer unter dem Couchtisch sitzt.

»Das lief eher suboptimal«, sage ich zu ihm, während ich ihn hochhebe und mich im Anschluss vergewissere, dass er nichts zurückgelassen hat. »Nicht sonderlich sensibel von mir, ihn so in die Enge zu treiben. Beim nächsten Mal gehe ich das langsamer an.«

Nachdem ich das Licht ausgeschaltet habe, bringe ich das

Meerschweinchen zurück in mein Zimmer, wo Kill bereits zu warten scheint, dann mache ich einen Abstecher ins Bad. Während ich meine Zähne putze, kreisen meine Gedanken erneut um Bookboy und seinen angeblich beschleunigten Puls. Ich bin ein Trottel, dass ich nicht besser mitgezählt habe. Seine Reaktion allerdings war interessant – er hat weder behauptet, ich hätte ihn unbeeindruckt gelassen, noch irgendeine Begründung gefunden. Vielleicht hat er wirklich etwas für mich übrig. Das würde mir gefallen, auch wenn ich es für ziemlich unwahrscheinlich halte. Was will ein kluger und belesener Buchhändler mit einem Kerl wie mir? Nachdenklich stelle ich die Zahnbürste zurück in den Schrank, stelle sicher, dass sich keine Zahnpastareste im Waschbecken befinden, und trete dann den Rückweg in mein Zimmer an. Dabei nehme ich den Badschlüssel mit. Vielleicht fragt er mich morgen danach, und wir kommen dadurch leichter ins Gespräch.

Zurück in meinem Zimmer stelle ich sicher, dass die Meerschweinchen ausreichend Wasser haben, dann lege ich mich ins Bett, schalte die Nachttischlampe ein und ziehe Shakespeares Sonette unter meinem Kopfkissen hervor, in die ich mich umgehend vertiefe. Zwar gibt es keine zusammenhängende Handlung, aber der fließende Rhythmus und die mal mehr, mal weniger versteckten Botschaften gefallen mir. Letztendlich lese ich zum ersten Mal in meinem Leben, bis mir die Augen zufallen und ich es gerade noch so schaffe, das Licht auszuschalten. Shakespeare darf heute neben mir auf dem Kopfkissen schlafen.

13 | Tyren | Risikofreudig

Im Verlauf der nächsten Tage sehen wir kaum etwas voneinander. Ich weiß nicht, wie ich Jamain nach der Sache mit dem hohen Puls gegenübertreten soll, deshalb gehe ich ihm so gut wie möglich aus dem Weg, auch wenn das von Tag zu Tag schwieriger wird. Als ich am Dienstagabend die Wohnung betrete und in die Küche gehe, taucht Jamain auf und lehnt sich gegen den Türrahmen. Es wirkt fast so, als wollte er mir auf diese Weise den Fluchtweg versperren.

»Hey, Ty.«

Langsam drehe ich mich zu ihm um. Er ist mein Mitbewohner, und ich kann mich nicht ewig vor ihm verstecken. Nein, ich *will* mich gar nicht ewig vor ihm verstecken. Die vergangenen Tage waren okay, aber etwas hat mir gefehlt. Das wird mir nun umso klarer, als ich in Jamains Augen blicke. Ich bin vor dem Chaos weggelaufen, das seine Annäherungen in mir anrichten, aber gleichzeitig scheint sich ein Teil von mir nach genau diesem Chaos und nach genau diesen Annäherungen zu sehnen.

»Hallo, Jamain.«

»Hast du irgendwo den Badschlüssel gesehen?«, erkundigt er sich in neutralem Ton. »Kann es sein, dass er seit der Party verschwunden ist? Vielleicht hat sich irgendwer von meinen Leuten einen Spaß erlaubt. Ersatz gibt's nicht, oder?«

Ich schüttle den Kopf. »Ist mir auch schon aufgefallen, aber ich hatte noch nicht die Gelegenheit, dich danach zu fragen. Es war stressig die letzten Tage.« Was für eine schwache Ausrede. Ich schaffe es nicht einmal, zuzugeben, dass ich jegliche Interaktion mit ihm absichtlich vermieden habe.

Jamain scheint mich zu durchschauen, denn er legt nachdenklich den Kopf schief und schweigt für einen Moment. Meine erste Vermutung war, dass er etwas mit dem verschwundenen Schlüssel zu tun hat, aber offenbar ist das nicht der Fall, und das ist nicht gut. Wenn er den Schlüssel nicht verlegt oder entwendet hat, muss es wirklich einer seiner Freunde gewesen sein, der uns einen Streich spielen wollte. Was wahrscheinlich auch bedeutet, dass wir den Schlüssel nicht allzu schnell wiedersehen werden.

»Nein«, füge ich schließlich seufzend hinzu. »Es gibt keinen Ersatzschlüssel. Das Gebäude hier ist schon etwas älter, und es gab bei meinem Einzug nur einen Schlüssel fürs Bad. Wäre gut, wenn du mal bei deinen Freunden nachfragen könntest.«

Jamain nickt. »Klar, mach ich.«

Super. Es sind ja nur an die zwanzig Leute, die gerade im Besitz unseres Schlüssels sein könnten. Hoffentlich wird das keine Art Erpressung. *Ihr bekommt den Schlüssel erst wieder, wenn ihr euch küsst.* Shit. Als ob Jamains Freunde auf so einen Blödsinn kommen würden – das schafft nur mein müdes Gehirn nach einem langen Tag im Subtext. Verdammt, ich will ihn doch überhaupt nicht küssen. Oder doch?

»Was ist mit diesem Ethan?«, frage ich spontan, um mich abzulenken, woraufhin Jamain mich irritiert mustert.

»Was soll mit ihm sein?«

Okay, das war wirklich kein sonderlich gutes Thema. Ich reibe mir über den Nacken.

»Du hast seine Meerschweinchen geklaut oder gerettet oder wie auch immer du es nennen willst – ich habe mich gefragt, ob du seitdem etwas von ihm gehört hast? Er hat immerhin ziemlich wütend gewirkt. Was ist, wenn er irgendwann hier auftaucht und versucht, sie sich zurückzuholen? Er hat nicht wie jemand ausgesehen, der sein Temperament besonders gut unter Kontrolle hat.«

Ich öffne den Kühlschrank und nehme Salat, Paprika, Frischkäse und Putenaufschnitt heraus. Dabei entgeht mir nicht, dass auf Jamains Seite des Kühlschranks mit Ausnahme einer Gurke und einiger abgepackter Käsescheiben im Moment gähnende Leere herrscht.

»Ich glaube nicht, dass Ethan Nummer eins und Nummer zwei wirklich vermisst oder zurückhaben will«, sagt Jamain. »Besonders gut kenne ich ihn nicht. Er ist ein Kollege von Arlo, und ich war vor ein paar Wochen auf einer seiner krassen Partys.«

»Hast du schon gegessen?«, werfe ich ein, als ich mein Brot aufschneide.

»Auf der Arbeit«, antwortet Jamain, und es klingt so ausweichend, dass ich sofort Bescheid weiß. Ich nicke langsam und schneide zwei weitere Scheiben Vollkornbrot ab. Nachdem ich zwei Sandwiches gemacht habe, platziere ich sie auf Tellern und reiche ihm eins davon. Jamain zögert kurz, bevor er es entgegennimmt.

»Die Party war weniger krass als die Art, wie er die Schweinchen gehalten hat. Am liebsten hätte ich sie sofort mitgenommen.« Er beißt von seinem Sandwich ab, hält kurz inne und beißt dann erneut ab. Es scheint ihm zu schmecken.

»Es war vermutlich nicht die klügste Idee, Arlo einzuladen«, räumt er nach einer kurzen Pause ein. »Eine Art Racheaktion von Ethan ist nicht ausgeschlossen. Kann aber auch sein, dass Arlo dichthält und niemand erfährt, wo ich mit Kill und Bill untergetaucht bin.«

»Untergetaucht«, erwidere ich kopfschüttelnd und hole Orangensaft aus dem Kühlschrank, den ich in zwei Gläser gieße. Jamain nimmt seines mit einem dankbaren Nicken entgegen.

»Du weißt, dass das mit dem Diebstahl eine blöde Idee war«, fange ich an und lehne mich gegen die Arbeitsfläche. »Und ich würde mich besser fühlen, wenn ich nicht mit einer Racheaktion rechnen müsste und du die Tiere mit Ethans Segen etwas offizieller adoptieren könntest, aber …«

Ich schaue von meinem Sandwich, das noch unberührt neben mir steht, zu Jamain. »Es spricht für dich, dass dir aufgefallen ist, wie schlecht sie es dort hatten, und dass dir das nicht egal war. Du gehst wirklich liebevoll mit ihnen um.« Nachdem ich das zugegeben habe, zucke ich mit den Schultern. Es ist mir peinlich, das ausgesprochen zu haben, auch wenn es keine große Sache ist. Ich habe ihm nur gesagt, dass er sich liebevoll um sie kümmert, und das stimmt schließlich. Mit einiger Verspätung beiße ich von meinem Sandwich ab. Jamain mustert mich eine Spur zu interessiert, vielleicht bilde ich mir das aber auch nur ein. Hoffentlich kommt er nicht wieder auf die Idee, meinen Puls zu messen.

»Hat doch was, so ein wenig drohende Gefahr im Leben, oder nicht? Vielleicht lauert er dir im Subtext auf, um dich als Geisel zu nehmen? Für dich würde ich, ohne zu zögern, Lösegeld bezahlen. Wenn ich welches hätte.« Jamain stupst mich leicht mit dem Ellbogen an.

»Du hast wirklich eine blühende Fantasie«, sage ich und widerstehe dem Impuls, zurückzustupsen. Ich mag es, wenn er das macht. »Ich weiß nicht, was du an drohender Gefahr findest. Der Typ könnte hier einbrechen oder etwas mit meinem Toyota anstellen.«

Oder mich anscheinend als Geisel nehmen. Ich muss grinsen und frage mich kurz, wer hier zu viele Bücher gelesen hat – er oder ich.

»Wenn ich also von diesem Meerschweinchenkerl entführt werden würde, wäre ich verloren, weil du dir kein Lösegeld leisten könntest«, fasse ich noch mal zusammen und schüttle belustigt den Kopf. »Das ist nicht gut genug. Dann musst du auf mich aufpassen, damit ich gar nicht erst entführt werde. Du könntest meinen Bodyguard spielen und jeden Tag mit mir zum Subtext fahren.«

Flirte ich etwa? Einen Moment lang bin ich verunsichert, dann beschließe ich, dass das kein Flirten ist. Wir scherzen nur herum, wie Mitbewohner es nun mal tun.

Jamain schnaubt. »Vielleicht wäre es wirklich sicherer, wenn ich dir als Bodyguard zur Seite stünde«, stimmt er zu, während er seinen Teller neben meinen auf die Arbeitsplatte stellt. »Da gibt es nur ein Problem.«

»Und das wäre?«

Er wirft mir einen forschenden Blick zu, der mich unwillkürlich zum Schmunzeln bringt.

»Na?«, frage ich herausfordernd, woraufhin Jamain einen Schritt auf mich zu macht.

»Ich kann dich ja schlecht vor mir selbst schützen«, sagt er mit dunkler Stimme. Er klemmt mich zwischen seinem Körper und der Arbeitsplatte ein. Der frische Duft seines Apfelshampoos umgibt mich. Deshalb hat er also nach dem Badschlüssel gefragt.

»Du weiß noch nicht alles über mich«, flüstert er mir warnend zu, während er die Arme rechts und links von mir abstützt. Ich halte den Atem an. Seine leicht raue Stimme löst irgendetwas in mir aus, sein Atem streift über meine Haut, und ich spüre die Wärme seines Körpers. Gott, er will mich doch nur provozieren. Warum reagiere ich so heftig darauf?

Jamain hebt den Arm, und im nächsten Moment schließen sich seine Finger um meine Kehle – nicht fest, aber merklich. Mein Puls ist längst über die 92 hinaus, und ich frage mich, ob ihm das auffällt. An seinem Blick kann ich nicht ablesen, was er vorhat, und das macht mich noch nervöser. Er wird mir nicht wehtun, das weiß ich. Aber vielleicht … vielleicht wird er mich küssen. Und vielleicht hätte ich nichts dagegen.

»Ich schätze, du brauchst wirklich einen Bodyguard.« Jamain gibt mich frei und weicht zurück. »Du lässt einen Angreifer ja direkt an deine Kehle. Ohne Gegenwehr! Oder konntest du etwa der drohenden Gefahr etwas abgewinnen?«

Ich atme langsam ein. »Ich bin mir nicht sicher«, sage ich, wobei ich meine Position um keinen Zentimeter verändere. Ich stehe da, als würde er mich weiterhin gegen die Arbeitsfläche pressen. Möglicherweise bin ich tatsächlich zur Statue geworden. Zu einer Statue mit verdammt hohem Puls. »Wenn du eine konkrete Antwort willst, solltest du mir vielleicht noch gefährlicher werden?«

Er mustert mich mit einem Ausdruck, den ich nicht ganz zuordnen kann. Ich glaube nicht, dass er mit dieser Antwort gerechnet hat. Ich weiß, dass ich nicht mit dieser Antwort gerechnet habe. Ich weiß ja nicht mal, was gerade zwischen uns passiert ist. Alles, was ich weiß, ist, dass ich etwas fühle – etwas, das bestimmt keine Angst ist.

»Erzähl es mir.« Ich will mehr von diesem Gefühl. Ich will mehr von ihm – auch wenn ich das nicht wollen sollte, weil er mein Mitbewohner ist. »Erzähl mir, was ich noch nicht über dich weiß. Es interessiert mich.«

»Du forderst mich heraus?«, neckt er mich, und ich kann ihm ansehen, dass er sich um eine strenge Miene bemüht. Er nähert sich mir zum zweiten Mal. »Gerade interessiert es mich eher, was ich über dich noch nicht weiß, Bookboy«, raunt er mir zu, während er meine Hüften packt und mich umdreht, sodass nun er es ist, der die Arbeitsplatte im Rücken hat. Er setzt sich auf die Arbeitsfläche und hakt die Finger in die Gürtelschlaufen meiner Jeans, vermutlich damit ich nicht auf die Idee komme, zurückzuweichen. Seine Berührung fühlt sich gut an.

»Über mich gibt es nicht viel zu wissen.« Die nächsten Sekunden lang denke ich fieberhaft darüber nach, was ich mit meinen Händen anstellen soll. Herunterhängen lassen würde unnatürlich und verkrampft aussehen, aber sie auf Jamains Oberschenkel zu platzieren, wäre zu viel. Mein Herz hämmert. Mir bleibt nichts anderes übrig, als sie neben ihm auf der Arbeitsfläche abzulegen. Verdammt, ich denke zu viel darüber nach. Ich denke ganz eindeutig zu viel darüber nach. Und außerdem rast mein Puls.

»Ich wusste zum Beispiel nicht, dass du so spontan sein kannst«, sagt er, während er sich etwas breitbeiniger hinsetzt, sodass er mich zwischen seine Schenkel ziehen kann. Jetzt liegen seine Hände an meiner Taille. »Und so risikofreudig.«

Risikofreudig ist kein Wort, mit dem ich mich beschreiben würde, aber ich bin zu überfordert von seiner Nähe, um etwas zu erwidern.

»Wie sieht es jetzt aus mit der drohenden Gefahr? Soll ich sie etwas näher erläutern?«, fragt er.

»Ja«, sage ich betont gelassen, doch der raue Unterton in meiner Stimme verrät mich.

»Ich könnte eine Hand von deiner Hüfte lösen«, beginnt er, ohne auch nur eine Sekunde den Blick von mir abzuwenden, »und sie stattdessen in deinem Haar vergraben. Ich könnte deine Schockstarre nutzen, um mir zu nehmen, was ich will. Vielleicht einen Kuss.«

Ich schlucke. Was würde es bedeuten, wenn er mich küssen würde? Würde es überhaupt etwas bedeuten? Und wie lange würde er mich küssen? Wie intensiv? Wie würde es sich anfühlen, von ihm geküsst zu werden? Und wäre es ein Fehler? Gott, mittlerweile ist mir ziemlich warm.

»Zwei Lügen und eine Wahrheit, Buchhändler.« Jamain reißt

mich aus meinen Gedanken. »Wenn du richtig rätst, bist du der Gefahr entronnen. Wenn nicht, trägst du die Konsequenzen. Das dürfte deinem Wunsch nach Gefahr entgegenkommen.«

»Beim letzten Mal waren es zwei Wahrheiten und eine Lüge«, wende ich ein, woraufhin er halb amüsiert, halb gereizt die Luft durch die Nase ausstößt.

»Ich bin die drohende Gefahr, deshalb mache ich hier die Regeln«, erinnert er mich. Ich frage mich, ob er auch wieder schummeln wird.

»Ich habe ein Piercing im rechten Nippel«, sagt er nach kurzem Nachdenken. »Ich habe mit vierzehn meine Jungfräulichkeit verloren. Ich habe keinen Führerschein.«

Gerade fällt es mir ziemlich schwer, mich zu konzentrieren, obwohl ich äußerst selten ein Problem mit meiner Konzentration habe. Eigentlich ist das, was wir tun, wirklich harmlos. Ich stehe zwar zwischen seinen gespreizten Beinen, aber das ist alles. Okay, Jamain sieht dabei verdammt heiß aus, und wir sind uns näher als sonst. Aber abgesehen davon unterhalten wir uns nur. Gott, und er hat ein Spiel daraus gemacht, von dem ich keine Ahnung habe, was die Konsequenzen sein werden.

»Das klingt alles nach dir«, erwidere ich, als ich meine Gedanken ein wenig gesammelt habe. »Gibt es einen Joker, den ich benutzen kann?«

»Du stehst direkt vor mir, und ich halte dich nicht auf«, sagt Jamain mit unergründlicher Miene. Ich runzle die Stirn. Was soll das denn jetzt heißen?

Irritiert schüttle ich den Kopf. »Ich habe dich nach einem Tipp gefragt …« Und plötzlich weiß ich, was er meint. Er redet von dem Nippelpiercing.

Langsam strecke ich die Hand nach ihm aus. Es ist in Ordnung, weil es nur ein Spiel ist. Wir machen Blödsinn. Jamain fordert mich heraus, weil er denkt, dass ich es sowieso nicht tun werde, und ich tue es trotzdem, weil ich nicht so vorhersehbar sein will. Das ist alles. Es geht darum, zu gewinnen. Es ist nur ein Joker in einem Spiel.

Ich spüre, wie Jamain einatmet, als ich die Hand unter den Saum seines Shirts schiebe und auf seine Brust lege. Seine Haut fühlt sich heiß an. Ich weiß, dass ich zu weit gehe. Man kann auch nach einem Piercing tasten, ohne die Hand unter das Shirt zu schieben, aber ich schaffe es nicht, mich zu stoppen, und er hält mich nicht auf. Es kommt mir sogar vor, als würde er sich etwas näher zu mir beugen. Gott, seine hellblauen Augen sind so schön, und die Art, wie er mich ansieht, als ich sanft über seinen Nippel streiche …

Ich atme leise aus. Kein Piercing. Nur darum ging es. Trotzdem lasse ich meine Finger noch ein paar Sekunden nach dieser Erkenntnis über seinen Nippel gleiten, bevor ich die Hand schließlich zurückziehe.

»Jedes Mal, wenn du irgendwohin wolltest, hast du mich gefragt, ob ich dich fahre«, fange ich heiser an. »Es ging dir nicht um meine Gesellschaft, oder?« Keine Antwort. Nicht einmal irgendeine Reaktion. Jamain ist überraschend still geworden. »Außerdem hättest du meinen Autoschlüssel entwenden können, wenn du selbst fahren kannst … nicht, dass ich das gutgeheißen hätte. Du hast keinen Führerschein. Das ist die Wahrheit.«

Jamain leckt sich über die Unterlippe. Obwohl er mich weiterhin ansieht, bin ich mir nicht sicher, ob er mir gerade zugehört hat. Habe ich ihn abgelenkt? Hat er … hat ihm das eben auch gefallen?

»Ich …«, beginnt er und befeuchtet angespannt seine Unterlippe. »Was hast du gerade gesagt?«

Gott, was machen wir hier eigentlich? »Du hast keinen Führerschein«, wiederhole ich meine Worte.

»Das ist richtig.« Er zieht seine Hände zurück und legt sie

auf den Oberschenkeln ab. »Aber das heißt nicht, dass ich dich nur deshalb gefragt habe. Ich habe dich gefragt, weil ich dich gerne dabeihabe.«

Stimmt das wirklich?

Jamain legt mir eine Hand auf die Brust und schiebt mich sanft weg. Ich stecke die Hände in die Hosentaschen und presse die Lippen aufeinander. Das ist dann wohl die Antwort auf die unausgesprochene Frage, ob es eine blöde Idee war, ihm tatsächlich unters Shirt zu greifen.

»Und ich war siebzehn, als ich zum ersten Mal gevögelt habe«, fügt er hinzu. »Man kann auch ein unwiderstehlicher Typ sein, wenn man nicht superfrüh angefangen hat, Erfahrungen zu sammeln. Ich finde es dämlich, dass es offensichtlich cool ist, möglichst früh seine Jungfräulichkeit zu verlieren. Wie alt warst du, Buchhändler?«

»Achtzehn«, murmle ich, die Hände immer noch in den Hosentaschen und mein Sandwich einsam und verloren auf der Arbeitsfläche. »Es war mit meiner ersten Freundin aus der Highschool.« Keine Ahnung, ob er sich daran erinnert, dass ich sie schon mal erwähnt habe, aber es ist eine Unterhaltung, die mir klar im Kopf geblieben ist. Weniger wegen meiner verflossenen Beziehungen, sondern wegen dem, was Jamain gesagt hat. Über brennende Liebe und übers Verlassenwerden, weil seine Mutter immer von den Männern enttäuscht worden ist. Es ist nicht das erste Mal, dass ich wieder an dieses Gespräch zurückdenke.

»Es war ein sehr … typisches erstes Mal. Wir waren alleine im Haus meiner Eltern. Ich habe uns ein heißes Bad eingelassen und Kerzen angezündet. Dann sind wir mit Handtüchern umwickelt hoch in mein Zimmer gelaufen und auf dem Bett gestrandet.« Ich weiß nicht, warum ich weiterrede. Das einzig Richtige wäre, mein Sandwich zu nehmen und so schnell wie möglich in mein Zimmer zu verschwinden.

Um Jamains Mundwinkel zuckt ein Lächeln. Wahrscheinlich findet er die Sache mit dem Bad und den Kerzen bescheuert.

»Das klingt … romantisch.« Er lässt sich von der Arbeitsplatte rutschen, greift nach seinem Sandwichteller und dem Glas und setzt sich damit an den Küchentisch. Mehr Abstand. Habe ich vorhin wirklich so viele Signale falsch interpretiert?

»Ja.«

»Und geplant«, fährt er unvermittelt fort, während ich ebenfalls zum Tisch hinübergehe, meinen Teller abstelle und unschlüssig daneben stehen bleibe. »Vermutlich hast du einen Sexratgeber nach dem anderen gewälzt, nur um dann mit knallroten Wangen Kondome einkaufen zu gehen.« Er grinst sein verdammtes charmantes Grinsen. Frech. Leider liegt er nicht vollkommen falsch. Ich habe ein paar Sextipps gelesen, mich informiert, den gesamten Abend geplant, und es war mir auch etwas unangenehm, Kondome zu kaufen.

»So ähnlich.« Ich knurre die Worte fast, woraufhin Jamains Grinsen eine Spur weicher wird.

»Es klingt außerdem ziemlich süß. Ich bin mir sicher, dass du deiner damaligen Freundin damit ein perfektes erstes Mal geschenkt hast«, sagt er, und ich finde keine Anzeichen von Sarkasmus in seiner Stimme. Okay. Es war nett von ihm, das zu sagen, aber jetzt bin ich neugierig, wie es bei ihm war.

»Eine Antwort für eine Antwort.« Ich stehe immer noch neben dem Tisch. »Wie ist es bei dir gewesen?«

Jamain nimmt einen Schluck Saft und scheint nachzudenken. Vielleicht überlegt er, ob er es mir wirklich erzählen oder etwas erfinden soll.

»Es war weniger romantisch«, sagt er schließlich, »und auch weniger geplant. Wir waren zelten mit der Clique, und der große Bruder einer meiner Freundinnen hat uns gefahren. Irgendwie sind wir ins Gespräch gekommen und … Ty, ich schwör's dir. Die Luft hat gebrannt. Ein Blick hat gereicht, um zu wissen, dass es in der Nacht passieren würde. Statt mit seinen Leuten auf irgendeine Party zu gehen, saß er neben mir am Feuer, und jedes Mal, wenn sich unsere Knie oder Ellbogen zufällig berührten, hat mich ein Stromstoß durchzuckt. Wir sind dann gemeinsam in mein Zelt und …« Er hält inne und schenkt mir ein Grinsen. »Jedenfalls war's alles andere als leise, und ich hatte im Anschluss eine Freundin weniger. Die stand nämlich auf mich, was ich wiederum nicht wusste. Damals hatte ich noch keine so guten Antennen.« Er blinzelt mir verschmitzt zu. »Das ist heute zum Glück anders. Dein Puls. 92. Mehr muss ich dazu wohl nicht sagen.«

Ich stütze mich an einem der Stühle ab und sehe ihn prüfend an. »Hast du das gerade alles erfunden?« Es klingt nach einer ziemlich wilden Geschichte.

Jamain runzelt die Stirn. »Nein.«

»Die Luft hat also gebrannt«, wiederhole ich. Natürlich. Bei ihm war es spontan und knisternd, während es bei mir genau nach Plan abgelaufen ist. Die Stimmung war wundervoll, aber gebrannt hat sie trotz der Kerzen nicht. Ich umfasse das Holz des Stuhls etwas fester. Alles, was mit mir zu tun hat, ist bestenfalls mittelmäßig spannend und schlimmstenfalls langweilig und vorhersehbar. Gott, ich habe keine Ahnung, warum er jemanden wie mich überhaupt mit dieser Puls-Sache aufzieht. Er hat genug Freunde, die ihm ein ganzes Stück ähnlicher sind als ich.

»Ist das mit dem Puls deine Version von einem Lügendetektortest?« Leugnen, dass ich ihn attraktiv finde, kann ich jetzt wohl kaum noch. Nicht, nachdem ich aus freiem Willen und komplett unnötigerweise seinen Nippel unter dem Shirt berührt habe. Es ist schließlich weder so, als wäre ich dabei lässig gewesen, noch als hätte ich ein besonders gutes Pokerface zur Schau gestellt. Verdammt, warum konnte ich mich nicht einfach zusammenreißen?

»Kein Lügendetektortest«, erwidert er nach einer kurzen Pause und legt den Rest seines Sandwichs weg. »Es war überhaupt kein Test. Ich wollte dich nur ein wenig necken. Um ehrlich zu sein, habe ich mich sowieso verzählt. 92 war eine optimistische Schätzung.«

»Okay.« Ich weiß nicht, was genau er mit optimistischer Schätzung meint, aber ich beschließe, nicht mehr darüber nachzudenken.

»Hätte es einen Unterschied gemacht, wenn du damals gewusst hättest, dass sie auf dich steht?«, frage ich nach einem kurzen Schweigen. »Hättest du dann nicht mit ihm geschlafen?«

»Ich weiß es nicht«, antwortet er, während er nachdenklich über den Rand seines Glases streicht. »Um ehrlich zu sein, hatte ich in diesem Moment wenig Hirnkapazität. Wenn ich es rechtzeitig geahnt hätte ...« Er zuckt mit den Schultern. »Keine Ahnung. Ich würde gerne sagen, dass ich es aus Rücksichtnahme nicht getan hätte, aber das wäre gelogen. Schätze, ich bin kein sonderlich netter Typ, was das angeht.«

Ich verspüre den Drang, zu protestieren, tue es aber nicht.

»Im besten Fall hätte ich widerstanden«, fährt er fort, »oder mich zumindest bemüht, nicht so laut zu sein. Ich schätze, es hat sie auch so hart getroffen, weil die drohende Gefahr aus einer Richtung kam, mit der sie nicht gerechnet hat. Ich übrigens auch nicht. Davor hatte ich nur Mädels gedatet, aber der Typ ...« Er dreht die Handflächen nach oben. »... der hatte es mir einfach angetan. Manchmal sieht man jemanden und kann nur noch daran denken, wie es wäre, ihn zu küssen.«

»Ja«, sage ich nachdenklich. »Manchmal ist das so.« Ganz nachvollziehen kann ich es allerdings nicht. Ich habe noch nie jemanden gesehen, den ich auf den ersten Blick küssen wollte – aber in der letzten halben Stunde habe ich unzählige Male darüber nachgedacht, wie es wäre, Jamain zu küssen. Man könnte fast behaupten, dass meine Gedanken dabei förmlich gebrannt haben.

»Ich weiß auch seit der Highschool, dass ich mich zu beiden Geschlechtern hingezogen fühle«, sage ich. »Meine Eltern halten es vermutlich immer noch für eine Phase. Das Mädchen, das ich gedatet habe, war ihnen nie gut genug, aber als ich ihnen dann ein paar Jahre später einen Kerl vorgestellt habe, haben sie sich wieder nach ihr gesehnt – auch wenn sie das nie so direkt ausgesprochen haben.« Ich schüttle den Kopf. »Sie halten sich für offen und tolerant, was das angeht, aber ich glaube, das fällt ihnen bei fremden Leuten leichter.«

Jamain hört mir aufmerksam zu, und ich streiche mir verlegen über den Nacken. »Ich bin etwas abgeschweift. War nicht meine Absicht, mich über meine Eltern zu beschweren. Es ist nur …«

Unsere Blicke kreuzen sich, und ich verstumme. Leicht. Es ist so leicht, sich mit ihm zu unterhalten, ihm alles zu erzählen, weil ich weiß, dass er nicht wertet. In seiner Nähe muss ich mich stoppen, um nicht alles abzuladen, was mich seit Jahren ärgert. »Nicht so wichtig.«

»Du hast dich nicht beschwert«, erwidert er ernsthaft. »Du hast mir lediglich etwas erzählt. Keine Sorge, ich urteile nicht darüber.« Er blinzelt mir verschwörerisch zu. »Aber wenn du doch mal jemanden zum Lästern brauchst, bin ich dein Mann.«

Ich nicke zögerlich. Von meinem Sandwich fehlt erst ein Bissen, obwohl ich großen Hunger habe, und das zeigt ziemlich deutlich, wie sehr ich mich von Jamain ablenken lasse. Vielleicht zu sehr.

Entschlossen greife ich nach dem Teller und gehe zur Tür. »Schlaf gut – wann immer du schlafen gehst.«

Er erwidert ein leises »Gute Nacht« über seine Schulter, und ich ziehe mich zurück in mein Zimmer.

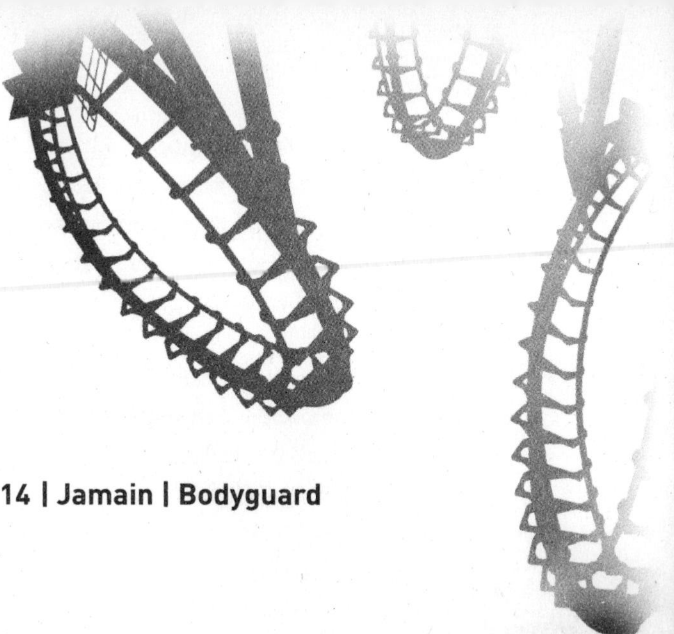

14 | Jamain | Bodyguard

Am kommenden Morgen stelle ich meinen Wecker, obwohl ich meinen freien Tag habe. Tyren kann sich glücklich schätzen, denn ich habe beschlossen, meine Eignung als Bodyguard unter Beweis zu stellen. Schließlich war er derjenige, der vorgeschlagen hat, ich könne ihn täglich zum Subtext begleiten, um ihn vor einer drohenden Entführung zu bewahren. Zwar ist mir klar, dass er nur einen Scherz gemacht hat, aber ich kann nicht widerstehen. Die Aussicht auf einen Vormittag in seiner Gesellschaft ist verlockend, und außerdem hat mich Steve beauftragt, unauffällig den Besuch im Funpark anzusprechen – etwas, das bei Lizzie sicher besser funktioniert als bei Ty.

Nach einem kurzen Abstecher ins Bad inspiziere ich meinen Kleiderkistenschrank – der Bodyguardjob verlangt nach einem entsprechenden Outfit. Nach kurzer Suche befördere ich ein schwarzes Hemd und meine einzige schwarze Anzughose an die Oberfläche und entdecke sogar meine schicken schwarzen Schuhe unter einem Berg Shorts. Sie sind zwar nicht so bequem wie meine Sneaker, aber ich werde es überstehen.

Nachdem ich mein Erscheinungsbild mit einer verspiegelten

Sonnenbrille abgerundet habe, füttere ich Kill und Bill, dann mache ich mich auf den Weg in die Küche.

»Mr Bradford«, sage ich, nachdem ich mit dramatischer Geste die Tür aufgerissen habe, und fixiere durch die Sonnenbrille den irritiert wirkenden Tyren, der gerade neben der Kaffeemaschine steht.

»Sie hatten nach einem Bodyguard verlangt, und ich bin der Richtige für diesen Job.« Ich gehe durch die Küche und lehne mich mit verschränkten Armen gegen die Arbeitsplatte. »Irre explodieren nicht, wenn das Sonnenlicht sie trifft, ganz egal, wie irre sie sind.«

Ty zieht fragend eine Augenbraue hoch, woraufhin ich einen resignierten Seufzer ausstoße.

»Seth Gecko.«

Nichts an ihm lässt auf eine Erkenntnis schließen. Das gibt's doch nicht.

»*From Dusk Till Dawn*? Grandioser Film *mit* Tarantino, aber nicht *von* Tarantino?«

Er schüttelt den Kopf.

»Fuck, Bookboy. Diese Bildungslücke müssen wir unbedingt schließen.«

»Und … inwiefern hängen Explosionen und Sonnenlicht zusammen mit dieser … Bodyguard-Sache?«, fragt er schließlich.

»Gar nicht«, erwidere ich schulterzuckend. »Ich fand nur das Zitat cool.«

Tyren mustert mich nachdenklich, dann atmet er hörbar aus, schaltet die Kaffeemaschine ab und stellt die unbenutzten Tassen zurück in den Schrank. Diese Abweichung von der morgendlichen Routine ist ungewöhnlich, und ich lege fragend den Kopf schief.

Statt mir zu verraten, was in ihm vorgeht, runzelt er leicht die Stirn.

»Du trägst doch keine Waffe, oder?«

»Nein.« Ich setze ein lässiges Grinsen auf. »Aber taste mich gerne ab, wenn du sichergehen willst.«

Ich breite die Arme aus, bereit, mich einer Ganzkörperkontrolle zu unterziehen. Ein wenig Hoffnung darf man sich ja gönnen.

Tyren starrt mich an, sein Blick wandert von meinem Kragen über meinen Oberkörper bis zum Hosenbund, in den ich das Hemd fein säuberlich gesteckt habe. Interessant. Ich wüsste zu gerne, worüber er gerade nachdenkt.

Es dauert mehrere Sekunden, bis er blinzelt und im Anschluss betont unbeeindruckt seine Armbanduhr prüft.

»Ich muss um neun im Subtext sein«, sagt er, als müsste er sich selbst zur Vernunft mahnen. »Können wir los?«

Ich tippe meine Sonnenbrille an. »Jawohl, Sir. Ich bin bereit, Sie unter Einsatz meines Lebens zu schützen, Mr Bradford.«

»Das ist schlimmer als *Bookboy.*« Ty seufzt so theatralisch, als würde es ihm insgeheim doch gefallen.

Ich erwidere nichts, stattdessen folge ich ihm in den Flur und kurz darauf aus der Wohnung. Die Rolle des Bodyguards trifft meinen Geschmack. Nicht nur, weil mir die Sonnenbrille ausgesprochen gut steht, sondern auch, weil ich mich mit bestem Gewissen in direkter Nähe von Mr Bradford aufhalten darf.

Nachdem ich meinem Klienten die Fahrertür geöffnet und mich vergewissert habe, dass er sich ordentlich angeschnallt hat, nehme ich auf dem Beifahrersitz Platz. Noch immer habe ich keine Ahnung, was er plant. Dass er etwas plant, steht außer Frage, ansonsten hätte er nicht derart demonstrativ die Kaffeemaschine ausgeschaltet.

»Wirkt fast so, als wäre ich jetzt das Opfer einer Entführung«, lasse ich ihn wissen, als mir klar wird, dass wir uns nicht auf dem Weg zum Subtext befinden. »Gefällt mir.«

Er wirft mir einen undurchdringlichen Blick zu, dann schaut er auf die Straße und fädelt sich kurz darauf in den Verkehr ein. Offenbar hat er Gefallen daran gefunden, mich auf die Folter zu spannen.

Etwa zehn Minuten später biegen wir in den Drive-thru des nächstgelegenen McDonald's ein, wo Bookboy zwei Mochas, einen davon mit Sojamilch, bestellt. Ziemlich nett von ihm, sich zu merken, wie ich meinen Kaffee mag. Andererseits scheint sein Gehirn sowieso alles abzuspeichern.

»Ich dachte, etwas Abwechslung könnte nicht schaden«, sagt er mit einem lockeren Schulterzucken. »Vom Deja-Brew, meine ich.«

Die warme Morgenluft strömt durch das offene Fenster in den Wagen.

»Gleich schulde ich dir nur noch zwei«, verkündet er feierlich und schenkt mir ein Lächeln.

Der erste von fünf war eine Erpressung.

Der zweite von fünf war mehr oder weniger freiwillig.

Der hier …

»Darf es sonst noch etwas sein?« Die Stimme aus der Gegensprechanlage unterbricht meine Gedanken.

»Möchtest du ein Frühstück?«, fragt Ty an mich gewandt. »Du kannst im Subtext hinten in der Teeküche essen oder …« Eine kurze Pause. »… hier im Auto.«

Wow. Was für ein Angebot. Ich kann mir nicht vorstellen, dass schon jemals jemand in seinem Auto gegessen oder auch nur gewagt hat, danach zu fragen.

»Im Subtext schmeckt es vermutlich besser inmitten von Büchern«, schiebt er hinterher.

»Was ist dein Lieblingsbuch?«, erkundige ich mich unvermittelt, bevor mir einfällt, in welcher Funktion ich heute unterwegs bin.

»Entschuldigung.« Ich räuspere mich und setze mich etwas gerader hin. »Was ist Ihr Lieblingsbuch, Mr Bradford, Sir?«

Tyren sieht unschlüssig zwischen der Sprechanlage und mir hin und her, und mir fällt mit Verspätung auf, dass man auf meine Bestellung wartet. Spontan lehne ich mich halb über ihn.

»Was ist Ihr Lieblingsbuch, Lady?«

Für einige Sekunden herrscht Stille, dann ertönt ein leises Knacken aus der Gegensprechanlage.

»Meinen Sie mich?«

»Ja«, erwidere ich, noch immer über Tyren gebeugt. »Ich meine Sie. Also?«

Erneut tritt eine kurze Pause ein. »*Die Tribute von Panem* von Suzanne Collins, schätze ich.«

»Danke für die Info«, sage ich. »Sie haben echt einen guten Geschmack. Und es bleibt bei den beiden Mochas.«

Ohne auf Tyrens irritierten Blick zu achten, setze ich mich wieder richtig hin.

»Also, Mr Bradford? Ich warte auf den ersten Satz.«

»Als ich aufwache, ist die andere Seite des Bettes kalt.«

Unfassbar. Obwohl ich damit gerechnet habe, dass mich der Buchhändler nicht enttäuschen wird, ist es trotzdem verdammt beeindruckend.

»Hast du *Die Tribute von Panem* gelesen?«, erkundigt er sich, nachdem er am entsprechenden Fenster bezahlt hat.

»Nein.« Ich zucke mit den Schultern. »Aber ein wenig Freundlichkeit schadet nicht.«

»Das ist toll.« Ty wirft mir einen undefinierbaren Blick zu. »Das Buch, meine ich. Wahnsinnig spannend, gesellschaftskritisch, aber trotzdem emotional und mit einer beklommenen Stimmung, die wirklich unter die Haut geht.«

»Und welches magst du nun am liebsten? Du hast vorhin nicht geantwortet …«

»Weil es eine Frage ist, die ich nicht beantworten kann«, sagt er und reicht mir meinen Mocha. »Es gibt so viele wunderbare Bücher. Weshalb sollte ich mich auf eins festlegen und damit alle anderen abwerten?«

»Wow. Das ist regelrecht rebellisch, Mr Bradford.« Ich nippe an meinem Kaffee und lehne mich mit einem genießerischen Seufzen zurück. So könnte jeder Tag beginnen.

Tyren verlässt den Drive-thru, und ich beuge mich vor, schalte das Radio ein und wechsle mehrmals den Sender.

»O mein Gott.« Ich ziehe abrupt die Hand zurück. Bloß nicht weiterdrücken. »*Whatever* von Oasis. Das ist einer meiner Lieblingssongs. Und das sage ich, ohne andere Songs abzuwerten.«

Ich werfe Ty ein herausforderndes Lächeln zu, dann lehne ich mich zurück und lausche der besonderen Kombination aus Gitarre und Geigen, die perfekt die raue Stimme des Sängers ergänzen.

»Der Song hat den Tag gerade noch ein bisschen besser gemacht«, sage ich, nachdem der letzte Ton verklungen ist, und schalte das Radio aus. »Man muss ihn nachklingen lassen und würdigen.«

Tyren wirft mir einen amüsierten Seitenblick zu, entscheidet sich aber dazu, die Stille zu respektieren und einen Schluck seines Kaffees zu nehmen.

Auch für den Rest der Fahrt herrscht lockeres Schweigen zwischen uns, das erst ein Ende findet, als wir auf dem Parkplatz in der Nähe des Subtexts halten. Ich lasse mir den letzten Schluck Mocha schmecken, nehme den leeren Becher von Tyren entgegen und entsorge ihn zusammen mit meinem im Müll.

Vom Parkplatz bis zum Buchladen sind es nur wenige Schritte, trotzdem halte ich mich dicht an der Seite meines Klienten.

»Willkommen im Subtext«, sagt dieser, während er die Tür öffnet und ein hübsches Glockenspiel ertönt.

»Warte!« Ich lege die Hände von hinten auf seine Schultern und hindere ihn so daran, einen weiteren Schritt in den Laden zu machen. Mehr noch, ich schiebe ihn entschlossen hinter mich. »Ich muss vorgehen und den Raum sichern.«

»Du musst *was*?«

Während ich vorausgehe, schließt Tyren die Tür hinter uns, sodass das Glockenspiel erneut erklingt.

»Den Raum sichern«, erwidere ich wie selbstverständlich und drehe mich zu ihm um. »Du hast nicht viel Erfahrung mit Bodyguards, oder? Genauso wenig wie mit Dro –«

»Schon gut«, unterbricht er mich, während er Lizzie, die hinter der Theke steht und uns amüsiert beobachtet, einen besorgten Blick zuwirft. Als ob ich ihn gerade vor ihr derart ans Messer liefern würde.

»Jamain, bist du das?«, fragt sie belustigt. »Mit der Sonnenbrille hätte ich dich fast nicht erkannt.«

»Der Bodyguard-Look steht mir, oder?«

»Sieht super aus«, erwidert Lizzie. »Aber warum braucht er einen Bodyguard?«

»Brauche ich nicht«, sagt Tyren an meiner Stelle. »Es ist eine Art … Insiderwitz. Eigentlich wollte ich Jamain nur den Laden zeigen.«

Nachdem ich Lizzie ein freundliches Lächeln geschenkt habe, nehme ich die Sonnenbrille ab und stecke sie an meinen Kragen. Sie hat zu einem eindrucksvollen Auftritt beigetragen, aber ohne sie sehe ich mehr.

Ich lehne mich gegen den Tresen und lasse den Blick über den Laden schweifen. Ich brauche nur wenige Sekunden, um festzustellen, wie gut Tyren in das Subtext passt – und wie wohl ich mich fühle. Da gibt es eindeutig einen Zusammenhang.

Es ist erst kurz vor neun Uhr, trotzdem ist schon einiges los. Die Ecke mit den Kinderbüchern ist ziemlich gut besucht. Eine

Handvoll Jungen und Mädchen im Kindergartenalter liegt umgeben von Büchern auf einem Haufen Kissen herum, während die dazugehörigen Eltern vermutlich in den Regalen stöbern oder einen Kaffee trinken. Es riecht nach Büchern, würzigen Kräutern und altem Holz.

»Das dort hinten ist die Tee-Ecke«, erklärt Tyren, der meinem Blick gefolgt ist. Er deutet auf ein paar Tische und Stühle, die von einer gemütlichen Couch vervollständigt werden und von einer Menge Pflanzen umgeben sind. »Man kann sich zwischendurch ein wenig stärken oder auch in ein Buch hineinlesen und dabei einen Schluck Tee trinken. Kaffee haben wir auch.«

»Der Laden ist toll«, sage ich beeindruckt, »und diese Tee-mit-Buch-Sache ist wirklich reizvoll. Ich glaube, das muss ich auch mal ausprobieren.« Je mehr Zeit ich mit Bookboy verbringe, desto mehr habe ich Lust, mal wieder ein Buch zu lesen … mit Ausnahme von Shakespeares Sonetten wäre es das erste Mal, dass ich das freiwillig tue.

Lizzie stützt die Ellbogen auf dem Tresen ab und lehnt sich vor. »Das liegt daran, dass Grandpa nie ein Buch zur Hand genommen hat, ohne sich vorher eine Tasse Tee aufzubrühen«, ergänzt sie. »In all den Jahren kein einziges Mal. Darauf schwört er.«

»Er weiß, was gut zusammenpasst.« Tyren lächelt und zeigt auf ein kleines Regal neben dem Tresen, auf dem Bücher stehen, die in Packpapier eingeschlagen und deren Titel daher nicht erkennbar sind. »Das ist unser Blind-Date-mit-Buch. Man weiß vorher nicht, was man bekommt.«

Lizzie sieht von Tyren zu mir und dann wieder zurück zu ihm. Ein Lächeln umspielt ihre Mundwinkel. »Warum so bescheiden?«

Ty reibt sich über den Nacken. »Die Idee war von mir«, gibt er zu. »Nicht die ursprüngliche Idee natürlich, die gibt es schon lange, aber die Idee, so etwas hier im Subtext anzubieten.«

Lizzie seufzt. »Du hättest mal sehen sollen, wie enthusiastisch er auf Grandpa eingeredet hat, um das machen zu dürfen«, sagt sie zu mir, und ich registriere entzückt, dass sich Tyrens Wangen leicht röten. Wie hinreißend ist das, bitte?

»Drei Monate lang«, fährt Lizzie fort. »Er hat drei Monate lang darum gekämpft, bevor Grandpa sich dazu hat überreden lassen.« Sie lacht. »Und mittlerweile ist er froh, sich auf etwas Neues eingelassen zu haben. Die Leute lieben das Blind Date.«

Während Lizzie über Tys Begeisterung spricht, habe ich Mühe, meinen Blick von ihm loszureißen. Ob er auch nur ansatzweise ahnt, wie anziehend er ist? Offensichtlich nicht, und das macht ihn nur noch sympathischer.

»Das ist genial.« Ich greife vorsichtig nach einem der Bücher, um es genauer in Augenschein zu nehmen. »Vor allem die Hashtags, durch die man sich sofort einen Überblick verschaffen kann. *#humorvoll #rührend #lebenssinn* Okay, das ist nicht mein Fall.«

Ich stelle es zurück und nehme mir ein weiteres Exemplar.

»*#atemlosespannung* Das ist etwas für mich! *#thriller #atmosphärisch #wendungsreich* Das ist eindeutig etwas für mich!«

In diesem Moment fällt mir ein, dass mein Budget aktuell kein Buch zulässt, deshalb stelle ich es mit einem Grinsen zurück. Es wird noch einige Wochen dauern, bis sich mein Geldbeutel von der Party erholt hat, und außerdem hat mir Mom gestern eine neue Rechnung präsentiert für einen Staubsaugerroboter, den sie sich spontan im Internet bestellt hat.

»Gehen Sie ruhig an die Arbeit, Mr Bradford«, sage ich zu Ty. »Ich werde Sie im Auge behalten und mich außerdem hier ein wenig umschauen. Ms Lizzie? Es war mir eine Freude, Sie wiederzusehen.«

Sie verdreht lächelnd die Augen und wendet sich wieder dem Buchpaket zu, das sie gerade ausgepackt hat, während Bookboy im Nebenraum verschwindet.

Im Verlauf der nächsten halben Stunde schlendere ich zwischen den Regalen umher, lese verschiedene Klappentexte und eine Menge erste Sätze, kann mich aber auf nichts konzentrieren, geschweige denn mir etwas merken. Vielleicht braucht man dafür eine Tasse Tee.

Schließlich lande ich in der Kinderecke, wo ich mit geschlossenen Augen nach einem Buch greife und es aus dem Regal ziehe. *Wie Findus zu Pettersson kam.* Alles klar. Interessanter Titel.

Kurzentschlossen lasse ich mich im Schneidersitz auf den Boden sinken und lege das Buch auf meinen Schoß. Aus dem Augenwinkel bemerke ich einen kleinen Jungen mit ziemlich zerzaustem Haar, der eine Unmenge an Kissen gebunkert hat.

»Hey«, sage ich zu ihm. »Gibst du mir eins ab? Die sehen ziemlich bequem aus.«

Er wirft mir einen abschätzigen Blick zu, dann legt er abwägend den Kopf schief.

»Nur wenn du mir dafür etwas vorliest.«

»Das ist Erpressung«, sage ich empört, woraufhin er mit den Schultern zuckt.

»Musst dich ja nicht darauf einlassen.«

»Okay. Schon gut.« Ich seufze und schlage das Buch auf. »Ist *Pettersson und Findus* in Ordnung?«

»Eigentlich bin ich schon zu groß dafür …«, lässt er mich in würdevollem Ton wissen, während meine Augen bereits fasziniert über die ersten Zeilen gleiten. Total süß.

»Der alte Pettersson saß am Küchentisch mit dem Kater Findus auf seinem Schoß und löste Kreuzworträtsel«, fange ich an, ohne auf sein Schnauben zu achten.

»Erzähl mir, wie ich verschwunden bin, als ich klein war«, liest plötzlich ein blondes Mädchen vor, das über meinen Arm hinweg ins Buch späht.

»Aber die Geschichte kennst du doch schon«, mime ich mit tiefer

Stimme den alten Pettersson. »*Die habe ich dir ja so viele Male erzählt.*«

Wieder übernimmt das blonde Mädchen den Kater Findus, woraufhin sich der anspruchsvolle Knirps neben mir dazu erbarmt, in die Rolle des Erzählers zu schlüpfen und dabei den Kopf so weit ins Buch steckt, dass ich Mühe habe, etwas zu erkennen.

Ich bin so vertieft in die Geschichte über die Freundschaft von altem Mann und Kater – kein Shakespeare, aber trotzdem alles andere als schlecht –, dass ich nur am Rande bemerke, dass sich mehrere Kinder zu uns gesellt haben. Das blonde Mädchen hat sich sogar vertrauensvoll an mich geschmiegt und reicht mir im Anschluss das nächste Buch, das ich ebenfalls mit vollem Engagement vortrage. Ein Räuspern lässt mich aufsehen. Vor mir steht ein älterer Herr mit Nickelbrille, der mich aufmerksam und mit einem Hauch Skepsis mustert. Höchstwahrscheinlich Lizzies Großvater, denn er hat die gleichen sanften braunen Augen.

»Guten Morgen«, sage ich freundlich und ignoriere den Ellbogen eines dunkelhaarigen Jungen, der mir durch einen leichten Stups zu verstehen geben will, dass ich weiterlesen soll.

»Ich bin Jamain, ein Freund von Tyren. Er hat mich heute mitgenommen, um mir das Subtext zu zeigen.«

»Zum Glück«, sagt die Kleine neben mir. »Jamain ist ein toller Vorleser.«

»Natürlich höre ich sofort auf, wenn es irgendwie stört«, füge ich hinzu, weil mir klar wird, dass ein schwarz gekleideter Mann in der Kinderecke nicht sonderlich vertrauenswürdig ist.

»Im Gegenteil«, erklingt plötzlich eine weibliche Stimme, und im nächsten Moment tritt eine Frau mit blondem Haar und Pferdeschwanz neben uns. »Er liest bereits seit einer knappen Stunde vor, und die Kinder hängen förmlich an seinen Lippen. Wir haben noch nie so entspannt unseren Kaffee hier genießen dürfen. Ehrlich gesagt hatte ich angenommen, dass es sich dabei um ein neues Angebot des Subtext handelt.«

»Wenn das so ist …« Lizzies Großvater schenkt mir ein Lächeln und nickt Richtung Tee-Ecke. »… dann würde ich mich freuen, wenn du mit mir einen Tee oder einen Kaffee trinkst, sobald du fertig bist mit dem Buch, Jamain.«

»Das mache ich«, erwidere ich, bevor ich mich wieder meinen Zuhörern widme. »Sehr gerne sogar.«

Es dauert einige Minuten, bis ich das Buch zu einem guten Ende gebracht habe und mich die Kinder vom Haken lassen.

Ich gehe in die Tee-Ecke, wo Lizzies Großvater bereits auf mich wartet. Mr Harris ist überaus freundlich, ich freue mich darauf, mich mit ihm zu unterhalten. Kurzzeitig habe ich damit gerechnet, dass er die Kinder in Sicherheit bringen und mich auf höfliche Art und Weise aus dem Subtext werfen will. Stattdessen bereitet er uns zwei Tassen Tee zu, von denen er eine vor mich stellt.

»Exakt drei Minuten muss der Earl Grey ziehen, damit er sein volles Aroma entfaltet und nicht zu bitter wird«, sagt er, während er mit geschickten Bewegungen die beiden Tee-Eier entfernt. »Vorsicht heiß.«

Ich hebe meine Tasse und atme den würzig-weichen Duft ein. Der Earl Grey riecht unglaublich gut. Vielleicht frage ich Tyren, ob wir auch mal gemeinsam einen trinken. Vielleicht, wenn wir uns zusammen einen Tarantino-Film anschauen oder einander Shakespeare-Sonette vorlesen …

»Du arbeitest also in einem Vergnügungspark«, reißt mich Mr Harris aus den Gedanken und nimmt einen Schluck von seinem Earl Grey, den er – ebenso wie meinen – ohne Zucker, dafür aber mit einem Schuss Milch zubereitet hat. »Und du bist überraschend fein gekleidet dafür, dass du einen Buchladen besuchst.« Ein Schmunzeln umspielt seine Mundwinkel.

»Möchtet ihr Zitronenkuchen?«, meldet sich Lizzie, die mit Tyren im Schlepptau neben unserem Tisch aufgetaucht ist. Offenbar wollen die beiden unauffällig die Lage sondieren. »Wir haben noch welchen da.«

Ein schneller Blick zur Theke zeigt, dass es aktuell keine Kundschaft gibt.

»Kuchen wäre großartig«, erwidert Mr Harris, während auch ich ein wenig abgelenkt nicke und meine Tasse auf den Unterteller zurückstelle.

»Heute bin ich in meiner Funktion als Mr Bradfords Bodyguard unterwegs«, sage ich in feierlichem Ton, schaffe es aber nicht, mein Grinsen zu unterdrücken. »Sie wissen, welche Risiken das Leben birgt, und mein Job ist es, ihn davor zu beschützen.«

»Nur ein Scherz«, wirft Ty ein wenig steif von der Seite ein, was mein Grinsen nur noch breiter werden lässt.

Mr Harris sieht aufmerksam zwischen uns beiden hin und her, dann hebt er seine Tasse – ich bin ziemlich sicher, dass er dahinter ein Lächeln versteckt. Bevor er etwas sagen kann, ertönt ein Pfeifen, was dafür sorgt, dass er sich irritiert umsieht.

»Tut mir leid«, sage ich und ziehe mein Handy aus der Hosentasche, das mittlerweile recht schrill und aggressiv vor sich hin lärmt.

»Könnte wichtig sein, ich muss rangehen«, sage ich entschuldigend und hebe gleichzeitig das Handy ans Ohr.

»Mom? Alles klar bei dir?«

»Jamain.« Ihre Stimme klingt leise, und die Aussprache ist verwaschen. Ich werfe einen Blick auf meine Armbanduhr. Es ist kurz nach elf, offensichtlich hat sie bis eben geschlafen.

»Meine Milch ist leer.«

Da mir bewusst ist, dass die anderen das Gespräch mehr oder minder freiwillig mit anhören, unterdrücke ich ein frustriertes Seufzen.

»Ich habe dir gestern neue geholt«, erwidere ich. »Sie steht in dem hohen Schrank links von der Spüle im mittleren Fach.«

Das Klappern einer Tür ist zu hören und im Anschluss ein leises Rascheln.

»Gefunden?«, vergewissere ich mich, doch statt mir eine Antwort zu geben, legt sie auf. Offensichtlich gefunden.

»Interessanter Klingelton«, sagt Tyren, ohne eine Miene zu verziehen.

»Ist aus einem meiner Lieblingsfilme.«

»*From Dusk Till Dawn*?«, hakt er nach.

Ich schüttle den Kopf. »*Kill Bill.*«

Lizzie wirft Bookboy einen erstaunten Blick zu. »Du kennst *From Dusk Till Dawn*, Ty?«

»Nein, aber ich kenne seit ein paar Stunden ein Zitat aus dem Film«, antwortet dieser und schaut vielsagend zu mir, woraufhin ich betont unschuldig einen Schluck Tee trinke.

Ein forderndes Quieken lässt uns alle erneut innehalten, und im selben Moment vibriert mein Handy.

»War das eben Bill?«, fragt Tyren. »Ist dein Nachrichtenton ein quiekendes Meerschweinchen?«

»Genau genommen war das Kill.« Mit einem Wischen entsperre ich mein Handy. »Ich weiß, das traut man ihm gar nicht zu, weil er so schüchtern ist. Aber wenn er Hunger hat, kennt er keine Grenzen.«

»Dein Nachrichtenton ist ein quiekendes Meerschweinchen«, wiederholt Ty, während ich die eingegangene Nachricht überfliege.

»Steve will, dass ich *Liz* liebe Grüße ausrichte«, wende ich mich an Lizzie und werfe dabei Tyren einen unauffälligen Seitenblick zu. Ganz ehrlich? Es würde mir nicht gefallen, wenn er eifersüchtig wäre.

Lizzie fährt sich verlegen durchs Haar. »Das ist lieb von ihm«, sagt sie. »Wäre schön, wenn wir uns alle mal wieder sehen würden. Auf einer Party oder so.«

Obwohl sie mich nicht darum bittet, Steve etwas Entsprechendes zu schreiben, ist mir klar, worauf sie hofft. Da Ty nach wie vor weder beunruhigt noch über die Maßen schlecht gelaunt wirkt, beschließe ich, Steves Bitte anzusprechen.

»Er arbeitet heute«, sagte ich und lehne mich ein wenig zurück. »Lass uns ihm doch einen Überraschungsbesuch abstatten. Wie lang geht deine Schicht?«

Lizzies Schultern sacken ein klein wenig nach unten. »Bis 17 U–«

»Sie arbeitet heute nur bis zwölf«, unterbricht sie Mr Harris gut gelaunt, der das Gespräch bisher stumm verfolgt hat.

Lizzie wirkt hin- und hergerissen. »Bist du sicher? Was ist, wenn später noch viel los ist?«

»Lizzie«, fängt Mr Harris an und stellt seine Tasse dabei entschlossen auf dem Tisch ab. »Ich habe den Laden hier kurz nach der Gründung ein paar Jahre ganz allein geschmissen, da werde ich es auch heute einen Nachmittag lang schaffen. Geh ruhig.«

»Sie sind nicht alleine, Sir«, wendet Tyren zögerlich ein. »Ich bin heute auch bis 15 Uhr hier.«

»Möchtest du nicht mitgehen?«, fragt Mr Harris. »Wenn ich das hier richtig verstanden habe, ist Jamain so etwas wie dein Bodyguard. Solltet ihr da nicht zusammenbleiben?«

Tyren mustert ihn aufmerksam und versucht offenbar, herauszufinden, ob er das Angebot mit gutem Gewissen annehmen kann.

»Doch«, gibt er zu. »Ehrlich gesagt würde ich schon gerne mitgehen, wenn das in Ordnung ist.«

»Dann habt ihr einen Plan.« Mr Harris wedelt mit der Hand Richtung Theke. »Und jetzt zurück an die Arbeit.«

Währenddessen nehme ich einen weiteren Schluck Tee. »Schmeckt wirklich total lecker«, stelle ich fest.

»Nicht ohne Grund gehört zu einem guten Buch eine Tasse frischer Tee«, erwidert Mr Harris mit einem Lächeln, woraufhin ich nicke. Festes Vorhaben in den folgenden Tagen: mich an Tys Teevorräten bedienen und dabei lesen.

»Ich sehe zu, dass ich in der Teeküche so viel Ordnung schaffe wie möglich, damit du am Nachmittag nicht zu viel zu tun hast.« Lizzie stellt zwei Teller Zitronenkuchen vor uns ab, dann wirbelt sie herum und ist kurz darauf im Nebenraum verschwunden. Auch Ty ist mittlerweile zur Theke zurückgekehrt, wo gerade ein dunkelhaariger Mann den Blind-Date-Tisch begutachtet. Hoffentlich schnappt er mir nicht *#thriller #atmosphärisch #wendungsreich* weg. Ob ich Tyren bitten kann, es mir zurückzulegen? Oder besser Lizzie, vor ihr ist es mir nicht so peinlich, zuzugeben, dass ich gerade knapp bei Kasse bin. Wobei … Ty weiß es mit Sicherheit ohnehin schon, so aufmerksam, wie er ist.

In der folgenden halben Stunde widmen wir uns Kuchen, Tee und netten Gesprächen. Lizzies Großvater erzählt davon, dass es immer sein Traum war, einen Buchladen zu führen, und dass die Umsetzung alles andere als einfach war.

»Es lohnt sich, für seine Träume zu kämpfen«, sagt er schließlich. Bestimmt hat er recht. Aber was ist, wenn man keine Träume hat? Wenn man sich so durchschlägt, in den Tag hineinlebt und dafür sorgt, dass man irgendwie über die Runden kommt? Vielleicht konnte ich mir zuerst keine Träume leisten … und jetzt habe ich sie aus den Augen verloren.

»Jamain?« Eines der Mädchen, das vorhin schon bei mir in der Kinderecke saß, zupft am Ärmel meines Bodyguard-Hemdes. »Liest du uns noch etwas vor? Mom will gleich gehen, aber eine Geschichte hat sie noch erlaubt.«

Ich werfe Mr Harris einen Blick zu, der lächelnd nickt.

»Na klar«, entgegne ich, woraufhin die Kleine nach meiner

Hand greift und mich hinter sich herzieht. Wir nehmen inmitten der Kissen Platz, und kurz darauf vertiefe ich mich in die überraschende Geschichte eines orangefarbenen Drachen.

»Das ist toll«, sagt das kleine Mädchen beeindruckt, nachdem wir jede Seite nicht nur gelesen, sondern auch betrachtet und diskutiert haben.

»Dass die Prinzessin jetzt Ärztin wird, meine ich«, spricht sie weiter, »und dass der Drache sie nicht entführt hat, sondern ihr Krankenwagen ist.«

»Krankendrache«, korrigiert ein dunkelhaariger Junge, woraufhin das Mädchen nickt.

»Okay. Krankendrache.«

»Sie hat sich angestrengt und nicht aufgegeben«, sage ich, während ich nachdenklich über den Einband streiche. »Und das hat sich gelohnt, und sie kann machen, was sie immer machen wollte.«

Immerhin wusste sie, was sie immer machen wollte. Träume sind kostbar, das wird mir nun schon zum zweiten Mal vor Augen gehalten.

»Ich will später auch Ärztin werden.« Das Mädchen lehnt sich an mich und sieht zu mir auf. »Denkst du, das schaffe ich?«

»Natürlich schaffst du das«, erwidere ich sofort. »Du kannst alles sein, was du willst.«

Ihr glückliches Lächeln tröstet mich über das hohle Gefühl in meinem Bauch hinweg, und ich greife nach dem nächsten Buch – teils, weil sich die Kinder um mich herum in den letzten Minuten wieder vermehrt haben, teils, um mich von dem Eindruck des Versagens abzulenken, den ich wegen einer bescheuerten Arztprinzessin und ihrem Krankendrachen habe. Zum Glück ist die folgende Geschichte so interessant, dass ich mich komplett darauf konzentrieren kann – bis Ty plötzlich vor mir steht und leicht mit der Spitze seiner Chucks gegen meine Schuhe stupst.

»Wir sind fertig. Von uns aus kann es losgehen.«

»Ich …«

»Vergiss es, Jamain.« Der dunkelhaarige Junge stützt seinen Arm auf mein Bein und tippt auffordernd auf die Seite. Ganz schön ruppig für sein zartes Alter. »Es fehlen noch ein paar Seiten.«

»Noch nicht aufhören.«

»Nur noch ein bisschen.«

»Schon gut.« Ich hebe kapitulierend eine Hand. »Gibst du uns noch zehn Minuten?«

Tyren nickt amüsiert.

»Okay, Leute. Wir haben noch zehn Minuten, und die nutzen wir. Oder was meint ihr?«

Der allgemeine Jubel legt sich schnell, als ich mich wieder in die Geschichte vertiefe und diese tatsächlich innerhalb von zehn Minuten zu Ende bringe.

»Das war sehr schön.« Eine weibliche Stimme lässt mich aufsehen. Vor mir steht eine blonde Frau, die im nächsten Moment von der kleinen zukünftigen Ärztin umarmt wird. »Danke, dass Sie sich Zeit für die Kinder genommen haben … und mir so etwas Ruhe verschafft haben«, fügt sie mit einem Lächeln hinzu.

»Gerne. Es hat Spaß gemacht.«

»Viel Spaß«, bekräftigt die Kleine, bevor sie nach der Hand ihrer Mutter greift. »Jamain meint, dass ich Ärztin werden kann. Er meint, dass man alles sein kann, was man will.«

»Da hat er recht.« Die Mutter wirft mir einen Blick zu – forschend, aber nicht unfreundlich –, dann verabschiedet sie sich und verlässt mit ihrer Tochter kurz darauf die Buchhandlung.

15 | Tyren | Ein rosa Plüschelefant

Ich kann Jamain ansehen, dass er das, was er zu dieser Mutter gesagt hat, ernst gemeint hat. Es hat ihm Spaß gemacht, den Kindern etwas vorzulesen, und es war faszinierend, ihn dabei vom Regal mit den Jugendbüchern nebenan – die heute ganz zufälligerweise dringend neu sortiert werden mussten – zu beobachten. Er war so geduldig und liebevoll mit ihnen, hat seine Stimme verändert und den verschiedenen Charakteren aus dem Buch angepasst. Er ist so locker mit den Kindern umgegangen, als wären sie seine Kumpels, und ich glaube, genau das ist der Grund, weshalb sie ihn so großartig finden. Er begegnet ihnen auf Augenhöhe.

»Ich wusste nicht, dass ein geborener Vorleser in dir steckt«, sage ich, als wir zum Tresen gehen.

Jamain grinst. »Wie gesagt, du weißt noch längst nicht alles über mich.«

Ich halte kurz inne. Das stimmt, und je mehr ich herausfinde, desto mehr möchte ich erfahren. Er ist facettenreich und steckt voller Überraschungen. Was mich selbst angeht, gibt es viel weniger Spannendes zu erfahren. Ich mag Bücher, ich investiere viel Energie in mein Studium, und ich liebe meinen Job. Nichts davon ist irgendwie besonders. Ich lasse mir weder spontan Partyspiele einfallen noch klaue ich irgendwelche Tiere in Not oder komme auf die Idee, Entschuldigungsballons aus Kondomen zu machen. Aber wenn er mich langweilig finden würde, wäre er jetzt nicht mit mir hier, oder?

»Können wir los?«, fragt Lizzie, die hinter dem Tresen auf uns gewartet hat. In diesem Moment kommt eine dunkelhaarige Frau in einem kurzen Sommerkleid zur Kasse.

»Elizabeth Harris?« Sie legt ein Buch vor sich ab und reißt sich die Sonnenbrille vom Gesicht. »Du arbeitest hier?«

Lizzie greift etwas steif nach dem Buch. »Das Subtext gehört meinem Großvater. Ich helfe aus.«

»Das ist ja ein Ding! Ich hätte nie erwartet, dich hier zu treffen.« Sie schüttelt amüsiert den Kopf. »Du hast dich kein bisschen verändert.«

Lizzie schrumpft förmlich in sich zusammen und zupft an ihrem Pferdeschwanz. »Ja … ich schätze nicht.« Das höfliche Lächeln auf ihrem Gesicht wirkt wie aufgemalt. »Das macht dann 16,99.«

Die Frau im Sommerkleid bezahlt gut gelaunt, mustert Lizzie noch mal, bevor sie sich die Sonnenbrille wieder aufsetzt, und verabschiedet sich. Sobald sie den Laden verlassen hat, verzieht Lizzie das Gesicht und atmet hörbar aus.

»Das war eine alte Bekannte aus der Highschool«, sagt sie, als sie unsere fragenden Gesichter sieht. »Lasst uns abhauen.« Mit diesen Worten winkt sie ihrem Großvater, der gerade in unsere Richtung kommt, knapp zu und läuft aus dem Laden. Jamain und ich wechseln einen stummen Blick. Eine Freundschaft scheint das damals nicht gewesen zu sein.

Nachdem wir uns von Mr Harris verabschiedet haben, gehen wir ebenfalls nach draußen.

»Ich bin übrigens erschüttert, dass du Kill und Bill nicht voneinander unterscheiden kannst, Bookboy«, sagt Jamain, als ich den Toyota aufschließe, an dem Lizzie lehnt und auf uns wartet. Er lässt sich freiwillig auf die Rückbank fallen, woraufhin sie vorne einsteigt. Ich stecke den Schlüssel in die Zündung und starte den Motor.

»Das stimmt so nicht. Ich kann die beiden am Aussehen unterscheiden, aber das Quieken klingt genau gleich.« Aus dem Augenwinkel sehe ich, wie Lizzie sich leicht amüsiert auf die Lippe beißt.

»Du musst eindeutig mehr Zeit mit den beiden verbringen«, erwidert Jamain. »Bill klingt ganz anders.«

Ich beschließe, nicht mehr zu widersprechen, und widme stattdessen meine ganze Konzentration dem Mittagsverkehr, der im Stadtzentrum nicht zu unterschätzen ist. Neben mir kramt Lizzie in ihrer Handtasche herum, und erst als wir an einer Ampel stehen, wird mir klar, dass sie einen kleinen Taschenspiegel gezückt hat und ihr Make-up auffrischt. So mühelos, als würde sie sich nicht gerade in einem fahrenden Auto befinden. Das ist ziemlich beeindruckend.

Zehn Minuten später biege ich auf den Parkplatz ein, wo ich zum Glück nach nicht allzu langem Suchen eine freie Lücke finde.

»Wir nehmen nicht den Besucher-, sondern den Mitarbeitereingang«, sagt Jamain, nachdem wir ausgestiegen sind und auf den Park zugehen. Statt uns in die Schlange einzureihen, laufen wir ein Stück an dem großen Zaun entlang, der das Parkgelände abgrenzt, und erreichen kurz darauf ein weiteres Tor mit einem Drehkreuz.

»Parker«, grüßt Jamain locker seinen Kollegen, der offenbar für die Mitarbeiterkontrolle zuständig ist.

»Hey, Jamain«, sagt dieser überrascht. »Du hast gestern noch mit deinem freien Tag angegeben, und jetzt bist du schon wieder hier?«

»Konnte mich eben nicht trennen.« Er zuckt mit den Schultern, dann deutet er auf Lizzie und mich. »Die beiden sind Freunde von mir und Steve.«

Parker nickt in Richtung des Drehkreuzes, das wir nacheinander passieren.

»Viel Spaß.« Er blickt prüfend zum Himmel. »Hoffentlich hält das Wetter.«

Ich beäuge skeptisch die aufziehenden Wolken, beschließe dann aber, mich damit auseinanderzusetzen, wenn es tatsächlich regnen sollte.

»Wart ihr in letzter Zeit mal hier?«, wendet sich Jamain an uns. Wir schütteln den Kopf.

»Vor zwei Jahren hat die Parkleitung gewechselt, und das neue Team hatte die Idee, das Gelände in verschiedene Bereiche zu unterteilen und diese jeweils einer Farbe zuzuordnen. Das heißt, dass Schilder, Fahrgeschäfte und Gebäude, aber auch Servietten, Teller und Becher alle aufeinander abgestimmt sind. Was ist eure Lieblingsfarbe?«

»Grün.«

»Grün«, sagt Lizzie im gleichen Moment, woraufhin Jamain schnaubend die Augen verdreht. Ihm scheint auch klar zu sein, wie gut wir zueinanderpassen würden – aber der Gedanke fühlt sich nicht mehr so an, wie er sich noch vor Kurzem angefühlt hat.

»Dann kommt«, sagt er mit einem Unterton, der ein wenig traurig klingt. Vielleicht ist das nur Einbildung.

Wir gehen den gewundenen Weg entlang, der uns ins Zentrum des Parks führt und der gesäumt ist von roten Bänken und Mülleimern – ebenso tragen die Mitarbeiter rote Uniformen.

»In welchem Farbbereich arbeitest du?«, erkundigt sich Lizzie.

»Blau«, werfe ich von der Seite ein, und Jamain nickt zustimmend in meine Richtung.

»Zum Glück«, stimmt er zu, »denn Blau steht mir ausgesprochen gut.«

Lizzie lacht. »Deine Bescheidenheit sucht ihresgleichen.«

Er mustert sie mit schräg gelegtem Kopf. »Steve sieht in Blau übrigens auch verdammt gut aus. Wir arbeiten meistens zusammen bei der Blue Lagoon – es ist die größte Achterbahn im Park. Sie erreicht bis zu 120 Kilometer pro Stunde und hat ein Anfangsgefälle von 82 Grad mit einer gleichzeitigen Drehung um 74 Grad. Der Hammer, oder?«

»Das ist echt beeindruckend«, sagt Lizzie, aber ich bin nicht sicher, ob sie die Blue Lagoon oder doch das Fahrgeschäft meint, das gerade in unserem Blickfeld aufgetaucht ist.

»Das Rainbow Wheel ist das Herzstück des Parks«, erklärt Jamain, während sich vor uns die riesige Scheibe mit den kreisförmig angeordneten Sitzreihen in Bewegung setzt und sich schon bald so schnell dreht, dass die einzelnen farbigen Sektionen zu einer bunten Masse verschwimmen. »Alle Wege führen hierher.«

Für einige Minuten verfolgen wir das Farbspektakel des Rainbow Wheels, dann überqueren wir den Platz und biegen anschließend auf den grün beschilderten Weg ein. Schon nach wenigen Metern taucht das erste Häuschen auf, daneben befindet sich ein Karussell, dessen Mittelpunkt ein großer Baum bildet, um den herum verschiedene Waldbewohner gruppiert sind.

»Jede Imbissbude hat das gleiche Angebot ergänzt um eine Besonderheit in der entsprechenden Farbe. Es gibt auch ein Restaurant in der Nähe des Hauptplatzes, aber dort muss man so lange auf sein Essen warten. Wonach steht euch der Sinn?«

Ich habe keine Ahnung, wonach mir der Sinn steht, und Lizzie zuckt ebenfalls die Schultern. »Du suchst aus, ich bezahle?«, schlage ich deshalb vor. »Das erscheint mir ein fairer Deal zu sein.«

»Alles klar.« Jamain reiht sich ein, und wir folgen ihm.

»Hey, Mia«, sagt er, sobald wir dran sind. »Dreimal das Smaragd-Menü, jeweils mit Cola.«

»Jamain.« Sie schenkt ihm ein strahlendes Lächeln. »Schön, dass du dich mal wieder blicken lässt. Ich habe dich fast vermisst.«

»Fast?« Er zieht die Augenbrauen hoch. »Du hast mich vermisst. Kannst du ruhig zugeben. Ist keine Schande, eine Schwäche für mich zu haben.«

»Unglaublich bescheiden«, flüstert Lizzie so laut, dass wir sie alle hören können. »Ich sag's ja.«

Ich grinse. Jamains übertrieben gespieltes Selbstbewusstsein ist verdammt charmant – auch wenn ich hoffe, dass diese Mia keine Schwäche für ihn hat.

Sie wendet sich mit einem leisen Lachen ab und schiebt kurz darauf drei grüne Papiertüten und drei Becher in der gleichen Farbe über die Theke.

»Geht aufs Haus«, sagt sie, als ich meinen Geldbeutel zücke, dann wendet sie sich wieder an Jamain.

»Es ist ungewohnt, dich ohne Uniform zu sehen. Ich hatte nicht erwartet, dass du so schick unterwegs bist.«

»Ich bin heute als Bodyguard tätig.« Er tippt an den Bügel seiner Sonnenbrille, die er sich ins Haar geschoben hat. »Und ich bin bereit, Mr Tyren Bradford mit meinem Leben zu schützen.«

Mir wird warm, als ich den Geldbeutel wieder zurück in meine Hosentasche stecke.

»Du bist so ein Chaot, Jamain.« Mia verdreht die Augen, dann verbeugt sie sich in meine Richtung. Auch das noch. »Dann wünsche ich Ihnen einen angenehmen Aufenthalt im Funpark, Mr Tyren Bradford.«

»Danke«, murmle ich mit einem verlegenen Lächeln. Keine Ahnung, was ich sonst sagen soll.

Jamain greift nach dem ersten Tablett und reicht es an mich weiter, das zweite nimmt er selbst, sodass wir kurz darauf gemeinsam an einem der – natürlich grünen – Tische Platz nehmen.

»Du wirst mich also mit deinem Leben schützen?«, hake ich nach, als wir uns setzen. »Das heißt hoffentlich, dass ich vor irgendwelchen wilden Achterbahnfahrten sicher bin.«

Während er geheimnisvoll mit den Schultern zuckt – er will mich bestimmt auf eine Achterbahn schleppen –, reicht er Lizzie ihre Tüte, dann holt er aus seiner einen Hotdog im grünen Brötchen heraus und mustert ihn skeptisch.

»Nicht meine Schuld«, sagt er. »Ihr habt Grün als Lieblingsfarbe deklariert.«

»Vielleicht überlege ich mir das noch mal«, murmle ich, bevor ich todesmutig in den Hotdog beiße. Zum Glück wurde nur das Brötchen gefärbt, ich weiß nicht, ob ich mich an ein grünes Würstchen herangetraut hätte.

»Ich kann euch auch Avocado-Burger holen«, bietet er an. »Ist nicht meins, weil die blöden Teile immer auseinanderrutschen, aber wenn ihr keine Lust auf Hotdogs habt …«

»Quatsch.« Lizzie rollt dramatisch mit den Augen. »Hotdogs gehen immer. Stimmt's, Tyren?«

»Schmeckt auch wirklich gut«, stimme ich zu. »Trotz der Farbe.«

Lizzie trinkt einen Schluck ihrer Cola, dann sieht sie sich mit einem Lächeln um.

»Es ist Ewigkeiten her, dass ich hier war. Zum letzten Mal bei irgendeinem Highschoolausflug. Dieses Farbkonzept ist wirklich interessant.«

»Der blaue Sektor ist eindeutig der coolste«, sagt Jamain, während ich Lizzie nachdenklich mustere.

»Die Brünette in dem geblümten Sommerkleid, die vorhin im Subtext war …«, fange ich an, halte dann aber inne und schüttle den Kopf. Lizzie hat nicht den Eindruck gemacht, darüber reden zu wollen, weder im Subtext noch im Auto.

Jamain beugt sich ein wenig vor. »Nicht falsch verstehen, aber das hat etwas unterkühlt ausgesehen bei euch beiden.«

Lizzies Lächeln wird schmäler. »War es auch … also …« Sie wirft mir einen hilflosen Blick zu.

»Du hast gesagt, dass sie eine Highschoolbekanntschaft war?«, frage ich aufmunternd.

Sie zieht angespannt die Schultern hoch und lässt sie mit einem entschlossenen Atemzug wieder locker.

»Ja. Wir waren aber nicht befreundet, wir hatten lediglich ein paar Unterrichtsstunden zusammen. Englisch und Geschichte …« Sie streicht sich eine Strähne aus dem Gesicht und steckt sie fahrig hinters Ohr. »Sie und ihre Freundinnen haben sich bei jeder Gelegenheit über mich lustig gemacht. Mir Spitznamen gegeben und so.«

»Spitznamen?«, hake ich nach, woraufhin sich Lizzie auf die Unterlippe beißt.

»Rollmops, Pummelfee, Elefantenküken.« Bei jedem Wort wird ihre Stimme etwas leiser. »Sie waren ziemlich kreativ.«

»Sie waren ziemlich scheiße«, widerspricht Jamain, und trotz seiner derben Wortwahl nicke ich zustimmend. Scheiße ist ein ziemlich gutes Wort für so ein Verhalten.

»Ich versuche, selbstbewusst durchs Leben zu gehen und mich so zu akzeptieren, wie ich bin«, fährt sie fort und fixiert dabei noch immer den Tisch. »Aber das klappt nicht immer. Eigentlich klappt es öfter nicht. Ich bin nun mal … nicht schlank.«

»Na und?«, sagt Jamain.

Lizzie hebt den Blick, woraufhin er die Stirn runzelt.

»Du kamst in unsere Wohnung und hast toll ausgesehen«, sagt er. »Dein Lächeln ist total schön und bringt deine Augen zum Leuchten, und diese Bluse betonte deine …«

Ich räuspere mich. Jamain hebt unschuldig die Schultern.

»Jedenfalls ist an deiner Figur nichts auszusetzen. Schlank oder weniger schlank … ist doch egal. Beides kann anziehend sein. Wahrscheinlich wäre ich auch interessiert gewesen, wenn Bookboy nicht die goldene Mitbewohnerregel Nummer eins eingefordert hätte.«

O nein. Das Gespräch schlägt eine unerwartete Richtung ein.

»Die … goldene Mitbewohnerregel Nummer eins?«, wiederholt Lizzie.

Jamain nickt. »Man macht sich nicht an das Objekt der Begierde seines Mitbewohners ran«, sagt er feierlich. »Er meinte, du seist wahnsinnig hübsch«, schiebt er hinterher, bevor er nach seinem Hotdog greift und einen herzhaften Bissen nimmt, »und damit hat er recht.«

Das Objekt der Begierde. Super. Bis eben hatte ich Jamain noch dafür bewundert, dass er die richtigen Worte gefunden hat, aber jetzt ist er verdammt noch mal übers Ziel hinausgeschossen, und entweder bemerkt er das nicht einmal, oder es ist ihm egal. Ich schlucke. Lizzie wirkt fast ebenso verlegen wie ich, sie greift nach ihrer Cola, nimmt aber keinen Schluck. Offensichtlich weiß sie auch nicht, was sie sagen soll. Kein Wunder. Sie nimmt jetzt an, ich wäre scharf auf sie, weil dieser Blödmann Begriffe wie ›Objekt der Begierde‹ und ›wahnsinnig hübsch‹ von sich gegeben hat. Wäre es glaubhaft, das abzustreiten? Wahrscheinlich nicht, dafür hat die peinliche Stille schon zu lange angehalten. Ich bin ein Idiot.

»Du solltest dich wirklich nicht von anderen abwerten lassen«, sage ich, als hätte Jamain das mit der Mitbewohnerregel nie erzählt. Mir bleibt sowieso nichts anderes übrig, als darüber hinwegzugehen, um die ganze Situation nicht noch unangenehmer zu machen.

Lizzie schenkt mir ein kleines Lächeln und nickt, aber sie

wirkt nachdenklich. Vermutlich grübelt sie wegen Jamain gerade darüber nach, wie sie mir schonend beibringen kann, dass sie nicht mehr als eine Freundschaft möchte. Das Bizarre an der Sache ist, dass mir der Gedanke kein bisschen die Laune verdirbt. Was mir die Laune verdirbt, ist die Tatsache, dass Jamain ihr von einer privaten Unterhaltung zwischen uns beiden erzählt hat.

Für den Rest des Essens herrscht unangenehme Stille am Tisch, nicht einmal Jamain ergreift das Wort. Wir alle widmen uns stumm unseren Hotdogs. Erst als wir aufgegessen haben, räuspere ich mich.

»Bist du sicher, dass dein Großvater alleine im Laden zurechtkommt? Ich fühle mich, als hätte ich mich vor der Arbeit gedrückt. Was ist, wenn es unerwartet einen Ansturm gibt? Er muss Kasse und Teeküche gleichzeitig bedienen …« Wenn Lizzie auch Zweifel hat, kann ich das hier als längere Mittagspause eintragen und zurück in den Laden fahren.

»Er würde dich wahrscheinlich feuern, wenn du wegen eines schlechten Gewissens wieder zurückkommst«, erwidert sie jedoch trocken und lacht dann leise auf. Mist.

»Das würde ich nie riskieren«, sage ich mit einem halben Grinsen und trinke meine Cola aus. Ich stecke also hier fest, zwischen Achterbahnen, einer Freundin, die annimmt, dass ich an ihr interessiert bin, und meinem verfluchten Mitbewohner, der keinen Schimmer zu haben scheint, wem mein verirrtes Interesse wirklich gilt – oder der das vehement ignoriert. Anscheinend bin ich nicht der Einzige, der einfach über Sachen hinweggeht. Er hat diesen Moment, den wir in der Küche hatten, beeindruckend schnell abgehakt. Wieso auch nicht? Ich habe ihm ja schließlich auch nur unters Shirt und an den Nippel gegriffen.

Andererseits habe ich ihm auch nie gesagt, dass ich aufgehört habe, mir vorzustellen, wie es wäre, mit Lizzie auszugehen.

»Du hast gesagt, dass der blaue Sektor der coolste ist«, sagt Lizzie in diesem Moment zu Jamain. »Und das glaube ich dir erst, wenn du uns da herumführst.«

Jamain steht bereitwillig auf, stapelt die Tabletts geschickt aufeinander und bringt sie zurück zum Imbisstand, wo er im daneben angebrachten Mülleimer die Papierverpackungen entsorgt.

In gemütlichem Tempo schlendern wir durch den Parkteil bis zur Farbgrenze, wo wir zuerst einen grünen, dann einen rosafarbenen Torbogen passieren. Leider hat sich die Stimmung noch immer nicht erholt.

»Ty«, fängt Jamain an, nachdem sich Lizzie auf die Toilette entschuldigt hat. Er klingt ernst. »Es tut mir echt leid, dass ich die goldene Mitbewohnerregel Nummer zwei verletzt habe.«

Ich blinzle irritiert. »Die goldene Regel Nummer zwei?«

»Man darf seinen Mitbewohner niemals ans Messer liefern«, sagt er, »und das habe ich getan. Ich habe nicht nachgedacht, und ich wollte dir ganz sicher nicht die Tour vermasseln oder dich in eine blöde Situation bringen. Ich wollte Lizzie lediglich trösten und euch vielleicht einen Schubs in die richtige Richtung geben. Es tut mir echt leid.«

»Okay«, murmle ich überrascht. Das ist die Gelegenheit, um ihn darüber aufzuklären, dass er mir gar keine Tour mehr vermasseln kann, aber gerade als ich den Mund erneut öffne, bedeutet er mir, ihm zu folgen. Wir steuern eine bonbonrosa gestrichene Schießbude an, und Jamain bezahlt für fünf Schuss.

Kurz darauf hält er mir auch schon das Gewehr hin. »Drei für dich, zwei für mich?«

»Zwei für mich, drei für dich«, schlage ich versöhnlich vor. »Du wirst es nicht glauben, aber ich halte zum ersten Mal ein Gewehr in der Hand, daher reichen mir zwei völlig.«

Jamain grinst, als würde ihn das kein Stück überraschen. Tut es wahrscheinlich auch nicht. »Ich habe dich auch eher als Dosenwerf-Typ eingeschätzt.«

Ich zögere, bevor ich das Gewehr anlege. »Um ehrlich zu sein, habe ich auch noch nie Dosen geworfen.« Gut, dass ich mich gerade auf die Zielscheibe konzentriere und Jamains möglicherweise entsetzten Blick nicht mitbekomme. Der erste Schuss trifft den Rand; die Mitarbeiterin steht stumm daneben und wirft mir ein höfliches Lächeln zu, während ich laienhaft mit dem Gewehr hantiere und zum zweiten Schuss ansetze. Nichts, was ich heute hier tue, wird Jamain auch nur ansatzweise beeindrucken können. Ich behalte recht, denn auch mein zweiter Schuss verfehlt die Mitte um ein nicht zu unterschätzendes Stück. Nicht mal das berühmte Anfängerglück ist auf meiner Seite.

»Du bist dran.« Ich gebe das Gewehr weiter und lehne mich neben Jamain an die Bude. »Sieht nicht so aus, als würden wir etwas gewinnen – meine Schuld.«

»Wow, Bookboy. Du traust mir also nicht zu, dreimal ins Schwarze zu treffen?«

Interessiert beobachte ich ihn. Ich bin kein großer Fan von Schusswaffen, aber Jamain scheint genau zu wissen, wie man das Gewehr richtig hält. Bei ihm sieht es so leicht aus.

»Überzeug mich gerne vom Gegenteil.« Ich grinse, bis der erste Schuss direkt die Mitte der Zielscheibe trifft. Oh.

Jamain verliert keine Zeit und legt ein weiteres Mal an. Wieder ins Schwarze. Mittlerweile kann ich den Blick nicht mehr von ihm abwenden. Der Vergnügungspark schrumpft auf uns beide und diese Schießbude zusammen, und ich bin so auf Jamains Profil fokussiert, dass mich der dritte Schuss zusammenzucken lässt.

»Drei Treffer«, verkündet die Schießbudenfrau enthusiastisch. »Glückwunsch! Du darfst dir eins der Plüschtiere aussuchen.«

Er hat mich wirklich vom Gegenteil überzeugt – und sein

triumphierendes Lächeln ist irgendwie süß. Genauso wie der rosa Elefant, auf den er zeigt.

»Siehst du?«, sagt er und hält mir den Elefanten hin. »Du solltest nicht an mir zweifeln. Ich bin der geborene Bodyguard.«

Ich halte einen mittelgroßen, weichen Plüschelefanten in der Hand und will ihn küssen. Jamain, nicht den Elefanten, den er offenbar für mich gewonnen hat.

»Beeindruckend«, sage ich, als ich mich wieder gefasst habe. »Wie kommt es, dass du so gut schießen kannst?«

Jamain zuckt mit den Schultern. »Hat mir einer meiner Väter beigebracht.«

»Verstehe«, sage ich, weil ich nicht weiß, was ich sonst darauf sagen soll. Das mit seinen Vätern tut mir leid, aber ich glaube nicht, dass Jamain es schätzen würde, wenn ich ihn bemitleide.

»Hey, was Lizzie angeht …«, fange ich ein neues Thema an. Gott, ich weiß nicht, wie ich ihm erklären soll, was in mir vorgeht. Wenn ich nicht so ein zurückhaltender Feigling wäre, würde ich ihn küssen, dann wüsste er es. Aber ich bin mir nicht einmal sicher, ob das okay für ihn wäre. »Ich bin nicht Feuer und Flamme für sie«, bediene ich mich zögerlich an seinen Worten. Lizzie könnte jeden Moment wiederkommen, aber ich will das vorher geklärt haben. »Ich brenne nicht. Und ich glaube, es reicht mir nicht mehr, einfach nur gut zusammenzupassen. Ich will brennen, ertrinken und auf Wolke sieben schweben.«

»Wow.« Plötzlich ist er derjenige, der sich mit einem Anflug von Verlegenheit über den Nacken reibt. »Es hat noch nie jemand etwas von mir zitiert. Ziemlich cool, dass du dir das gemerkt hast.«

Er hebt den Kopf und sieht mich an, als würde er erst jetzt so richtig verstehen, was ich da gesagt habe. Ich zupfe am Rüssel des Plüschelefanten herum und beiße mir auf die Innenseite der Wange.

»Bin zurück.«

Obwohl ich Lizzie wirklich gernhabe, hat sie sich einen richtig blöden Moment zur Rückkehr ausgesucht. Okay, vielleicht hat sie mich gerade vor einer peinlichen Abfuhr bewahrt, aber vielleicht … vielleicht wäre genau das Gegenteil passiert.

»Der ist ja süß.« Sie schnipst dem rosa Elefanten gegen ein Ohr. »Ich nehme an, du hast ihn geschossen?«, wendet sie sich in Jamains Richtung, woraufhin er vage die Schultern hebt.

»Wir haben ihn gemeinsam gewonnen«, sagt er. »Fünf Schuss, die wir aufgeteilt haben. Aber ich übertrage das alleinige Sorgerecht dem Buchhändler. Er wird verantwortungsvoll umgehen mit Othello.«

Lizzie sieht von ihm zu mir und wieder zurück, dann verdreht sie die Augen. »Ihr seid ein echtes Dream-Team«, sagt sie.

»Othello?«, frage ich.

»Ich habe gestern Abend Shakespeares Werke gegoogelt, weil ich schauen wollte, was er noch so kann außer Sonetten. Und eines der Zitate ist mir im Gedächtnis geblieben: *Nein, mein Herz ist zu Stein geworden; ich schlage daran, und die Hand schmerzt mich.* Es klingt schön und tragisch zugleich.« Jamain zuckt mit den Schultern und setzt sein übliches Grinsen auf – vielleicht, damit niemand auf die Idee kommt, sich über ihn zu amüsieren wie dieser Trottel Arlo.

»Das ist eins meiner Lieblingszitate«, erwidere ich leise und merke erst einen Moment später, dass Lizzie mich mit leicht gerunzelter Stirn ansieht.

»Ty«, sagt sie. »Kann ich dich etwas fragen?«

Ich kann mir vorstellen, welches Thema sie anschneiden will. Jamain geht diskret einige Schritte zur Seite und zieht sein Handy aus der Hosentasche, um zumindest vorzugeben, er wäre nicht an dem Gespräch interessiert.

»Diese goldene Mitbewohnerregel …«, fährt Lizzie mit gesenkter Stimme fort. »Bin ich wirklich das Objekt deiner Begierde, wie es Jamain genannt hat? Denn …« Sie streicht sich nervös eine Strähne aus dem Gesicht. »Ich mag dich. Ich mag dich sehr. Obwohl wir uns nur selten außerhalb der Arbeit sehen, bist du einer meiner besten Freunde. Es ist nur –«

»Ich finde unsere Freundschaft gut so, wie sie ist, und ich will nichts daran ändern«, unterbreche ich sie vorsichtig, um ihr eine unangenehme Rede zu ersparen. Es spricht für sie, dass sie sich dazu entschlossen hat, die Sache noch mal aufzugreifen, damit ich mir keine falschen Hoffnungen mache. Leider bin ich jetzt derjenige, der das Gespräch weiterführen muss, während sie mich irritiert mustert.

»Es stimmt, dass ich dich hübsch finde und mal darüber nachgedacht habe, ob wir vielleicht ganz gut zusammenpassen würden – nicht nur in freundschaftlicher Hinsicht. Aber seitdem hat sich bei mir einiges geändert.« Zum Beispiel die Tatsache, dass meine Gefühle in Jamains Nähe verrücktspielen. »Du brichst mir also nicht das Herz«, füge ich etwas lockerer hinzu. »Und das muss auch nicht unangenehm zwischen uns stehen, oder?«

Lizzies Gesichtszüge entspannen sich, und sie schüttelt den Kopf. »Natürlich nicht. Ich wollte nur nicht …« Sie atmet erleichtert aus und erwidert mein Grinsen. »Na ja, ich wollte dir nicht – in deinen Worten – das Herz brechen.«

»Ich weiß.«

»Bei dir hat sich also einiges geändert?« Dass sie dabei einen Blick in Richtung Jamain wirft, der ein wenig zu konzentriert auf sein Handy schaut, ist gefährlich. Die Frage werde ich ihr nicht beantworten, egal, wie toll unsere Freundschaft ist und wie gut wir zusammen den Buchladen schmeißen.

»Hey, Shakespeare«, rufe ich. »Du kannst aufhören, so zu tun, als wärst du zu sehr mit deinem Handy beschäftigt, um irgendwas um dich herum wahrzunehmen.«

Jamain sieht lächelnd von seinem Display auf. »Ich wollte nur höflich sein. Euch dürfte beiden klar sein, dass ich jedes Wort mitverfolgt habe – das ist schließlich meine Aufgabe als Bodyguard. Hätte ja sein können, dass dich die Herzensbrecherin hier unterschwellig bedroht, während sie gleichzeitig ihr hübsches Äußeres zur Ablenkung nutzt.«

»Eine berechtigte Angst«, stimmt Lizzie ernst zu, woraufhin ich ein leises Seufzen ausstoße.

»Wollten wir nicht noch Steve besuchen?«, frage ich in geschäftsmäßigem Tonfall, um dem Gespräch eine neue Richtung zu geben. »Wie sieht's aus? Hatte er schon Mittagspause?«

»Wir könnten ihm auch Zuckerwatte mitbringen, das wäre doch nett«, sagt Lizzie. »Wenn er Zuckerwatte mag. Ansonsten …« Sie lässt den Blick über die Buden in der näheren Umgebung schweifen. »Einen Burger oder so, wenn er noch nicht gegessen hat. Was mag er denn, Jamain?«

Jamain wirft einen Blick auf seine Armbanduhr. »Er kann nur in die Pause gehen, wenn seine Ablösung da ist – gerade bei den Fahrgeschäften ist es wichtig, dass immer ein erfahrener Mitarbeiter anwesend ist. Der Funpark ist bei Schülern und Studenten ziemlich beliebt, die sich hier in den Ferien für ein paar Wochen etwas dazuverdienen – aber an den größeren Attraktionen werden sie nicht alleine gelassen. Was Zuckerwatte und Co angeht – Steve isst alles. Allerdings dürfen wir bei der Arbeit höchstens ein paar Schlucke trinken, Essen ist nur in den Pausen erlaubt. Er hat also vermutlich nichts davon, wenn wir ihm etwas mitbringen.«

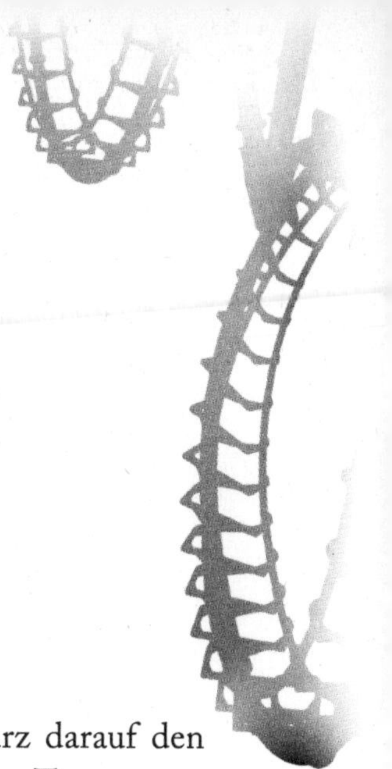

16 | Jamain | Airtime

Wir setzen uns in Bewegung und betreten kurz darauf den blauen Sektor, in dem insbesondere Othello, den Tyren unter den Arm geklemmt hat, wirkt wie ein Fremdkörper. Ein rosafarbener, plüschiger Fremdkörper.

Nachdem wir den Fontänenplatz, der wie immer von einer Unmenge spielender Kinder bevölkert ist, überquert haben, kommt die Blue Lagoon in unser Sichtfeld. Stahlträger und Kurven schrauben sich hoch in den Himmel und glänzen tiefblau in den Strahlen der Mittagssonne.

»Wow«, sagt Lizzie, die meinem Blick gefolgt ist und den Kopf in den Nacken gelegt hat. »Wirklich imposant.«

»Ihr fahrt doch eine Runde mit, oder?«, frage ich an Ty gewandt, bevor ich ihn sanft mit dem Ellbogen anstupse. »Ich passe auch auf dich auf.«

Lizzie gibt ein amüsiertes Schnauben von sich, kommt aber nicht dazu, etwas zu sagen, weil in diesem Moment Steve auf uns – oder vielmehr auf sie – aufmerksam wird und ihr ein breites Lächeln schenkt.

»Liz! Das ist ja eine tolle Überraschung. Ich dachte, du würdest heute im Buchladen arbeiten?«

»Hallo, Steve«, sage ich trocken. »Wir freuen uns auch, dich zu sehen.«

»Hey, Jamain. Hey, Tyren«, grüßt er uns abgelenkt, hält den Blick aber weiterhin auf Lizzie gerichtet, deren Wangen sich ein wenig gerötet haben.

»Jamain hat uns zu einem Spontanbesuch überredet«, erwidert sie, »und mein Grandpa hat uns freigegeben.«

»Super! Ich habe jetzt eine halbe Stunde Mittagspause, muss danach aber nur noch bis 15 Uhr arbeiten – wenig Betrieb, deshalb darf ich ein paar Überstunden abbauen. Ich könnte mich euch nachher also anschließen.«

Lizzie nickt, woraufhin Steves Lächeln noch breiter wird.

»Möchtest du mal einen Blick hinter die Kulissen werfen?«, fragt er. »Wenn du magst, kannst du dir die Überwachungskameras anschauen.«

Lizzie sieht unschlüssig zwischen uns hin und her.

»Geh nur«, sage ich ermutigend. »Ty und ich wollten sowieso gemeinsam die Blue Lagoon ausprobieren.« Ich recke den Hals, um einen Blick auf den Einstieg zu werfen; es ist erfreulich wenig los, und wir werden kaum Wartezeiten haben. »Erste oder letzte Reihe, Bookboy? Vorne ist es cool, weil man am meisten sieht, aber hinten ist die Airtime intensiver.«

»Airtime«, wiederholt Tyren skeptisch.

»Wenn der Wagen über die Kuppe fährt, wirkt die Zentrifugalkraft in die entgegengesetzte Richtung«, erkläre ich. »Und das so stark, dass man im Sitz angehoben und nur durch die Bügel gehalten wird. Fühlt sich genial an. Also? Deine Wahl?«

»Gibt es eine richtige Entscheidung?«, fragt Ty mit gequälter Stimme und betrachtet die Blue Lagoon mit einem misstrauischen Blick. »Keine Ahnung, was schlimmer wäre: zu sehen, wie schnell man in die Tiefe rast, oder nur durch den Bügel im Sitz gehalten zu werden.«

»Gar nichts davon ist schlimm«, widerspreche ich. »Im Gegenteil.«

»Dann hinten.« Er zuckt mit den Schultern und wirkt alles andere als überzeugt.

»Gute Wahl. Du wirst es nicht bereuen.« Ich schenke ihm ein Lächeln. Schön, dass er zugestimmt hat. Natürlich war ich ziemlich offensiv, aber das heißt nicht, dass ich ihn gegen seinen Willen zu etwas gezwungen hätte. Achterbahnen sind nicht jedermanns Sache, und ich hätte ein Nein akzeptiert. Umso besser gefällt es mir, dass er sich gemeinsam mit mir anstellt und im Anschluss neben mir im letzten Wagen Platz nimmt. Nachdem wir uns angeschnallt haben, senken sich die Bügel auf unsere Oberschenkel – eine Besonderheit der Blue Lagoon ist, dass nur der Unterkörper fixiert ist, sodass man viel Bewegungsfreiheit hat.

Tyren leckt sich angespannt über die Lippen. »Sollten wir das hier nicht überleben, werde ich dich aus der Wohnung schmeißen«, sagt er. »Fristlos.«

Die Wagen setzen sich in Bewegung, und ich werfe ihm ein schiefes Grinsen zu. Durch die plötzliche Schräglage befinden wir uns in einer fast liegenden Position, die ich nutze, um das Gesicht in seine Richtung zu drehen.

»Jeden Morgen gibt es mehrere Probefahrten, bei denen alles genau geprüft wird – sogar auf die Geräusche wird geachtet«, sage ich. Ein wenig Besänftigung kann nicht schaden. »Bei der kleinsten Unregelmäßigkeit wird das Fahrgeschäft so lange geschlossen, bis man ihr auf den Grund gegangen ist. Die Chancen, diese Fahrt zu überleben, stehen also ziemlich gut.«

Das Rattern, mit dem die Wagen nach oben gezogen werden, verstummt, wir sind ganz oben angekommen, und ein kühler Luftzug streicht über mein Gesicht.

»Halt die Luft an, wenn es abwärts geht und die Beklemmung zu groß wird«, rufe ich ihm zu, dann überfährt unser Wagen den

Scheitelpunkt. Ich liebe den Moment des Innehaltens vor dem fast freien Fall, und noch mehr mag ich es, ihn heute gemeinsam mit Ty zu erleben. Während ich normalerweise nur Augen für die Umgebung habe und die Aussicht auf den Park genieße, liegt mein Blick jetzt auf Tyren.

Ich spüre den Wind im Gesicht, spüre das Adrenalin, das durch meine Venen schießt, während wir ungebremst nach unten rasen. Aufregend, schwerelos und so verdammt belebend.

Spontan greife ich nach seiner Hand. Mein Bauch kribbelt, der Fahrtwind zerzaust mir das Haar, doch ich kann nur daran denken, wie gut sich unsere Berührung anfühlt. Der Wagen nimmt einige Kurven, fährt wieder eine Steigung empor, nur um erneut in die Tiefe zu stürzen und dabei eine leichte Drehung zu machen, sodass es sich anfühlt, als würden wir aus den Sitzen gehoben werden. Dann nähern wir uns auch schon dem letzten Hügel. Ich grinse in die Kamera, als das Foto gemacht wird – Tyrens Finger sind noch immer mit meinen verhakt.

»Wusstest du, dass Achterbahnfahren sogar gesund sein kann?«, frage ich, während die Wagen abgebremst werden und kurz darauf in der Station zum Stillstand kommen. »Der Nervenkitzel entsteht dadurch, dass dem Körper eine scheinbare Gefahr vorgegaukelt wird. Es ergibt sich eine Alarmreaktion, diverse Hormone werden freigesetzt – und danach setzt die Entspannung ein. Ein Gefühl von Glück, vielleicht sogar Euphorie, das sich richtig gut anfühlt.«

Die Bügel fahren nach oben. Widerwillig lasse ich Tyrens Hand los, damit wir unsere Gurte lösen können.

»Wie hat es dir gefallen?«, will ich wissen, während Ty seinen rosa Elefanten wieder entgegennimmt. »Kannst du der drohenden Gefahr etwas abgewinnen?«

»Ich kann dem Glücksgefühl etwas abgewinnen«, erwidert er mit einem Lächeln und streicht über Othellos Kopf.

Gemeinsam mit den anderen Fahrgästen verlassen wir den Ausstieg und gehen den kleinen Weg entlang, der zum Souvenirshop führt, wo man nicht nur Blue Lagoon Shirts, Basecaps und Schlüsselanhänger, sondern auch das Foto kaufen kann, das während der Fahrt aufgenommen wurde.

»Das würde sich gut an unserem Kühlschrank machen«, stelle ich mit einem Grinsen fest. »Als kleine Erinnerung daran, dass wir überlebt haben und du mich nicht aus der Wohnung schmeißen darfst.«

Ohne zu zögern, fischt Ty sein Portemonnaie aus der Hosentasche und kauft das Bild, das wir im Anschluss gemeinsam betrachten. Wir sehen nicht aus wie Mitbewohner oder Freunde, wir sehen aus wie ein Paar. Unsere Finger sind miteinander verflochten, ich lächle breit, und Tys Augen leuchten. Wenn wir das an den Kühlschrank hängen, wird uns kein Besucher glauben, dass der Grund dafür nur der Nervenkitzel war. Das Foto sieht aus, als würde es von einem Date stammen, und das gefällt mir. Von mir aus könnte das hier ruhig ein Date sein.

»Du bist also die Art Mensch, die Bilder an den Kühlschrank hängt«, sagt Tyren, woraufhin ich ihm ein neutrales Lächeln schenke.

Um ehrlich zu sein, war ich noch nie die Art Mensch, die Bilder an den Kühlschrank hängt. Die Sachen, die ich aus dem Kindergarten angeschleppt habe, waren nie schön genug, um hergezeigt zu werden – zumindest bin ich damals davon ausgegangen. Mittlerweile glaube ich eher, dass sie von Mom kaum wahrgenommen wurden, weil sie zu beschäftigt mit sich selbst war.

Nachdenklich betrachte ich Ty, der das Foto gerade sorgsam zusammenfaltet und in die Hosentasche steckt.

Ich könnte es sein. Ich könnte die Art Mensch sein, die Bilder an den Kühlschrank hängt und so Erinnerungen nicht nur schafft, sondern auch bewahrt und in Ehren hält.

Da Lizzie und Steve noch nicht wieder zurück sind, beschließen wir, uns bis dahin an dem Zuckerwattestand gegenüber zu bedienen. Es kostet nur wenig Überzeugungsarbeit, Tyren zu einer Jumbo-Zuckerwatte zu animieren, die wir miteinander teilen. Das Ding ist blau, größer als Othello, und es schmeckt verdammt gut.

»Blaue Himbeere«, sage ich, während ich einen Fetzen abzupfe und ihn mir in den Mund schiebe. »Was eigentlich nur bedeutet, dass der Geschmack Himbeere mit blauer Lebensmittelfarbe ist.«

»Anhand der Farbe hätte ich auf Schlumpf-Kaugummi getippt«, erwidert Ty und bedient sich ebenfalls.

Wir vertilgen das riesige Ding in Rekordzeit – zumindest fühlt es sich so an –, dann schlendern wir mit Lizzie, die kurz danach wieder zu uns gestoßen ist, durch den blauen Teil des Parks und probieren ein paar kleinere Attraktionen aus.

Um Punkt fünfzehn Uhr kommt Steve von seiner Schicht, um uns Gesellschaft zu leisten – auch wenn es mittlerweile offensichtlich ist, dass es ihm vor allem um Lizzie geht. Auf ihren Wunsch hin fahren wir alle vier mit dem Rainbow Wheel, nach dem Tyren ein wenig blass um die Nase wirkt. Auch Lizzie taumelt beim Ausstieg leicht, wird von Steve nach Gentleman-Art aufgefangen und lacht verlegen. Ty und ich tauschen unauffällig einen Blick aus. Die beiden passen definitiv gut zusammen.

Erst kurz vor Sonnenuntergang und einem Abendessen im Waffelladen machen wir uns auf den Heimweg. Wir setzen Lizzie vor dem Subtext ab, wo ihr Auto steht, und fahren das restliche Stück bis zu unserer Wohnung. Der Tag ist wie im Flug vergangen, und überraschenderweise hat das gute Wetter durchgehalten. Bis jetzt. Als wir auf den Parkplatz biegen, klatschen die ersten großen Regentropfen gegen die Scheiben, und als der Motor verstummt, schüttet es wie aus Eimern. Während ich mich abschnalle, holt Tyren Othello von der Rückbank und betrachtet ihn besorgt. Vermutlich hat er Angst, ihn nass werden zu lassen.

»Wir werden laufen.«

Ich ziehe überrascht eine Augenbraue hoch.

»Auf drei«, schiebt Ty hinterher, und ich zwinkere ihm verschmitzt zu.

»Es ist heiß, wenn du spontan bist, Bookboy.«

Tyren erstarrt kurzzeitig zur Bewegungslosigkeit, dann reißt er die Tür auf.

»Los!«

Ohne zu zählen, hechten wir nach draußen und rennen zur Eingangstür. Ich bin nass, Tyren ist nass, und Othello ist auch ein wenig nass, obwohl der Buchhändler versucht hat, ihn vor dem Regen zu schützen.

»Du hast nicht gezählt«, merke ich an, während Ty die Tür aufsperrt.

»Sorry«, erwidert dieser nur und zieht seine Schuhe aus. Ich tue es ihm gleich, sodass wir kurz darauf gemeinsam die Küche betreten.

Während Ty Othello auf dem Küchentisch absetzt, lehne ich mich mit der Hüfte gegen die Arbeitsplatte und mustere ihn abwartend.

»Na los«, fordere ich Ty auf. »Rück das Foto raus.«

Dieser macht keine Anstalten, den Kühlschrank zu verschönern. Stattdessen scheint er zum zweiten Mal innerhalb kürzester Zeit zur Bewegungslosigkeit zu erstarren. Den Ausdruck seiner hellen Augen kann ich nicht so recht deuten, seinen Blick, der für einige Sekunden zu lange auf meinen Lippen liegt, jedoch schon. Plötzlich scheint sich der Raum um uns zusammenzuziehen; es gibt nur noch uns beide, alles andere verschwindet im Hintergrund. Ich stoße mich von der Arbeitsplatte ab und gehe auf ihn zu. Sein blondes Haar ist dunkel vom Regen, und einige feuchte Strähnen hängen ihm in die Stirn. Sein Shirt ist ebenso nass wie mein Hemd und liegt eng an seiner Haut, sodass sich jede Erhebung, jeder Muskel seines Oberkörpers darunter abzeichnet.

Direkt vor ihm bleibe ich stehen und schenke ihm ein halbes Lächeln.

»Dein Geldbeutel«, sage ich. »Ich brauche deinen Geldbeutel.«

Er stellt keine Rückfragen. Stattdessen zieht er ihn aus der hinteren Hosentasche und reicht ihn mir. Ich fische einen Penny heraus, dann lege ich den Geldbeutel zur Seite. Mit einem Schnippen befördere ich den Penny in die Luft und fange ihn wieder auf. Langsam hebe ich die Hand und gebe den Blick auf die Münze auf meinem Handrücken frei.

Bei Kopf kriegst du einen Kuss auf die Wange. Bei Zahl einen auf den Mund.

»Zahl.« Meine Stimme klingt ein wenig heiser. Kein Wunder angesichts des Chaos in meinem Innern.

»Du weißt, was Zahl bedeutet. Hast du Einwände?«

Er schüttelt langsam den Kopf. »Schicksalsentscheidung ist Schicksalsentscheidung«, sagt er, während ein kleines Lächeln an seinen Mundwinkeln zupft.

Dem habe ich nichts hinzuzufügen.

Ich stecke den Penny in meine Tasche, dann lege ich eine Hand an seine Hüfte und schiebe die andere in seinen Nacken. Statt die Schicksalsentscheidung sofort in die Tat umzusetzen, drücke ich meine Stirn gegen seine und genieße für einige Sekunden das Gefühl seines warmen Atems, der über mein Gesicht streicht. Nur langsam verkleinere ich die ohnehin schon geringe Distanz zwischen uns, bis sich unsere Lippen treffen. Wir küssen uns zärtlich und ein wenig atemlos. Ty drückt sich an mich und streicht sanft über meine Wange. Mein Herz schlägt plötzlich viel schneller als zuvor. Vor wenigen Stunden hat er mich noch zitiert, hat gesagt, er wolle Feuer und Flamme sein. Jetzt bin ich es, der brennt, ertrinkt und schwebt. Doch wir sind es gemeinsam, die den Kuss intensivieren, die aus einem vorsichtigen Herantasten mehr machen, viel mehr, und die nicht genug bekommen können von den Empfindungen. Die nicht genug bekommen können voneinander. Er riecht nach frischem Regen und Waffeln, eine Mischung, die so einzigartig ist, dass sie mir vermutlich immer im Gedächtnis bleiben wird. Wie dieser Tag. Wie dieser Kuss.

Letztendlich bin ich es auch, der sich von ihm löst – mit rasendem Puls und einem glücklichen Kribbeln im Magen, gegen das sogar der Nervenkitzel der Blue Lagoon verblasst.

»Das war ein verdammt perfekter erster Kuss«, stelle ich fest. »Ich kann dem Glücksgefühl ebenfalls etwas abgewinnen.«

»Ja«, stimmt Ty zu, während sein Blick über meinen Oberkörper gleitet. Der Stoff meines Hemdes klebt nass an meiner Haut, und spätestens jetzt dürfte ihm klar sein, dass ich doch ein Piercing habe – nur im linken statt im rechten Nippel.

»Eigentlich dachte ich, wir hängen nur das Foto an den Kühlschrank«, sage ich, während ich mich wieder gegen die Arbeitsplatte lehne. »Aber das war die beste Planabweichung meines Lebens.«

Mit einem schwachen Lächeln zieht Ty das Bild aus der Hosentasche, dann holt er aus einer Schublade einen schlichten Metallmagneten und befestigt es damit an der Kühlschranktür. Im Anschluss tritt er mit leicht gerunzelter Stirn einen Schritt zurück und …

Verdammt noch mal.

Er grübelt. Er grübelt schon wieder.

Spontan nehme ich mein Handy aus der Tasche, wähle einen schnellen Song aus und drehe die Lautstärke hoch.

Ende der Grübeleien, Ty.

I still don't know what I want
Stop tryin' to figure it out
It doesn't matter cause I'm fine
I've been fine for a while.

Langsam dreht er sich zu mir um.

»Was wird das?«

»Tanz mit mir.«

Er befeuchtet seine Unterlippe. »… Was?«

»Du schuldest mir noch einen Gefallen.« Ein Lächeln zuckt um meine Mundwinkel. »Zwei Wahrheiten und eine Lüge, weißt du noch? Ich will, dass du mit mir tanzt.«

Einen Moment lang herrscht Stille, offenbar weil er hin- und hergerissen ist. »Du hast bei dem Spiel geschummelt.«

Ich hebe herausfordernd eine Augenbraue.

»Das ist wohl zu spontan für dich …«, necke ich ihn.

Tyren beißt sich auf die Unterlippe. »Ich kann nicht tanzen«, erwidert er leise.

»Ist egal«, erwidere ich. »Darum geht's nicht. Mach die Augen zu. Konzentriere dich nur auf den Beat. Denk nicht nach.«

Er mustert mich skeptisch, und ich schenke ihm ein aufmunterndes Lächeln.

»Probier's mal aus. Ich schaue auch nicht hin.«

»Okay.« Er atmet einmal tief durch und schließt die Augen. Ich tue es ihm gleich und gehe einen Schritt zurück, um uns ausreichend Platz zu geben.

Ohne zu zögern, beginne ich, mich im Takt zu bewegen, und höre an Tys Schritten und am Rascheln seiner Kleidung, dass er es ebenfalls tut.

Sonderlich lange kann ich mich nicht zurückhalten, sodass ich beim zweiten Refrain voll einsteige.

»*It's all right if you're taking your time.*« Vielleicht treffe ich nicht jeden Ton, aber ich singe mit Leidenschaft.

»People who have been found
Are the worst to be around anyway.«

Auch Ty scheint immer lockerer zu werden, denn einige Male stoßen wir fast zusammen.

»Ich werde jetzt die Augen wieder aufmachen«, kündige ich irgendwann an, woraufhin Tyren leise lacht.

»Auf drei«, sagt er, bevor er passend zum Takt zu zählen beginnt. »Eins, zwei …«

»Drei«, sagen wir zusammen.

Unsere Blicke finden sich, und wir tanzen weiter, während wir einander grinsend in die Augen sehen. Sämtliche Befangenheit ist verschwunden; wir sind wild, hemmungslos, und wir halten erst inne, als der letzte Ton verebbt.

»Das hat Spaß gemacht«, gibt Tyren atemlos zu und fährt sich durchs Haar.

»So viel, dass du mir einen weiteren Tanz schenkst?«, frage ich. »Vielleicht einen gemeinsamen?«

»Gerne.« Seine Stimme klingt ein wenig heiser. »Wenn du mich führst.«

Nichts lieber als das.

Ich stelle mich hinter ihn und lege die Hände auf seine Hüften. In diesem Moment erklingt das charakteristische Gitarrenintro von *After Dark.*

»Lass dich fallen«, flüstere ich in sein Ohr, woraufhin er sich an mich schmiegt und seinen Kopf an meine Schulter legt.

Gemeinsam beginnen wir, uns im trägen Tempo der Musik zu wiegen. Meine Brust an seinem Rücken, mein Unterleib an seinem Hintern, meine Lippen an seinem Hals.

»Mir ist so warm«, murmelt er, und ich schiebe die Hände unter sein Shirt, streiche mit den Fingerspitzen über seinen Bauch.

Er atmet zittrig aus, drückt sich noch fester an mich, was

wiederum dafür sorgt, dass auch die Hitze in meinem Innern zunimmt.

Ich umfasse den Saum und zögere.

Erst als ich sein Nicken spüre, ziehe ich ihm das Shirt langsam über den Kopf. Sobald ich ihn von dem Stoff befreit habe, schließe ich ihn in die Arme.

Ich genieße diesen Tanz in vollen Zügen – ebenso wie den gesamten Tag. Tyrens Nähe erfüllt mich, sein Körper schmiegt sich perfekt an meinen, und seine bloße Haut fühlt sich unglaublich gut an.

Mit jeder Songzeile entspannt er sich mehr und passt sich instinktiv meinem Rhythmus an, übernimmt teilweise sogar die Initiative. Er lässt die Hüften kreisen und hat gleichzeitig keine Ahnung davon, wie sexy er ist.

In einer geschmeidigen Bewegung dreht er sich zu mir um und betrachtet mich mit schräg gelegtem Kopf. Seine Augen funkeln, seine Wangen sind leicht gerötet, und seine Atemfrequenz ist ebenso erhöht wie meine. Obwohl ich schon einiges an Erfahrung habe, kann ich mich nicht daran erinnern, jemals derart … gebrannt zu haben.

Für einige Sekunden erwidert er meinen Blick, dann legt er die Hände an meinen Kragen. Sein verschmitztes Lächeln sorgt dafür, dass mir noch wärmer wird als zuvor. Er zieht mich mit einem Ruck zu sich heran und verschließt meine Lippen mit seinen. Ich atme ein überraschtes Seufzen aus, das er mit seinem Kuss dämpft – einem Kuss, an dem überhaupt nichts überfordert oder zurückhaltend wirkt. Ich lasse zu, dass er mich an sich zieht und die Führung übernimmt, gebe mich mit geschlossenen Augen dem neuerlichen Sturm hin, den er in mir entfacht. Die Stimme in meinem Innern, die mich warnt und mir sagt, dass das nicht gut enden wird, ist schon lange verstummt. Von mir aus kann sie für immer schweigen. Ich will nicht darüber nachdenken, ob ich klug genug oder gebildet genug für ihn bin, und auch nicht darüber, ob das hier für ihn nur ein spannendes Abenteuer oder das Ausprobieren irgendwelcher Spontanität ist.

Ty schiebt die Zunge zwischen meine Lippen, und der daraus resultierende Stromstoß beendet sämtliche Grübeleien. Es ist unmöglich, meinen Körper vom Reagieren abzuhalten, und eigentlich will ich das auch gar nicht. Was ich will, ist, ihn noch dichter an mich zu ziehen, seine Zunge an meiner zu spüren und meine Hände in seinem Haar zu vergraben. Und, verdammt, genau das tue ich. Sämtliche Vorbehalte, sämtliche Hemmungen fallen von mir ab, und ich erwidere seinen Kuss mit allem, was ich habe. Während die Luft um uns herum ebenso in Flammen steht wie mein Körper, knöpft er mein Hemd auf und schiebt es über meine Schultern, doch auch das bringt keine Abkühlung. Mittlerweile ist die Hitze in meinem Unterleib nicht mehr zu leugnen, meine Hose spannt, und ich bin mir ziemlich sicher, dass 14,88 gerade jedem verfluchten Millimeter Ehre macht. Tyren schmiegt sich an mich, und als ich unterdrückt aufstöhne, mustert er mich mit einem Ausdruck von überraschter Selbstzufriedenheit, der mich mit warmer Zuneigung erfüllt. So verdammt sexy.

Ich erwidere seinen Blick und erkenne in seinen Augen die gleiche Erregung, die auch in mir brennt. Wenn wir uns jetzt nicht stoppen, werden wir nicht mehr aufzuhalten sein. Ein verzehrendes Feuer. Eine gigantische Sturmflut. Ein Wirbelsturm, der alle Verankerungen löst.

Und das geht zu schnell. Für Ty, der so wenig Erfahrung mit spontanem Sex hat. Und für mich, der so wenig Erfahrung mit Sex hat, der wirklich etwas bedeuten könnte.

»Goldene Regel Nummer drei«, flüstere ich atemlos gegen seine Lippen. »Man vögelt den Mitbewohner nicht am Tag des ersten Kusses, egal, wie verlockend es ist … und man lässt sich auch nicht von ihm vögeln«, füge ich hinzu, während ich mich in einem schier übermenschlichen Akt der Selbstbeherrschung von ihm löse. Ich weiß nicht genau, was da zwischen uns ist, aber, fuck, ich will es nicht versauen.

»Ich wusste nicht, dass du so gerne Regeln aufstellst«, sagt Ty amüsiert und bückt sich nach seinem Shirt. »Aber ich stimme dir zu. Klingt vernünftig.«

Er klemmt sich Othello unter den Arm, schenkt mir ein kleines Lächeln und geht zur Tür, so langsam, dass er sich fast in Zeitlupe bewegt. Ich bin so durch den Wind und kann kaum einen klaren Gedanken fassen. Was ich aber weiß, ist, dass der Abend so nicht enden soll.

»Warte«, sage ich, und Ty dreht sich unmittelbar um.

»Tarantino wäre ein würdiger Abschluss für den Tag, oder?«

Er braucht einen Augenblick für seine Antwort. »Finde ich auch.« Ein Lächeln umspielt seine Mundwinkel. »Gib mir zehn Minuten.«

»Geht klar.«

Es dauert einige Minuten, bis sich der Zustand in meiner Hose beruhigt – ganz im Gegensatz zu dem Chaos in meinem Innern, das nach wie vor in mir tobt. Ich hatte mir geschworen, niemals so zu enden wie meine Mom, niemanden so nahe heranzulassen, dass er die Macht hat, mich zu verletzen. Und doch war ich derjenige, der eben eine verdammt heiße Szene beendet und damit dem zwischen uns Bedeutung verliehen hat. Wir hätten das alles auf einer harmlosen Ebene halten können. Belangloser Sex mit dem Mitbewohner nach einem wirklich schönen Tag – mehr nicht. Stattdessen gehe ich in mein Zimmer mit klopfendem Herzen und verdammten Schmetterlingen im Bauch beim Gedanken daran, gemeinsam mit ihm auf der Couch zu kuscheln und einen meiner Lieblingsfilme mit ihm anzuschauen.

»Guck mich nicht so an«, sage ich zu Kill, der bewegungslos

auf meinem Kissen sitzt und mich fixiert. »Ich habe euch doch erzählt, dass ich eine Schwäche für ihn habe. Es war klar, dass ich früher oder später nicht widerstehen kann.« Ich drehe mich zu meinem Schrank um und tausche mein Bodyguard-Outfit gegen Jogginghose und Shirt. »Er ist eben etwas Besonderes. Als ob ihr ihn nicht mögen würdet.«

Mit einem Seufzen fahre ich mir durch das noch feuchte Haar, dann verlasse ich barfuß das Zimmer, setze mich kurz darauf im Schneidersitz auf die Couch und suche bei den verfügbaren Streamingdiensten nach *Kill Bill.* Gerade als ich den Film gefunden habe, betritt Tyren das Wohnzimmer, und bei seinem Anblick beschleunigt sich mein Puls direkt wieder.

Statt sich neben mich zu setzen, positioniert er Othello auf der Kommode und macht eine vage Handbewegung in Richtung Flur.

»Wenn du willst, kannst du die Schweinchen dazuholen.« Er wirft einen Blick auf den Fernseher. »Wäre passend angesichts der Filmauswahl.«

Für einige Sekunden starre ich ihn ebenso forschend an, wie es Kill gerade bei mir in meinem Zimmer getan hat.

»Du magst sie«, sage ich mit fragendem Unterton, der sich bei seinem verlegenen Blick in Gewissheit wandelt. »Du magst sie!«

Bevor er das Offensichtliche abstreiten kann, springe ich auf und nutze die Gelegenheit, den Schweinchen einen gemütlichen Fernsehabend zu ermöglichen. Während Kill noch zögert, das Zimmer zu verlassen, folgt mir Bill auf dem Fuß und stößt bei jedem Schritt ein niedliches Quieken aus. An der Couch angekommen setze ich mich neben Bookboy und hebe das braune Meerschwein auf meinen Schoß, wo es sofort zufrieden die Augen schließt.

»So süß«, flüstere ich so leise, dass es Bill nicht hört. Sein Ego ist ohnehin schon zu groß.

Tyren nickt und lehnt sich zu mir, um über Bills Köpfchen zu streicheln. Als er seine Hand wieder wegzieht, stupse ich ihn leicht mit der Nase an.

»Das musst du nicht tun«, sage ich, woraufhin er mich fragend ansieht. Für einige Sekunden verliere ich mich in seinem Blick und vergesse um ein Haar, was ich sagen wollte.

»Jetzt wieder wegrücken, meine ich«, füge ich hinzu, als sich mein Gehirn dankenswerterweise dazu entscheidet, den Dienst wiederaufzunehmen. »Ich würde mich sogar freuen, wenn du es nicht tust.«

Bevor er etwas antworten kann, ertönt ein leises Kratzen aus Richtung des Flurs, und im nächsten Moment erscheint Kills Schnauze im Türrahmen.

»Wow«, hauche ich, ohne mir Mühe zu geben, meine Begeisterung zu verbergen. »Er kommt zu uns. Freiwillig.«

Keiner von uns bewegt sich, und sogar Bill hält komplett still, während sich Kill vorsichtig der Couch nähert und schließlich neben Tyrens Knöchel innehält.

»Nimm ihn hoch«, fordere ich ihn auf. »Er will eindeutig mit dir kuscheln.«

Ty betrachtet das weiße Meerschwein nachdenklich, dann beugt er sich vor, hebt es auf seinen Schoß und fährt mit den Fingerspitzen sanft durch sein Fell. Verdammt, wenn ich das gewusst hätte, dann hätte ich mich zuerst an seinen Knöchel geschmiegt. Tys Hände in meinem Haar – ich würde sofort tauschen.

»Bereit?«, frage ich, und als er nickt, starte ich den Film. Statt der ersten Szene jedoch die gebührende Aufmerksamkeit zu schenken, wandert mein Blick immer wieder zu Tyren hinüber – und zu dem weißen Schweinchen, das es sich auf ihm bequem gemacht hat.

»Eifersüchtig?« Er wirft mir ein schelmisches Grinsen zu und streicht demonstrativ über Kills Köpfchen.

»Ein wenig«, gebe ich unumwunden zu. »Hast du nicht Platz für uns beide?«

Anstatt zu antworten, legt er den Arm um mich, woraufhin ich mich ein Stück gegen ihn sinken lasse.

»Hey, Jamain«, sagt er nach einer Weile leise, vermutlich um den Film nicht zu stören. »Ich hatte einen wirklich schönen Tag.« Ein kurzes Zögern. »Dank dir.«

Ich rutsche ein Stückchen näher und streiche mit der Nase über seine Wange.

»Mein Tag war auch nicht so übel«, erwidere ich, bevor ich seine Lippen mit meinen verschließe. Wir küssen uns, während Kiddo ihre wohlverdiente erste Rache nimmt, und auch im weiteren Verlauf des Filmes finden sich unsere Lippen immer wieder. Als der Abspann über den Fernseher flackert, wähle ich schweigend den zweiten Teil aus.

Natürlich wird *Volume II* nie den Kultstatus des ersten Teils erreichen, aber er ist trotzdem toll. Außerdem müssen wir dringend Tyrens dahingehende Bildungslücke schließen. Ich unterdrücke ein Seufzen. Vermutlich die einzige Bildungslücke, die er hat – ganz im Gegensatz zu den Lücken bei mir, die eher gähnenden Abgründen gleichen.

Mittlerweile haben Kill und Bill sich wieder verkrümelt, und nun bin ich es, der den Arm um Tyren legt. Er zieht die Beine auf die Couch und legt den Kopf an meine Schulter. Während er sich an mich schmiegt und ich zärtlich durch sein weiches Haar fahre, ist es fast zu einfach, zu vergessen, wie unterschiedlich wir sind und wie wenig wir zusammenpassen. Vielleicht findet er es jetzt noch spannend, Zeit mit mir zu verbringen, doch irgendwann wird er feststellen, dass ihm ein zuverlässig wärmendes Feuer lieber ist als eine lodernde Flamme.

Es ist okay. Ich hatte ohnehin nie vor, mich auf mehr einzulassen. Wenn er mir morgen in die Augen sieht und mir mitteilt, dass er sich vom Moment hat hinreißen lassen und dass es ihm leidtut, mir so nahegekommen zu sein, dann werde ich ihm genau das sagen. *Es ist okay.*

Erst als der Abspann über den Bildschirm flimmert, wird mir klar, dass ich dem Film kaum Aufmerksamkeit geschenkt habe. *Sorry, Tarantino.*

Stattdessen war ich vollkommen auf den schlafenden Tyren konzentriert. Auf seine leicht geöffneten Lippen, sein attraktives Gesicht, seinen typischen Geruch und seinen regelmäßigen Atem. Die Stimmung ist so verdammt friedlich, dass ich am liebsten ebenfalls die Augen schließen und einschlafen würde. Da aber keiner von uns einen Wecker gestellt hat und wir morgen beide früh rausmüssen, taste ich nach der Fernbedienung und mache den Fernseher aus. Dann winde ich mich vorsichtig aus Tyrens Armen und schiebe stattdessen ein Kissen unter seinen Kopf. Nachdem ich ihn auch noch zugedeckt habe, streiche ich ihm erneut durchs Haar und küsse ihn sanft auf den Mund. Vielleicht zum letzten Mal? Ich habe keine Ahnung, was der nächste Tag bringen wird.

»Gute Nacht, Ty«, flüstere ich. »Träum von mir, ja?«

Auf dem Weg zur Tür halte ich inne, weil mir Othello von der Kommode aus einen vorwurfsvollen Blick zuwirft. Offenbar fühlt er sich einsam, weshalb ich ihn kurzerhand nehme und in Tys Arme bette. Die beiden sehen zusammen so verdammt süß aus, dass ich nicht widerstehen kann. Schnell greife ich nach meinem Handy und mache ein Foto. Buchhändler und rosa Stoffelefant. Bookboy und Othello. Tyren, dessen Anblick irgendetwas in meinem Innern zum Flattern bringt. Ob er erlaubt, dass das Bild ebenfalls am Kühlschrank seinen Platz findet?

17 | Tyren | Geheimnisvolles Vorhaben

»Guten Morgen, Sonnenschein.«

Verschlafen öffne ich die Augenlider. Es dauert ein paar Sekunden, bis sich mein Blick so weit scharf stellt, dass ich erkennen kann, wie Jamain mir schmunzelnd zunickt, bevor er sich abwendet. Kurz darauf höre ich die Haustür ins Schloss fallen. Ich gähne. Etwas stimmt nicht. Die Decke fühlt sich leichter an als sonst, und mein Nacken ist etwas verspannt. Außerdem starren mich zwei schwarze Knopfaugen an, die von rosafarbenem Fell umgeben sind. Othello.

Offenbar bin ich gestern auf der Couch eingeschlafen – vollkommen untypisch für mich –, und Jamain hat sich nicht nur um mich gekümmert, sondern mich auch geweckt. Bei der Erkenntnis durchläuft mich ein warmes Gefühl, und die Erinnerung an den vergangenen Abend bringt mich zum Lächeln.

Ein Lächeln, das den ganzen Tag über an meinen Mundwinkeln zupft und sich auch noch hält, als ich nach meiner Schicht im Subtext ins Auto steige. Gut gelaunt tippe ich den Knopf für das Radio an und halte inne.

Schicksalsentscheidung.

Wenn eine Ballade gespielt wird, fahre ich nach Hause.

Bei einer Rock- oder Technonummer besorge ich zwei Mochas, einen davon natürlich mit Sojamilch, und hole Jamain am Funpark ab.

Ich atme einmal tief durch, dann schalte ich das Radio ein und drehe die Lautstärke hoch. Unmittelbar flutet ein harter Beat den Toyota und lässt die Scheiben erzittern. Deutlicher kann das Schicksal wohl nicht sein.

Bevor mir Zweifel kommen, lasse ich den Motor an und gebe im Anschluss mein Bestes, um mich auf den Verkehr zu konzentrieren – und nicht darauf, dass ich gerade etwas Spontanes tue, das durchaus schiefgehen könnte.

Gute zwanzig Minuten später parke ich vor dem Eingang des Funparks und warte auf Jamain. Es ist ziemlich schwül heute, die Leute, die in kleinen Grüppchen aus dem Vergnügungspark kommen, sehen verschwitzt aus. In meinem Auto läuft die Klimaanlage; Jamain wird sich freuen, nicht die öffentlichen Verkehrsmittel nehmen zu müssen. Ich trommle mit den Fingerknöcheln gegen das Lenkrad, während ich warte. Okay, ich hoffe, dass er sich freuen wird, mich zu sehen.

Mein Blick zuckt zu den beiden Mochas in der Mittelkonsole. Das ist der vorletzte Kaffee, den ich ihm schulde, und ich bin nicht sicher, was passiert, wenn ich keine Ausrede mehr habe, ihm spontan einen Kaffee zu kaufen. Irgendwie habe ich Gefallen daran gefunden – an mehr als nur an den Kaffees natürlich, aber wir haben weder über den Kuss gestern Abend gesprochen noch über die Tatsache, dass daraus fast mehr geworden wäre. Um ehrlich zu sein, macht mich das unruhig. Ich mag es, wenn die Dinge klar sind und wenn ich weiß, woran ich bin. Aber gerade weiß ich das überhaupt nicht. Ich weiß nur, dass es mir schwerfällt, nicht zu lächeln, wenn ich an ihn denke.

Als Jamain aus dem Park kommt, steige ich aus, damit er mich sieht. Das tut er. Er kommt auf mich zu, aber an seiner Miene kann ich nicht ausmachen, ob er sich freut, dass ich hergekommen bin. Ich stecke unschlüssig die Hände in die Hosentaschen.

»Hey. Ich dachte, ich hole dich ab. Hatte schon um 16 Uhr aus.« Ich nicke in Richtung Mittelkonsole. »Ich hab Kaffee mitgebracht. Hiermit schulde ich dir nur noch einen.«

Jamain wirkt ein wenig müde. Oder sogar genervt? War es eine blöde Idee, ihn ohne Absprache abzuholen?

»Hey«, sagt er, und sein Blick zuckt zu der Bushaltestelle, die er ursprünglich angesteuert hat. »Der Tag hatte es echt in sich.«

Ich nicke stumm, woraufhin er den Rucksack absetzt und sich ins Auto beugt, um den Kaffee aus der Mittelkonsole zu nehmen. Nachdem er einen Schluck getrunken hat, lehnt er sich mit einem genießerischen Seufzen gegen die Beifahrertür und schließt für einen Moment die Augen. Immerhin scheint der Kaffee genau das zu sein, was er gebraucht hat – ob das allerdings auch für mich und den Toyota gilt, ist zweifelhaft.

»Toll, dass du mich abholst«, sagt er. »Und danke für den Kaffee. Es ist nur … ich …« Er nippt erneut an dem Mocha, und ich habe das Gefühl, er versucht, Zeit zu gewinnen. »Ich habe noch etwas vor«, schließt er dann.

Ich presse kurz die Lippen zusammen. Er hat etwas vor, will mir aber nicht sagen, was das ist – und das wiederum macht mehr als klar, worum es sich handelt. Wahrscheinlich hat er seine blöden Kokoskondome schon startklar in der Hosentasche. Ich umfasse die Autoschlüssel etwas fester und drehe mich zu meinem Toyota um.

»Okay. Dann sehen wir uns später, schätze ich.« *Nachdem du deinen Spaß nach der Arbeit hattest.*

Jamain hebt seinen Rucksack wieder hoch, wirft ihn über die Schulter und schließt die Beifahrertür.

»Bis dann«, verabschiedet er sich vage.

Ja. Bis dann. Warum sollten wir auch nicht so tun, als hätten wir uns nie geküsst? Als hätte er mir keinen Elefanten geschossen und als hätte ich nicht das Foto von unserer Achterbahnfahrt an den Kühlschrank gehängt. Als wäre einfach gar nichts passiert.

Anstatt ins Auto zu steigen und wegzufahren, stoße ich gereizt die Luft aus. »Viel Spaß bei deinem geheimnisvollen Vorhaben.«

Da er nichts erwidert, drehe ich mich wieder in seine Richtung. Für einige Sekunden mustern wir uns schweigend, dann reibt er sich erschöpft übers Gesicht und kommt zu mir zurück.

»Es ist meine Mom, okay?«, sagt er mit einem Anflug von Resignation. »Ich schaue zweimal pro Woche bei ihr vorbei, um mich zu vergewissern, dass alles in Ordnung ist; außerdem gehe ich für sie einkaufen.«

Oh.

Ich beiße mir auf die Innenseite der Wange.

»Nein«, beantwortet er eine Frage, die mir noch nicht einmal über die Lippen gekommen ist. »Sie ist nicht krank. Nicht körperlich zumindest. Aber sie braucht jemanden, der nach ihr sieht … und der den Großteil ihrer Rechnungen bezahlt«, fügt er etwas leiser hinzu.

Scheiße, ich hatte keine Ahnung.

»Da du es jetzt sowieso weißt, kannst du mich auch dort absetzen«, sagt er mit einem halben Lächeln. »Vorausgesetzt, du hast Zeit und Lust dazu.«

»Steig ein«, sage ich. »Ich fahre dich, wohin du willst.« Ich fühle mich wie ein Arschloch, weil ich davon ausgegangen bin, dass er sich mit jemandem treffen will, um Spaß zu haben. Ein Quickie. Eine schnelle Nummer. Jemand, der lockerer drauf ist als ich und der genau wie Jamain nicht an einer richtigen Beziehung interessiert ist. Jemand, der ihn perfekt ergänzt. Das war nicht fair von mir.

»Du hast nie erwähnt, dass du dich um deine Mutter kümmerst«, fange ich an und lasse mich auf den Sitz fallen. Jamain steigt ebenfalls ein, schließt die Tür hinter sich und nennt mir die Adresse. Er wirkt nachdenklich, und ich frage mich, warum er so ein Geheimnis daraus gemacht hat. Ob er die Sorge hatte, ich könnte schlecht über ihn denken? Aber weshalb sollte ich das tun?

»Wie kannst du das schaffen?« Der Satz schwebt erdrückend im Auto. Ich starte den Motor und biege auf die Straße ab. »Deine Rechnungen und ihre Rechnungen ... das klingt nach verdammt viel.« Klar, er arbeitet lange Schichten im Funpark, aber seine Mutter finanziell mitzuversorgen, ist dennoch nicht zu unterschätzen. Doppelte Rechnungen. Ich bezweifle, dass besonders viel von seinem Einkommen für ihn selbst übrig bleibt. Auf seiner Party hat er sich nicht mal eine eigene Pizza bestellt, und das Blind-Date-mit-Buch hat er ebenfalls zurückgestellt, obwohl er interessiert gewirkt hat. Offensichtlich bin ich der privilegierte Schnösel, der sich darüber beschwert, monatlich Miete zahlen zu müssen, obwohl seinen Eltern die Wohnung gehört. Große Klasse, Tyren.

»Ich zahle nicht alle ihre Rechnungen«, beginnt Jamain vage, »sondern nur vereinzelte, wenn sie sich ... übernimmt.« Er hebt den Mocha an die Lippen und trinkt einen Schluck.

»Wie geht es ihr?«, erkundige ich mich mit einem Seitenblick auf Jamain. Wahrscheinlich will er kein Mitleid – aber es klingt, als hätte er es alles andere als leicht gehabt. »Du hast gesagt, sie ist nicht körperlich krank?«

Jamain starrt auf seinen Kaffeebecher. »Manchmal habe ich das Gefühl, dass sie nicht alleine leben kann. Das war schon in meiner Kindheit so. Sie hat sich an jeden Mann geklammert, der in unser Leben kam, und war bereit, alles zu investieren und alles für die wahre Liebe aufzugeben.« Er lacht bitter auf. »Die wahre Liebe, die sie im Verlauf der Jahre unzählige Male gefunden und wieder verloren hat.«

Da es ihm schwerzufallen scheint, darüber zu reden, nicke ich nur stumm und konzentriere mich auf den Verkehr.

»Sie hat einen Job in einem kleinen Gemischtwarenladen«, fährt Jamain nach einer längeren Pause fort, »doch sie verschläft oft ihren Schichtbeginn. Mr Henderson ist echt verdammt großzügig, dass er ihr noch nicht gekündigt hat, sondern die fehlenden Stunden nur vom Gehalt abzieht. Das ändert aber nichts daran, dass das Geld hinten und vorne nicht reicht. Wäre vermutlich anders, wenn sie nicht ständig irgendwelchen unnötigen Mist kaufen würde.« Er seufzt leise.

»Sorry, ich wollte mich nicht beschweren«, schiebt er etwas reumütig hinterher. »Ich weiß, dass ich ihr wichtig bin, und sie hat immer versucht, sich gut um mich zu kümmern. Sie hat es aktuell nicht leicht. Es ist also selbstverständlich, dass ich mich jetzt um sie kümmere.«

Am liebsten würde ich sagen, dass ich verstehen kann, wie schwer das sein muss, aber die Wahrheit ist, dass ich das vermutlich gar nicht so richtig kann. Meine Eltern sind ganz anders; sie haben alles unter Kontrolle, kaufen nie etwas, das unnötig ist, leben für ihre Arbeit, planen alles, was sie tun, im Voraus.

Stumm werfe ich einen Seitenblick auf Jamain, der sich wieder seinem Mocha gewidmet hat. Kaffee Nummer vier.

»Als ich dir den ersten Kaffee gekauft habe, wollte ich dich am liebsten aus der Wohnung werfen«, fange ich zögerlich an. »Ich habe dich für einen Chaoten gehalten, der sich das Zimmer durch eine Täuschung erschlichen hat und der nichts anderes im Kopf hat als Partys und irgendwelche kriminellen Aktionen.« Mir wird warm vor Verlegenheit. Das ist nichts, worauf ich stolz bin.

»Aber du rettest Meerschweinchen, kümmerst dich um deine

Mom und liest Kindern vor. Das ist so verdammt …« *Charmant? Liebevoll? Nur ein winziger und dennoch bedeutsamer Teil all der Gründe, weshalb ich mich Stück für Stück in dich verliebe?*

»In 200 Metern rechts abbiegen«, sagt das Navi, bevor ich mich entscheiden kann, wie ich den Satz beende. Wahrscheinlich ist das besser so. Ich weiß nicht, was über mich gekommen ist, überhaupt damit anzufangen. Durchdacht war es jedenfalls nicht. Leider ist das nur ein weiterer Grund, weswegen ich mich zu ihm hingezogen fühle. In seiner Nähe sind die Gefühle manchmal stärker als mein Verstand, und obwohl mir das Angst machen sollte, genieße ich es.

»Aber dein erster Eindruck war nicht vollkommen verkehrt«, sagt Jamain in etwas lockererem Tonfall. »Ich habe mir die Wohnung wirklich erschlichen. Um ehrlich zu sein, habe ich Perry mit falschen Infos dazu gebracht, dass er mich als Nachmieter empfiehlt. Vermutlich lag's an der Brille mit Fensterglas, dass er mir nicht widerstehen konnte und alles geglaubt hat.«

Ich schüttle leicht den Kopf, woraufhin er lächelt.

»Ein Chaot bin ich auch«, fügt er hinzu. »Man kann dir also keine Vorwürfe machen, dass du nicht auf den ersten Blick erkannt hast, welch guter Fang ich bin.«

»Ich mache mir Vorwürfe, weil ich dich ziemlich schnell in eine Schublade gesteckt habe«, erwidere ich und parke vor einem alten Wohngebäude. »Sind wir hier richtig?« Als ich meinen Gurt löse, wird mir klar, dass Jamain nur davon gesprochen hat, ihn hier abzusetzen. »Soll ich … im Auto auf dich warten?«

»Du kannst mitkommen, schätze ich«, erwidert er zögerlich.

»Bist du sicher?«, vergewissere ich mich.

»Ehrlich gesagt bin ich alles andere als sicher.«

»Ich warte. Kein Problem.«

Jamain schnallt sich ab, steigt aus und sieht hinüber zum Hauseingang. Dann dreht er sich wieder zu mir um.

»Ich hätte dich gerne dabei«, sagt er. »Aber ich mache mir Sorgen darüber, was du denkst, wenn du siehst, wie ich aufgewachsen bin.« Ein etwas verrutschtes Grinsen erscheint auf seinem Gesicht. »Komm mit nach oben. Nachdem ich bereits das Vergnügen mit deinem Bruder hatte, ist es nur fair, wenn du meine Mom kennenlernst.«

Ich denke an Warren, der sich Jamain gegenüber wie ein richtig arrogantes Arschloch benommen hat, und bezweifle, dass es auch nur ansatzweise so unangenehm werden könnte, Jamains Mutter kennenzulernen.

»Ich werde bestimmt nicht schlecht über dich denken«, sage ich, als ich aussteige und ihm zur Eingangstür folge. »Ich glaube, das könnte ich gar nicht. Es sei denn, du hast eine Sammlung gruseliger Clownfiguren in deinem alten Zimmer.«

Jamain fischt einen Schlüssel aus seiner Hosentasche und öffnet die Eingangstür. Er wirkt immer noch ein wenig besorgt, aber ich sehe, wie ein kleines Lächeln um seine Mundwinkel zuckt, auch wenn er den Witz mit den Clownfiguren unkommentiert lässt. Wir gehen einen fensterlosen Flur entlang und dann über eine Treppe drei Stockwerke nach oben, bis wir vor einer Tür mit leicht verblasstem Namensschild stehen. Jamain zögert einen Moment, dann schließt er auf.

Es ist dunkel im Inneren der Wohnung. Die Jalousien sind hinuntergezogen, vermutlich weil es am Nachmittag ziemlich heiß war. Jamain geht zu den Fenstern und zieht die Rollläden nach oben, um Tageslicht hereinzulassen.

»Mom?«, ruft er, während ich mir eine Sammlung Porzellangiraffen auf einer Kommode ansehe. Er erhält keine Antwort, aber von irgendwoher ist das gedämpfte Geräusch eines Fernsehers zu hören.

»Sie ist im Wohnzimmer«, sagt er und bedeutet mir mit einer Handbewegung, ihm zu folgen. Ms Preston sitzt auf einer Couch mit Blumenmuster, die zur Hälfte mit Klamotten, Tellern und leeren Behältern bedeckt ist, und sieht sich eine Seifenoper an. Als sie uns bemerkt, hebt sie den Kopf und setzt sich etwas aufrechter hin.

»Hey, Jamain. Schön, dass du da bist.« Ihr Blick fliegt zu mir.

»Hi, Mom. Das ist Ty, mein Mitbewohner.«

»Freut mich, Sie kennenzulernen, Ms Preston«, sage ich höflich, woraufhin sie verlegen lächelt und mir freundlich zunickt.

»Entschuldigt die Unordnung.« Sie wendet sich wieder der Seifenoper zu, und ich lasse den Blick durch den Raum schweifen. Meine Mutter würde ihn als ›unruhig‹ bezeichnen, weil überall Krimskrams herumsteht – ein Taschentuchhalter in Form eines Schwans, ein Minikaktus aus Plastik, ein Set gehäkelte Fliegenpilze in verschiedenen Größen, eine bunte Schale voller Figuren, die aus Überraschungseiern stammen könnten, eine ziemlich majestätische Holzente –, aber die Sachen verleihen der Wohnung einen gewissen Charakter. An einer Wand hängen drei gerahmte Kinderfotos von Jamain. Jamain im Strampler auf einer blau-rosa Kuscheldecke, Jamain, der am Ohr eines Plüschtiers knabbert, das entweder ein Hund oder ein Hase sein könnte, Jamain mit stolzer Miene vor einem Legoturm.

»Ich wusste nicht, dass du mal so unschuldig ausgesehen hast«, sage ich amüsiert, als wir in die Küche gehen, die etwas mehr Chaos als Charakter hat. Es ist dennoch überschaubar.

Jamain räumt einen Berg schmutziges Geschirr aus dem Spülbecken und lässt Wasser ein. Ich sehe mich um und greife nach einem Handtuch, das vom Kühlschrank hängt, um abzutrocknen. Im nächsten Moment realisiere ich, dass Jamains Blick sich wieder verdunkelt hat.

»Lass das bitte«, sagt er und nimmt mir das Tuch aus den Händen. »Ich weiß es zu schätzen, dass du helfen willst, aber …« Er reibt sich über den Nacken. »Das hier ist mir echt unangenehm.«

Ich öffne den Mund, um ihm zu versichern, dass es ihm nicht unangenehm sein muss, schließe ihn dann jedoch ohne ein Wort wieder, als ich den Ausdruck in seinen Augen sehe. Manchmal ist Schweigen besser als jede Beteuerung.

Während Jamain sich wieder dem Spülbecken zuwendet, gehe ich ins Wohnzimmer, wo ich einige benutzte Gläser finde, die ich in die Küche bringe. Jamain zuckt zusammen, als ich damit stumm hinter ihm auftauche und sie neben die Spüle stelle.

»Gläser immer zuerst spülen«, sagt er mit einem halben Grinsen und greift danach. »Es beruhigt mich, dass du diese Regel auch kennst.«

»Das kann dich unmöglich überraschen«, erwidere ich belustigt.

Während er die Gläser abspült, denke ich über ein passendes Gesprächsthema nach. Ich will mich nicht aufdrängen oder unangenehme Fragen stellen, aber selbstverständlich will ich auch nicht desinteressiert wirken. Es ist toll, wie er seine Mutter unterstützt. Ich weiß nicht, wie er annehmen kann, ich könnte schlecht darüber denken.

»Der Einkauf muss auch noch erledigt werden«, sagt Jamain unvermittelt. »Vielleicht hast du Lust, das zu übernehmen?«

»Gerne.« Ich freue mich, wenn ich helfen kann, anstatt etwas unbehaglich hier herumzustehen und nichts zu tun.

Jamain trocknet sich die Hände ab und dreht sich zu mir um.

»Ich weiß es zu schätzen, dass du hier bist«, sagt er. »Ich bin nur nicht sonderlich gut darin, Hilfe anzunehmen. Es ist ein wenig unangenehm, aber das liegt nicht an dir.«

»Das muss dir nicht unangenehm s–« Ich verstumme, weil er in diesem Moment einen Schritt auf mich zu macht, nach meiner Hand greift und diese kurz drückt.

Dann weicht er zurück und wirkt dabei fast ein wenig verlegen.

Er zieht seinen Geldbeutel hervor, nimmt den Einkaufszettel heraus und reicht mir dann beides.

»Kein Kommentar zur Liste«, sagt er, noch bevor ich mir überhaupt einen Überblick über die Einkäufe verschafft habe. »Was mich angeht, bin ich eher flexibel. Aber bei meiner Mom will ich nicht riskieren, etwas zu vergessen. Die Sachen sind entsprechend geordnet, du dürftest sie leicht finden.«

Entsprechend geordnet? Als ich aus dem Wohngebäude trete, werfe ich einen genaueren Blick auf die Liste und stelle fest, dass die Einkäufe tatsächlich geordnet sind. Obst und Gemüse zuerst, Milchprodukte nebeneinander, Snacks ganz am Ende. Die Liste ist so übersichtlich, dass sie meinen eigenen Einkauflisten Konkurrenz macht, und das bringt mich zum Schmunzeln. Es zeigt, wie wichtig ihm seine Mutter ist.

Ich parke vor dem nächstgelegenen Supermarkt und arbeite die Einkäufe von vorne bis hinten ab, wobei ich mich in regelmäßigen Abständen versichere, dass ich nichts vergessen habe. An der Kasse zücke ich, ohne nachzudenken, meinen eigenen Geldbeutel. Ich habe nicht nach den billigsten Sachen gegriffen, weil ich ihm und seiner Mutter eine Freude machen will, und es wäre falsch, jetzt sein Geld, das ohnehin knapp ist, für die Bioprodukte und das dreilagige, extraweiche Klopapier zu verwenden. Mir macht es nichts aus, weil ich diesen Monat – wie eigentlich fast jeden Monat – genug übrig habe, um mir ein paar Dinge zu gönnen.

Ich verstaue die Einkäufe fein säuberlich in zwei Tüten und lade sie ins Auto. Dank der gut durchdachten Liste habe ich nicht mal zwanzig Minuten gebraucht, und nach fünf weiteren stehe ich wieder vor dem Wohngebäude.

18 | Jamain | Perfekte Linien

Sobald sich Tyren auf den Weg gemacht hat, stürze ich mich erneut in die Arbeit. Ich bin froh, dass er nicht danach gefragt hat, weshalb sich Mom nicht selbst um ihr Zeug kümmert … oder mir zumindest dabei hilft.

Die Antwort ist einfach und gleichzeitig kompliziert: weil sie sich freut, wenn ich es für sie tue, und weil ich mich freue, etwas für sie tun zu können. Vermutlich eine verdrehte Form der Wertschätzung, und ich gehe nicht davon aus, dass er dafür in irgendeiner Weise Verständnis aufbringen würde.

Zuerst spüle ich das restliche Geschirr, dann mache ich einen Streifzug durch die Wohnung, der mir ein weiteres Spülbecken voller schmutziger Teller beschert. Sobald die Küche in gutem Zustand ist, widme ich mich den restlichen Zimmern – da ich zweimal die Woche nach dem Rechten sehe, ist es kein Problem, das beginnende Chaos in den Griff zu kriegen. Gerade als ich den altersschwachen Staubsauger wieder in den Wandschrank stopfe, klingelt es an der Tür.

Tyren kommt mit zwei großen Papiertüten die Treppe hoch, unter dem Arm trägt er eine Packung Toilettenpapier, die mich sofort in leichte Unruhe versetzt. Ohne mir etwas anmerken zu lassen, begrüße ich ihn, nehme meinen Geldbeutel entgegen und werfe einen Blick hinein. Er hat mein Geld nicht benutzt. Er hat mein verdammtes Geld nicht benutzt, und er hat auch nicht exakt die Sachen gekauft, die ich aufgeschrieben habe. Toll. Ansonsten nimmt der Buchhändler alles übergenau, aber hier war er offensichtlich der Meinung, improvisieren zu können.

Mit zusammengebissenen Zähnen folge ich ihm in die Küche, wo ich mich daran mache, die Einkäufe in den verschiedenen Schränken zu verteilen. Dabei stelle ich erneut fest, dass kaum etwas den von mir notierten Artikeln entspricht. Mom wird sich freuen über den Luxus, den sich ihr Sohn normalerweise nicht leisten kann.

»Ich bin gerade fertig geworden«, lasse ich ihn wissen und schließe den Schrank ein wenig zu fest. Ohne Ty anzusehen, gehe ich hinüber ins Wohnzimmer, wo nach wie vor der Fernseher läuft.

»Ich hatte einen anstrengenden Tag«, sagt Mom entschuldigend, woraufhin ich mich auf die Lehne ihres Sessels setze und nach ihrer Hand greife.

»Das kann ich mir vorstellen«, erwidere ich, während ich ihre Finger leicht drücke. »War viel los auf der Arbeit?«

Sie nickt. »Es gab eine Menge Rückgaben. Und Rückgaben sind wirklich das Schlimmste, weil so viele Formulare ausgefüllt werden müssen. Danach hat man das Gefühl, nichts Sinnvolles getan zu haben. Aber dafür …« Sie setzt sich ein wenig gerader hin, und in ihrem Blick erscheint ein Funkeln, das mich halb rührt, halb beunruhigt. »Aber dafür habe ich einen netten Mann kennenlernt.«

Für einige Sekunden schließe ich die Augen, dann gebe ich mir größte Mühe, einen interessierten Gesichtsausdruck aufzusetzen.

»Erzähl mir alles.«

Eine knappe halbe Stunde später verlassen Ty und ich die Wohnung. Schweigend gehen wir über die Treppen nach unten und steigen in seinen Wagen. Statt etwas zu ihm zu sagen, lehne ich meinen Kopf gegen die Stütze und reibe mir erschöpft übers Gesicht.

Tyren macht keine Anstalten, loszufahren, und mustert mich von der Seite.

»Jamain«, fängt er vorsichtig an, woraufhin ich mich in seine Richtung drehe. »Die Sache mit dem Einkauf …«

Sofort erfüllt mich Unbehagen. »Es war nett, dass du das erledigt hast«, sage ich etwas steif. »Und dass du bezahlt hast.« Ich sehe ihn nicht an und betrachte stattdessen den leeren Becher in der Mittelkonsole. »Aber ich brauche deine Almosen nicht. Wir brauchen sie nicht. Mom und ich kommen klar. Auch ohne supersoftes Toilettenpapier und Bio-Avocados.«

»Das habe ich nie infrage gestellt«, antwortet Tyren. »Es ging nicht um Mitleid, sondern darum, dass ich dir eine Freude machen wollte.«

Ich presse die Lippen zusammen und halte den Blick stoisch geradeaus gerichtet. Eine Freude machen, indem man mir vor Augen hält, was ich mir für gewöhnlich nicht leisten kann?

»Du warst die ganze Zeit angespannt«, fährt er fort, und in seiner Stimme schwingt ein bitterer Unterton mit. »Ich weiß, dass ich nicht perfekt bin und dass wir unterschiedlich aufgewachsen sind, aber denkst du wirklich so schlecht von mir? Dass ich über dich und deine Mutter urteile? Dass ich die Nase rümpfe, weil das Geld knapp ist? Bin ich so ein Arschloch in deiner Vorstellung?«

Ich will widersprechen, doch Tyren wirkt so aufgebracht, dass ich vorerst schweige. Seine Worte wecken sofort mein schlechtes Gewissen. Natürlich weiß ein Teil von mir, dass er es gut gemeint hat – verdammt, Ty ist der netteste Mensch, den ich kenne. Und doch ist das Gefühl so ekelhaft. Das Gefühl, weniger wert zu sein. Das Gefühl, abhängig zu sein von einem anderen. Mom hat sich von einer Abhängigkeit in die nächste gestürzt, hat sich auf die Männer in ihrem Leben verlassen, und letztendlich wurde sie verlassen. Jedes einzelne Mal. Weshalb sollte es bei Tyren und mir anders sein? Es ist viel zu verlockend, mich der Geborgenheit hinzugeben, die ich in seiner Nähe empfinde. Vielleicht bin ich meiner Mom ähnlicher, als ich es wahrhaben will.

»Ich mag deine Mutter, sie ist aufrichtig und nett«, reißt mich Ty aus meinen düsteren Gedanken. »Ich mag ihre Wohnung, und es ist vollkommen egal, ob sie immer blitzblank ist oder nicht, sie hat Charme und man sieht genau, was deiner Mom wichtig ist. Ich weiß nicht, ob du dich für sie schämst oder für etwas anderes, aber das solltest du nicht, weil es keinen Grund dafür gibt. Nichts von dem, was ich heute Abend gesehen habe, würde auch nur ansatzweise dazu führen, dass ich schlecht über dich denke, Jamain. Das Gegenteil ist der Fall.«

Er rammt den Schlüssel in die Zündung, dreht ihn aber noch nicht. Besser so, denn ich halte es für keine gute Idee, wenn er in diesem Zustand losfährt. Für Tyren ist ein derartiger emotionaler Ausbruch vollkommen untypisch. Er ist sichtlich aufgewühlt – und ich bin es auch.

»Ich weiß, dass du meinen Bruder kennengelernt hast«, sagt er nach einigen Momenten des Schweigens, »und so sehr ich meine Familie auch liebe … ich glaube, uns ist beiden klar, dass sie sich für etwas Besseres halten. Aber so bin ich nicht.« Er fixiert das Lenkrad. »So will ich nicht sein.«

Er atmet einmal tief durch, dann lässt er den Motor an.

»So bist du nicht«, sage ich leise. »Das stimmt. Und was den Rest angeht … brauche ich ein wenig Zeit, um mich zu sortieren.«

Tyren nickt, dann rangiert er aus der Parklücke, und wir machen uns auf den Heimweg.

Das Schweigen zwischen uns ist angespannt, aber nicht über die Maßen unangenehm. Ich brauche die gesamte Fahrt über, um das Chaos in meinem Innern in den Griff zu kriegen und zu wissen, was ich ihm sagen will – und wie.

Nachdem Tyren seinen Toyota vor dem Haus geparkt hat, gehen wir zusammen nach oben in die Wohnung. Im Flur angekommen ziehen wir die Schuhe aus, und ich stelle meinen Rucksack ab.

»Komm«, sage ich dann, während ich nach seiner Hand greife und ihn ins Wohnzimmer führe, wo wir uns nebeneinander auf die Couch setzen.

»Ich halte dich nicht für ein oberflächliches Arschloch«, sage ich, während ich ihm direkt in die Augen sehe. »Im Gegenteil. Es ist einfach meine Unsicherheit. Ich habe die Sorge, dass du schlecht von mir denkst. Nicht von meiner Mom. Sie ist toll, und sie gibt immer ihr Bestes. Vielleicht ist die Wohnung nicht in perfektem Zustand, und vielleicht hat sie manchmal ihr Leben nicht im Griff. Aber, verdammt. Wer hat das schon?«

Ich halte inne und fahre mir angespannt durchs Haar. Tyren mustert mich aufmerksam, erwidert aber nichts. Ich bin ihm wirklich dankbar dafür. Die richtigen Worte sind einfach so schwer zu finden.

»Sieh mal«, unternehme ich einen neuen Versuch. »Du hast eine tolle Wohnung, und du weißt genau, was du willst. Du hast eine Familie, die darauf achtet, dass du deine Ziele nicht aus den Augen verlierst. Ich habe nicht mal welche. Während dein Leben in einer perfekten Linie verläuft, irre ich orientierungslos hin und her. Und ich denke, die Wohnung meiner Mom …«

Ich presse die Lippen zusammen und schlucke. Wird eine Angst verstärkt, wenn man sie ausspricht?

»Ich denke, sie hat dir auf einer neuen Ebene gezeigt, wie

unterschiedlich wir sind. Und ich habe Angst vor den Konsequenzen, die diese Erkenntnis mit sich bringt.«

Tyren wendet mir das Gesicht zu.

»Perfekte Linien werden überbewertet«, sagt er schlicht, und als ich in seine hellen Augen sehe, werden mir zwei Dinge klar, die alles einfacher machen.

Mir ist verdammt wichtig, was Tyren von mir denkt. Und ihm ist verdammt wichtig, was ich von ihm denke. Deshalb ist diese ganze Diskussion unnötig. Wir machen etwas kompliziert, was nicht kompliziert sein müsste. Wir beide – und das, obwohl es eigentlich seine Spezialität ist.

»Es ist vollkommen okay, zu schwanken und nicht von Anfang an zu wissen, was man will«, fährt Ty fort. »Es ist auch okay, unterschiedlich zu sein. Und was deine Angst angeht …«

Er schaut auf meine Lippen, dann wieder in meine Augen.

»Es hat sich nichts geändert. Ich mag dich genau so, wie du bist. Liebenswürdig, offen, spontan. Klug. Humorvoll. Leidenschaftlich.« Er beißt sich kurz auf die Innenseite seiner Wange. »Heiß«, fügt er leise hinzu, legt eine Hand an meine Wange und kommt ein Stückchen näher.

»So denke ich von dir.«

Sofort steigt mir sein Geruch in die Nase und sorgt dafür, dass ich mich mit geschlossenen Augen zurücklehnen und … einfach nur atmen will. Oder ihn küssen. Das wäre auch in Ordnung.

Seine Worte berühren etwas in mir; es ist das Schönste, was jemals jemand zu mir gesagt hat.

Für einige Sekunden schaue ich ihn forschend an, um herauszufinden, ob er alles davon ernst meint. In seinen blauen Augen finde ich keine Anzeichen von Lügen. Im Gegenteil, er schaut mich vollkommen offen an, und mir wird klar, wie verletzlich er sich gerade gemacht hat. Für mich. Um mir zu zeigen, dass er mich so mag, wie ich bin. Für das, was ich bin.

Als er die Hand wegzieht, fühlt sich die Stelle unangenehm kühl an, und ich greife spontan nach ihm, um unsere Finger miteinander zu verschränken.

»Du magst mich«, wiederhole ich neckend seine Worte.

Tyren verdreht mit einem halben Grinsen die Augen, nickt aber.

»Obwohl ich eine Packung Kondome mit Vanillegeschmack in deinem Nachttisch versteckt habe?«

Er hebt eine Braue und nickt erneut.

»Obwohl ich ein süßes Foto von einem schlafenden Buchhändler mit einem rosafarbenen Elefanten im Arm an den Kühlschrank hängen werde?«

Ein weiteres Nicken, dieses Mal etwas weniger entschlossen.

»Und obwohl ich Fantasien habe, die dich und eine Wäscheleine beinhalten?« Der perfekte Moment, um diese Andeutung nebenbei fallen zu lassen.

Tyren runzelt die Stirn. »Du hast Wäsche-Fantasien?«

»Wäsche*leinen*-Fantasien«, korrigiere ich, und sein irritierter Gesichtsausdruck ist in dem Moment so verdammt süß, dass ich sämtliche Zurückhaltung in den Wind schieße.

Ich lasse seine Hand los, richte mich auf und rutsche im nächsten Moment auf seinen Schoß, sodass sich unsere Gesichter auf derselben Höhe befinden.

»Du sitzt auf deinem Bett und liest – natürlich mit dieser sexy Lesebrille, die du dabei immer trägst«, sage ich, während ich die Hände rechts und links von seinem Kopf an der Lehne abstütze. »Und mit dieser grüblerischen Miene.«

Langsam verkleinere ich den Abstand zwischen uns, wobei ich dauerhaft seinen Blick festhalte, damit mir keine Regung entgeht.

»Du siehst nicht auf, weil du zu konzentriert bist auf das, was du liest. Deshalb erkennst du nicht die *drohende Gefahr*, die dir das Buch aus der Hand reißt, dich rücklings aufs Bett drückt und deine Hände mit der Wäscheleine ans Kopfteil fesselt.«

Ich halte inne. »Deshalb funktioniert das Szenario übrigens nur in deinem Zimmer; meine Matratze gibt das nicht her.«

Mittlerweile bin ich ihm so nahe, dass wir einen Atem teilen; trotzdem küsse ich ihn nicht.

»Dann bist du mir hilflos ausgeliefert«, fahre ich mit dunkler Stimme fort. »Und ich sorge dafür, dass dir kein einziger erster Satz mehr einfällt.«

»Du denkst also, du kannst mir meine unerschütterliche Konzentration rauben«, sagt er leise, und auch er klingt ein wenig rauer, ein wenig tiefer. Ich bin wohl nicht der Einzige, dessen Kopfkino sich gerade eingeschaltet hat.

»Nicht nur das. Ich kann dir auch die Fassung rauben«, erwidere ich provozierend. »Mühelos.«

Tyren reckt leicht das Kinn, als wäre das hier eine Art Herausforderung. »Beweise es.«

Ich nehme sie nur allzu gerne an, reiße mich aber zusammen und zupfe spielerisch am Bund seines Shirts. Erst als ich es nicht mehr aushalte, schiebe ich die Hand unter den Stoff, und Tyren seufzt auf. Er klingt so erleichtert, dass ich mir ein Lächeln nicht verkneifen kann, dann beuge ich mich vor und verschließe seinen Mund mit meinen Lippen.

Er legt sofort eine Hand in meinen Nacken und zieht mich an sich heran. Wir küssen einander, als gäbe es nichts anderes, als wäre die Welt um uns herum zusammengeschrumpft. Meine Finger wandern über seinen Oberkörper, streichen über seine feste Brust. Natürlich kann ich nicht widerstehen, sodass ich ihn unvermittelt in den Nippel kneife.

Seine Reaktion übertrifft meine Erwartungen um Längen. Er keucht in den Kuss hinein, löst sich von meinen Lippen und wirft mir einen dunklen Blick zu.

»Jamain.«

Vermutlich wollte er einen mahnenden Tonfall anschlagen, doch er klingt einfach nur heiß. Kein Tadel, sondern eine Aufforderung, die er kein zweites Mal formulieren muss.

Ich verlagere das Gewicht, mein Unterleib reibt über seinen Schritt, und ich kann spüren, dass ihn meine Annäherung alles andere als ungerührt lässt.

Tyren gibt ein unterdrücktes Stöhnen von sich, dann greift er nach meinem Shirt und zieht es mir in einer schnellen Bewegung über den Kopf.

Verdammt. Eigentlich war der Plan, Ty die Fassung zu rauben – und nicht mir selbst.

»Wow«, sage ich anerkennend und leicht atemlos. »Du hast mir die Kleider vom Leib gerissen. Du bist so ein Draufgänger.«

Bevor er etwas antworten kann, beuge ich mich vor und sorge dafür, dass er vorerst nicht in der Lage ist, mir zu widersprechen. Das protestierende Ächzen, das er ausstößt, summt durch meinen Körper, und ich grinse in unseren Kuss hinein. Seine unverstellten Reaktionen sind einfach unwiderstehlich.

Ich stütze eine Hand an der Sofalehne hinter ihm ab, die andere vergrabe ich in seinem Haar. Nachdem er auf den spontanen Kniff in seinen Nippel eher erregt als empört reagiert hat, gehe ich nicht davon aus, dass ich ihn mit Samthandschuhen anfassen muss. Aber auch das würde ich, ohne zu zögern, für ihn tun.

Ich ziehe an seinen Strähnen, und als er den Kopf nach hinten legt, nutze ich die Gelegenheit, um eine Spur aus Küssen über seinen Kiefer bis zu seinem Hals zu ziehen. Sein Puls pocht unter meinen Lippen, und ich lächle.

»92, Bookboy. Mindestens«, stelle ich fest, bevor ich sanft zubeiße und im Anschluss mit der Zunge über die leicht gerötete Stelle streiche.

Mit beiden Händen greife ich nach dem Saum seines Shirts und befreie ihn von dem unnötigen Stoff, nur um im Anschluss meine zärtliche Erkundung weiter fortzusetzen. Ich küsse jeden Zentimeter seiner Brust und lasse es mir natürlich nicht nehmen, seine Nippel zuerst mit der Zunge zu umspielen und dann neckend hineinzubeißen. Tyrens ersticktes Stöhnen schickt ein Kribbeln über meine Wirbelsäule. Mittlerweile ist meine Hose verdammt eng, und mein Puls hat die magische 92 garantiert weit überschritten.

»Erster Satz von *Herr der Ringe*?«, frage ich, während ich mich zwischen seinen gespreizten Beinen auf den Boden rutschen lasse und fest über seinen Schritt streiche.

»Ich …«

»Sorry.« Ohne Umschweife öffne ich Knopf und Reißverschluss seiner Jeans. »Aber sogar als Tolkien-Banause weiß ich, dass das Epos nicht mit ›Ich‹ beginnt.«

Ich ziehe auffordernd, und Tyren hebt die Hüfte gerade so weit, dass ich ihm die Hose ausziehen und irgendwo hinter mir auf den Boden werfen kann.

Mit den Fingerspitzen streiche ich über den gespannten Stoff seiner Shorts und sehe gleichzeitig unter halb gesenkten Lidern zu ihm auf.

»Du weißt ja, dass ich ein Mann der Vorausplanung bin«, sage ich, während ich mich wieder auf ihn setze, gleichzeitig aber die Hand in seine Shorts gleiten lasse und die Finger um seinen Schwanz schließe. Eine Welle der Erregung schießt in mir empor und sorgt dafür, dass ich zittrig Luft holen muss, bevor ich in der Lage bin, weiterzusprechen.

»Deshalb wüsste ich ganz gerne, was in Kürze passieren wird. Wirst du's mit mir tun oder ich mit dir?«

Statt eine Antwort zu formulieren, legt Ty stöhnend den Kopf zurück.

»Ich …« Seine Augenlider flattern, und er holt tief Luft. »Ich habe keine Erfahrung mit dem passiven Part.«

Für einen Moment halte ich inne und mustere ihn interessiert. Der Gedanke, ihn in mir zu spüren, ist verdammt reizvoll, und für einige Sekunden kann ich an nichts anderes denken als daran, von meinem Lieblingsbuchhändler gevögelt zu werden.

»Lass uns in mein Schlafzimmer gehen«, sagt er. Vermutlich ist es nicht sonderlich schwer, mir meine Fantasien anzusehen.

Ich streiche über sein Haar und belasse die Hand an seiner Wange, während ich erneut feststelle, wie verdammt viel ich für ihn empfinde.

»Jemand hat mir eine Packung Kondome mit Vanillegeschmack in meinen Nachttisch gelegt«, schiebt er nach einer kurzen Pause hinterher. »Die könnte …« Ein Atemzug. »… jetzt ziemlich gelegen kommen.«

19 | Tyren | Fünftausend Dollar

Jemand klopft gegen die Wohnungstür. Ich fahre zusammen, und Jamain zieht die Hand aus meinen Shorts. Scheiße. Wer ist das? Der überraschte Blick, den er mir zuwirft, lässt vermuten, dass er nicht den Hauch einer Ahnung hat, wer gerade an unsere Tür klopft. Leider wächst in mir eine Vermutung. Die meisten Menschen würden klingeln, aber dieses ruhige, altmodische Klopfen …

»Mein Dad. Das ist mein Dad.« Hektisch schiebe ich Jamain von meinem Schoß. Gott, ich hoffe, dass ich mich irre und dass es nur ein Nachbar ist, der sich etwas ausborgen möchte. Das kommt vor. Scheiße, ich weiß nicht, wann es das letzte Mal vorgekommen ist. Den Nachbarn scheint nie etwas auszugehen. Ich springe auf und greife nach meiner Hose. Jamain steht viel zu entspannt daneben, macht nicht einmal Anstalten, sein Shirt aufzusammeln.

»Jamain, zieh dir was an!«

Er gibt ein entnervtes Seufzen von sich. »Hast du schon mal daran gedacht, ihm nicht die Tür zu öffnen?«

»Er hat einen …« Die Eingangstür gibt das typische leise Knarren von sich. »… Schlüssel.« Und er hat ihn benutzt. Er hat ihn allen Ernstes benutzt. Er kommt ins Wohnzimmer, als ich mir gerade die Jeans anziehe, und sein Gesichtsausdruck spiegelt Überraschung wider. Überraschung, die schnell zu Entsetzen wird. Mit einem Knall lässt er das Buch, das er in der Hand hatte, auf die Kommode fallen. Seine Augen verengen sich.

»Ich dachte, es wäre niemand zu Hause, deshalb habe ich mich selbst hereingelassen«, sagt er. »Ich wollte dir etwas vorbeibringen.«

Ein Buch? Von hier aus kann ich nicht sehen, um welchen Titel es sich handelt. Warum hat er mir ein Buch vorbeigebracht? Hastig schließe ich Reißverschluss und Knopf meiner Hose.

»Okay.« Etwas Besseres fällt mir nicht ein. Wir stehen halbnackt vor meinem Vater, und ich sage ›Okay‹. »Danke.« Und ›Danke‹.

Dad sieht aus, als würde es ihm Schmerzen bereiten, mich anzusehen. Er fährt sich über die Stirn und steht völlig bewegungslos da. Mittlerweile ist ihm mit Sicherheit auch Jamains Piercing aufgefallen. Nicht, dass das das Schlimmste wäre. Das Schlimmste ist, in welcher eindeutigen Situation er uns erwischt hat. Jamains Haar ist zerzaust, seine Augen glänzen, und seine Lippen sind geschwollen von unseren Küssen. Es ist offensichtlich, was gelaufen ist.

»Wir haben nicht mit Besuch gerechnet.«

Er sieht immer noch zwischen uns hin und her. »Das ist offensichtlich, Tyren.« Er hat denselben Gesichtsausdruck, den er einmal im Restaurant hatte, als seine Suppe versalzen war. »Wir waren letztes Wochenende auf einer Auktion. Du weißt ja, wie gern deine Mutter auf Auktionen geht.«

Ich hebe mein Shirt auf und ziehe es mir über. »Ja.«

»Es wurde unter anderem ein Buch versteigert. Ich habe mir gedacht, dass du vielleicht etwas damit anfangen kannst. Es handelt sich wohl um irgendeine Erstausgabe.«

Mit einem Schlucken schaue ich zur Kommode. Mein Vater hat mir ein Buch vorbeigebracht.

»Aber mir war nicht bewusst … was hier vonstattengeht«, fährt er kühl fort und nimmt nun sichtlich Kenntnis von Jamains Erscheinungsbild. Gott, die Art, wie er ihn mustert, erinnert mich daran, wie Warren ihn auf der Party angesehen hat – nur, dass seine Stimme sogar noch kühler ist. »Jamain Preston, nehme ich an?«

Jamain lehnt sich lässig mit der Hüfte gegen die Rückenlehne der Couch, aber mittlerweile kenne ich ihn gut genug, um zu bemerken, dass er sich unwohl fühlt.

»Ja«, erwidert er, und seine Stimme ist noch leicht heiser. »Guten Abend, Dr. Bradford.«

Genau wie ich scheint er nicht zu wissen, wie er mit dieser Situation umgehen soll. Verdammt. Das ist meine Schuld.

»Ich werde mal nach …«, fängt Jamain an und hält kurz inne. »… dem Abendessen sehen«, schließt er unbeholfen, bevor er das Wohnzimmer verlässt. Ich bin mir ziemlich sicher, dass er ›Kill und Bill‹ sagen, mich aber nicht in eventuelle Schwierigkeiten bringen wollte. Er ist nicht in Richtung Küche gegangen.

»Das steckt also dahinter«, sagt mein Vater kühl. »Ich hatte im Dinner Side die Sorge, wir wären zu hart zu dir gewesen. Im Grunde genommen sind wir stolz auf dich, Tyren, auch wenn du nicht in meine Fußstapfen trittst.«

Ich beiße mir auf die Innenseite der Wange.

»Du musst uns nicht deine Unabhängigkeit beweisen, indem du dich mit diesem Jamain abgibst.« Dad betont seinen Namen, als würde es sich dabei um etwas Ekliges handeln. Ich grabe die Fingerkuppen in meine Handfläche und schlucke.

»Deine erste Freundin hat so gut zu dir gepasst. Vollendete Manieren, tadelloses Elternhaus. Dann kam dein Kommilitone, den wir toleriert und mit offenen Armen aufgenommen haben.

Aber jetzt? Ein gepiercter Junkie, der nicht mehr zu bieten hat als einen Highschoolabschluss und bei dem du dir nie sicher sein kannst, ob er dir in deiner Abwesenheit nicht die Wohnung ausräumt?«

Die Eingangstür schließt sich mit einem leisen Geräusch, das umso lauter in mir widerhallt. Mein Vater hat Jamain aus der Wohnung vertrieben. Er muss gehört haben, was er zu mir gesagt hat, und es ist mehr als verständlich, dass er daraufhin gegangen ist. Jedes einzelne Wort war verletzend. Ohne es zu beabsichtigen, hat Dad ihn genau da getroffen, wo es am meisten wehtut. Scheiße, von mir aus kann er die Erstausgabe, mit der er mir eine Freude machen wollte, gleich wieder mitnehmen. Ich will sie nicht. Ich habe mir so lange Wertschätzung gewünscht, aber nicht so. Nicht, wenn ich dafür meine Ideale wegwerfen muss. Es reicht.

»Ich musste euch immer etwas beweisen.«

Dad zieht die Augenbrauen hoch. »Das ist völliger Unsinn, Tyren. Ich weiß nicht, was du denkst –«

»Ich zahle Miete, obwohl die Wohnung Mom und dir gehört. Warren und Abigail mussten während ihres Studiums keine Miete zahlen. Ich musste beweisen, dass ich gut genug bin, obwohl ich nicht Medizin studiere.«

»Das hast du falsch aufgefasst. Ein Medizinstudium ist nun mal um einiges anspruchsvoller als ein Literaturstudium. Warren und Abigail hätten keine Zeit gehabt, nebenbei noch arbeiten zu gehen. Nur darum ging es«, erwidert mein Vater. Seine Gesichtszüge haben sich weiter verhärtet.

»Anspruchsvoller«, wiederhole ich seltsam ruhig. »Sinnvoller. Besser. Wertvoller. Das denkst du doch. Das denkt ihr alle. Ich habe mich immer um die besten Noten bemüht, aber ich hatte von Anfang an keine Chance, oder? Eine Eins in Literatur ist für euch nicht vergleichbar mit einer Eins in Medizin.«

Mein Vater presst die Lippen zusammen und bleibt stumm. Ich schlucke. Was ich sage, trifft zu. Natürlich trifft es zu.

»Aber was Jamain angeht: Er muss dir nichts beweisen. Und du hast nicht das Recht, dir ein Urteil über ihn zu erlauben. Du kennst ihn nicht einmal. Du weißt nichts über ihn.«

»Gib mir einen Kugelschreiber«, sagt er steif.

»Was?« Mein Blick zuckt zum Couchtisch, auf dem unter anderem ein Kugelschreiber liegt. Mein Vater nimmt ihn und zückt sein Scheckbuch. Alles in mir verkrampft sich. Er ist überzeugt, dass er dieses ›Problem‹ mit Geld regeln kann.

»Du sollst nicht das Gefühl haben, uns beeindrucken zu müssen, und du sollst dich im Gegensatz zu deinen Geschwistern auch nicht ungerecht behandelt fühlen«, sagt er, während er schreibt. Ich spanne den Kiefer an. Er reißt den Zettel ab und hält ihn mir hin. Als ich keine Anstalten mache, ihn zu nehmen, legt er ihn zwischen uns auf den Couchtisch, mit der Summe nach oben. Fünftausend Dollar. Glaubt er wirklich, mich auf diese Weise lenken zu können?

»Ich mache mir nur Sorgen, Tyren.« Mein Vater klingt versöhnlich, aufrichtig. »Ganz egal, was du denkst: Ich bin stolz auf dich. Es stimmt, ich musste mich erst daran gewöhnen, dass du dich gegen ein Medizinstudium entschieden hast, aber das heißt nicht, dass ich dich nicht wertschätze. Doch was Jamain angeht … überlege dir, ob du dir nicht einen neuen Mitbewohner suchen willst. In dem Fall wäre ich auch bereit, dir als Kompromiss drei Monate lang die Miete zu erlassen. Mit dem Geld solltest du nicht erneut unter Druck stehen, sofort einen Nachmieter zu finden. Du kannst dir also Zeit lassen und eine klügere Wahl treffen.«

Der Scheck liegt auf meinem Couchtisch wie ein Eindringling. »Ich glaube, Jamain war die klügste Wahl, die ich seit Langem getroffen habe.«

Mein Vater runzelt die Stirn. »Das wage ich stark zu bezweifeln. Hör dir doch zu. Du hast mir noch nie solche Vorwürfe gemacht.«

»Das hätte ich schon viel früher machen sollen, anstatt alles zu schlucken. Dann hätten wir vielleicht die Chance gehabt, etwas zu klären.« Ich hebe den Scheck auf und zerreiße ihn vor den Augen meines Vaters, lasse sogar demonstrativ die verfluchten Papierschnipsel auf den Couchtisch regnen. »Ich will weder dein Geld noch einen Mieterlass. Das ändert nichts an meinen Gefühlen.«

Dad sieht einen Moment lang finster auf die Papierschnipsel, dann wendet er sich abrupt ab und geht zur Tür. »Überdenke deine Prioritäten, Tyren.« Er verschwindet so plötzlich, wie er gekommen ist, und ohne einen weiteren Abschiedsgruß. Ich bleibe im Wohnzimmer stehen. Ihm muss klar sein, dass ich das schon gemacht habe. Ich habe meine Prioritäten schon überdacht, und ich habe mich an erste Stelle gesetzt. Nicht mehr den Kampf um die Anerkennung meiner Familie. Sondern endlich mal mich.

Ich lasse mich auf die Couch fallen und greife nach meinem Handy, wo ich unschlüssig auf den letzten Nachrichtenverlauf zwischen Jamain und mir schaue. Nachdem ich ein paar Worte getippt habe, lösche ich sie wieder, tippe neue. Dann noch mal. Ich weiß nicht mal, wie viel er gehört hat. Wahrscheinlich alles von meiner ersten Freundin bis zum gepiercten Junkie.

Wo bist du, Shakespeare?, tippe ich. Klingt das zu locker? Zu vertraut? Ich lösche den Spitznamen. Mache ihn wieder hin, weil es sich sonst zu distanziert liest und ich keine Distanz will. Gott, ich will das Gegenteil von Distanz.

Tyren: Wo bist du, Shakespeare?

Erst nach zwei Minuten bekomme ich eine Antwort.

Jamain: Bin unterwegs. Kannst du Kill und Bill füttern?

Etwas in mir fühlt sich schwer an. Er hat vor, länger wegzubleiben.

Tyren: Ja. Wann kommst du wieder?

Auf meinem Handy passiert nichts. Fünf Minuten lang. Zehn Minuten lang. Jamain hat meine Nachricht gelesen, aber er scheint entschieden zu haben, mich zu ignorieren. Kill und Bill ignorieren mich nicht. Sie watscheln mir entgegen, als ich mit klein geschnittenem Gemüse und ein paar Stücken Erdbeere ins Zimmer komme, freuen sich über das frische Heu und das neu aufgefüllte Wasser. Lange bleibe ich nicht in Jamains Zimmer. Mein Handy liegt immer noch auf der Couch, und ich will keine neue Nachricht verpassen.

Nur, dass da keine neue Nachricht ist. Okay. Er will wahrscheinlich eine Weile lang allein sein und in Ruhe gelassen werden. Das ist verständlich. Überhaupt kein Problem. Ich schalte den Fernseher an, wechsle von einem Sender zum nächsten, bleibe nirgendwo lange. Seifenopern und Krimiserien ziehen an mir vorbei. Wenn ich ihn früher verteidigt hätte, wäre er vielleicht nicht gegangen. Wenn ich nicht so überrumpelt gewesen wäre … Ich wische die Bildschirmsperre meines Handys weg, obwohl ich weiß, dass er nicht geschrieben hat. Verdammt, was genau bedeutet ›unterwegs‹ überhaupt? Wo könnte er hingegangen sein?

Ich werfe das Handy neben mich auf die Couch, schwungvoll genug, dass es sich dreht, aber nicht so schwungvoll, dass es einen Hüpfer machen und zu Boden fallen könnte. Es bleibt mit dem

Display nach unten liegen. Besser so. Dann muss ich wenigstens nicht sehen, dass ich keine neuen Nachrichten habe. Fünfzehn Minuten später greife ich doch wieder danach.

Tyren: Hab Kill und Bill gefüttert. Alles gut bei den beiden.

Tyren: Ist bei dir alles gut?

Im Fernsehen wird jemand erdrosselt. Auf einem anderen Sender macht ein Typ mit lässiger Sonnenbrille ein Wortspiel. Könnte Jamain gefallen. Ich greife nach der Fernbedienung, drücke auf den roten Knopf und sehe zu, wie der Bildschirm von einem Moment auf den nächsten schwarz wird. Im Wohnzimmer kehrt Stille ein. Wahrscheinlich würde ich auch keinen Kerl daten wollen, dessen Familie so über mich redet. Das ist es nicht wert. Schon gar nicht, wenn der Kerl so ein Langweiler ist wie ich.

Mein Handy vibriert, und ich stürze mich förmlich darauf, aber es ist nur Lizzie. Ernüchtert klicke ich auf ihre Nachricht.

Lizzie: Weißt du, was mit Jamain los ist? Steve macht sich Sorgen um ihn.

Tyren: Ist er gerade bei ihm?

Lizzie: Ja, er wollte abgeholt werden. Habt ihr euch gestritten?

Tyren: So ähnlich. Kannst du mir Steves Adresse geben?

Lizzie: Ich frage ihn, ob das okay ist.

Ich atme tief ein und aus. Es ist mir ehrlich gesagt ziemlich egal, was Steve davon hält. Und es ist mir auch egal, dass Jamain lieber dort ist als hier in unserer Wohnung. Bestimmt putzt Steve nicht einmal annähernd so oft wie ich. Bestimmt ist seine Wohnung nicht mal im Entferntesten –

Ich reibe mir frustriert über die Schläfe. Und genau diese Gedanken machen mich zu einem oberflächlichen Arschloch und einem Langweiler. Was für eine traurige Kombination.

Lizzie: Check :) Schicke dir die Adresse weiter.

Ohne zu zögern, laufe ich in den Flur, ziehe mir die Schuhe an und greife nach meinen Schlüsseln.

20 | Jamain | Luftschlösser

Der Abend ist wirklich rasend schnell den Bach runtergegangen. Und das, obwohl alles gut gelaufen ist. Zumindest bis Mr Bradford wie ein Racheengel im Flur erschienen ist. Tyren hat mich spontan vom Funpark abgeholt, und statt uns irgendwie in die Haare zu kriegen, haben wir offen miteinander gesprochen. Er hat mich zu Mom gefahren, und ich hatte das Gefühl, dass er nicht nur mich, sondern auch sie respektiert. Und was eben im Wohnzimmer passiert ist und noch passiert wäre, wenn Ty nicht so freigiebig mit den Wohnungsschlüsseln umgehen würde …

Ich fahre mir zum wiederholten Mal durchs Haar, während ich durch die Nacht laufe. Ohne Ziel, denn ein Loser wie ich ist nicht zielstrebig. Er kriegt keine perfekte Linie hin, irrt lediglich orientierungslos hin und her. Das ist es, was sein Vater meinte, und das ist es, was sich Ty früher oder später auch eingestehen muss. Wir passen nicht zusammen, sind keine zwei Seiten einer Münze. Weder Kopf noch Zahl. Keine verdammte Schicksalsentscheidung.

Schon jetzt bereue ich, dass ich Steve angerufen habe; vorhin, kurz nachdem ich die Wohnung verlassen habe. Es war eher ein Impuls als ein wirklicher Plan. Am liebsten würde ich mich irgendwo verkriechen, ohne jemandem Rede und Antwort zu stehen – etwas, das ich Steve schulde, wenn er sich schon die Mühe macht, mich abzuholen.

Mit den Händen in den Hosentaschen tigere ich planlos auf und ab, stelle fest, dass es überraschend kühl ist ohne Pullover, betrachte eine Straßenlaterne, die enervierend flackert, und gebe mein Bestes, um weder über Tyren noch über Mr Bradford nachzudenken. Stattdessen murmle ich das Shakespeare-Zitat vor mich hin, das mir noch ziemlich gut im Gedächtnis geblieben ist und das sich gerade beunruhigend richtig anfühlt.

»*Nein, mein Herz ist zu Stein geworden; ich schlage daran, und die Hand schmerzt mich.*«

»Ziemlich dramatisch, oder?«

Ich zucke zusammen, als Steve hinter mir auftaucht.

»Sorry, ich wollte dich nicht erschrecken«, schiebt er hinterher und deutet die Straße hinunter. »Das Auto steht da vorne. Ich hatte Glück mit einem Parkplatz.«

Ich nicke, und wir machen uns schweigend auf den Weg in die angegebene Richtung.

»Willst du darüber –«, fängt er an, doch ich unterbreche ihn, bevor er seine Frage beenden kann.

»Nein.«

Er hebt mit einem leisen Seufzen die Schultern, respektiert aber meinen Wunsch, sodass sowohl auf dem Weg zu seinem Auto als auch auf der Fahrt zur Wohnung Schweigen herrscht.

Obwohl mein Handy mehrere Male quiekt, schenke ich ihm keine Beachtung. Ty hat ein Lebenszeichen bekommen, und er wird sich um die Schweine kümmern. Mehr kann und will ich nicht machen. Stattdessen lehne ich den Kopf gegen das Fenster und starre blicklos in die Nacht hinaus. Ich habe keine Lust, so zu tun, als wäre alles in Ordnung. Natürlich ist mir klar, dass sich Steve um mich sorgt – das hat er wohl schon bei meinem Anruf getan. Er hat mich noch nie so einsilbig erlebt. Eigentlich bin ich recht gut darin, mit einem lässigen Grinsen von mir selbst abzulenken, aber heute gelingt es mir nicht. Die Worte von Tyrens Vater haben getroffen. Tief. Weil sie zum Teil der Wahrheit entsprechen. Natürlich würde ich niemals *die Wohnung ausräumen*, wie er es formuliert hat, aber immerhin habe ich Tyrens Shakespeare-Sonette genommen, ohne zuvor zu fragen. Und ebenso Ethans Meerschweinchen. Vielleicht ist es doch nur eine Frage der Zeit, bis ich anfange, im größeren Stil zu klauen.

»Du bist so ruhig, Jamain«, unterbricht Steve meine Gedanken. »Ich will dich nicht nerven, aber das ist so untypisch, dass es mich echt beunruhigt.«

Er wirft mir einen knappen Seitenblick zu, dann konzentriert er sich wieder auf die Straße, woraufhin wieder Stille einkehrt.

Nach einer ziemlich unangenehmen Viertelstunde parkt Steve den Wagen vor seiner Wohnung, und wir gehen gemeinsam die Treppen nach oben.

»Willst du was essen?«

Ich schüttle den Kopf und gehe an Steve vorbei in sein Wohnzimmer, wo ich mich auf die Couch setze. Mittlerweile war ich oft genug hier, um sämtliche Hemmungen verloren zu haben.

»Es ist alles okay«, sage ich, weil er noch immer diesen besorgten Ausdruck in den Augen hat. »Ich brauche nur mal ein bisschen Abstand von …«

Ich zucke mit den Schultern. Er kann sich wohl selbst denken, dass ich nicht die Meerschweinchen gemeint habe.

»Kann ich hier übernachten? Und kannst du mir morgen frische Klamotten für den Park leihen?«

»Jamain …«

»Bitte, Steve.« Ich stoße angespannt die Luft aus. »Lass mir ein bisschen Zeit, okay? Es ist nichts Schlimmes passiert. Es gibt keine Verletzten, und es gibt keine Toten.«

Nur ein versteinertes Herz. Danke, Shakespeare, für diesen Vergleich … für diese *Metapher*. Die Erinnerung an Tyren, der mich sofort korrigiert hätte, lässt ein bitteres Lächeln an meinen Mundwinkeln zupfen.

»In Ordnung.« Steve hebt besänftigend die Hände und zieht sich zurück, woraufhin ich mich mit einem erleichterten Aufatmen nach hinten lehne. Ich hätte den Abend – und die Nacht – gerne mit Tyren verbracht und ein wenig die Vorstellung genossen, dass das mit uns etwas werden könnte. Verdammt, ich habe sogar in Erwägung gezogen, fest mit ihm zusammen zu sein, weil ich dachte … weil ich dachte, uns würde etwas Besonderes verbinden. Es hat sich so gut angefühlt, ihn zu küssen, seine Berührungen zu spüren und seinem beschleunigten Atem zu lauschen. Jetzt ist alles vorbei, bevor es so richtig angefangen hat. Vermutlich ist er seinem Vater dankbar, dass dieser ihn vor einem großen Fehler bewahrt.

»Jamain?«

Steve klopft leise gegen den Türrahmen, bevor er das Wohnzimmer betritt.

»Auf die Gefahr hin, dass du mir an die Kehle gehst … Tyren wird vermutlich gleich hier sein.«

Ich richte mich ruckartig auf. »Wie bitte?«

»Um ehrlich zu sein, habe ich nach deinem Anruf vorhin bei Liz nachgefragt, ob etwas vorgefallen ist«, sagt er. »Du hast einfach beunruhigend geklungen. So kühl, fast leblos. Und auch jetzt bist du so schweigsam wie noch nie und hast einen echt finsteren Blick drauf. Jedenfalls hat Liz …«

»… Ty kontaktiert«, beende ich seinen Satz. »Super. Vielen Dank auch für dein Einfühlungsvermögen. Ist ja nicht so, als wäre ich zu dir geflüchtet, um den Kopf freizukriegen.«

»Es war nicht böse gemeint, Jamain«, sagt Steve. »Das weißt du. Wenn es dir so unangenehm ist, dann lasse ich ihn nicht rein.«

»Das ist komplett lächerlich.« Ich reibe mir erschöpft übers Gesicht. »Wir können ihn schlecht vor der Tür stehen lassen, sollte er überhaupt auftauchen. Wann ist es so weit gekommen, dass du und Lizzie gemeinsam als Vermittler auftretet? Seid ihr so eng mittlerweile?«

Steve atmet ein, dann beißt er sich auf die Lippe und seufzt.

»Wir schreiben viel«, erwidert er vage. »Und telefonieren lange. Sie hat mir einige Bücher empfohlen, die ich gerade lese.«

Er sieht mich an, als würde er mit Spott oder zumindest einem ungläubigen Blick rechnen, doch ich nicke lediglich verständnisvoll. Er ist nicht der Einzige, der von einer hübschen blonden Person aus dem Subtext infiziert wurde. Gestern Abend habe ich bis zum Einschlafen Shakespeare-Sonette gelesen.

»Es läuft also ganz gut, schätze ich«, schließt Steve und fährt sich verlegen durchs Haar. Bevor ich etwas erwidern kann, klingelt es an der Tür, und ich stehe auf.

»Bringt eh nichts, das rauszuzögern«, murmle ich. »Vermutlich wird er mir gleich mitteilen, dass er das Zimmer anderweitig vergeben will.«

Steve schnaubt. »Warum sollte er das tun?«

»Keine Ahnung. Er hatte vorhin ein Gespräch mit seinem Dad. Vielleicht hat ihm das die Augen geöffnet. Ich könnte es verstehen.«

Ich gehe in den Flur hinaus und öffne die Tür.

»Hey«, sage ich, während ich feststelle, dass die fiesen Aussagen Mr Bradfords nicht das Geringste an dem geändert haben, was ich für Tyren empfinde. Bei seinem Anblick wird mir warm, und ich muss mich zusammenreißen, um ihm keinen Schritt entgegenzugehen.

»Ich weiß nicht, was du hier willst, aber es hatte seinen Grund, dass ich gegangen bin.« Ich verschränke die Arme und mustere ihn kühl. »Es war kein Test, mit dem ich auf die Probe stellen wollte, ob du Steves Adresse herauskriegst. Ich wollte nicht von dir gefunden werden, verstehst du?«

Tyren steht vor mir, die Hände in den Taschen vergraben und die Schultern leicht hochgezogen.

»Okay«, sagt er lediglich, bevor er sich angespannt über den Nacken reibt. »Lizzie hat mir geschrieben, weil Steve sich Sorgen gemacht hat.« Er wirft einen Blick hinter mich, als würde er damit rechnen, dass Steve plötzlich hinter mir steht.

»Du hast nicht mehr auf meine Nachrichten geantwortet und die letzten nicht einmal gelesen, also habe ich mir auch Sorgen gemacht. Nach dem, was mein Vater über dich gesagt hat …« Er zögert. »Das war nicht okay. Es tut mir leid, dass ich ihn nicht eher gestoppt habe. Dass er dir das Gefühl gegeben hat, du wärst in deiner eigenen Wohnung nicht willkommen.«

Für einige Sekunden herrscht Stille, weil ich nicht weiß, was ich darauf antworten soll. Bisher habe ich zwei Bradford-Familienmitglieder kennengelernt, und beide Treffen verliefen ernüchternd.

»Komm wieder zurück«, sagt Ty unvermittelt. »Wenn du willst, gehe ich für die Nacht woanders hin, aber komm nach Hause. Kill und Bill waren sichtlich enttäuscht, dass ich sie gefüttert habe. Ich glaube, sie brauchen noch ein paar Streicheleinheiten von dir.«

Für einige Sekunden schaue ich ihn einfach nur an, dann mache ich einen Schritt zurück.

»Ich bin doch nicht deinetwegen weg«, sage ich dann, während ich ihn mit einer auffordernden Geste hereinbitte. »Ich schätze, ich bin eher vor mir selbst weggerannt. Hat aber nicht funktioniert.« Ich schenke ihm ein Grinsen, bei dem ich selbst merke, dass es etwas verrutscht ist. »Ich bin immer noch hier.«

Nach kurzem Zögern betritt Tyren die Wohnung, und ich schließe die Tür hinter ihm.

»Moment.« Steve streckt den Kopf aus der Küche und wirft ihm einen forschenden Blick zu. »Hast du vor, ihn rauszuwerfen?«

»Was?« Ty runzelt die Stirn. »Nein. Nein, natürlich nicht.«

»Okay. Dann darfst du bleiben.« Steve zeichnet mit Zeige- und Mittelfinger einen Halbkreis in der Luft, eine verrückte Angewohnheit, die er seit dem mehrmaligen Anschauen der Star-Wars-Filme hat. »Vergiss, dass ich diese Frage jemals gestellt habe.«

Er verschwindet so schnell, wie er aufgetaucht ist, und ich führe Tyren hinüber ins Wohnzimmer, wo er auf der Couch Platz nimmt, während ich mich auf einen Sessel setze. Sicherheitsabstand.

»Zwei Wahrhciten, eine Lüge. Ich beginne«, sage ich, während ich seinen Blick suche. Tyren presst kurz die Lippen aufeinander, dann nickt er.

»Es hat wehgetan, was dein Dad über mich gesagt hat«, fange ich an, während ich mich dazu zwinge, ihn weiterhin anzusehen. »Ich habe Angst, dass deine Familie richtig liegt und du das irgendwann auch so siehst. Und du bist mir vollkommen gleichgültig, deshalb ist es mir auch egal, ob wir zusammenwohnen oder nicht.«

Tyren mustert mich forschend. »Du schummelst diesmal nicht?«, vergewissert er sich.

Ich schüttle den Kopf.

»Ich bin dir nicht gleichgültig«, fährt er so vorsichtig fort, als würde er sich auf einer Eisscholle bewegen, von der er nicht sicher ist, ob sie sein Gewicht trägt. »Du wohnst gerne mit mir zusammen.«

»Natürlich tue ich das«, erwidere ich leise.

Er fährt sich durchs Haar. »Es gefällt mir nicht, dass du wegen meiner Familie an dir zweifelst. Und ich fühle mich verantwortlich dafür, besonders weil ich meinem Dad nicht früher gesagt habe, was ich wirklich denke.«

Es waren erst zwei Wahrheiten, deshalb entgegne ich nichts. Verdammt. Ich wünschte, sein Dad wäre nicht aufgetaucht und wir würden jetzt aneinandergeschmiegt in seinem Bett liegen, statt mit riesigem Sicherheitsabstand in Steves Wohnzimmer zu sitzen.

Letztlich zuckt er hilflos mit den Schultern. »Ich glaube nicht, dass ich gerade irgendwelche Lügen habe. Disqualifiziert mich das?«

»Dein Ernst?« Ich verdrehe die Augen. Mir würden eine Menge Lügen einfallen, und ich bin nicht sicher, ob das nun ein gutes Zeichen ist oder nicht. »*Meine Shorts liegen nicht farblich sortiert in der Schublade.* Nur als Beispiel.«

Ein ertapptes Lächeln zuckt um Tys Mundwinkel, dann wird er schlagartig ernst.

»Du warst an meiner Unterwäscheschublade?«, fragt er misstrauisch, woraufhin ich mir ein Grinsen nicht mehr verkneifen kann.

»Das war geraten.«

Tyren presst die Lippen aufeinander, was mein Grinsen nur noch breiter werden lässt. Offensichtlich liege ich richtig.

»Na schön.« Er holt tief Luft. »Es lässt mich vollkommen kalt, wenn du Shakespeare zitierst.«

Nachdem seine drei Aussagen jetzt vollständig sind, beschließe ich, ihm meine Gedanken dazu mitzuteilen – und ihm die Last von den Schultern zu nehmen.

»Ich zweifle nicht wegen deiner Familie an mir«, erwidere ich. »Dein Dad ist nicht schuld daran, dass ich nichts erreicht habe im Leben.«

Tyren setzt sich etwas aufrechter hin und atmet ein, als wollte er mir widersprechen.

Ich hebe abwehrend die Hand. »Warte«, sage ich, woraufhin er sich wieder zurücklehnt.

»Ich will damit nicht sagen, dass ein Highschoolabschluss unbedeutend ist. Oder meine Arbeit im Funpark. Oder die Besuche bei meiner Mom.«

Tyren mustert mich aufmerksam, und wieder wird mir klar, wie sehr ich es mag, wenn er mich so ansieht. Als wäre ich das Zentrum seiner Welt und alles andere nebensächlich.

»Ich will damit sagen, dass ich mir ... mehr gewünscht habe. Als ich jünger war, hatte ich eine Menge Pläne. Ich habe keinen davon umgesetzt. Stattdessen habe ich das Gefühl, seit der Highschool auf der Stelle zu treten. Ich bin gefangen in mir selbst und –«

Ich halte angespannt inne.

»Sorry. Das klang bescheuert. Selbstmitleid ist total unsexy. Der Auftritt deines Dads hat mir nur mal wieder vor Augen gehalten, wie groß der Unterschied ist zwischen dem, wie ich bin, und dem, wie ich sein will. Das ist es genau, was ich an dir so bewundere. Du machst dein Ding, und du kämpfst für deine Träume. Das ist beeindruckend und auch ziemlich einschüchternd.«

Ich stehe auf, gehe zu ihm und setze mich neben ihn auf die Couch, ohne ihn dabei auch nur eine Sekunde aus den Augen zu lassen.

»Herr meiner Liebe! Der zum Sklaven du
durch dein Verdienst mich ganz gemacht dein eigen,
dir send' ich die geschriebne Botschaft zu,
nun küsse mich, die Wahrheit mir zu zeigen.«

Ich rutsche ein Stückchen näher an ihn heran und stupse mit der Nase gegen seine Wange.

»Funktioniert's? Sag mir nicht, dass Shakespeare seinen Zweck verfehlt.«

»Mir war nicht klar, dass du meine Schwäche sofort gegen

mich einsetzen würdest.« Er dreht sich zu mir um, sein Blick wandert von meinen Augen zu meinem Mund. »Es ist nie zu spät, für seine Träume zu kämpfen. Du verdienst es, das Leben führen zu können, das du dir wünschst«, sagt er. »Und ich weiß, dass du es kannst. Mach dein Ding, Jamain.« Er verschließt meine Lippen sanft mit seinen, und ich koste jeden Moment dieses Kusses aus, der unschuldig ist und dennoch eine Wärme in meiner Brust entfacht, die ich so schnell nicht wieder loslassen will. Verdammt, ich liebe Shakespeare.

»Ergebenheit, nicht Geisteskraft zu zeigen«, korrigiert Ty leise gegen meine Lippen und küsst mich erneut, bevor ich meine Abwandlung verteidigen kann. Sein Kuss ist genauso zärtlich und zurückhaltend wie zuvor, und das liegt vermutlich nur daran, dass wir uns in Steves Wohnung befinden.

»Hey, ihr beiden.« Wenn man vom Teufel spricht. Widerwillig lösen wir uns voneinander. Steve steht im Türrahmen, ein amüsiertes Grinsen im Gesicht. »Ich schmeiße gleich eine Tiefkühllasagne in den Ofen. Wollt ihr auch was?«

Ich bin Steve wahnsinnig dankbar dafür, dass er für mich da war und mich abgeholt hat, aber im Moment würde ich ihm am liebsten seine eigene Wohnzimmertür vor der Nase zuknallen. Oder ihm mitteilen, wohin er sich die Lasagne schieben kann.

»Das ist nett, Steve, aber wir wollten gerade gehen«, sagt Tyren betont neutral, bevor er sich sichtlich schuldbewusst in meine Richtung dreht. »Oder?«

Okay, damit hat er eine deutlich freundlichere Absage formuliert als die, die mir gerade in den Sinn gekommen ist.

»Ja«, bekräftige ich und strecke ihm meine Hand entgegen, die er sofort ergreift und auch nicht loslässt, nachdem ich ihn in den Stand hochgezogen habe.

»Okay.« Steve mustert uns interessiert. »Dann kann ich wohl Liz schreiben, dass alles in Ordnung ist?«

»Ich denke schon«, sage ich, nachdem ich Ty einen fragenden Blick zugeworfen habe, den er mit einem leichten Händedruck beantwortet hat.

»Perfekt.« Steve geht einen Schritt zurück und zückt sein Handy. »Ihr habt ja nichts dagegen, wenn ich ihr schreibe, dass ich geschlichtet habe, oder?«

»Bist du auf Bonuspunkte aus?«, hake ich amüsiert nach, woraufhin er von seinem Handy aufsieht.

»Ich habe sie nicht deshalb angeschrieben«, sagt er ernst, »sondern weil ich mir echt Sorgen gemacht habe. Wir kennen uns jetzt seit über zwei Jahren, Jamain, und du hast noch nie um Hilfe gebeten. Außer bei dieser Sache mit dem Sekundenkleber.«

Ich gebe ein gereiztes Stöhnen von mir. »Manche Dinge sollten unerwähnt bleiben, um eine Freundschaft nicht zu gefährden. Das gehört dazu.«

»Die Sache mit dem Sekundenkleber?«, schaltet sich Tyren ein, was ich zum Anlass nehme, um ihn hinter mir her in den Flur zu ziehen.

»Willst du doch Lasagne essen?«, frage ich drohend.

Tyren schüttelt schweigend den Kopf, und ich nicke zufrieden. Eine Tiefkühllasagne als Druckmittel. Ganz schön kreativ.

Wir verabschieden uns mit einem Winken von Steve, der gerade eine Begrüßung in sein Handy geflötet hat, und verlassen kurz darauf seine Wohnung.

»Ich weiß übrigens, wie das Sonett richtig geht«, sage ich, nachdem ich auf dem Beifahrersitz Platz genommen und mich angeschnallt habe. Ty wirft mir einen Blick zu, den ich nicht ganz einschätzen kann, dann lässt er den Wagen an.

»Hast du das ernst gemeint?«, frage ich, nachdem für einige Minuten Stille geherrscht hat. »Dass du … dass du weißt, dass ich es kann? Für meine Träume kämpfen, meine ich.«

»Ja.« Er navigiert den Wagen durch den nächtlichen Verkehr und regelt die Lautstärke des Radios herunter, sodass die Musik zu einem sanften Hintergrundgeräusch wird. »Du hast mir mal erzählt, dass du keine Beziehungen anfangen willst, weil sie kaputtgehen könnten. Und dass du aus demselben Grund keine Luftballons magst. Ich glaube, was deine Träume angeht, ist es ähnlich.«

Ich sage nichts und sehe ihn nur an.

»Wenn du nicht versuchst, deine Träume zu erreichen, kannst du nicht enttäuscht werden oder dich selbst enttäuschen. Wenn alles gleich bleibt, geht nichts kaputt.« Er atmet leise aus. »Du bist nicht dumm oder faul, Jamain. Du willst dich schützen.« Eine kurze Pause. »Aber ich glaube, dabei verlierst du aus den Augen, was du gewinnen könntest.«

Ich schweige, weil ich nicht weiß, was ich dazu sagen kann. Wie soll ich ihm auch mitteilen, dass er zu positiv von mir denkt?

Er legt die Finger fester ums Lenkrad und setzt den Blinker.

»Ich habe auch einiges aus den Augen verloren«, fährt er fort. »Ich dachte, ich könnte für meine Träume kämpfen und gleichzeitig meiner Familie alles recht machen. Erst als du eingezogen bist, habe ich gemerkt, wie wichtig es ist, für mich selbst zu leben. Und zwar nicht halbherzig und mit Kompromissen, sondern aus vollster Überzeugung.«

Wir biegen in die Straße ab, in der sich unsere Wohnung befindet, und dann auf den Parkplatz. Als der Motor verstummt und die Hintergrundmusik ausgeht, ist es auf einen Schlag fast zu still im Auto. Tyren macht noch keine Anstalten, auszusteigen, und auch ich bleibe sitzen.

»Was willst du tun, Jamain?«, fragt er in die Dunkelheit hinein, die nur stellenweise dem Licht einer Straßenlaterne weicht. »Was willst du wirklich tun? Was ist dein Ding?«

Es wäre schön, wenn ich aus vollster Überzeugung für mich

leben würde. Aus Tyrens Mund klingt es so einfach. Als könnte ich einfach diese Entscheidung treffen. Als müsste ich nur mit dem Finger schnippen, um mein Ding zu machen. Dabei habe ich keine Ahnung, was mein Ding eigentlich ist.

»Ich schätze, ich würde gerne mal etwas Langfristiges tun«, fange ich an, nachdem ich für eine scheinbare Ewigkeit hinaus in die Nacht gestarrt habe. »Irgendetwas, das dafür sorgt, nicht von einem Tag in den nächsten zu leben, sondern eine Verbindung bringt. Es muss keine perfekte Linie sein, aber … ich würde gerne weniger wanken.«

Ich werfe Tyren einen zögerlichen Blick zu, den er mit einem aufmunternden Nicken beantwortet. Keine Belustigung. Keine Zweifel. Zum Glück.

»Vielleicht könnte ich damit anfangen, etwas Neues zu lernen«, sage ich unschlüssig, bevor mir mit voller Wucht klar wird, dass ich Luftschlössern nachjage.

So ein Blödsinn. Als ob das funktionieren würde. Ich lasse den Kopf nach hinten gegen die Stütze sinken und stoße resigniert die Luft durch die Nase aus.

»Das ist lächerlich«, sage ich dann gereizt. »Das Gespräch ist lächerlich. Ich selbst bin lächerlich. Vielleicht ist es toll, darüber zu reden, irgendwelche Träume zu leben, aber im Endeffekt nutzt es nichts. Bei mir wird sich nichts ändern. Aber schön für dich, dass du etwas dazugelernt hast und weniger Kompromisse eingehst.«

»Ja«, murmelt er ironisch. »Wie schön für mich.«

Erst jetzt fällt mir auf, dass ich noch angeschnallt bin, und ich löse mit einem schnellen Griff den Gurt. Das Klicken hört sich in der uns umgebenden Stille ungewöhnlich laut an. Keine Ahnung, weshalb Tyren nichts sagt. Vermutlich erinnert er sich gerade ebenso wie ich daran, dass sich nicht jeder Träume leisten kann.

»Ich arbeite Vollzeit im Funpark und nehme jede Zusatzschicht, die ich kriegen kann.« Meine Stimme klingt bitter, aber das ist mir egal. »Ich bin mindestens zweimal in der Woche bei Mom und sorge dafür, dass sie eine saubere Wohnung hat und dass sie sich nicht alleine fühlt. Ich kaufe für mich ein, und ich kaufe für sie ein. Ich habe nicht einmal ein verficktes Bett, geschweige denn einen Schrank oder einen Schreibtisch. Am Ende des Monats ist selten etwas übrig. Kapierst du das, Tyren? Mein Konto ist leer, ich habe keinen Puffer, und daran wird sich in absehbarer Zeit nichts ändern. Also bitte. Erzähl mir, wie ich auch nur ansatzweise mein Ding machen soll. Warum Träumen nachjagen, die ich sowieso nie erreichen werde?«

»Niemand hat behauptet, dass es einfach ist.« Tyren stößt die Tür auf und springt förmlich ins Freie. »Aber ich kapiere es, Jamain, okay? Ich hatte es leicht und du nicht. Wir sind zu unterschiedlich, und ich könnte nie auch nur ansatzweise etwas über dein Leben verstehen. Seit du hier eingezogen bist, haben sich die Dinge für mich zum Besseren gewandt und für dich zum Schlechteren.«

Noch bevor ich ausgestiegen bin, knallt Ty seine Tür zu. Das Geräusch hat etwas Endgültiges, wie ein Ausrufezeichen am Ende eines Satzes, doch ich bin nicht bereit, ihm das letzte Wort zu überlassen.

»Ich habe nie behauptet, dass du es leichter hattest«, gebe ich heftig zurück, während ich meine Tür ebenfalls zuwerfe. »Das hier ist kein verdammter Wettbewerb. Ich weiß, wie v –«

Er lässt mich nicht ausreden. Stattdessen stürmt er ins Haus, während ich nach wie vor neben dem Wagen stehe wie bestellt und nicht abgeholt.

Ich weiß, wie viel Kraft es ihn gekostet hat und auch immer noch kostet. Denkt er, mir wäre nicht aufgefallen, wie angespannt er in der Nähe seines Bruders oder seines Vaters ist? Seine ganze

Körperhaltung ändert sich, als würde er sich für einen Kampf bereit machen.

Es ist unangenehm, dass er mich stehen lässt, aber es ist verständlich. Er hat es nur gut gemeint, und ich habe mich benommen wie ein Arschloch.

Seit du hier eingezogen bist, haben sich die Dinge für mich zum Besseren gewandt und für dich zum Schlechteren.

Dieser eine Satz taucht immer wieder in meinem Kopf auf. Nicht nur, weil Tyren so verletzt geklungen hat, sondern auch, weil das kompletter Quatsch ist – zumindest was mich angeht. Die vergangenen Wochen waren toll, und das lag nicht nur daran, dass ich ein hübsches Zimmer hatte. Es lag an ihm, nein, an uns in Kombination. Aber während er sich immer wieder für mich aus seiner Komfortzone herausbegibt, verschanze ich mich hinter irgendwelchen Mauern und tue mir selbst leid. Er hat recht. Ich bin so sehr darauf aus, mich zu schützen, dass ich auch das Gute nicht in mein Leben lasse. Ich wanke nicht, ich stehe bewegungslos auf der Stelle und das schon seit mehreren Jahren. Keine Weiterentwicklung, keine Beziehung, kein Risiko. Letztendlich bin ich der Ängstlichere von uns beiden.

Ich weiß nicht, wie lange ich vor dem Haus stehe und ins Leere starre, aber als ich später die Wohnung betrete, ist von Tyren nichts mehr zu sehen. Vor seinem Zimmer betrachte ich prüfend den schmalen Spalt zwischen Tür und Boden. Kein Licht. Es scheint, als würde er bereits schlafen. Kein Wunder nach dem Chaos des heutigen Tages.

Leise gehe ich in mein Zimmer, wo ich zuerst die Kuscheleinheiten mit Kill und Bill nachhole. Amüsiert stelle ich fest, dass ihnen Ty offenbar die doppelte Ration an Futter gegeben hat – nicht, dass sie sich daran gewöhnen, so verwöhnt zu werden.

»Okay«, sage ich dann, während ich meinen Rucksack nach Papier und Stift durchstöbere. »Ich bin ein Arsch.«

Bill mustert mich ausdruckslos, während Kills Schnäuzchen zustimmend zuckt. Mehr Bestätigung brauche ich nicht. Ich setze mich auf den Boden, ziehe die Beine an und lehne mich bequem gegen die Wand, dann lege ich den Block auf meine Oberschenkel und beginne nach kurzer Überlegung zu schreiben.

Nachdem ich alles notiert habe, fühle ich mich deutlich leichter als zuvor. Ich schiebe die Liste unter Tyrens Tür hindurch, dann mache ich mich bettfertig und lege mich hin. Höchste Zeit, ein wenig zu schlafen und dem Grübeln ein Ende zu bereiten.

Shakespeares ultimative Liste

1. Überlegen, was ich wirklich beruflich machen will. Der Funpark ist super, aber auf Dauer ist mir das nicht genug. Vielleicht etwas mit Kindern?
2. Geld nicht mehr als Tabuthema ansehen und mit meiner Mom endlich übers Finanzielle reden.
3. Bookboy sagen, dass ich mich wie ein Arschloch aufgeführt habe. Ihn um Entschuldigung bitten und ihm klarmachen, dass er gute Chancen hat, zum Besten zu werden, was mir in meinem Leben passiert ist.
4. Mir jeden Monat ein Ziel vornehmen, in Bewegung bleiben und die Deckung verlassen.
5. Ein Buch lesen und dabei Tee trinken. Bevorzugt mit meinem Lieblingsbuchhändler.

Bookboys ultimative Liste

1. Akzeptieren, dass ich ein toller Typ bin. Einfühlsam und aufmerksam, aber auch witzig, klug, spontan und auf eine verdammt hinreißende Art berechenbar.
2. Mich von meiner Familie nicht durcheinanderbringen lassen. Ich tue, was ich will, und ich bin gut darin.
3. Meinem nervtötenden Mitbewohner verzeihen und ihn küssen, bis er keine Luft mehr bekommt.
4. Mit meiner sexy Lesebrille auf der Couch liegen. Ausschließlich mit meiner Lesebrille.
5. Meinen Schwanz im erigierten Zustand vermessen.

21 | Tyren | Nicht denken, nur fühlen

Es ist schade, wenn ein Buch nicht so endet, wie man es sich erhofft hat. Wenn jedes Wort auf den letzten Seiten einen näher an die Erkenntnis bringt, dass es nicht funktionieren kann, obwohl man es sich wirklich gewünscht hat.

Mein Wecker klingelt zu früh. Ich bin nicht bereit für diesen Tag, und ganz bestimmt bin ich nicht bereit, Jamain gegenüberzutreten, für den ich eine Last bin und keine Bereicherung. Er müsste zwar schon auf dem Weg in den Funpark sein, aber heute Abend werde ich ihm nicht aus dem Weg gehen können – es sei denn, er flüchtet sich wieder zu Steve. Der Gedanke ist noch bitterer als die Aussicht auf einen weiteren Streit. Langsam stehe ich auf und nehme meine Klamotten aus dem Schrank, um duschen zu gehen. Auf dem Fußboden liegt ein Zettel, der gestern noch nicht da war. Jamain muss ihn mir nachts unter der Tür durchgeschoben haben.

Wahrscheinlich hat er seine Sachen gepackt, ist abgehauen, und das hier ist sein Abschied. *Danke für alles, Tyren, aber es ist besser, wenn ich gehe* – oder etwas Ähnliches. Der Blick von Othellos Knopfaugen bohrt sich in mich. Ich stehe inmitten meines Zimmers, einen Stapel frischer Klamotten in der Hand, und kann mich nicht überwinden, den Zettel aufzuheben. Wie ein Feigling lasse ich ihn liegen und gehe duschen.

Jamains Apfelshampoo ist noch da. Seine blaue Zahnbürste auch. Nachdenklich greife ich nach einem Handtuch, trockne mich ab und ziehe mich an. Auf meinem Handy taucht eine Nachricht von Abigail auf.

Abigail: Hast du dich mit Dad wirklich gestritten? Du weißt, dass er nur das Beste für uns will. Familienessen in Kürze. Wir Bradfords klären das. :)

Tyren: Ich muss erst meinen ziemlich vollen Terminkalender zu Rate ziehen.

Abigails Antwort lässt nicht lange auf sich warten.

Abigail: Nicht witzig, Tyren.

Ich lege das Handy weg und gehe zurück in mein Zimmer, wo ich mich endlich nach Jamains Zettel bücke. Es ist kein Abschied, es ist eine Liste. Eine Entschuldigung. Ich atme auf, lehne mich gegen den Türrahmen und lese mir alles noch ein zweites Mal durch. Bis auf Nummer fünf meiner ultimativen Liste. Nummer fünf hätte ich schon beim ersten Mal überlesen sollen.

Verdammt, wenn ich weiter hier herumstehe, komme ich zu spät zur Arbeit. Ich falte den Zettel, stecke ihn in meine Hosentasche und mache mich etwas überstürzt auf den Weg.

Im Laufe des Tages werfe ich immer wieder einen kurzen Blick auf die Liste, wenn ich gerade unbeobachtet bin. Das ist zwar irgendwie peinlich, aber ich kann es nicht lassen. Es ist eine gute Liste. Die beste, die mir je jemand geschrieben hat – okay, die einzige, die mir je jemand geschrieben hat. Einkaufslisten zählen nicht.

»Steht mir die Schleife? Oder findest du sie an einer Frau kindisch?« Lizzie deutet auf ihren Pferdeschwanz, den eine schwarze Samtschleife ziert.

Ich schüttle verwirrt den Kopf. »Nein, überhaupt nicht. Sie steht dir.« Es ist das erste Mal, dass sie mich nach meiner Meinung dazu fragt. Ich habe eine Vermutung, woran das liegen könnte.

»Ich habe heute ein Date mit Steve.« Sie zupft an einer Strähne herum. Vermutung bestätigt. »Denkst du, Steve findet Haarschleifen kindisch?«

Ich lege den Stift beiseite, mit dem ich gerade ein Blind-Date-Buch beschriftet habe. »Ich denke, Steve leidet unter Geschmacksverirrung, wenn er irgendetwas an dir auszusetzen hat. Ihr werdet einen schönen Abend haben.«

»Glaubst du wirklich?«

»Ja.«

»Würde es dir dann was ausmachen, wenn du heute abschließt?« Sie lächelt unschuldig – eine Spur zu unschuldig. »Bitte?«

Innerlich stöhne ich. Ich hatte nicht vorgehabt, heute länger zu bleiben, aber den Gefallen kann ich ihr nicht ausschlagen.

»Du hast Steve bereits zugesagt, weil du wusstest, dass ich deine Schicht übernehmen würde.« Kopfschüttelnd greife ich wieder nach dem Stift, um das nächste Blind-Date-Buch zu beschriften.

»Jaaa.« Sie zieht das Wort in die Länge, und ich höre die Spur eines schlechten Gewissens heraus. »Wenn es dir etwas ausmacht, treffe ich mich erst später mit ihm. Das weißt du.«

»Es macht mir nichts aus.« Das entspricht nicht ganz der Wahrheit. Wenn ich abschließe, werde ich erst irgendwann nach

Jamain nach Hause kommen, und ich habe das dringende Bedürfnis, Nummer drei meiner Liste wahr zu machen. »Ich hatte keine konkreten Pläne für heute Abend.«

Der Tag vergeht ausgesprochen langsam. Schon lange hat sich eine Schicht nicht mehr so endlos angefühlt wie diese, und am späten Nachmittag schreibe ich Jamain eine Nachricht, obwohl er vielleicht keine Zeit hat, auf sein Handy zu schauen.

Tyren: 6. Ein Baked Alaska mit meinem Mitbewohner teilen.

Tyren: Komme heute etwas später nach Hause, Lizzie trifft sich mit Steve.

Zu meiner Überraschung kommt innerhalb weniger Minuten eine Antwort.

Jamain: Baked Atlantis klingt viel mysteriöser. Kannst du nicht etwas am Rezept verändern und es dann so nennen? Du bist doch kreativ.

Jamain: Steve löchert mich schon den ganzen Tag mit Fragen, wo er mit ihr hingehen soll. McDonald's oder Burger King.

Tyren: Baked Atlantis klingt nach gebackenem Fisch.

Tyren: McDonald's natürlich.

Jamain: Atlantis klingt geheimnisvoll und nach einem Abenteuer. Nach einem heißen Abenteuer. Also lass dir was einfallen und überrasch mich.

Jamain: ... Natürlich?

Tyren: Ich dachte, ich bin verdammt hinreißend berechenbar, nicht verdammt hinreißend überraschend.

Tyren: Sag nicht, du bist Team Burger King ...

Jamain: Hast du die ultimative Liste dabei, oder hast du sie auswendig gelernt? Oder beides?

Tyren: Ich verweigere die Aussage.

Jamain: Verziehn soll, süßer Dieb, dein Raub dir sein.

Eine Kundin kommt mit ein paar Büchern auf die Kasse zu, und ich lege das Handy weg. Welchen Raub könnte er gemeint haben? Ich kann mich nicht daran erinnern, ihm etwas geklaut zu haben. Er ist derjenige, der sich immer schamlos an meinen Joghurts bedient.

Die restlichen Stunden meiner Schicht widerstehe ich dem

Drang, ihm noch einmal zu schreiben und uns damit beide von der Arbeit abzulenken. Ich gehe die Regale durch, stelle einige Bücher zurück, die am falschen Platz gelandet sind, und räume Bonbonpapier aus der Kinderecke. Als niemand mehr im Laden ist, kümmere ich mich um das Geschirr in der Teeküche. Dann schließe ich ab und fahre nach Hause.

Jamains Schuhe stehen im Flur, und das Licht ist an. Aus dem Badezimmer kommt das Geräusch laufenden Wassers. Er duscht. Eigentlich sollte ich jetzt in die Küche gehen und mir etwas zu essen machen, aber ich bleibe im Flur stehen und schaue auf die Badezimmertür. Der Schlüssel ist immer noch nicht wieder aufgetaucht … und Jamain wollte überrascht werden – zwar mit einem Baked Atlantis, aber da überschätzt er meine Kreativität. Ich ziehe mir das T-Shirt über den Kopf und lasse es zu Boden fallen. Wenn ich das immer machen würde, wäre die Wohnung ein komplettes Chaos. Ich öffne meine Jeans und streife sie mir ebenfalls ab, genau wie die Socken. Der Anblick meiner Klamotten inmitten des Flurs ist störend. Über Nacht werde ich sie da auf keinen Fall liegen lassen.

Ich gebe mir einen Ruck und drücke die Türklinke nach unten. Das Badezimmer ist voller Dampf, und der frische Geruch von Apfelshampoo steigt mir in die Nase. Gott, ich liebe Apfelshampoo an Jamain. Durch die beschlagene Duschwand kann ich seinen Körper sehen. Nicht klar, aber es reicht, um Hitze in mir hochsteigen zu lassen. Entschlossen schiebe ich die Duschtür auf. Jamain dreht sich zu mir um, und ich öffne den Mund, um etwas zu sagen, aber mein Kopf ist vollkommen leer.

Gott, er ist so attraktiv.

Und er zieht belustigt eine Augenbraue hoch, als er meine schwarzen Shorts sieht. Der leicht tadelnde Gesichtsausdruck steht ihm viel zu gut.

»Habe ich erwähnt, wie gut ich deine Liste finde?« Mehr sage ich nicht, bevor ich ihn gegen die feuchte Wand der Dusche drücke und küsse. Ich stehe innerhalb von Sekunden in Flammen, und Jamain scheint es ähnlich zu gehen. Er erwidert den Kuss, als wäre ich alles, wonach er sich sehnt.

»Goldene Regel Nummer vier«, bringt er irgendwann schwer atmend hervor. »Bei spontanen Dusch-Überfällen hat man gefälligst nackt zu sein.«

Er nutzt mein kurzes Zögern aus, um die Finger in den Bund meiner Shorts zu haken und sie mir in einer schnellen Bewegung über die Hüfte zu ziehen. Anstatt wieder aufzustehen, bleibt er vor mir knien und sieht zu mir hoch. Er ist so verdammt heiß. Und ich bin so verdammt hart. Verlegen beiße ich mir auf die Lippe.

»Jamain …«

Er lässt die Fingerspitzen von meinen Knien über meine Oberschenkel wandern. Eine prickelnde Spur auf meiner Haut. Gott, diese Berührungen sind noch zu harmlos. Unsere Blicke kreuzen sich, und er vergewissert sich stumm, dass ich das hier auch will. Ich öffne die Lippen und deute ein verzweifeltes Nicken an. *Ja, Jamain. Bitte, Jamain.*

In diesem Moment fallen sämtliche Hemmungen von ihm ab. Beginnend an der Außenseite meiner Oberschenkel haucht er eine Reihe von Küssen auf mein Bein, wobei er meiner Erektion immer näher kommt. Das warme Wasser prasselt auf uns herab, und als seine Lippen zum ersten Mal über meinen Penis streichen, schließe ich die Augen und atme ein leises Stöhnen aus. Das fühlt sich so verdammt gut an. Ich presse die Handfläche gegen die kalte Duschwand. Gott. So gut. Er nimmt sich Zeit, ist vollkommen auf mich konzentriert. Nach einer Weile greift er nach meiner Hand und schiebt sie auffordernd in sein Haar, bevor er sich wieder voll und ganz meiner Erektion widmet. Ich vergrabe die Finger in seinen nassen Strähnen. Meine

Knie drohen unter mir nachzugeben, als Jamain die Spitze meines Penis' mit der Zunge antippt und ihn dann komplett in den Mund nimmt. Mein Griff festigt sich. Mein unterdrücktes Stöhnen hallt von den Wänden wider. Er saugt an mir, massiert meine Hoden, und ich drücke den Hinterkopf gegen die Fliesen. Ihm in der Dusche Gesellschaft zu leisten, war die beste spontane Idee, die ich je hatte. Die … verdammt … beste.

Beinahe verzweifelt gebe ich ein Ächzen von mir, das ihm signalisieren soll, dass ich diese Art der Behandlung nicht besonders lange aushalten werde. Jamain löst sich von mir, richtet sich auf und greift nach meiner Hand.

»Komm. Und nimm das Gleitgel mit. Ich habe eine Packung im Schrank neben den Ersatzzahnbürsten deponiert.«

Ich blinzle gegen das Wasser an. Versuche, meine Fassung wiederzuerlangen. Gleitgel. Er hat vor, das hier im Schlafzimmer fortzusetzen. Gott, ja. Unbedingt.

Fahrig mache ich das Wasser aus und folge ihm aus der Dusche. Sobald ich das Gleitgel gefunden habe, nimmt Jamain mich erneut bei der Hand. Wir gehen in den Flur, dann taumeln wir gegen die Wand und küssen uns. Ich kann nicht sagen, wer zuerst das Gleichgewicht verloren hat. Vielleicht war ich es. Jamains Erektion drückt sich gegen meinen Unterleib. Ich stöhne. Umklammere das Gleitgel fester. Schlafzimmer. Sofort.

Er stößt die Tür zu meinem Zimmer auf, und wir schaffen es nicht einmal zum Bett, bevor wir uns erneut wie ausgehungert küssen.

»Die Kondome sind in der Schublade«, bringe ich hervor, obwohl er das natürlich weiß, schließlich hat er sie dorthin gelegt. Ohne zu zögern, reißt Jamain die Lade auf und nimmt ein verpacktes Vanillekondom heraus. Für meinen Geschmack braucht er dafür eine Millisekunde zu lange. Ungeduldig ziehe ich ihn wieder an mich, verschließe seine Lippen mit meinen und werfe das Gleitgel Richtung Nachttisch, um beide Hände über seinen nassen Körper wandern zu lassen.

Das Gleitgel. Scheiße. Ich habe keine Ahnung, wie er –

Mein Herz schlägt so schnell. Ich löse mich aus dem Kuss, schaue auf das Kondom in seiner Hand und dann in seine Augen. Er scheint zu merken, dass meine Berührungen etwas langsamer geworden sind. Und wahrscheinlich muss ich ihm nicht einmal erklären, woran das liegt.

»Du denkst zu viel«, flüstert er auch schon mit einem Lächeln, während er sich an mich drückt. »Und ich will, dass du das sofort bleiben lässt.«

Er küsst mich zärtlich, dann öffnet er das Kondompäckchen. Sofort durchzieht ein leichter Vanillegeruch das Zimmer, der ziemlich gut zu der fruchtigen Note seines Apfelshampoos passt.

Nachdem er die Verpackung achtlos Richtung Nachttisch geworfen hat, schiebt er die Hand zwischen uns und legt die Finger nicht nur um meine Erektion, sondern auch um seine. Mit langsamen, aber kräftigen Bewegungen beginnt er damit, uns beide zu massieren. Gott, okay – jetzt denke ich bestimmt nicht mehr darüber nach, mich vor ihm zu blamieren oder etwas falsch zu machen.

»Ty«, sagt er, während er seinen Griff festigt und mir damit ein ersticktes Stöhnen abringt. »Ich weiß, dass du ein Mann der Planung bist, deshalb werde ich dir jetzt genau mitteilen, was passiert.«

Ich schaffe es, erleichtert zu nicken. Dann erschauere ich, weil er sanft über meine Eichel streicht. Er küsst mich erneut, dann löst er sich mit einem Lächeln von mir, setzt das Kondom an meiner Spitze an und rollt es über meinen Schwanz. »Du wirst mich jetzt so küssen, dass mir Hören und Sehen vergeht, und mich rückwärts zum Bett schieben. Mit einem Stoß schubst du mich auf die Matratze, packst mich an der Schulter und drehst mich um. Während du dich um die Gleitcreme kümmerst, komme ich auf die Knie hoch. Und dann vergisst du alles um dich herum und nimmst dir, was du brauchst. Was wir beide brauchen.« Er stupst mich leicht mit der Nase an. »Nicht denken, nur fühlen.«

Nicht denken, nur fühlen.

Ich ziehe Jamain an mich und küsse ihn. Nicht mehr zögerlich oder vorsichtig, sondern voller ungehemmter Leidenschaft. Ich beiße sanft in seine Unterlippe und nehme seinen Mund mit meiner Zunge in Besitz, dann drücke ich ihn nach hinten aufs Bett. Mit einer kräftigen Bewegung drehe ich ihn um. Jamain kniet sich hin und stützt sich auf den Ellbogen ab. Ich schlucke. Die Tatsache, dass er sich mir völlig hemmungslos darbietet, hebt meine Lust auf ein neues Level.

»Komm schon, Tyren«, fordert er mich auf, die Stimme heiser vor Erregung. »Tu's, verdammt noch mal.«

Ich verteile Gleitgel auf meinen Fingern und schiebe sie zwischen seine Backen. Jamain gibt ein unterdrücktes Stöhnen von sich, als ich erst hauchzart über seine Rosette streiche und dann mit leichtem Druck in ihn eindringe.

»Tyren.« Ein dunkles Flüstern. »Bitte. Nimm mich endlich. Halt dich nicht zurück.« Er drückt sich mir fast verzweifelt entgegen und atmet zittrig aus, als ich meine Finger durch meinen Schwanz ersetze. Es ist gut, dass er nicht will, dass ich mich zurückhalte, denn es wäre mir verdammt schwergefallen. Ich schiebe die Hüfte vor und vergrabe mich Stück für Stück in ihm, gebe mich vollkommen der Leidenschaft hin, nehme ihn mit tiefen Stößen, die uns beide aufstöhnen lassen, die Hände fest an seinen Hüften, bis er sich mir nach einer Weile mit einem Ächzen entgegendrückt, das wie eine Bitte klingt. Eine Bitte, die ich nur zu gerne erfülle – ich weiß, was er braucht. Bei meinem nächsten Stoß greife ich um ihn herum und umfasse seine Erektion. Jamains Stöhnen wird regelmäßiger, als ich ihn im selben

Rhythmus massiere, in dem ich ihn nehme. Gott. Fuck. Er fühlt sich so gut an. Und sein Stöhnen …

Ein Zittern geht durch meinen Körper. Ich keuche erschöpft auf und vergrabe mich noch ein Stück tiefer in ihm. Jamain kann sich kaum noch auf den Ellbogen halten, seine Atmung geht genauso schnell wie meine. Mit einer fahrigen Bewegung streiche ich über seine Spitze. Der Klang seines Stöhnens verändert sich, wird tiefer, verzweifelter. Noch heißer. Noch verlockender. Ich grabe die andere Hand fest in seinen Hintern, während ich seine Eichel umkreise.

»Komm, Jamain.« Die zwei heiseren Worte reichen aus, um ihn endgültig über die Klippe zu stürzen. Er zuckt in meinem Griff und ergießt sich über meine Hand. Seine Wangen sind gerötet, und ein paar nasse Haarsträhnen fallen ihm ins Gesicht. Er ist so verdammt sexy. Ein paar weitere Stöße, und ich folge ihm mit einem tiefen Stöhnen, das ich in jeder Faser meines Körpers spüre. Ich kann nicht sagen, wann sich ein Orgasmus jemals so schön und gleichzeitig so heftig angefühlt hat wie mit ihm. Um Atem ringend ziehe ich mich aus ihm zurück und beuge mich über ihn, um ihm zärtlich die Strähnen aus dem Gesicht zu streichen. Jamain hat die Augen geschlossen und lächelt. Sein Anblick weckt in mir den Wunsch, ihn zu küssen und nie wieder damit aufzuhören. Aber zuerst sollte ich das Kondom loswerden.

Nachdem ich das Ding notdürftig entsorgt habe, lege ich mich neben ihm ins Bett, die Arme von hinten um ihn geschlungen. Er riecht nach Sex und Apfelshampoo. Die Mischung hat das Potenzial, mich vor Glück um den Verstand zu bringen. Seufzend vergrabe ich das Gesicht in seinem Haar, um noch mehr davon einzuatmen. Um ihm noch näher zu sein.

»Geständnis«, flüstere ich in seinen Nacken. »Ich kann die Liste wirklich auswendig. Nicht nur den ersten Satz.« Meine Atmung beruhigt sich nur nach und nach wieder.

»Die Liste ist ja auch toll«, erwidert er mit einem zufriedenen Lächeln. »Ebenfalls Geständnis.« Er dreht sich halb zu mir um, sodass er meine Lippen erreichen kann. »Erinnerst du dich noch an das Gespräch, das wir im Auto hatten auf dem Weg zum Supermarkt? Ich habe dir erzählt, wie ich mich fühlen will, und du meintest, das ginge nicht.« Ein weiterer Kuss. »Du hast dich getäuscht. Ich brenne, ertrinke und schwebe, wenn ich in deiner Nähe bin.«

Ich lächle gegen seine Lippen.

»Hör zu, Ty.« Er rutscht ein Stück von mir weg, sodass er mir in die Augen sehen kann, verschränkt aber gleichzeitig unsere Finger miteinander.

»Es tut mir echt leid, wie ich mich gestern benommen und was ich gesagt habe. Ich war frustriert, weil alles so unerreichbar und unmöglich schien. Aber dann habe ich verstanden, dass es gar nicht nötig ist, alles auf einmal und gleichzeitig zu erreichen. Und ich habe verstanden, dass ich Zeit habe. Und dass ich …« Er zögert für einige Sekunden, hält den Blickkontakt aber aufrecht. »Und dass ich es nicht alleine schaffen muss. Zumindest hoffe ich das.«

Ich drücke seine Hand. »Natürlich musst du das nicht. Ich gehe nirgendwo hin.« Jamain hat recht, ich habe mich getäuscht, ich habe mich so was von getäuscht. Man kann auf Wolke sieben schweben. Man kann brennen. Man kann neben jemandem im Bett liegen und sich darüber im Klaren sein, dass der Flur nass ist, und es trotzdem vorziehen, sich keinen Millimeter vom Fleck zu bewegen.

Jamain schließt die Augen, als ich mit den Lippen über seine streiche und wieder näher an ihn heranrücke. Seine Haut ist warm, sein Brustkorb hebt und senkt sich unter meinen Fingerspitzen. Ich könnte eine Ewigkeit so neben ihm liegen, und es wäre trotzdem viel zu kurz.

»Du hast doch nicht vor, heute Nacht noch zurück in dein Zimmer zu gehen, oder?« Hoffentlich vermissen ihn die Meerschweinchen nicht allzu sehr. Hoffentlich habe ich ihn mindestens bis zum Morgengrauen.

»Was denkst du denn?«

Das ist dann wohl ein Nein. Ich grinse. »Ich denke, dass ich nicht vorhabe, dich heute Nacht irgendwo anders schlafen zu lassen als in meinem Bett. Und ich denke auch …« Eine dramatische Pause. »Dass wir uns früher oder später noch etwas zu essen bestellen sollten.«

Jamain gibt ein leises Seufzen von sich und küsst mich erneut. »Eher später«, murmelt er gegen meine Lippen. Ich will ein Nicken andeuten, scheitere jedoch, als er eine Hand in meinen Nacken legt. Wie Wachs. Ich schmelze wie Wachs, wenn er mich derart entschlossen an sich zieht. Die Zeit schmilzt ebenfalls dahin. Irgendwann liegen wir stumm nebeneinander. Es ist eine gemütliche Art der Stille. Jamains Kopf liegt an meiner Schulter und sein Arm über meiner Brust.

»Was hast du heute Nachmittag eigentlich gemeint?«, frage ich schließlich. »Verziehn soll, süßer Dieb, dein Raub dir sein?«

Jamain lacht und schmiegt sich noch etwas näher an mich. »Das hatte keine Bedeutung. Es hat mir nur gefallen, deshalb wollte ich es mal zum Einsatz bringen.«

Ich schnaube amüsiert. »Natürlich.«

Es gefällt mir, mit ihm hier in enger Umarmung zu liegen, die Wärme seiner Haut zu genießen und dem regelmäßigen Schlagen seines Herzens zu lauschen. Ich hätte nichts dagegen, den Rest meines Lebens so zu verbringen.

»Hast du eine Münze greifbar?«, reißt Jamain mich aus meinen hoffnungsvollen Gedanken. Ohne nachzufragen, strecke ich mich zu meinem Nachttisch und krame einen Penny aus der Schublade. Erst dann fällt mir sein irritierter Gesichtsausdruck auf.

»Ich mag das Konzept der Schicksalsentscheidungen«, verteidige ich mich. Anstatt nach der Münze zu greifen, zieht er mich an sich und küsst mich. Dieses Konzept mag ich sogar noch viel lieber.

Erst einige Minuten später löst er sich wieder von mir und setzt sich auf. Ich gebe ihm die Münze, die er mit einem Schnippen in die Luft befördert und im nächsten Moment wieder auffängt. Sein Gesicht ist ernst – es scheint eine wichtige Entscheidung anzustehen, und ich glaube, ich kann mir vorstellen, welche das ist. Er fragt das Schicksal, ob er flüchten soll, damit er nicht irgendwann vielleicht verlassen wird, oder ob er das Risiko eingehen soll.

Ich presse die Lippen aufeinander und versuche, mir nichts anmerken zu lassen. Vielleicht handelt es sich um eine völlig andere Entscheidung. Vielleicht geht es nur darum, welche Kondome er beim nächsten Mal kaufen soll.

Noch ist die Münze von seiner Hand verdeckt. Was ist, wenn das Schicksal nicht auf unserer Seite ist? Ich will nicht, dass ein Penny darüber entscheidet, was passieren soll. Ich will, dass er es entscheidet. Ich will, dass er mich will, und zwar nicht wegen irgendeines Münzwurfs.

Bevor ich etwas in der Art formulieren kann, schleudert Jamain die Münze entschlossen in eine Zimmerecke, wo sie mit einem leisen Klimpern auf dem Boden landet.

»Ich will mit dir zusammen sein, Ty«, sagt er. »Ich will dich im Subtext überfallen, in die sündige Teeküche zerren und dort küssen, bis du eine Metapher nicht mehr von einem Vergleich unterscheiden kannst. Ich will dir Herzen statt Schwänze an die Duschtür malen und sämtliche Kondome nur noch für dich kaufen. Ich will für dich brennen, ertrinken und schweben, und ich will dich für mich brennen, ertrinken und schweben lassen.« Er sieht mir in die Augen. »Die Frage ist nur … willst du das auch?«

Mein Mund ist trocken. Ich richte mich auf und warte einen Moment ab, um sicherzugehen, dass er das ernst meint und nicht wieder zurücknimmt. Als wir uns damals auf dem Weg zum Supermarkt unterhalten haben, war er fest entschlossen, keine Beziehung anzufangen, und genau aus diesem Grund habe ich das Thema vermieden. Weil ich der Tatsache, dass wir unterschiedliche Dinge wollen, nicht ins Auge sehen konnte. Noch nicht.

Aber offenbar muss ich das überhaupt nicht.

»Du gehst das Risiko ein.«

Jamain presst die Lippen zusammen und nickt. Punkt vier der Liste: Die Deckung verlassen.

Ich greife nach seiner Hand und verflechte unsere Finger miteinander. »Natürlich will ich das. Mit einer kleinen Korrektur: Ich will Herzen *und* Schwänze an der Duschtür. Ich habe mich schon zu sehr daran gewöhnt, um sie plötzlich nicht mehr zu sehen.«

Jamains angespannter Gesichtsausdruck weicht einem belustigten Grinsen, das ihm so gut steht, dass ich mich an einen anderen Punkt der Liste erinnere. Ich will zum Besten werden, das ihm in seinem Leben passiert ist. Vielleicht ist das egoistisch, aber wenn er lächelt, wird mir warm, und wenn ich der Grund dafür bin, ist das ein verdammt gutes Gefühl. Besser noch, als ein brandneues Buch aufzuschlagen.

»Ich will dich, Jamain.« Ich beuge mich über ihn, drücke ihn sanft in die Matratze. Er hebt den Kopf und küsst mich. Sekundenlang. Minutenlang. Alles, was ich weiß, ist, dass die Zeit weiterläuft, auch wenn wir uns küssen, als wäre sie stehen geblieben. »Ich brauche dich«, murmle ich irgendwann gegen seine Lippen, und dieses Mal spüre ich sein Lächeln sogar.

»Ich habe wirklich Hunger.« Erst nach einer halben Ewigkeit löse ich mich mit diesen Worten von ihm. Unromantisch, aber wahr. Ich habe seit Mittag nichts mehr gegessen. Außerdem will ich noch nicht neben ihm einschlafen, sondern etwas mehr Zeit mit ihm verbringen. Wach.

Wir ziehen uns an und entscheiden uns für den Klassiker: Pizza. Jamain bestellt mit einer besonderen Anmerkung, ›Bitte malen Sie ein Meerschweinchen auf die Innenseite des Kartons‹, worüber ich den Kopf schüttle, weil das bestimmt nicht passieren wird. Er nennt mich einen Skeptiker, weil ich an Santos Pizzeria zweifle. Ich küsse ihn – eindeutig jetzt schon meine neue Lieblingsbeschäftigung.

Als die Pizza ankommt, ist da wirklich etwas auf die Innenseite seines Kartons gezeichnet. Ob es sich dabei um ein Meerschweinchen handelt, ist fragwürdig. Es sieht nach einer Kartoffel mit Augen und ein paar Stummelbeinen aus, aber das mindert Jamains triumphierende Miene nicht. Wir essen Pizza auf der Couch statt in der Küche und unterhalten uns, bis es spät wird.

Kaum liegen wir nebeneinander im Bett, bin ich wieder hart – was vorrangig daran liegt, dass Jamain mich von hinten umarmt und dabei eine Hand in meine Shorts schiebt. Was möglicherweise daran liegt, dass ich mich etwas zu sehr an ihn gedrückt habe. Was daran liegt, dass er mich um den Verstand bringt.

Sein Griff um meinen Penis ist ruhig und zärtlich. Dieses Mal lassen wir uns Zeit, zumindest mehr Zeit als vorhin, als uns die Leidenschaft förmlich mitgerissen hat. Ein weiteres Vanillekondom kommt zum Einsatz. Ich beuge mich über Jamain und verschließe seine Lippen mit meinen, während ich ihn langsam zum Höhepunkt bringe. Unser leises Keuchen erfüllt mein Zimmer. Wir kommen fast gleichzeitig.

Ich schmiege mich an ihn, schließe die Augen. Er hält mich fest.

Manche Dinge sieht man nicht kommen, weder in Büchern noch im echten Leben, und das macht sie umso besser. Mich in ihn zu verlieben, könnte das Beste sein, das mir passiert ist.

22 | Jamain | Drohende Gefahren

Am nächsten Morgen fällt es mir verdammt schwer, mich zur Arbeit zu motivieren. Weniger, weil ich keine Lust auf den Funpark habe, sondern wegen eines nackten Buchhändlers, der sich im Bett räkelt und schamlos damit angibt, dass er erst eine Stunde später aus dem Haus muss.

Nachdem ich dreimal wegen eines Abschiedskusses ins Zimmer zurückgekehrt bin und beim letzten Mal fast mein Hemd eingebüßt hätte, schaffe ich es, die Wohnung zu verlassen.

Die Stunden im Park ziehen sich – das Wetter ist nicht sonderlich gut, es gibt wenig zu tun, außerdem hat Steve heute seinen freien Tag. Ich verbringe meine Zeit größtenteils mit dem Entwerfen interessanter neuer Fantasien, die ich mit Tyren umsetzen möchte, außerdem blättere ich in Shakespeares Sonetten und denke über meine ultimative Liste und ihre Verwirklichung nach. Zuerst muss ich herausfinden, was ich will, erst dann kann ich mich darum kümmern, wie ich es erreichen kann.

Nachdenklich beobachte ich eine Gruppe jüngerer Kinder, die laut redend und begeistert gestikulierend an der Blue Lagoon stehen geblieben ist. Mit Ausnahme der beiden Begleitpersonen ist keines von ihnen auch nur ansatzweise groß genug, um mitfahren zu können.

»Hey«, sage ich mit einem Lächeln, woraufhin erstaunlich schnell Stille einkehrt. »Wollt ihr ein paar Geschichten hören über die Blue Lagoon?«

»Geschichten?«, hakt ein dunkelhaariger Knirps nach.

»Jep«, erwidere ich. »Über einen Fahrgast, der sein Handy lose in der Tasche dabeihatte. Oder über einen riesigen Teddybären, der mitgefahren ist. Oder über den Typen, der nach fünf Runden in Folge nicht mehr aufhören konnte zu ko–« Ich räuspere mich. »Sich zu übergeben, meine ich«, beende ich dann zur Erheiterung der beiden Betreuer meinen Satz.

Die Kinder sind Feuer und Flamme. Ich bin es ebenfalls und erzähle verschiedene Anekdoten, die ich ein wenig ausschmücke, um sie noch spannender zu gestalten.

Nach knappen zehn Minuten gibt mir meine Kollegin zu verstehen, dass sie mich bei der Gurtkontrolle braucht, und ich verabschiede mich von der netten Gruppe.

»Bis dann, Jamain!«

»Wir kommen auf dem Rückweg noch mal vorbei!«

Ich hebe eine Hand zu einem angedeuteten Winken und schaue ihnen mit einem Lächeln hinterher. Vielleicht könnte das wirklich etwas für mich sein.

Am späten Nachmittag verlasse ich endlich den Funpark und mache mich direkt auf den Weg zum Subtext, um Tyren mit meiner neusten Idee zu überfallen. Mein Buchhändler steht an einem der Regale und ist damit beschäftigt, seine vermutlich perfekte Sortierung noch ein bisschen perfekter zu machen.

»*Wie mag ich sittsam denn von deinem Werte singen,*
Wenn du der bess're Teil nur bist von mir?«, sage ich, während ich neben ihn trete.

»Was kann mein Selbstlob mir für Ehre bringen?
Und ist's nicht Selbstlob, was ich lob' an dir?«

Am liebsten würde ich ihn küssen, aber ich will nicht, dass es ihm vor der Kundschaft unangenehm ist … oder vor Lizzie, die meinen Auftritt mit einem Grinsen mitverfolgt hat.

»Hübsch, oder?«, frage ich, während ich mich neben ihn ans Regal lehne. »Das habe ich vorhin im Park gelesen, als etwas Leerlauf war.«

Ty dreht sich zu mir um, und als er mich ansieht, scheint die Welt für einige Sekunden stillzustehen. Ich schwöre es. Das Lächeln, das sich auf seinen Zügen ausbreitet und seine Augen zum Strahlen bringt, gehört zu den schönsten Dingen, die ich je gesehen habe.

»Wirklich hübsch.« Er schiebt ein Buch zurück ins Regal, dann legt er nachdenklich den Kopf schief. »Konntest du früher Schluss machen?«

Bevor ich etwas antworten kann, zuckt sein Blick zur Theke, wo sich gerade ein Kunde eingefunden hat.

»Du schuldest mir noch etwas für gestern Abend«, sagt er zu Lizzie, die unser Gespräch nach wie vor mit heiterer Miene verfolgt. »Mindestens zehn Minuten. Zusätzlich zu einem Schichttausch natürlich.«

»Natürlich.« Sie zieht eine Augenbraue hoch und sieht zwischen ihm und mir hin und her. »Du bekommst fünfzehn, wenn du mir sagst, wofür.«

»Ich habe meinem Freund noch nicht unsere Teeküche gezeigt.«

Ihr Lächeln wird ein wenig breiter. »Das wurde auch höchste Zeit.«

Keine Ahnung, ob sie die Teeküche meint oder die Bezeichnung, die er gerade verwendet hat. Die Bezeichnung, die in mir kribbelnde Freude aufsteigen lässt.

Lizzie wendet sich ab, um den Mann an der Kasse zu bedienen, woraufhin Tyren und ich in die sündige Teeküche verschwinden, an der eigentlich nichts sündig ist. Noch nicht.

Der Raum ist recht klein und bietet gerade Platz für eine winzige Küchenzeile und eine mit weinrotem Stoff bezogene Couch. Die Einrichtung wirkt ein wenig altmodisch und dadurch umso stimmiger. Je mehr ich vom Subtext sehe, desto besser gefällt es mir.

»Lizzies Großvater hat alle Tassen, die wir hier verwenden, über die Jahre hinweg selbst ausgesucht. Sie sind alle unterschiedlich.« Ty schließt die Tür hinter uns und deutet auf einen Schrank mit Geschirr. »Es ist im Grunde seine eigene Sammlung. Ich hoffe, dass ich sie irgendwann einmal weiterführen kann.«

»Das kann ich mir echt gut vorstellen«, sage ich, während ich die verschiedenen Tassen betrachte. »Du und das Subtext … das passt einfach perfekt. Charmant, sympathisch und ein bisschen verschroben.«

Ty reagiert sofort auf meine kleine Provokation – allerdings nicht mit Worten, sondern mit seinen Lippen. Innerhalb von Sekunden ist er bei mir und küsst mich so intensiv, dass meine Knie weich werden. Fuck, ich liebe diese Art der Antwort. Mit einem leisen Seufzen drücke ich mich an ihn und erwidere seinen Kuss voller Sehnsucht.

»Es ist unprofessionell, dich während meiner Arbeitszeit zu küssen«, flüstert er für meinen Geschmack viel zu früh, und bevor ich ihm mitteilen kann, wie egal mir das ist, löst er sich wieder von mir.

»Das hier ist nie passiert«, fügt er hinzu, und ich verdrehe die Augen.

»Dein Ernst?«, frage ich empört. »Für eine sündige Teeküche war dieser Kuss eindeutig zu harmlos und vor allem zu kurz.«

Ich schiebe eine Hand in seinen Nacken, gleichzeitig mache

ich einen Schritt nach vorne, sodass er mit dem Rücken gegen die Arbeitsplatte stößt. Dieses Mal bin ich es, der ihn küsst … und möglicherweise bin ich es auch, der sich an ihm reibt. Und der seine Lippen mit der Zunge teilt, um den Kuss zu intensivieren. Innerhalb weniger Sekunden wird mir warm, und als ich ihn schließlich freigebe, stelle ich fest, dass auch seine Wangen gerötet sind.

»So begrüßt man eine drohende Gefahr ordentlich«, sage ich, während ich einen Schritt nach hinten trete, um der blonden Versuchung besser widerstehen zu können.

»Wie lief dein Tag heute? Im Park war es ziemlich ruhig. Das Spannendste war eine Gruppe Kinder, die noch nicht groß genug für die Blue Lagoon waren und denen ich als Trost ein paar Geschichten erzählt habe.« Ich blinzle ihm verschwörerisch zu. »Die Story von dem Bild, auf dem sich ein Kerl im vordersten Wagen einen runterholt, habe ich aber für mich behalten.«

Tyren erwidert nichts, stattdessen mustert er mich mit schräg gelegtem Kopf, als wüsste er, dass ich noch etwas sagen will. Etwas, das etwas mehr Mut erfordert.

Angespannt beiße ich mir auf die Unterlippe, dann stoße ich entschlossen die Luft aus.

»Ich habe mir überlegt, ein Praktikum im Kindergarten zu machen«, sage ich, während ich mich mental schon auf seine ungläubige Miene vorbereite. »Außer Shakespeare zu lesen, habe ich auch noch gegoogelt und mich über die Ausbildung informiert. Ich denke … das könnte ich schaffen. Vielleicht.«

Ty schüttelt den Kopf. »Nicht *vielleicht*. Du kannst das.« Er greift nach meinen Händen und verschränkt locker unsere Finger miteinander. »Du warst super, als du den Kindern hier vorgelesen hast, und ich habe gesehen, dass es nicht nur ihnen Spaß gemacht hat, sondern auch dir. Das sind die idealen Voraussetzungen.«

Mit einem Lächeln lehnt er sich gegen die Arbeitsplatte und zieht mich näher zu sich. »Komm aber nicht auf die Idee, ihnen Shakespeare vorzulesen. Das ist nur für mich.«

Einen Moment lang herrscht Stille. Es ist nicht leicht, seine Deckung zu verlassen, besonders nicht, wenn man sie von klein auf gewöhnt ist. Das scheint er auch zu wissen.

»Hey.« Er drückt meine Finger. »Das wird super, okay? Ich bin stolz auf dich, dass du mit der Liste angefangen hast. Dass *wir* mit der Liste angefangen haben. Mit der verdammt genialen ultimativen Liste.«

Er hat recht. Vielleicht sind es manchmal die kleinen Dinge, die etwas Großes bewirken können. Ein Blatt Papier mit Zukunftsträumen zum Beispiel.

»Wir sollten sie übrigens bei Gelegenheit erweitern«, fährt er fort. »Mit allem, was uns einfällt. Keine zu verrückten Dinge. Ein Kuss im Regen. Ein Puzzle mit tausend Teilen machen.«

Ich hebe eine Augenbraue und mustere ihn skeptisch, obwohl ich seine Aufzählung insgeheim ziemlich hinreißend finde.

»Etwas abenteuerlicher?« Er runzelt die Stirn. »Wir könnten in eine Bar gehen, und du könntest auf der Theke tanzen.«

Ich ziehe auch noch die andere Augenbraue hoch, und er seufzt.

»Ich versuche, spontan zu sein. So schlecht habe ich mich doch nicht geschlagen, oder?«

Ich schenke ihm ein amüsiertes Lächeln, dann beuge ich mich vor und küsse ihn sanft.

»Ich liebe es, wenn du spontan bist.« Ich stütze die Arme rechts und links von ihm auf der Arbeitsplatte ab, sodass ich ihn rücklings dagegen drücken kann. »Und ich gehe nur allzu gerne darauf ein. Wir könnten dafür sorgen, dass die sündige Teeküche diesen Namen auch wirklich verdient hat.« Ich drehe mich leicht, sodass mein Unterleib gegen seinen Schritt drückt. Ty atmet zittrig ein, und seine Augen werden groß.

»Zu spontan?«

Er nickt.

»Zu spontan«, bestätigt er nach einer kurzen Pause, scheint aber nichts gegen einen weiteren Kuss zu haben, denn er ändert nichts an unserer Position. Nachdem ich das weidlich ausgenutzt habe, weiche ich zurück und greife nach seiner Hand.

»Ich mag deine neuen Punkte, und ich mag die Idee einer gemeinsamen Liste. Wir könnten sie zu den Fotos an den Kühlschrank hängen.«

Ich mustere Tyren nachdenklich.

»Was wären denn ›zu verrückte Dinge‹?«, erkundige ich mich unschuldig. »Ein Shakespeare-Tattoo?«

Ty schnaubt amüsiert. »Zum Beispiel.«

»Cool«, sage ich. »Dann kommt das mit drauf. Goldene Regel Nummer fünf: Auf ultimative Listen gehören auch verrückte Dinge. Außerdem wollte ich sowieso schon lange ein Tattoo haben. Du könntest mir dabei helfen, ein passendes Zitat zu finden. Und dafür gehört Shakespeare dir allein.«

»Begegnen wir der Zeit, wie sie uns sucht«, sagt Ty. »Das hat mir schon immer gefallen. Es ist von Shakespeare und gleichzeitig der erste Satz von Stefan Zweigs Autobiografie.«

Für einige Sekunden schaue ich ihn schweigend an. Diese ersten Sätze machen mich schwach und auch, mit welcher Selbstverständlichkeit er sie zitiert.

»Gefällt mir«, sage ich und meine damit nicht nur Zitat samt Hintergrund, sondern auch Tyren selbst. Tyren, der sofort und ohne zu zögern bei Umsetzung und Erweiterung meiner Liste hilft. Das will ich auch für ihn tun.

»Ich habe über deine Familie nachgedacht«, sage ich unvermittelt. »Bisher wurde ich nur zweimal im Flur überfallen. Vielleicht wäre es schön, wenn man etwas gemeinsam unternehmen würde?«

Ty sieht so ungläubig aus, dass ich mir ein Grinsen nicht verkneifen kann.

»Bowling oder so.«

»Du willst mit meiner Familie bowlen?«

»Nicht unbedingt bowlen.« Ich zucke mit den Schultern. »Aber ich weiß, dass dir deine Familie wichtig ist, deshalb würde ich dir das gerne etwas erleichtern. Außerdem warst du bei meiner Mom auch toll –«

Weiter komme ich nicht, denn in diesem Moment verschließt Ty meine Lippen mit seinen und küsst mich so stürmisch, dass die Teeküche plötzlich doch Chancen hat, sündig zu werden.

»Steve hat übernächstes Wochenende einen kleinen Gig im Candle 21.« Es fällt mir verflucht schwer, mich von Ty zu lösen, aber wenn er mich weiter auf diese Weise küsst, verabschiedet sich auch noch der Rest meines Verstandes.

»Ich glaube nicht, dass sich meine Familie für ein Konzert begeistern lässt«, wendet Tyren ein.

»Dann erzähle ihnen, dass du ein neues Restaurant aufgetan hast, und nenne ihnen nur die Adresse«, schlage ich vor. »Oder drücke dich betont vage aus, wenn du nicht lügen willst.«

Ein Klopfen lässt mich innehalten, und kurz darauf streckt Lizzie den Kopf zur Tür herein.

»Ich will euch ja ungern stören bei der ... Besichtigung der Teeküche, aber ich könnte draußen Hilfe gebrauchen«, sagt sie mit einem entschuldigenden Lächeln.

»Kein Ding«, erwidere ich. »Ty und ich haben gerade beschlossen, übernächstes Wochenende zu Steves Auftritt zu gehen. Kommst du –«

»Klar!«, unterbricht sie mich mit leuchtenden Augen. »Er hat mich schon gefragt, ob ich Lust habe.«

Im Laufe der nächsten beiden Wochen verbringen wir jede freie Minute miteinander und genießen es in vollen Zügen, dass nichts mehr zwischen uns steht. An der Kühlschranktür sammeln sich neue Bilder, und jedes einzelne davon ist mit einer Erinnerung verbunden. Kill und Bill, die eine Piggie Box mit Leckereien und Spielzeug inspizieren. Othello, der mit Tyrens Lesebrille auf dem Rüssel stolz neben einem Stapel Bücher thront. Ein Bild von mir, wie ich umringt von Kindern im Subtext vorlese. Ein Selfie von Ty und mir beim Kochen, auf dem er allerdings nicht sonderlich glücklich aussieht, weil ich direkt zuvor das Rezept ein wenig spannender gestaltet habe.

Je näher der Freitag rückt, desto nervöser wird Tyren. Das ist offensichtlich, obwohl er sich große Mühe gibt, es zu verbergen. Tatsächlich ist es ihm gelungen, seiner gesamten Familie eine Zusage aus den Rippen zu leiern, auch wenn niemand ahnt, dass ein Besuch in einer Szenekneipe ansteht.

Auf der Fahrt zum Candle 21 erreicht seine Anspannung schließlich ihren Höhepunkt. Er ist blass, spricht kaum und beißt nervös auf seiner Unterlippe herum. Beim Einparken rammt er fast einen Hydranten; ein mehr als deutliches Zeichen seiner Unruhe.

Er stellt den Motor ab, macht aber keine Anstalten, auszusteigen. Stattdessen sitzt er bewegungslos hinter dem Steuer und sieht so besorgt aus, dass ich ihn am liebsten in den Arm nehmen würde.

»Es hilft, zuerst den Gurt zu lösen«, sage ich liebevoll, während ich über seinen Oberschenkel streiche.

»Ja.« Er seufzt. »Danke.«

In Zeitlupe schnallt er sich ab. »Ich weiß nicht, ob das eine gute Idee war.«

Seiner Miene nach hält er es mittlerweile definitiv für *keine* gute Idee.

»Sie werden verärgert sein, und sie werden dir die Schuld an allem geben. Es wird ein Abend voller Vorwürfe und Missbilligungen werden, und das schon allein, weil sie mich lieber in Begleitung einer Frau sehen würden. Das ist nicht fair. Ich sollte dich vor genau so etwas bewahren, anstatt zu hoffen, dass sie für mich über ihren Schatten springen können.«

Ich beiße mir auf die Unterlippe. Natürlich teile ich seine Zweifel. Bisher hat seine Familie keinen Hehl daraus gemacht, was sie von mir hält – ohne mich überhaupt zu kennen. Was ist, wenn uns ein grauenvoller Abend bevorsteht? Was ist, wenn ich sämtliche schlechten Meinungen, die man sich über mich gebildet hat, bestätige? Wenn ich sie noch übertreffe?

»Es war egoistisch von mir, dich hierherzuschleppen«, fügt er hinzu. »Wir könnten woandershin fahren. Du musst dir das nicht antun.« Er streckt die Hand aus und berührt den Schlüssel, der nach wie vor in der Zündung steckt.

Sofort lege ich meine Hand auf seine. Dieses Treffen ist wichtig für Ty, und Ty ist wichtig für mich. Ich werde mich zusammenreißen und den Bradfords stellen. Für ihn. Ich werde mein Bestes geben und hoffen, dass es genug ist.

»Wir machen eine Schicksalsentscheidung«, sage ich und lehne mich nach vorne zum Handschuhfach. »Das ist genau das Richtige in einer solchen Situation.«

Als ich es öffne, um die Münze zu nehmen, die ich für solche Gelegenheiten dort deponiert habe, fällt mir ein Paar mit getigertem Plüsch bezogene Handschellen entgegen.

»Oh«, sage ich. »Gerade so vor einem Sturz in den Fußraum bewahrt.«

Tyren sieht mit hochgezogenen Augenbrauen zwischen mir und den Tiger-Handschellen hin und her.

»Es ist interessant, was sich so in meinem Handschuhfach verbirgt, seit du häufiger mitfährst«, sagt er, woraufhin ich stolz nicke. Ein Quell unglaublicher Spannung, ganz so, wie ich es mir bei unserer ersten Fahrt ausgemalt habe.

»Nur eine kleine Überraschung.« Ich zucke mit den Schultern und halte Tyren die Handschellen hin. »Sie sind ganz flauschig. Fühl mal.«

Er nimmt sie skeptisch entgegen und streicht vorsichtig darüber.

»Die sind perfekt, um drohende Gefahren zu bändigen«, lasse ich ihn wissen. »Oder blonde Versuchungen.«

»Gut zu wissen«, erwidert er ein wenig steif. Immerhin denkt er jetzt über Handschellen statt über seine Familie nach.

Grinsend wende ich mich wieder dem Handschuhfach zu, wo ich nach kurzer Suche die Münze in der hintersten Ecke entdecke.

»Also: Schicksalsentscheidung. Kopf – wir ziehen es durch. Zahl – wir flüchten und verbringen einen romantischen Abend bei Burger King.«

»McDonald's«, verbessert Ty wie aus der Pistole geschossen, und ich schnaube ergeben.

»Okay. McDonald's. Das soll sicher kein Grund für unsere erste Beziehungskrise sein.«

»Gut«, erwidert er mit einem Lächeln, das jedoch nicht über seine Anspannung hinwegtäuscht. »Wäre schade, wenn wir etwas Großartiges so schnell wieder beenden müssten, nur weil du keinen Geschmack hast.«

Ich beuge mich zu ihm, drücke ihm einen Kuss auf die Wange, dann setze ich mich wieder richtig hin und schnippe gleichzeitig die Münze in die Luft. Ich fange sie auf, decke sie mit der Hand ab und werfe einen Blick darauf. Zahl.

»Kopf«, sage ich, bevor ich die Münze wieder im Handschuhfach verschwinden lasse. »Damit ist unsere Unternehmung vom Schicksal abgesegnet und wird somit von Erfolg gekrönt sein.«

Ich nicke in Richtung der Handschellen, die Bookboy noch immer unschlüssig zwischen den Fingern dreht.

»Willst du die mitnehmen? Du könntest sie dir lässig an den Gürtel hängen und mich später damit abführen, Detective Bradford.«

»Die Tiger-Handschellen? Vergiss es.« Er gibt mir die Dinger so schnell zurück, als hätte er Angst, ich könnte ihn irgendwo anketten. Ein reizvoller Gedanke.

»Wir sollten vor dem Eingang auf sie warten. Ich bezweifle, dass sie ohne uns hineingehen würden.«

Wieder spiegelt sich Unsicherheit in seiner Miene, und ich greife nach seiner Hand, um sie beruhigend zu drücken.

»Es wird alles gut«, sage ich. »*Begegnen wir der Zeit, wie sie uns sucht*. Und jetzt ist die Zeit gekommen, einen schönen Abend zu verbringen.«

23 | Tyren | Chancen

Meine Schwester trifft zuerst ein. Sie steigt aus ihrem Wagen, sieht sich zögerlich um und schließt langsam die Tür hinter sich, als sie uns entdeckt.

»Hey. Sorry, ich komme direkt aus dem Krankenhaus. Es hat zeitlich leider nicht anders gepasst mit meiner Schicht.« Sie sagt das, als würde es erklären, warum sie nicht makellos aussieht – aber sie sieht makellos aus. Sie trägt ihr Haar in einem Dutt und dazu eine Bluse und einen Rock. Ich wäre nie auf die Idee gekommen, dass sie eine Schicht in der Notaufnahme hinter sich hat.

»Abigail, das ist Jamain. Jamain, das ist Abigail.«

Sie mustert ihn und streckt ihm schließlich die Hand hin. »Ich habe schon einiges über dich gehört.«

»Spannend.« Jamain wirft ihr ein charmantes Lächeln zu. »Nenne drei Dinge, die du über mich gehört hast.«

»Du hast ein Alkohol- und Drogenproblem«, sagt Abigail geradeheraus, und ich stöhne innerlich. Den meisten Menschen wäre es unangenehm, jemandem so etwas ins Gesicht zu sagen. Meiner Schwester leider nicht. Sie redet nie um irgendetwas herum. »Du hast keine besonders guten Manieren. Und du –«

»Okay«, schreite ich ein. »Das reicht. Ich glaube nicht, dass es etwas bringt, zu wiederholen, was Warren und Dad über ihn erzählen.« Ich presse die Zähne einen Augenblick lang so fest aufeinander, dass man das Knirschen fast hören kann. »Und was nichts als ein Haufen blödsinniger Vorurteile ist.«

Abigail zuckt mit den Schultern. »Ich habe seine Frage wahrheitsgemäß beantwortet.«

»Dann bist du jetzt dran«, sagt Jamain nach einem kurzen Schweigen mit überraschender Ruhe in der Stimme.

»Womit?«

»Drei Dinge über dich.«

Abigail legt den Kopf schief. »Mein Job als Ärztin ist mein Leben, ich bin Single, weil mein Job als Ärztin mein Leben ist, und … mein kleiner Bruder interessiert sich kein Stück für mich.«

Ich atme verwirrt ein. »Warte … was?« Den Seitenhieb habe ich nicht erwartet. »Wie kommst du denn darauf?«

Jamain sieht stumm zwischen uns beiden hin und her. Abigail verschränkt die Arme vor der Brust. »Wann hast du mich das letzte Mal gefragt, wie es bei mir läuft?«

Ich öffne den Mund, um ihr eine Antwort zu geben, aber … ich habe keine. Nicht, als wir das letzte Mal Nachrichten ausgetauscht haben. Nicht beim letzten Familienessen und auch nicht beim vorletzten. Um ehrlich zu sein, weiß ich nicht, wann ich das letzte Mal Interesse gezeigt habe. Nicht nur bei Abigail. Auch bei Warren und Mom und Dad kann ich nicht sagen, wann ich mich zuletzt nach ihrem Befinden erkundigt habe. Ich schlucke. Stecke die Hände in die Hosentaschen. War ich wirklich so sehr mit mir selbst beschäftigt?

»Sie sind da.« Abigails Stimme ist ein Hauch Erleichterung anzuhören. Mom, Dad und Warren kommen zügigen Schrittes auf uns zu.

»Was soll das sein?« Warren hält sich nicht mit Begrüßungen auf, sondern deutet auf die Leuchtbuchstaben hinter uns. Nichts an seiner Kleidung ist casual. »Ein ranziger, kleiner Buchclub? Deswegen mussten wir uns alle so kurzfristig freinehmen?«

Mom drückt mich zur Begrüßung an sich, und Dad klopft mir kurz auf die Schulter, bevor sein Blick dem meines Bruders folgt. Innerhalb von Sekunden liegt seine Stirn in Falten.

»Es ist eine kleine Bar, in der heute Abend ein Freund von Jamain und mir auftritt«, sage ich.

Dad strafft die Schultern. »Nun gut.«

»Du bist also Tyrens Mitbewohner.« Mom reicht Jamain die Hand, wobei ihr wachsamer Blick ihn stumm auseinandernimmt. Ich wünschte, sie würde ihn nicht mustern, als wäre er gerade zur wichtigsten und schwierigsten Prüfung seines Lebens aufgetaucht.

»Und mein Freund. Wollen wir hineingehen?«

»Oh.« Mom zieht die Hand zurück.

Dads Blick liegt jetzt auf mir, durchbohrt mich, damit ich die drei Worte, die ich so beiläufig von mir gegeben habe, wieder zurücknehme. Erst als er zu merken scheint, dass ich das nicht tun werde, scheint wieder Leben in ihn zu kommen. »Das ist … überraschend.« Er deutet etwas steif auf die unscheinbare Tür. »Nach euch.«

Das Candle 21 ist eine gemütliche kleine Bar, die weder sonderlich modern noch sonderlich exklusiv ist. An der Stirnseite des Hauptraumes befindet sich eine angedeutete Bühne, die kaum vom Boden abgesetzt ist und auf der Steve gerade einen Barhocker zurechtrückt. Passend zum Namen ist das Innere in warmes Kerzenlicht getaucht, was für eine gemütliche Atmosphäre sorgt. Jamain steuert zielsicher einen der Holztische mit gutem Blick auf die Bühne an und zeigt mit einer einladenden Geste auf die mit Stoff bezogene Bank an der Wand. Meine

Eltern tauschen einen Blick, dann kommen sie der Aufforderung nach und setzen sich. Abigail nimmt ebenfalls Platz, lediglich Warren sieht stirnrunzelnd zwischen dem Tisch und mir hin und her.

»Ist das dein Ernst?«, fragt er. »Als wir draußen standen, hatte ich noch die Hoffnung, dass uns drinnen eine Überraschung erwartet.« Er zuckt mit den Schultern und sieht in Jamains Richtung, als würde er nicht nur vom Candle 21, sondern auch von ihm sprechen. »Es war auch eine Überraschung. Eine böse.«

»Setz dich hin, Warren«, sagt Abigail, noch bevor ich das tun kann. Sobald Jamain und ich uns ebenfalls hingesetzt haben, kommt eine Kellnerin und legt einen Stapel laminierter Karten vor uns. Obwohl keiner etwas sagt, ist die Irritation meiner Eltern deutlich zu spüren. Gott. Wieso müssen sie uns das hier so schwer machen?

»Also, Tyren«, durchbricht Warren irgendwann die Stille. »Was tun wir hier?«

»Es war meine Idee«, erwidert Jamain.

Warren stößt die Luft durch die Nase aus und sieht sich demonstrativ um. »Wenig erstaunlich.«

Ich werfe meinem Bruder einen Blick zu, der ihm deutlich machen sollte, dass ich es sehr schätzen würde, wenn er für einen Moment den Mund hält und Jamain ausreden lässt.

»Ich habe Tyren dieses Treffen vorgeschlagen, weil ich seine Familie kennenlernen möchte. Wir beide hatten keinen guten Start«, sagt dieser zu Warren, dann dreht er sich zu meinem Dad um, »und wir beide ebenso wenig, Sir. Ich erwarte nicht, dass Sie mich mit offenen Armen aufnehmen, aber ich will eine Chance.«

»Eine Chance?«, mischt sich Mom ins Gespräch ein. »Eine Chance wofür?«

»Eine Chance zu beweisen, dass anders nicht unbedingt schlechter sein muss.« Er lehnt sich ein wenig zurück und legt die Hände auf der Tischplatte ab. Nichts zu verbergen. Ich bin verdammt beeindruckt, dass er es schafft, seine Ruhe zu bewahren, obwohl sie weiterhin so auf ihn herabsehen. Das ist alles andere als selbstverständlich – und ich weiß, dass er es in erster Linie für mich tut. Ich greife über die Tischplatte nach seiner Hand.

»Ich weiß, dass Ihnen Ihr Sohn wichtig ist«, fährt er an meine Eltern gewandt fort, »und ich weiß auch, dass Sie ihn schützen wollen. Aber ich bin keine Gefahr.«

Meine Gedanken zucken zu den Handschellen im Auto und zu all den Malen, an denen er sich als drohende Gefahr bezeichnet hat, und ich schaffe es gerade so, ein Lächeln zu unterdrücken.

»Ich nehme keine Drogen, und ich habe kein Alkoholproblem«, sagt er nach einer kurzen Pause. »Ebenso wenig habe ich vor, die Wohnung auszuräumen oder Ty sonst irgendwie zu schaden. Ich würde ihm niemals absichtlich wehtun.«

Er unterbricht sich kurz, weil die Kellnerin erneut an den Tisch kommt und unsere Bestellung entgegennimmt – es geht schnell, da die Karte nicht sonderlich viel Auswahl bietet.

»Sie sind eine einschüchternde Familie«, fährt er fort, sobald sie wieder verschwunden ist. »Erfolgreich und zielstrebig, egal, ob im medizinischen Sektor oder im literarischen Bereich. Vermutlich sind wir wirklich vollkommen unterschiedlich.«

Warren nickt zustimmend, doch Mom hat den Kopf nachdenklich ein wenig schräg gelegt.

»Aber wir haben eine Gemeinsamkeit. Eine Gemeinsamkeit, die uns alle verbindet. Die Verbindung zwischen uns ist Ihr Sohn, euer Bruder und mein Freund. Er ist uns allen unglaublich wichtig, und er ist es wert, dass wir uns umeinander bemühen. Deshalb geben Sie mir eine Chance, mich wirklich kennenzulernen – und haben Sie ein wenig Vertrauen in den Geschmack Ihres jüngsten Sohnes.«

Mir ist warm geworden, und ich drücke unauffällig Jamains Hand. Ein stummes ›Danke‹, woraufhin er mir kurz den Blick zuwendet und lächelt. Keine Ahnung, wie ich nicht vom ersten Moment an, in dem wir uns begegnet sind, begreifen konnte, was wirklich in ihm steckt.

Meine Schwester schnaubt amüsiert. »In seinen Geschmack? Ich nehme an, du hast ihn noch nie mit einem Erdnussbutter-Essiggurken-Sandwich erwischt.«

»Ich habe seit einer Ewigkeit keins mehr gegessen«, verteidige ich mich.

Warren zieht eine Augenbraue hoch. »Früher hast du dir ständig eins gemacht.«

Er hat nicht unrecht. Als Kind habe ich die Dinger geliebt, und die skeptischen Blicke meiner Geschwister waren damals das Tüpfelchen auf dem i. Aber ich will nicht, dass sie Jamain jetzt peinliche Dinge aus meiner Kindheit erzählen.

Zum Glück rettet Mom mich.

»Nun, Jamain.« Sie räuspert sich. »Es ist offensichtlich, dass du dir Gedanken über unsere Familie gemacht hast. Und du hast recht, wir hatten tatsächlich noch nicht die Chance, dich kennenzulernen.«

Mein Vater lehnt sich vor und sieht aus, als würde er protestieren wollen, dann schließt er den Mund allerdings wieder.

»Es ist nett, dass ihr uns eingeladen habt«, fährt sie fort. »Auch wenn ein ordentliches Restaurant vielleicht die bessere Wahl gewesen wäre.«

Ich beschließe, mich deswegen nicht schlecht zu fühlen. Sonst treffen wir uns immer in den übertrieben teuren Restaurants, weil ihnen das gefällt. »Ich fühle mich wohl.«

»Hätte ich nicht Medizin studiert, würde ich mich jetzt fragen, ob hier die Gefahr einer Tetanusinfektion besteht«, sagt Warren trocken, fängt überraschenderweise aber an zu grinsen, bevor ich ihm die Meinung sagen kann. Mom schüttelt seufzend den Kopf. Während der Kellner unsere Getränke auf den Tisch stellt, drücke ich erneut Jamains Hand, um ihn wissen zu lassen, dass er diesen Kampf hier nicht alleine kämpfen muss. Vielleicht hat seine Ansprache nicht die Herzen meiner Familie erwärmt, aber meins dafür umso mehr.

»Ich muss etwas loswerden«, sage ich, nachdem der Kellner wieder verschwunden ist. »Mir ist aufgefallen, dass ich … in letzter Zeit etwas distanziert war.«

Abigail mustert mich stumm. Warren nickt, aber dieses Mal, ohne dabei arrogant zu wirken. »Auf ungefähr jedem Familientreffen, seit du angefangen hast, zu studieren.«

»Das war keine Absicht.« Zögerlich greife ich nach meiner Dr Pepper. »Ich glaube, ich hatte einfach das Gefühl, nicht dazuzupassen. Deshalb habe ich unbewusst vermieden, zu fragen, wie es bei euch läuft.«

»Und deshalb hast du auch angefangen, deinen Mitbewohner zu daten, und den Scheck zerrissen, den ich dir angeboten hatte?«, fragt Dad, der anscheinend nur zu gerne die Gelegenheit ergreift, das hier als rebellische Laune abzutun.

»Nein. Ich bin mit Jamain zusammen, weil ich mich verliebt habe.« Der wütende Ton in meiner Stimme scheint Dad zu irritieren, denn er stellt sein Weinglas wieder ab, ohne einen Schluck davon genommen zu haben.

»Es gibt keinen Grund, verärgert zu sein, Tyren. Ich wollte lediglich sichergehen.«

Mir bleibt der Mund offen stehen. Es gibt keinen Grund, verärgert zu sein? Ist das ein Witz? »Du nutzt jede Möglichkeit, die du hast, um Jamain schlechtzumachen.«

»Dieser Vorwurf ist absolut ungerechtfertigt.«

»Ist er das wirklich?«, fragt Mom unerwartet.

»Ich glaube, ich wäre auch verärgert«, murmelt Abigail mit

einem Schulterzucken. »Auch wegen der Sache mit der Wohnung.«

»Mit der Wohnung?«, wiederholt Dad verständnislos.

»Du hast zwar geklopft, bist dann aber einfach reingekommen«, erinnere ich ihn. »Obwohl du selbst sagtest, der Schlüssel sei für Notfälle.«

Ich kann förmlich spüren, wie Jamain neben mir darum kämpft, sein Grinsen zu unterdrücken – und ebenso den frechen Spruch, der ihm garantiert auf der Zunge liegt.

Dad presst die Lippen zusammen. »In Ordnung«, sagt er nach etlichen Momenten des Schweigens, und es ist offensichtlich, dass es ihm nicht leichtfällt. »Vielleicht habe ich etwas über die Stränge geschlagen.« Sein Blick ruht mittlerweile auf Jamain. »Aber ich schätze es, dass du dich um eine Chance bemühst.«

»Ich kann verstehen, dass Sie skeptisch sind«, sagt Jamain. »Sie achten auf Ty, und Sie beschützen ihn. Vielleicht sind Sie dabei übers Ziel hinausgeschossen, das kann und will ich nicht beurteilen. Aber im Endeffekt kann er sich glücklich schätzen, jemanden zu haben, der sich so für ihn einsetzt.«

Ich entspanne mich ein wenig, und auch Dad wirkt etwas weniger misstrauisch. Das ist ein Schritt in die richtige Richtung. Glaube ich. Hoffe ich.

»Der Wein hier schmeckt überraschend gut«, sagt Warren, der sein Glas prüfend betrachtet.

Ich starre ihn an. »Das … freut mich.«

Er grinst. Ich muss auch grinsen.

Auf der Bühne scheint sich mittlerweile etwas zu tun. Der warme Kerzenschein wird durch einen violetten Schimmer ergänzt. Das Abendprogramm wird wohl in Kürze anfangen.

»Es ist ein Freund von euch, der hier heute auftritt?«, erkundigt sich Mom, wobei sie Jamain interessiert mustert. »Spielst du auch ein Instrument?«

»Ich habe in meiner Schulzeit im Chor gesungen«, erwidert er mit einem Hauch Bedauern in der Stimme. »Aber ein Instrument gelernt habe ich nie.«

»Dafür ist Steve ein ausgezeichneter Gitarrist«, werfe ich ein und nicke in Richtung Bühne. »Er hat auf der Einweihungsparty gespielt, und es war richtig gut.«

»Die wilde Feier mit dem strippenden Polizisten, dem harten Zeug und dem krassen Scheiß wie Flyrbel oder Cluxamin?«, fragt Warren so ernst, dass wir beide alarmiert in seine Richtung sehen.

»Flyrbel und Cluxamin?«, wiederholt Dad irritiert.

»Das war ...«, beginnt Jamain im selben Moment, in dem sich ein Grinsen auf Warrens Gesicht ausbreitet.

»Nur eine kleine Retourkutsche für den Schock, den du mir an dem Abend verpasst hast«, sagt er. »Aber ich muss zugeben, dass ich den *krassen Scheiß* recherchiert habe. Kreative Namen, das muss man dir lassen.«

»Ich hätte nicht solchen Blödsinn erzählen sollen; schließlich kanntest du mich überhaupt nicht«, erwidert er. »Tut mir leid. Das hat den ersten Eindruck nicht unbedingt verbessert.«

»Dafür ist der zweite Eindruck etwas sympathischer. Wenn man von dieser Spelunke absieht.« Typisch Warren. Er würde nie auf die Idee kommen, zuzugeben, dass auch sein erster Eindruck nichts war, worauf er stolz sein kann. »Wenn du dich für vorzügliches Essen begeistern lässt, musst du mit ins Dinner Side kommen. Das Branzinofilet ist einzigartig.«

Die nächsten Sekunden verbringe ich damit, zu warten, ob irgendjemand – insbesondere mein Vater – versuchen wird, diese Einladung rückgängig zu machen, aber zu meiner Erleichterung passiert das nicht. Dad nickt sogar knapp. »Das Angus-Filet-Mignon ist ebenfalls empfehlenswert.«

Bevor sich meine Familie in eine leidenschaftliche Diskussion über die Speisekarte ihres Lieblingsrestaurants stürzen kann, fängt die Bühnenshow an. Steve hat auf einem rustikalen Hocker Platz genommen und spielt eine Coverversion von *Blue Jeans*. Okay, singen kann er offensichtlich auch – und das sogar verdammt gut.

Im Laufe der nächsten Songs beobachte ich unauffällig meine Familie. Abigail scheint recht angetan zu sein, und Dad bewegt fast unmerklich einen Finger im Rhythmus des Takts. Die anderen beiden wirken eher ungerührt, aber eine unergründliche Miene ist sowieso das Markenzeichen unserer Familie. Jamain streicht leicht über meinen Handrücken und wirft mir ein warmes Lächeln zu, dann rutscht er etwas näher an mich heran, sodass sich unsere Oberarme berühren.

Allgemeiner Applaus sorgt dafür, dass ich mich von seinem Anblick losreiße und ebenfalls beginne, zu klatschen.

»Er ist wirklich nicht schlecht, euer Freund«, sagt Mom mit einem Hauch Anerkennung, und sogar Warren nickt, obwohl er die Geste hinter seinem Getränk versteckt.

Steve deutet eine Verbeugung an, dann spielt er eine Akkordfolge – und hält inne. Für einige Sekunden ist es still, während sich auf seinem Gesicht ein strahlendes Lächeln ausbreitet. Ebenso wie der Rest des Publikums schaue ich zum Eingang, wo ich Lizzie entdecke. Sie hat den Riemen ihrer Handtasche fest umschlossen, und ihre Wangen sind gerötet. Trotzdem sieht sie ebenso glücklich aus wie Steve.

Dieser greift endlich wieder in die Saiten und startet in den neuen Song, während ich Lizzie zu uns winke.

»Okay«, sagt Jamain leise zu mir. »Das war echt süß. Ich würde mir wünschen, dass du mich auch mal so ansiehst.«

»Tut er doch.« Lizzie zieht sich einen Stuhl heran. »Jedes Mal, wenn du das Subtext betrittst.« Sie lächelt freundlich in die Runde. »Guten Abend, Familie Bradford. Wie schön, dass Sie

Steve auch unterstützen.« Sie seufzt so hingerissen, dass es aus einem Shakespeare-Sonett stammen könnte. »Ist er nicht toll?«

»Absolut«, stimmt Jamain zu, und sogar Warren lässt sich zu einem knappen Nicken hinreißen.

Steve gelingt es mühelos, das gesamte Candle 21 in Begeisterung zu versetzen, und als er schließlich nach drei Zugaben die Bühne verlässt, schmerzen meine Hände vom Klatschen.

Lizzie ist die Erste, die zur Bühne stürmt, um zu gratulieren.

»Wir sind gleich wieder zurück«, sage ich an meine Familie gewandt und stehe auf, woraufhin Jamain es mir gleichtut. Ohne zu zögern, verflechte ich meine Finger mit seinen und genieße den warmen Schauer, der mich durchläuft.

»Ich glaube, meine Familie fühlt sich hier gar nicht mal so unwohl, wie sie vorgibt«, sage ich und verlangsame meine Schritte, um Lizzie und Steve etwas mehr Zeit zu geben und um uns etwas mehr Zeit zu geben. »Und ich glaube, sie gewöhnen sich an den Gedanken, dass du ein wichtiger Teil meines Lebens geworden bist. Du musst natürlich nicht mit ins Dinner Side, wenn du nicht willst. Ich würde mich freuen, dich das nächste Mal dabeizuhaben, aber ich will nicht, dass du das Gefühl hast, dich für meine Familie verbiegen zu müssen.«

»Das Dinner Side«, wiederholt er vorsichtig. »Das klingt … exklusiv. Ich glaube nicht …« Er scheint nach den richtigen Worten zu suchen. »Das übersteigt wohl mein Budget. Um Längen«, sagt er schließlich verlegen. »Tut mir leid.«

Mittlerweile kenne ich Jamain gut genug, um aus seiner zögerlichen Antwort zu schließen, dass er gerne mitkommen würde, wenn er es sich leisten könnte. Und vermutlich kennt er mich gut genug, um zu wissen, dass ich nicht mal ans Finanzielle gedacht habe, sondern nur daran, ihn dabeizuhaben. Zum Glück scheint er mir nicht übel zu nehmen, dass ich solche Details leicht aus den Augen verliere, weil Geld bei mir nie ein Thema war.

»Wenn du dich dafür entschuldigst, nicht genug Geld für ein exklusives Essen zu haben, führe ich dich später vielleicht wirklich mit den Handschellen ab.« Verdammt, ich will nicht, dass ihm das unangenehm ist. Das sollte es nicht sein. »Mir tut es leid. Ich habe gerade nur daran gedacht, wie schön es wäre, dich dabeizuhaben.« Ich lege den Kopf schief. »Wie wäre es mit einem Deal?«

Ein schwaches Grinsen zuckt um seine Mundwinkel – wahrscheinlich liegt das an meiner Drohung mit den Handschellen. Unvermittelt steigt mir Hitze in die Wangen. Was ist, wenn er nachher wirklich darauf besteht, sie in unser … Schlafzimmergeschehen miteinzubeziehen?

»Was für ein Deal?«, unterbricht er meine Gedanken, und ich schaffe es, mich wieder zu fangen.

»Ich lade dich ein, weil du mein Freund bist und ich dich gerne zum Essen einladen würde … und du kommst noch mal ins Subtext, um den Kindern ein paar Stunden lang vorzulesen, weil du Kindern gerne vorliest und genauso gerne in meiner Nähe bist.«

Jamain nickt. »Der Deal gefällt mir. Die Drohung mit den Handschellen übrigens auch.« War ja klar, dass er das nicht unkommentiert lassen konnte. Ich schnaube leise, und im nächsten Moment zieht er mich zu sich und drückt mir einen Kuss auf die Wange.

Steve und Lizzie, die sich in Bühnennähe miteinander unterhalten, verstummen, als wir zu ihnen treten.

»Das war ein richtig guter Auftritt, Steve«, sage ich, unter anderem, weil mir klar geworden ist, dass ich bei unserem letzten Treffen kaum Nerven für ihn gehabt habe. Er weiß zwar nicht, dass ich eifersüchtig gewesen bin und ihn in Gedanken verflucht habe, weil Jamain bei ihm Unterschlupf gesucht hat, aber unangenehm ist es mir trotzdem. Die beiden sind nur Freunde.

»Danke, Mann.« Steve sieht zwischen Jamain und mir hin und her. »Freut mich, dass ihr dabei sein konntet.«

»Wenn du denkst, dass ich dich so leicht davonkommen lasse, Detective Bradford, dann täuschst du dich«, flüstert Jamain in mein Ohr, bevor er sich Steve zuwendet und ihn ebenfalls zu dem gelungenen Auftritt beglückwünscht.

»Du warst wirklich toll«, sagt eine blonde Frau in einem funkelnden Paillettenoberteil, mit dem sie komplett overdressed ist für das Candle 21.

»Mehr als toll«, bestätigt ihre Freundin, die ihr dunkles Haar zu einer fragwürdigen Hochsteckfrisur aufgetürmt hat. »Vielleicht hast du Lust, etwas mit uns zu trinken?«

Mein Blick zuckt zu Lizzie, die in diesem Moment unauffällig einen Schritt zurückweicht und offenbar den beiden Frauen das Feld überlassen will. Das Glänzen in ihren Augen ist schwächer geworden, und sie hat die Zähne in die Unterlippe gegraben.

Jamain ist es ebenfalls aufgefallen. Er drückt meine Hand, dann lässt er mich los, stellt sich neben sie und berührt sie leicht am Unterarm.

»Keine Sorge«, sagt er so leise, dass nur wir es hören können. »Er hat die ganze Woche davon gesprochen, wie sehr er sich freut, dass du heute hier bist. Erinnere dich, wie er dich vorhin angesehen hat. Steve steht auf dich. Ich schwör's dir.«

Bevor Lizzie etwas erwidern kann, dreht sich Steve zu uns um. Okay, vielleicht war Jamain doch nicht leise genug. Statt ihm einen finsteren Blick zuzuwerfen, schenkt er Lizzie ein warmes Lächeln und hält ihr die Hand hin.

»Jamain ist ein Verräter«, stellt er fest, »aber er hat recht. Hast du Lust, mit mir etwas trinken zu gehen?«

Die beiden abservierten Frauen ziehen mit einem beleidigten Schnauben ab.

»Macht euch einen schönen Abend«, sagt Jamain und legt mir einen Arm um die Hüfte.

»Du darfst mich ab sofort Amor nennen«, verkündet er, während er mich an sich zieht. »Und dann wäre es an der Zeit, dass du mich abführst. Vielleicht sollten wir damit allerdings noch warten, bis sich deine Familie verabschiedet hat …«

Ich schüttle belustigt den Kopf. »Wenn du nach dem römischen Gott der Liebe benannt werden willst, erwarte ich eine Nacht voller romantischer Gesten, das ist dir klar, oder? Und ich bin mir nicht sicher, wie getigerte Handschellen ins Bild passen.« Ich lasse mich nur zu gerne in eine Umarmung ziehen. Seine Hand an meiner Hüfte fühlt sich warm und ein wenig besitzergreifend an, auf die gute Art. Am liebsten würde ich das Candle 21 auf der Stelle mit ihm verlassen, aber leider würde das sämtliche Fortschritte, die wir bei meiner Familie erreicht haben, wieder zunichtemachen. Und vielleicht bin ich auch nicht spontan genug, um einfach so ohne Abschied zu verschwinden. Nein, höchstwahrscheinlich bin ich nicht spontan genug – auch wenn Jamains Spontanität ein wenig auf mich abfärbt.

»Es wird spät«, sagt Dad, als wir zurück an den Tisch kommen. Sämtliche Gläser sind mittlerweile leer, und Mom hat sich ihre Handtasche bereits über die Schulter gehängt. »Wir werden uns auf den Weg machen, Tyren.«

Ich nicke. »Schön, dass ihr euch alle so kurzfristig freinehmen konntet. Es war ein netter Abend.« Er war nicht perfekt, aber er war nett. Ich will mir nicht zu viele Hoffnungen machen, dass sich ein paar Dinge ändern werden, aber ich glaube, dass sie das können. Besonders, weil ich selbst auch zum Problem beigetragen habe, indem ich nicht offen genug kommuniziert habe, wie ich mich fühle. Manche Familien mögen sich ohne viele Worte verstehen, aber unsere gehört nicht dazu. Und das ist in Ordnung, wenn man sich trotzdem bemüht.

Mom steht auf und umarmt mich zum Abschied. Dad klopft mir auf die Schulter, dieses Mal etwas länger als sonst. Ich denke nicht, dass das nur meine Einbildung ist.

»Ich könnte noch bleiben«, sagt Abigail und lacht, als sie meinen Gesichtsausdruck sieht. »Entspann dich, Bruderherz, das war ein Witz. Ich werde eure Zweisamkeit nicht stören, ich kann es kaum erwarten, in mein Bett zu fallen. Aber schieb beim nächsten Familienessen keine Ausrede vor, okay?«

Ich nicke. Das ist nur fair. »Wird gemacht. Und schreib mir, sobald du etwas Neues weißt wegen deiner Bitte, in die Kardiologie versetzt zu werden.«

Abigails Lächeln wird größer. »Verlass dich drauf.«

»Vielleicht kommst du nächstes Mal ja wirklich mit«, sagt Warren zu Jamain. »Auch wenn es nur für Tyren und das Branzinofilet ist.«

Meine Eltern tauschen einen knappen Blick aus, dann streckt Mom Jamain die Hand zum Abschied hin. »Wir würden uns freuen, dich wiederzusehen.«

Dad räuspert sich und hält ihm nach kurzem Zögern ebenfalls die Hand hin. »Solange du Tyren ordentlich behandelst und ihn nicht von seinem Studium ablenkst.«

24 | Jamain | Brennen, ertrinken und schweben

Ich verabschiede mich von Tyrens Eltern mit einem ehrlichen Lächeln. Der Abend war weniger schlimm als befürchtet. Obwohl wir einige Startschwierigkeiten hatten, ist die Familie Bradford wirklich nett. Bevor ich mich mit ihnen in ein Restaurant wage, werde ich allerdings eine umfassende Google-Recherche anstellen, um auf Branzinofilet und Co vorbereitet zu sein.

»Tyren verdient es, gut behandelt zu werden«, sage ich zu dessen Vater, nachdem wir uns ebenfalls mit Handschlag verabschiedet haben. »Und er ist so strebsam und ehrgeizig, dass ich ihn nicht einmal ablenken könnte, wenn ich es wollte … was ich natürlich nicht will«, schiebe ich schnell hinterher.

Mr Bradford bietet seiner Frau den Arm an, woraufhin sie gemeinsam mit Tyrens Geschwistern das Candle 21 verlassen.

»Deine Familie ist weg«, sage ich unschuldig zu meinem Lieblingsbuchhändler, »und ich habe mich den gesamten Abend über gut benommen. Willst du das nicht belohnen mit einem Kuss? Oder mit zehn?«

Das Lächeln, das um Tyrens Mundwinkel zuckt, sorgt für ein warmes Gefühl in meiner Brust. Er erwidert nichts auf meine Worte, stattdessen zieht er mich an sich, legt eine Hand in meinen

Nacken und verschließt meine Lippen mit seinen. Schlagartig rückt alles andere in den Hintergrund, ich konzentriere mich nur noch auf seine Nähe, seinen Geschmack und die zarte Berührung seiner Finger, die durch mein Haar streichen.

»Ein Quickie auf den Toiletten kommt wohl nicht infrage«, murmle ich in den Kuss hinein, woraufhin Tyren ein Stückchen zurückweicht und mit der Nase gegen meine Wange stupst.

»Prinzipiell schon«, erwidert er, »aber dann wirst du leider auf die Überraschung verzichten müssen …«

»Überraschung?«, wiederhole ich und gebe mir gar nicht erst Mühe, mein erfreutes Grinsen zu unterdrücken. Ich liebe Überraschungen, und es ist toll, dass sich Ty das gemerkt hat. »Hat besagte Überraschung etwas mit den Handschellen zu tun?«

Er schnaubt. »Da ich bis vor Kurzem noch nicht einmal von deren Existenz wusste, wohl kaum.«

Ich zucke mit den Schultern, während ich gleichzeitig nach seiner Hand greife und ihn zu Steve und Lizzie ziehe, die ebenfalls im Begriff sind, die Bar zu verlassen.

»Wir haben uns gegen den Quickie auf den Toiletten entschieden«, lasse ich sie wissen, »denn Ty hat eine sexy Überraschung für mich.«

»Moment«, protestiert dieser. »Ich habe nicht gesagt, dass sie sexy ist.«

Ich verdrehe die Augen. »Alles, was mit dir zu tun hat, ist sexy«, sage ich, bevor ich mich Steve zuwende. »Er hat Handschellen im Handschuhfach, mit denen er mich abführen will.«

»Klingt gut.« Steve öffnet die Tür, sodass wir kurz darauf in den kühlen Herbstabend hinaustreten. »Dann mal viel Spaß euch beiden.«

Nachdem wir uns von Lizzie und Steve verabschiedet haben, gehen wir zu Tyrens Wagen.

»Ich muss dir etwas beichten«, sage ich, nachdem wir beide

Platz genommen haben. »Vorhin, als ich die Münze geworfen habe, lag Zahl oben. Eigentlich hat uns das Schicksal zu einem romantischen Abend bei Burg… McDonald's geraten. Ich dachte nur, wir könnten ein wenig Zuspruch und Motivation gebrauchen, deshalb habe ich geschwindelt.«

Ich greife über die Mittelkonsole zu ihm und streiche ihm leicht über den Oberschenkel.

»Es war ein schöner Abend. Deine Familie ist nett … zumindest, nachdem sie mir geglaubt haben, dass ich dich nicht vom rechten Weg abbringen werde. Um ehrlich zu sein, kann ich dir das aber nicht versprechen. Die Gefahr besteht durchaus.«

»Du hast geschummelt, und jetzt drohst du mir«, stellt Ty in tadelndem Tonfall fest, beugt sich zur Seite und öffnet mit einem Ruck das Handschuhfach. Erstaunt und gleichzeitig mehr als angetan beobachte ich, wie er die Handschellen hervorzieht und diese zuerst um mein rechtes Handgelenk, dann um das Lenkrad schließt. Er lässt mir keine Chance, sein Tun zu kommentieren. Stattdessen rutscht er noch näher zu mir und legt seine Hände an mein Gesicht. Seine Lippen sind warm und schmecken noch leicht nach der Dr Pepper, die wir getrunken haben. Er küsst mich intensiv und eindringlich, und ich erwidere den Kuss mit der gleichen Inbrunst.

»Danke«, murmelt er, nachdem er sich von mir gelöst hat. »Dafür, dass du dich gegen das Ergebnis des Münzwurfs entschieden hast.«

»Kein Problem«, entgegne ich ein wenig atemlos. »Ist das ein schlechter Zeitpunkt, um dir zu gestehen, dass ich die Schlüssel für die Dinger nicht ins Handschuhfach gelegt habe?«

Er starrt mich an, und der schnelle Wechsel von Emotionen auf seinem Gesicht sorgt erneut dafür, dass heftige Zuneigung in mir aufsteigt. Ich habe ihn wirklich, wirklich gerne, und deshalb sollte ich die Situation schleunigst auflösen.

»War nur ein Witz, Ty.« Ich beiße mir auf die Lippe, um mir ein Grinsen zu verkneifen. »Die Schlüssel liegen in einer kleinen Schachtel links hinten.«

Ty gibt ein Knurren von sich, das verdammt heiß klingt.

»Ich lege dir nie wieder Handschellen an«, verkündet er, greift an mir vorbei ins Handschuhfach und nimmt den Schlüssel aus der Box. Er befreit mich, dann weicht er stirnrunzelnd zurück.

»Der Badschlüssel.«

Oh, oh.

»Ist er wirklich verschwunden?«, fragt er, während er den Motor startet.

Ich schalte das Radio an und wechsle so lange die Sender, bis ordentliche Musik mit hartem Beat den Toyota flutet.

»Definiere *verschwunden*«, sage ich ausweichend.

Ty gibt ein dramatisches Seufzen von sich und biegt auf die Hauptstraße ab. Er verzichtet darauf, Nachfragen zu stellen, und wählt stattdessen einen Sender mit seichtem Popgedudel aus. Statt direkt unser Zuhause anzusteuern, fährt er einen Umweg zum Deja-Brew, an dem wir auch am Tag der Meerschweinchenentführung gehalten haben.

»Das ist Kaffee Nummer fünf mit Sojamilch«, sagt er feierlich, als wir uns kurz darauf mit zwei Bechern in der Mittelkonsole auf dem Heimweg befinden. »Somit schulde ich dir keinen Kaffee mehr.« Er macht eine kleine Pause. »Irgendwie ist das schade.«

Das finde ich auch.

»Von mir aus könntest du mir lebenslänglich Kaffee spendieren«, erwidere ich leichthin, bevor mir klar wird, was ich da gesagt habe. Natürlich verklingt auch in exakt diesem Moment der aktuelle Song, und die kurze Stille, bevor die nächste Nummer beginnt, scheint sich eine Ewigkeit hinzuziehen.

Tyren dreht sich zur Seite und wirft mir einen knappen Blick zu. Obwohl ich ansonsten wenig Schwierigkeiten damit habe, ihn zu lesen, kann ich seine Mimik nicht zuordnen. Er wirkt so ungerührt, dass die Temperatur im Wagen um gefühlte zehn Grad sinkt.

»Lebenslänglich«, wiederholt er ernst, woraufhin ich unbehaglich die Schultern hebe.

»Das war nur im übertragenen Sinn gemeint«, sage ich. »Damit wollte ich dich nicht unter Druck setzen oder irgendwelche Verbindlichkeiten schaffen.«

Tyren schweigt noch immer und schaut so konzentriert nach vorne, als befänden wir uns im morgendlichen Berufsverkehr und nicht kurz vor Mitternacht auf einer fast leeren Straße. Gerade als ich zu einer weiteren Rechtfertigung ansetzen will, dreht er den Kopf in meine Richtung und grinst mich an mit einem Ausdruck, der eher zu mir als zu ihm passen würde. Verschmitzt. Übermütig. Wow. Wieso steht ihm das so verdammt gut?

»Du hast mich verarscht.«

Er nickt selbstgefällig.

»Sieht ganz so aus, als bräuchten wir nachher die Handschellen für einen gewissen unartigen Buchhändler.« Mein strenger Tonfall steht im Kontrast zu meinem breiten Lächeln. »Oder die Wäscheklammern. Oder beides.«

Nun ist es besagter Buchhändler, der ein wenig verlegen aussieht und bedächtig einen Schluck seines Kaffees nimmt.

»Es ist gleichzeitig süß und sexy, wenn du diesen Gesichtsausdruck draufhast«, sage ich, während ich die freie Hand auf seinen Oberschenkel lege. »Vielleicht hast du ja Lust, wenn wir daheim sind, Punkt vier von deiner ultimativen Liste wahr zu machen? Und direkt im Anschluss Punkt fünf?«

»Nein.« Tyren stellt seinen Becher zwischen uns ab, sodass er beide Hände ans Steuer legen kann. »Punkt fünf wird gestrichen.«

»Klar«, murmle ich. »Weil du Angst hast, dass du nicht mit 14,88 mithalten kannst.«

»Punkt fünf wird ersetzt«, verbessert sich Ty und gibt sein Bestes, um so zu tun, als hätte er mich eben nicht gehört. »Und ich glaube, ich weiß auch schon, womit.«

Wir biegen in unsere Straße ab, und kurz darauf parkt Tyren den Wagen vor dem Haus. Offenbar hat er nicht die Absicht, mir mehr zu verraten.

Ich hänge die Handschellen an meine Gürtelschlaufe und stecke die kleine Schachtel mit dem Schlüssel in die Tasche.

»Sicher ist sicher«, kommentiere ich Tyrens skeptischen Blick, bevor ich nach meinem Kaffee greife und aus dem Auto steige.

Gemeinsam gehen wir über die Treppen nach oben, wobei ich die Gelegenheit nutze, hinter Ty zu laufen und sein Hinterteil einer ausgiebigen Musterung zu unterziehen.

»Schaust du mir auf den Hintern?«, erkundigt sich dieser, als hätte er meine Gedanken gelesen … oder meine Blicke auf sich gespürt.

»Es wäre ein Verbrechen, es nicht zu tun«, erwidere ich salbungsvoll und will gerade die letzten Stufen nehmen, da bremst Tyren so abrupt, dass ich fast in ihn hineinlaufe.

Sekunden später erkenne ich, was der Grund dafür ist. Auf der Treppe vor unserer Wohnung sitzt ein großer Typ in dunklem Shirt und Lederjacke, der uns finster entgegenblickt. Ethan. Fuck.

»Jamaïn, du Arschloch«, sagt er statt einer Begrüßung, und ich gehe sofort einige Schritte nach vorne, um mich zwischen ihn und Ty zu bringen.

»Ethan.« Ich hebe grüßend den Kaffeebecher. »Lange nicht gesehen. Wie geht's denn so?«

»Spar dir den Scheiß, Jamain. Ich will Nummer eins und Nummer zwei zurück. Arlo hat mir deine Adresse gegeben. Also? Rück sie raus.«

»Hey, Ethan«, murmelt Ty hinter mir, erhält aber keine Antwort. Ethan ist vollkommen auf mich fixiert, und er ist verdammt sauer.

»Du hast gesagt, du glaubst nicht, dass er die Meerschweinchen zurückhaben will«, fährt Ty an mich gewandt fort.

Ich drehe mich zu ihm um und drücke ihm meinen Kaffeebecher in die freie Hand. »Das war vielleicht eine etwas zu optimistische Einschätzung.«

»Lass mich in die verfickte Wohnung, Jamain. Ich schwöre, ich werde dir die Tür einschlagen, wenn du es nicht tust.« Ethan macht einen Schritt nach vorne und packt mich unsanft am Shirt. Shit, der Kerl hat ein echtes Aggressionsproblem.

Schnell löse ich die Handschellen von meinem Gürtel, lege eine davon um Ethans Handgelenk und lasse sie mit einem befriedigenden Klicken einrasten. Ethan braucht glücklicherweise einige Sekunden, um zu realisieren, was geschehen ist.

»Was soll das werden? Willst du mich verarschen?«, brüllt er und wirft sich zur Seite, um sich von mir loszureißen. Sein Ellbogen in meinem Magen raubt mir für einige Sekunden die Luft, aber es gelingt mir, ihn trotzdem festzuhalten. Wir taumeln nach hinten, und ein weiteres Klicken ertönt.

Zufrieden mache ich einen Schritt zurück und betrachte Ethan, der nun an unser Treppengeländer gekettet ist.

Tyren gibt ein leises Keuchen von sich. »Wenn einer der Nachbarn ihn sieht, ist in Kürze die Polizei hier.«

»Ist das dein Ernst?« Ethan schaut sich um, als würde er jederzeit mit einer Meute aufgeregter Zuschauer rechnen.

Er versetzt dem Geländer einen kraftvollen Tritt, der durch das Treppenhaus hallt, und Ty atmet angespannt ein.

»Ethan, lass uns in Ruhe über die Sache reden.«

»Ich verhandle nicht in Handschellen!«, knurrt Ethan. »Vor allem nicht in so lächerlichen Plüschteilen«, fährt er nun wieder an mich gewandt fort. »Woher hast du die? Aus dem Spielzeugladen?«

»Aus dem Sexshop«, erwidere ich lässig. »Die halten also etwas aus.«

Ethan verzieht angeekelt das Gesicht, während er sein Handgelenk betrachtet und im Anschluss einen erneuten Befreiungsversuch unternimmt. Vermutlich stellt er sich gerade vor, wie die Dinger bei mir zum Einsatz gebracht wurden.

»Ich mach dich kalt«, bringt er zwischen zusammengepressten Lippen hervor, woraufhin ich die Stirn runzle.

»Das ist nicht unbedingt die passende Motivation, um mich von deiner Befreiung zu überzeugen.«

»Jamain.«

Tyren legt eine Hand auf meinen Arm und drückt zu. Nicht sonderlich fest, aber bestimmt genug, dass ich in seine Richtung sehe.

»Es ist verständlich, dass er aufgebracht ist«, sagt er. »Immerhin hast du ihm … Nummer eins und Nummer zwei einfach so geklaut.«

»Ach, komm schon, Ty.« Ich schüttle fassungslos den Kopf. »Du weißt, wie er …«

Statt mich loszulassen, erhöht Tyren die Kraft, sodass sich seine Finger schmerzhaft in meinen Arm graben. Wow. Es überrascht mich, dass er so grob sein kann. Das ist alles andere als uninteressant. Vielleicht könnten wir nachher daran anknüpfen.

Mit Verspätung realisiere ich, dass er mir keine Fantasie in den Kopf pflanzen, sondern mir ein Zeichen geben will, und ich atme ein resigniertes Seufzen aus.

»Okay.« Ich hebe kapitulierend die freie Hand. »Das war vielleicht nicht die netteste Aktion.«

»Das war eine Scheißaktion«, stimmt Ethan zu, der seit Tys Eingreifen zumindest etwas ruhiger geworden ist. Ich zweifle jedoch nicht daran, dass er sich ohne Handschellen erneut auf mich stürzen würde.

»Gib ihm die Schweine zurück.« Tyren lässt mich los und wirft mir einen bedeutungsvollen Blick zu. »Immerhin hast du nicht dafür bezahlt.«

»Genau«, stimmt Ethan zu, und in diesem Moment wird mir klar, wohin Tyren diese Unterhaltung leitet. Er ist so verdammt clever.

»Du willst dafür bezahlt werden?«, hake ich scheinbar irritiert nach, um der Idee in Ethans Kopf noch etwas mehr Gewicht zu verleihen.

»Jep«, sagt dieser zufrieden. »Bezahle mich. Mit dem doppelten Preis, weil ich solche Angst um sie hatte. Oder gib sie mir zurück.«

»Dann …«, beginne ich, doch Tyren hebt besänftigend eine Hand.

»Der Preis eines Meerschweinchens liegt zwischen 30 und 50 Dollar«, beginnt er in geschäftsmäßigem Ton, woraufhin in Ethans Augen ein gieriges Funkeln aufblitzt.

»Zwei Schweine zu je 50 Euro«, fährt Ty unbeirrt fort. »Doppelter Preis für die Sorge, die du ausgestanden hast. Das sind 200 Dollar.«

»200 Dollar.« Es ist eher ein ersticktes Keuchen als wirkliche Silben, das über meine Lippen kommt. Das ist … verflucht viel, und das ist Ethan natürlich auch klar.

»Ich runde auf 250 Dollar auf, wenn du verschwindest, sobald du nicht mehr gefesselt bist«, fügt Ty hinzu. »Ohne Jamain erneut anzugreifen.«

»Deal«, sagt Ethan lediglich, während Tyren seinen Geldbeutel zückt und die Scheine abzählt.

Ich brauche einige Sekunden, um mich davon zu erholen, wie viel Geld gleich einfach so den Besitzer wechseln wird, dann ziehe ich die Schachtel mit dem Schlüssel aus der Hosentasche und öffne die Handschellen.

Ethan funkelt mich wütend an, doch bevor er etwas sagen kann, hält ihm Ty den Stapel entgegen.

»250 Dollar«, sagt er, während er damit beginnt, die Scheine in Ethans ausgestreckte Handfläche abzuzählen. Sobald er fertig ist, steckt Ethan das Bündel achtlos in die hintere Tasche seiner Jeans, dann wendet er sich zum Gehen.

»Beim nächsten Mal geht es nicht so glimpflich für dich aus, Arschloch«, sagt er über eine Schulter zu mir.

»Beim nächsten Mal erhält die Polizei einen diskreten Tipp, der deine Adresse beinhaltet. Ich denke nicht, dass deine kleine Plantage unbemerkt bleiben wird«, gebe ich zurück, woraufhin Ethan so fest die Zähne aufeinanderbeißt, dass sein Kiefer knackt. Er atmet einmal tief durch und schließt kurz die Augen, dann geht er die Treppe hinunter und ist kurz darauf verschwunden.

Wir lauschen seinen Schritten und im Anschluss dem Knallen der Haustür, dann ist es still. Ich mustere Ty, auf dessen Wangen sich ein rötlicher Schimmer befindet.

»Du hast gerade 250 Dollar für zwei Meerschweinchen bezahlt.«

Er nickt.

»Und für meine Unversehrtheit.«

Er nickt erneut.

»Ich glaube ...« Ohne länger zu zögern, überwinde ich die Distanz zwischen uns und ziehe ihn an mich. »Ich glaube, ich bin ganz furchtbar in dich verliebt.«

»Das trifft sich gut.« Auf seinem Gesicht erscheint ein warmes Lächeln. »Ich bin nämlich auch ganz furchtbar in dich verliebt.«

Obwohl wir uns noch immer im Flur befinden, ist es unmöglich, ihn in diesem Moment nicht zu küssen. Ich schiebe eine Hand in sein Haar und küsse ihn mit allem, was ich habe.

»Die Überraschung wartet drinnen …«, bringt er schließlich hervor.

»Habe ich erwähnt, wie sehr ich sexy Überraschungen mag?« Ich sammle die Kaffeebecher auf und folge ihm zur Tür, die er mit einem Kopfschütteln aufsperrt.

»Ich habe doch gesagt, dass es keine sexy Überraschung ist.«

»Und ich habe gesagt, dass jede Überraschung, die mit dir zu tun hat, sexy ist.«

Er lacht. »Sie ist trotzdem eher süß als sexy.«

Nachdem wir uns die Schuhe ausgezogen haben, geht er den Flur entlang bis zu meiner Zimmertür. »Antworte mir ehrlich: Wie stubenrein sind Kill und Bill wirklich?«

Aha. Da hat wohl jemand Gefallen an den Schweinchen gefunden.

»Du sehnst dich nach ihrer Gesellschaft, gib's zu«, sage ich mit einem amüsierten Grinsen.

»Sie wurden uns fast gestohlen. *Zurück*gestohlen …«, verbessert er sich und drückt die Klinke ein kleines Stück hinunter. »Also?«

»Die beiden sind 100 Prozent stubenrein.« Hoffe ich.

»Ich gebe mich schon mit 75 Prozent zufrieden.«

Mit diesen Worten öffnet er die Tür und entlässt die Schweine in die Weite der Wohnung.

Bill kommt fast sofort zu mir gewatschelt; ich hebe ihn hoch und stupse ihn mit der Nase an. Dann trage ich ihn zu Ty und setze ihn vorsichtig auf dessen ausgestreckte Hände.

»Sag Tyren hallo, Bill. Und versichere ihm bitte, dass du 100 Prozent stubenrein bist und nicht in irgendeine Ecke machst, wenn wir nicht hinschauen.«

Während sich die beiden einem stummen Austausch widmen, begrüße ich Kill, dann gehen wir in die Küche und gönnen den Schweinen einen Streifzug durch die Wohnung.

»Das habe ich dir aus dem Subtext mitgebracht. Du könntest es von vorne bis hinten durchlesen, ohne vorher den Schluss zu checken.« Tyren deutet auf ein verpacktes Blind-Date-Buch auf dem Küchentisch, und schon bevor ich es näher in Augenschein nehme, ahne ich, worum es sich dabei handelt.

»Atemlose Spannung«, lese ich laut die Hashtags vor. »Thriller, atmosphärisch, wendungsreich.« Ich halte inne und schaue ihn an. Brennen, ertrinken, schweben. Das ganze Programm. »Dir ist aufgefallen, welches Buch ich mir angesehen habe.«

»Natürlich.« Seine Wangen röten sich leicht. »Ich konnte ja kaum noch den Blick von dir losreißen.«

Mit wenigen Schritten bin ich bei ihm und drücke ihn gegen die Arbeitsfläche. Meine Lippen streichen über seine, dann mache ich mich daran, uns beiden den Atem zu rauben.

»Jamain«, bringt Ty irgendwann erstickt hervor. »Wenn du so weitermachst, wird das nichts mit der Überraschung.«

Mit einem Lächeln löse ich mich aus dem Kuss, sodass ich ihm in die Augen sehen kann. »Du bist derjenige, der die Hände auf meinem Arsch hat.«

Er blinzelt und scheint erst jetzt zu realisieren, dass meine Worte zutreffen. Mit einem frustrierten Seufzen zieht er die Hände zurück, und ich weiche zurück, um ein wenig Sicherheitsabstand zwischen uns zu bringen.

Aufmerksam beobachte ich, wie er zum Kühlschrank geht und kurz innehält, um mit einem Lächeln unsere Fotos zu betrachten.

»Eins von dir mit Handschellen sollten wir in Kürze ergänzen«, sage ich. »Und nur mit Handschellen.«

Ty schnaubt amüsiert. »Du bist unverbesserlich, Shakespeare.«

Er öffnet die Kühlschranktür und nimmt etwas heraus, das ich nach kurzer Musterung als Biskuitboden identifiziere.

»Du machst ein Baked Atlantis?«, frage ich mit unverhohlener Begeisterung.

»Baked Alaska«, korrigiert Ty, bevor er für einige Sekunden innehält und dann den Biskuitboden zurück in den Kühlschrank befördert. »Ich *wollte* Baked Alaska machen, während du mit einer Tasse Tee in deinem neuen Buch schmökerst. Aber …«

Er kommt auf mich zu, und ich schaue ihm mit einem halben Lächeln entgegen.

»Der neue Punkt fünf auf Bookboys ultimativer Liste«, sagt er, als er bei mir ist. »Auch mal von meinen Plänen abweichen.«

Er legt die Hände an meine Hüfte, und dieses Mal bin ich es, der von ihm gegen die Arbeitsplatte gedrückt und um den Verstand geküsst wird.

»Wusste ich's doch, dass die Überraschung sexy wird«, flüstere ich neckend gegen seine Lippen, woraufhin er leise lacht und um eine Winzigkeit zurückweicht.

»Nicht meine Schuld, dass du so verdammt unwiderstehlich bist.«

»Das kann ich nur zurückgeben«, erwidere ich, bevor ich die Finger in seinem weichen Haar vergrabe und ihm zeige, was ich von seiner spontanen Planänderung halte.

Ich will brennen, ertrinken und schweben.

Mit ihm.

Danksagung

Manche Dinge sieht man nicht kommen, weder in Büchern noch im echten Leben, und das macht sie umso besser.

Wir bedanken uns bei all den wunderbaren Menschen, die in unser Leben gekommen und geblieben sind, die uns Halt geben, an uns glauben und uns unterstützen.

[Ann-Kristin]
Martin · Mayra, Jano und Darian · Meine Eltern · Christine und Peter · Janine · Hilke und Josy · Ann-Cathrin · Tobi und Eva · Bernhard · Anna Lena · Imke · Die Phonic Tones · Das Leibniz-Gymnasium

[Mila]
Stevi · Peter · Claudia · Leandra und Theresa · Stefanie und Johannes · Rosalinde und Josef · Anita und Doris · Mitzi · Jörg

[gemeinsam]
Unsere Supporter der ersten Stunde Josy, Lillith [Tina], Silversaint [Nina], Vel [Jana] und VHeather.

Unsere Testleserinnen: Lea, Nele und Sahra · Thomas Montasser · Franziska Lieder · Das Team des Moon-Notes-Verlags · Die Community von RSH · Die Bookstagram-Familie

… und natürlich vielen Dank an euch, liebe Leserinnen und Leser! Ihr habt Bookboy und Badboy auf ihrem Weg begleitet und so unsere Geschichte zum Leben erweckt.
Mehr Informationen zu unseren Büchern und uns gibt es bei Instagram (@bookcatish).